빈털터리들

Die Habenichtse

빈털터리들

Die Habenichtse

카타리나 하커 장편소설

장희창 옮김

창비

—모든 게 달라질 거야. 이삿짐 트럭이 덜컹거리며 출발하자 데이브가 짐짓 어른스럽게 말했다. 그러고는 정말 오랜만에 쎄러를 목말 태우고 빠른 걸음으로 길을 따라 교회 쪽으로 내려갔다. 교회 앞에 서 있던 목사가 다정한 눈짓을 보냈다. 나무들은 막 단풍이 드는 참이었다. —아주 조금 물들었어. 이제 구월이라서 그래. 보여? 데이브가 말했다. 쎄러가 나뭇잎을 딸 수 있게 그는 플라타너스 아래 멈추어 섰다. —정말 크다. 쎄러가 감탄했다. 데이브가 쎄러를 내려놓고는 나뭇잎 한 장을 아이의 얼굴 앞에 조심스럽게 들이밀었다. —네 얼굴보다 크네. 그가 점잖게 말했다. —왜 우리가 여기 온 거야? 쎄러가 다시 물었다. 그러자 데이브가 참을성있으면서도 단호하게 말했다. —이제 여기가 네가 살 집이야. 쎄러는 잠시 생각에 잠겼다. —어제까지만 해도 아니었잖아. 쎄러가 머뭇거리며 말했다. —그래, 아니었지. 어제까지만 해도. 어제 여기로 왔으니까. 데이브가 맞장구

를 쳤다. ―마르타 아주머니가 아직 살아 있다면, 우리가 이리로 오진 않았겠지. 쎄러가 말했다. ―마르타 아주머니가 살아 있다면, 우리는 아직 클래펌에서 살 테지. 데이브가 확인해주었다. ―올라와. 이제 싫증이 난 데이브가 이렇게 말하고는 무릎을 굽혀 앉았다. 쎄러가 그의 머리 위로 다리를 들어 올라타고는 그의 머리카락을 붙들었다. ―머리카락은 안돼! 데이브가 소리치고는 다시 걷기 시작했다. 내리막길과 오르막길이 번갈아 나타났다. ―여긴 레이디 마거릿 47번가야. 알겠니? 데이브가 물었다. 쎄러는 순순히 그 말을 따라했다. ―길을 잃을 수도 있으니까 잘 기억해둬. 데이브가 쎄러에게 명심시켰다. 그리고 다시 힘주어 말했다. ―넌 이제 유치원에 들어가잖아. ―내가 유치원에 들어가니까. 쎄러가 되풀이해서 말했다. 그러고는 그들의 새 보금자리를 향해 달음박질했다.

빅토리아풍의 집들이 줄지어 서 있었다. 건물들은 앞면의 세부장식만 조금씩 달랐다. 몇몇 집들은 반지하에 방이 있고, 또다른 집들은 그렇지 않았다. 정원이 따로 없는 집들의 경우에는 벽돌담으로 둘러싸인 좁다란 땅뙈기가 일층 집의 정원으로 쓰이고 있었다. 거리에서 좁다란 입구를 따라 들어가면 창고로 이어지는데, 옛날에는 거기에 석탄을 보관했지만 이제는 낡은 가구와 매트리스와 망가진 텔레비전들이 들어차 있었다. 유아용 침대도 하나 있었는데 쎄러의 아버지가 질질 끌고 와 쌓아놓은 것이었다. 힘들다고 욕설을 내뱉는 그를 보고 쎄러의 엄마가 기가 차서 말했다. ―당신 좀 즐겁게 일하면 안돼요. 그러고 나서도 그들은 소파 커버 때문에 다투었다. 덩굴식물 무늬 사이에 커다란 호랑이가 그려져 있는 커버였다. 돌출창이 있는 방에 소파가 있었기 때문에, 바깥에서 보면 온통 푸른 배경 사이로 호랑이의 모습이 뚜렷했다.

—폴리 좀 봐! 데이브의 어깨 위에 앉아 현관으로 들어서던 쎄러가 소리쳤다. 흑백 무늬 고양이가 소파 등받이 위로 풀쩍 뛰어올라 사지를 쭉 뻗었다. 그러고는 앞발로 호랑이의 머리를 쓰다듬었다. —그래, 폴리구나. 데이브가 거듭 말하고는 아버지의 흥분한 목소리에 귀를 기울였다. 그들이 벨을 누르자 엄마가 문을 열었고 굳은 눈길로 그들을 흘낏 바라보았다.

—클래펌에서 살 때와는 아주 다르다는 걸 알게 될 거야. 저녁에 데이브가 침대맡에 앉아 쎄러의 머리카락을 쓰다듬으며 말했다. —집들이 달라서 그런 거야? 쎄러가 물었다. —집들도 다르고 사람들도 달라. 아빠는 곧 일자리를 얻게 될 거야. 엄마가 미소짓는 걸 너도 봤잖아. 쎄러는 절망적인 표정을 지으며 아무 말도 하지 않았다. —너는 학교에 갈 거야. 데이브는 아주 단호히 말하고는 일어나서 자기 침대로 가 몸을 눕혔다. —오빠? 쎄러가 불렀지만, 그는 이미 잠들어 있었다.

다음날은 월요일이었다. 쎄러는 현관에서 들리는 소리에 잠을 깼다. 문이 쾅 소리를 내며 닫혔고, 아무도 쎄러를 깨우러 오지 않았다. 그리고 다시 쾅 소리를 내며 문이 닫혔다.

사방은 적막했다. 쎄러는 자리에서 일어나 창가로 갔다. 작은 버스 한 대가 서 있었다. 운전기사가 발디딤판을 펴고는 건너편 집에서 나온 늙은 부인이 버스에 오를 때까지 담배를 피우며 기다렸다. 잠시 후 발디딤판을 다시 걷어올리고는 앞쪽으로 올라타 버스를 출발시켰다. 데이브는 외출했고 그들의 부모도 마찬가지였다. 하지만 폴리가 다가와 쎄러의 다리에 몸을 기댔다.

거실에는 아직도 상자들이 놓여 있었고, 그중 하나에 쎄러의 장난감이 들어 있었다. 그날은 지나갔다. 아니, 그날이 채 지나지 않은 오후에 데이브가 새 교복을 입고 돌아왔다. 집 안에 들어서는 순간 냄새를 맡은 그는 쎄러가 소파 뒤에 쪼그리고 앉아 오줌을 지려놓은 흔적을 발견했다. 작은 얼룩이 져 있었다. 데이브가 권투하듯 쎄러를 두 주먹으로 두들겼다. ─사실대로 말 안하면, 나 혼난단 말이야. 그러고 나서 데이브는 쎄러를 도와 젖은 것들을 빨았다. 데이브는 슬퍼 보였다. ─이것들을 창가에다 널어놓자. 엄마가 눈치 채지 못하게. 데이브가 말했다. 그러고는 쎄러에게 줄 인형을 찾았다. 인형은 거실의 상자 안에 있었다. 데이브가 상자를 여는 동안, 쎄러는 소파 뒤에 몸을 숨기고 고양이를 쓰다듬었다. ─나 좀 도와줄래? 잠시 후 이렇게 말하는 데이브의 손에는 접시와 포크가 들려 있었다. ─엄마가 먹을 걸 갖고 오실 거야. 오늘 저녁엔 우리 넷 모두 식탁에 둘러앉을 거야. 그가 다시 말했다. ─폴리도. 쎄러가 말했다. ─그럼, 폴리도. 데이브가 동의했다.

2

텔레비전은 낮은 갈색 선반 위에 당당하게 자리잡고 있고, 널마루 바닥에는 무너져내리는 탑들과 건물 정면에서 분리되어 죽음 속으로 뛰어내리는 인간들의 그림자가 어른거리며 비치고 있었다. 적게 잡아 삼십명은 되는 손님을 위한 유리잔과 접시 들이 식탁에 있었지만 그 대부분은 아직 오지 않고 있었다. 킹카는 오후에 진 세 병과 토닉워터 한 상자를 구입했다. ─술보다 더 독한 게 필요한 사람들을 위한 거야. 그녀는 이렇게 말하면서 처음으로 초대받은 야콥을 가리켰다. 아침에 뉴욕에서 온 그는 어제만 해도 세계무역쎈터에 있었다. 사람들은 마치 생존자를 만나기라도 한 듯 그를 에워싸고 질문을 던졌다. 대답은 돌아오지 않았다. 그는 갈피를 잡지 못하고 있었다. 이자벨은 알렉사에게 전화를 걸려고 킹카의 작업실로 들어갔다. 자동응답기가 돌아가자 이자벨은 궁금해졌다. 이 밤에 알렉사와 클라라는 어디 있는 걸까. 텔레비전 앞에서 이자벨은 전화기를 들고 알렉사의 녹음된 목소리에 귀를 기울이다가 왈칵 눈물을 흘릴 뻔했다. 알지도 못하는 사람들 때문에 눈물을 흘리는 것도 말이 안되고, 수많은 죽은 사람들을 위해 애도의 눈물을 흘리지 않는 것도 말이 안된다는 생각이 들었다. 깅카의 사무실에는 작은 잿빛 소파가 있었다. 가죽커버는 낡았고 방석은 언제라도 미끄러져내릴 듯했다. 누군가가 얼룩을 지우려고 했던 흔적이 기다랗고 밝은 색으로 남아 있었다. 소파에 앉은 그녀는 잠시 망설이다가 신발끈을 풀고는 몇분 동안이나마 눈을 붙이고 싶어 두 발을 등받이에 걸쳤다. 그때 노크 소리가 나고 야콥이 안으로 들어왔다. 그러고는 그녀 옆에 털썩 주저앉는 바람에 그녀의 두 발이 그의 목에 닿을 지경이었다. ─기억 안 나? 그가 확인하듯 물었다. 그녀는 별다른 호기심도 없이 붉은빛이 도는 금발과 유약해 보이는 얼굴 표정, 입을 작게 보이게 하고 우뚝한 코와 높다란 이마를 부드럽게 보이게 하는 통통한 뺨을 멍하니 바라보았다. 그의 표정은 좋아 보였고 어쨌든 편안해 보였다. 그녀는 아무 기억도 나지 않았다. 다리가 가느다란 낡고 작은 탁자에 놓여 있는 유리컵에는 장미 세 송이가 꽂혀 있었다. 줄기는 이미 어둡게 변색되어 있었고, 흐릿하게 빛나는 물속에서 떠다니는 꽃잎 하나가 확대돼 보였다. 깅카가 뭐라고 소리쳤고, 그녀 혹은 그녀의 손에 자신의 젖은 손을 조심스럽게 포개고 있는 남자를 부르고는 대답을 기다렸다. 프라이부르크였어. 이자벨은 생각을 떠올렸다. 머나먼 여정과 세월과 무수한 결정과 습관적인 행동들에도 불구하고 기억은 장면들을 토해냈다. 황량하고 어두운 황혼 속에서 비에 젖어 있던 나무등치들, 숲속 깊숙한 곳까지는 밀고 들어올 수 없었던 폭풍우에 의해 뒤엉키고 엉성해진 작은 관목들, 브롬베르크로 올라가는 가파른 언덕길. 여름이면 그곳 브롬베르크에서는 너도밤나무들 아래로 마치 숲속의 빈터에서처럼 풀이 자랐고, 나무들은 서로의 평화를 방해하지 않으려는 듯 멀찍이 떨어져 있었다. 놀라기라도 한 듯 그녀가 그의 이름을 불렀다. 야콥. 그녀는 십년 전의 산책과 숲과 여명과 축축한 습기, 그리고 그녀의 연인에게로, 황폐하고 굴욕적인 동거 생활로 돌아가리라는 걸 알고 있었지만 야콥의 손을 잡았을 때의 혼란스러운 느낌을 떠올렸다. 반쯤 열린 문 틈으로 새어들어온 한줄기 햇살이 세 송이 장미 바로 위에 떨어졌다.

야콥은 말없이 숨을 들이마시고 내쉬고 있었다. 그녀 얼굴의 기미는 좀더 늘어난 것 같았고 주름은 아직 보이지 않았다. 목은 더 부드러워 보여 입술을 대고 싶을 정도였다. 당시 숲속에서 그녀의 눈은 주저없이 그의 시선을 받아들였고, 한편으로는 두려우면서도 난방도 제대로 되지 않던 그의 방으로 함께 들어갔다. 야콥은 그녀가 그동안 자기를 기다리지 않고 있었음을 알아차렸다.

하이힐을 신은 킹카가 고통스러운 듯 인상을 찡그리며 들어왔다. 둘이 소파에 함께 있는 것을 본 그녀는 웃음을 터뜨렸고, 다른 사람들에게 무언가를 알리려는 듯 소리쳤지만 아무도 듣지 못했다.

집으로 돌아와 이자벨은 다시 한번 알렉사와 통화하려

했지만 허사였다. 텔레비전은 켜져 있었고 두번째 비행기가 정확하게 일직선을 그리며 두번째 탑으로 돌진했다.

다음날 아침 사무실에 제일 먼저 출근한 그녀는 컴퓨터를 켜고 창문을 열었다. 둥근 돌들이 박힌 포장도로는 어제 내린 비로 산뜻해 보였지만, 전철 구획선의 벽돌들은 이제 낡을 대로 낡아 종말을 맞은 듯 생기없어 보였다. 이자벨의 책상 위에는 안드라스와 페터에게 보여주려고 어젯밤 프린트해놓은 도안들이 놓여 있었다. 회사 소유주들의 이름을 딴 파니어&타르노우라는 글자들이 베를린 주택관리사무소라는 회사 이름 아래 선명한 푸른빛을 발하고 있었다. 그녀는 회사 간판이나 팸플릿, 편지지와 봉투, 명함 제작처럼 두 남자가 귀찮아하는 자질구레한 일들이 마음에 들었고, 그것들을 완벽하게 소화해냈다. 말하자면 티끌 모아 태산인 셈이다. 다만 팸플릿 일은 아직 들어오지 않았다.

열두시. 마침내 페터가 출근했다. 이제 그녀의 점심시간이었다. 그녀는 하케쉬 시장으로 갔다. 평소보다는 생기가 없었지만, 까페와 레스또랑은 문을 열었고, 관광객들이 일정대로 관광을 계속할지 말지 결정하지 못한 채 앉아 있었다. 여기도 저기도 사람들이 사진이 박힌 신문을 펼쳐들고 있었다. 적당한 길이에 통이 좁은 치마를 입고 운동화를 신은 이자벨은 오라니엔부르크 가(街)까지 걸어갔다. 유대교 교회당 앞에는 평소보다 많은 경찰들이 서 있었다. 그녀는 거기서 발길을 돌려 로젠탈 가로 꺾어들었다. 하늘에는 구름이 끼어 있었고 거리와 쇼윈도는 우윳빛이었다. 통행자들은 엷은 천 뒤로 몸을 숨긴 듯했다. 자신을 숨기는 것 말고 무엇을 기대할 수 있으며, 어떤 얼굴을 하고 돌아다녀야 할지 누가 알겠는가? 이자벨은 신발가게 앞에 멈추어서서 자신의 모습을 비추어보았지만 아무 느낌도 들지 않았다. 그녀는 머리카락을 묶은 고무줄을 매만졌다. 적당한 굵기의 밝은 갈색 머리칼이었다. 하지만 그 때문에 그녀의 얼굴이 평범해 보이지는 않았다. 창백하면서도 균형이 잘 잡힌 계란형 얼굴은 완벽했다. 그녀는 자신의 코를 오른편으로 그리고 왼편으로 눌러보았다. 그때 땅에서 솟기라도 한 듯 갑자기 나타난 어린 소녀가 이자벨 옆에 서서 흉내를 냈다. 그러고는 히죽거리고 웃으면서 달아났다. 분홍빛 옷을 걸친 조그만 발레리나였다. 이자벨은 자신의 신발을 흘낏 내려다보고는 가게로 들어갔다. 여점원이 언짢은 듯 고개를 들면서 카운터에 펼쳐놓았던 신문을 옆으로 밀었다. 신문은 아무렇게나 바닥으로 떨어졌고, 사진 위에 얼어붙은 것처럼 놓여 있던 것들도 덩달아 허공으로 떨어졌다. 야콥이 여덟시에 뷔르게엥겔 바에서 그녀를 기다리겠다고 말했다. 이자벨은 생각했다. 신발이 문제가 아니라 이 신발을 신고 어떻게 돌아다니는가가 문제야. 그녀는 작은 반달 모양의 뒷굽이 달린 흑갈색 운동화를 신고 있었는데, 길고 좁다란데다가 색도 우중충하고 균형도 잡히지 않은 것이다. 왼쪽 신과 오른쪽 신 모두 발등 중앙 부분에 고무가 붙어 있었다. 새로 깔았지만 이미 여기저기 생채기가 난 얇은 널마루판 위를 삐거덕거리고 밟으면서 이자벨은 거울 앞에서 이리저리 자신의 모습을 비추어보았다. ―오늘 저녁 데이트가 있거든요. 그녀가 말했다…… ―오늘 저녁이라고요? 여점원이 다시 확인했다. 이자벨이 마치 장례식 이야기라도 한 것 같은 어투였다. 흔히 수준 낮은 영화에서처럼 야콥 대신 프라이부르크 시절의 연인이 어울리지도 않게 건초 냄새를 풍기며 나타나는 장면도 떠올랐지만, 말도 안되는 상상이었다. 야콥과 꼭 마찬가지로 그도 그녀를 금방 알아볼 것이다. 그녀는 스무살 이후로 거의 변하지 않았기 때문이다. 순진하고 매끈한 얼굴은 거의 그대로였다.

그녀는 눈길을 발에 둔 채 거울 앞에서 계속 왔다갔다했다. 꼭 끼는 긴 바지를 입은 점원은 그 모습을 말없이 바라보며 다리를 꼬았다. 그러고는 버클 대신 황금빛 곤충이 달려 있는 장밋빛의 뒷굽 높은 구두로 장난하면서 인상을 찌푸렸다. 그녀는 음반을 올려놓는 것을 잊고 있었다. 한데 그런 날에 도대체 무슨 음악을 듣는단 말인가? 바깥의 자동차들도 평소보다 더 느릿느릿 달리는 듯 보였다. 쇼윈도 밖에서 아이가 자전거를 타고 있었고, 어머니는 자전거 뒤의 짐판을 꼭 붙들고 있었다. 야콥은 그날 저녁 **뷔르게엥겔**에서 만나 이러저런 이야기를 하며 시간을 보내리라는 것을 조금도 의심치 않았다. 그러나 깅카가 킥킥거리면서 의도적으로 아주 차분하게 문을 끌어당겨 닫았더라도, 우리 앞으로 계속 만나자는 말만은 하지 말았어야 했고, 미소도 짓지 말았어야 했다. 또각또각. 반달 모양의 뒷굽이 널마루 위에서 소리를 냈다. 이제 음악이, 그 어떤 리듬이, 감상적인 노래가 도움이 될 수 있는 순간이었다. 여점원이 카운터로 가서 스테레오 장치 쪽으로 몸을 숙였다. 허리부터 두 다리가 우아하게 쭉 뻗어 있었고 작은 엉덩이만이 뒤쪽을 향하고 있었다. 블라우스가 위로 당겨 올라가면서 날씬하고 흰 등짝이 조금 드러났다. 등 아래쪽이 살짝 솟아올라 있었는데, 거기서부터 매끈하고 탄탄한 엉덩이가 시작되었다. —정말 멋져 보여요. 점원이 무덤덤하게 말했다.

그날 오전에야 비로소 이자벨은 알렉사와 통화할 수 있었다. —우리가 어떻게 해야 한다고 생각하니? 전화기 너머에서 클라라의 웃음소리가 들려왔다. —뭐 때문에 그렇게 걱정하는 거야? 이자벨은 알렉사의 집에서 큰소리치지 못하고 주도적 역할을 하지 못할 때면 언제나 그랬던 것처럼 또 가슴이 쓰렸다. 제 목소리를 내본 적이 한 번도 없었다. 도대체 뭐 때문이란 말인가? —우리가 이년 동안 한집에서 살았기 때문인가? 어쨌든 오늘 저녁에는 야콥이 그녀를 기다릴 것이다. —기다릴게. 그는 그렇게 말하고 갔던 것이다. 이자벨은 베를린으로 처음 이사오던 해에 홀리기라도 한 듯 옷을 사들였다. 하이델베르크와 프라이부르크의 답답한 분위기에서 벗어나고 싶어서였다. 한나가 비웃을 정도였다. 알렉사가 클라라의 집으로 이사를 갔고 그후로 이자벨은 마치 자신의 과거와 미래를 모으기라도 하듯 돈을 모았다. 아주 잠시 돈벌이가 없는 동안 번거로움을 피하기 위해 쓰려면 쓸 수도 있었지만, 부모가 보내준 돈에는 손도

대지 않았다. 그녀의 아버지가 매년 크리스마스와 생일날 필요할 때 쓰라고 편지와 함께 보내준 돈이었다. 이자벨은 신발을 벗고 검은 나일론 양말을 신은 채 널마루에 서서 여점원을 보고 고개를 끄덕였다. 279마르크. 바깥에서 끼익 소리를 내며 전차가 움직이기 시작했다. 마음의 결정을 내린 이자벨은 여점원에게 운동화를 봉지에 넣어달라고 하고는 새로 산 구두를 다시 신었다. 보도 위를 딛는 신발 뒷굽 소리가 들려왔다. 자전거 안장에 올라타 그녀를 올려다보고는 비틀거리며 자전거를 몰고 가는 어린 소년의 표정이 환했다. 이자벨 쪽으로 방향을 다시 돌리려고 할 때 소년은 거의 쓰러질 것 같았다. 아이들은 그녀를 좋아했다. 그들이 보기에 그녀도 아이였다. 알렉사는 이자벨이 겉늙은 열네살 아이라고 주장하면서, 테리천으로 만든 아동용 내의를 사서 입히고 사진을 찍기도 했었다. 하늘에는 헬리콥터 한 대가 선회하고 있었다.

3

야콥은 아침일찍 일어나 사무실까지 걸어갔다. 어제 내린 비로 거리는 젖어 있었다. 차갑고 음울한 날씨였다. 3월에 그는 서른셋이 되었다. 지나버린 세월에 대한 기억은 점점 더 그 자리가 줄어드는 것 같다. 이제부터 시간은 다르게, 더 느리게 지나갈 거야. 지나버린 시간은 이제 뭉뚱그려 하나가 되는 거지. 앞으로의 삶의 방향을 위해 참고로 삼으면 되는 거야. 그는 생각했다. 약간의 주석만 붙이면 해명할 수 있는 단순한 삶이었던 거지. 심각한 표정의 행인들을 보고 괜히 짜증이 난 그는 다시 생각했다. 아무 일도 없는데 왜 저렇게 심각한 거야. 어머니가 죽은 뒤로 그 자신은 불행과는 담쌓고 살았다. 그녀는 그의 열두번째 생일 직전에 세상을 떠났고, 피니 고모가 그와 그의 아버지가 있는 곳으로 이사를 와서 점심때마다 요리를 해주었다. 가끔 그녀는 은근히 자랑하듯 말했다. 자기가 아니었다면 남동생이 아무 일도 제대로 해내지 못했을 것이고, 포메른 출신 양갓집 처녀와의 결혼도 성사되지 못했을 거라고. 어머니가 죽은 뒤 야콥은 몇주 동안 거의 말을 하지 않았고, 피니 고모와는 한마디도 나누지 않았다. 피니 고모는 시누이 안그리트의 서재를 조금씩 치워나갔고, 짜증스럽긴 했지만 남동생이 하는 일—그의 직업인 우직한 사무원은 말하자면 남동생이 자기 부인에게 바친 선물과도 같았다—에는 조금도 간섭하지 않았다. 다만 서랍에 들어 있던 편지와 사진들은 치웠다. 그리고 다른 가구들을 들였다. 안그리트 홀바흐가 70년대에 사들였던 안락의자 두 개, 작은 탁자, 알록달록한 색깔의 야콥센 걸상, 그리고 입으로 불어서 만든 투명한 유리 램프 들이었다. 사년 후 피니 고모가 아버지의 새 여자친구 게르트루트를 위해 집을 비워야 했을 때에야 비로소 야콥은 집이 얼마나 달라졌는지 실감할 수 있었다. 그는 어머니와, 어머니가 좋아했던 밝은 색과 명료한 형태를 되찾고 싶었고, 문을 여는 순간 들이닥치는 컴컴한 정적에서 벗어나 이사갈 순간을 고대했다. 게르트루트의 배려도 곧 바닥을 드러냈다. 그녀는 저녁이면 쇼핑백을 가득 안고 야콥의 아버지보다 일찍 집으로 들어와, 요란하게 야콥의 이름을 부르고는, 부엌으로 들어가 비틀스와 팻츠 월러와 텔로니어스 멍크 등의 낡은 테이프들을 들었다. 그러나 이 집에서는 모든 것이 오래가지 않았다. 모두들 여행자처럼 낯선 가구들을 조심스럽게 사용하면서 다시 떠날 날을 기다렸다. 그의 아버지만 혼자 남았다. 게르트루트가 야콥에게 함께 떠나자고 말했던 것이다. 야콥은 그녀가 자기 때문에 머물렀다고 생각하지는 않았지만, 그녀를 좋아한 것은 분명했다. 이별의 순간에 그녀는 미니버스를 빌려 야콥과 그의 자질구레한 물건들을 싣고 프라이부르크로 갔고 그의 입술에 키스를 했다. 그들은 매트리스를 그의 새로운 방에 함께 날랐다. 그리고 수개월 동안 그는 그녀와 함께 자지 않았던 것을 못내 애통해했다. 그리고 얼마 뒤 그는 같은 주택에 사는 여자와 연애질을 시작했고 그녀와 잤다. 하지만 게르트루트를 잊지는 못했다. 게르트루트는 아버지 곁을 떠났고, 야콥은 편지를 기다렸지만 결코 편지는 오지 않았다. 그리고 삼년 후 야콥은 법제사 강의시간에 이자벨 옆에 앉았다가 다시 사랑에 빠지게 되었던 것이다.

그는 한스를 알게 되었다. 누가 물으면 한스와는 유치원 때부터 아는 사이라고 대답했지만 사실 그들이 처음 알게 된 것은 프라이부르크에서였다. 야콥이 도착한 바로 그날, 새 구두를 사 신고 처음으로 대학 구내식당에 식사하러 갔던 날이었다. 새 구두는 발리(스위스의 고급 브랜드—옮긴이)의 고급 남성화였는데, 그는 그 구두를 신고 새로운 기분으로 뭔가를 시작하고 싶었다. 다른 사람들이 자질구레하게 자신에 대해 기억하는 상황에서 벗어나 자유를 누리고 싶었던 것이다. 그들은 둘 다 친구들이나 함께 법학을 공부하던 동급생들도 없이 혼자서 프라이부르크로 왔고, 구내식당 앞에 늘어선 기다란 줄에 앞뒤로 서 있다가 만났다. 야콥에게는 구역질을, 한스에게는 놀라움을 불러일으킨 음식 냄새와 후텁지근한 김이 서려 있는, 낙서투성이의 더러운 콘크리트

벽 앞에서였다. 한발 한발 그들은 앞으로 밀려갔다. 앞으로 날이면 날마다 그들이 서 있게 될 서적 진열대 옆을 지날 때였다. 야콥이 새로 산 갈색 구두와 그것의 믿음직스럽고 단단해 보이는 봉제선에 한눈을 파는 바람에 앞에 서 있던 한스를 세게 밀치고 말았다. 한스는 자신의 신분을 어김없이 입증해줄 학생증을 손에 쥐고 있었다. 그는 슈바르츠발트의 조그만 마을 출신으로, 그곳에 부모님의 농장이 있었다.

처음 네 학기는 빨리 지나갔다. 그들은 슈타우펜으로, 바젤로 무전여행을 떠나기도 했다. 다른 사람의 차를 얻어타고 슈트라스부르크까지 여행을 하기도 했다. 크리스마스에 한스가 야콥을 자기 부모님 집으로 데려간 적도 있었다.

한스는 예술사 강의들을 듣고, 바젤이나 슈투트가르트에서 열리는 규모가 큰 전시회에 빠짐없이 다녔다. 반면 야콥은 영화관이나 연주회에 갔고, 매주 정치에 관심을 갖고 귀를 기울였으며 여러 종류의 일간신문뿐만 아니라 외국신문까지 꼼꼼히 읽었다. 베를린 장벽이 무너진 다음날 아침 그는 여행사로 달려가 지배인이 올 때까지 기다렸다가 베를린행 비행기표 두 장을 예약했다. 비행기가 슈투트가르트에서 출발했기 때문에, 그는 한스와 함께 자동차를 빌려 타고 갔지만 너무 늦어서 비행기를 놓치고 말았다. 이후 야콥의 호기심은 시들해졌다. 모드로브와 드 메지에르 정부, 갑자기 거의 매일 전화에 대고 아버지가 늘어놓는 논평에 야콥은 질려버렸다. 그는 땅이 꺼지는 듯한 느낌이었다. 그의 나라, 독일연방공화국이 사라졌다. 그래서 그는 방랑을 떠났다.

스스로는 의식하지 못했지만 어느 곳에 있든 방랑자였다. 하지만 그런 감정은 오래가지 않았다. 한스는 그를 비웃었다. 그다음에 야콥의 관심을 끈 것은 통일조약 문제와 공적재산의 통제를 위한 법 문제였다. 그 문제에 관한 의견충돌로 아버지는 전화를 하지 않게 되었다. 크리스마스에 피니 고모는 이 일과 관련하여 별다른 악의없이 그런 식으로 서로를 건드리면 불쾌한 기억만 불러일으킬 뿐이라고 설명해주었다. 1950년대에 홀바흐 씨가 자기 회사 때문에 매우 불안해했는데, 그 회사가 결국 야콥의 할아버지의 유대인 동업자에게 적당한 가격으로 매각되었듯이, 우리의 미래가 어떤 결과로 이어질지는 아무도 모른다고도 했다. 야콥은 이 문제를 좀더 자세히 알고 싶었으나, 이어서 아리안화(化)라는 말이 나오자 기겁하고 말았다. 그러다가 가을에 이자벨을 알게 되었다. 그들은 처음 만나서 브롬베르크 쪽으로 올라갔다. 골짜기 쪽으로 보이는 프라이부르크는 자욱한 안개에 덮여 있었고, 보슬비가 내리고 있었다. 그리고 단 하룻밤만에 이자벨은 야콥에게 푹 빠졌다. 1992년 야콥은 졸업시험을 치렀고, 공적재산 문제가 자신의 주특기라는 사실을 깨달았다. 그와 한스는 베를린으로 함께 가기로 약속했다. 1993년 그들은 베를린에서 수습사원으로 취직했다. 야콥은 베를린과 브란덴부르크의 부동산에 대한 권리회복을 전문적으로 다루는 골베르트&슈라이버 법률사무소에서 일하게 되었다. 그는 이자벨 생각을 떨쳐버릴 수 없었다. 그는 개인적인 삶에서 인과관계를 별로 좋아하지 않았다. 야콥은 자신이 권리회복 문제에 흥미를 가지게 된 것은, 아버지가 바로 그러한 문제의 당사자이기 때문이 아닐까 하는 생각을 떨쳐버렸고, 이자벨에 대한 그의 사랑의 본질은 그들의 만남의 우연성 때문이라는 생각을 고수했다. 다른 한편 어떤 점에서는 그녀가 그의 권리를 회복시켜주어야 했다. 그는 오랫동안 기다려왔고, 갑론을박이야 있겠지만 그런 기다림 자체가 어떤 권리에 해당할 수 있기 때문이었다.

야콥은 결코 유물론자가 아니었다. 다만 그는 신비스러워 보이는 것이면 모조리 불신했고, 은밀한 행동의 명백하지 않은 동기나 변화를 싫어했다. 그는 부동산과 주택에 몰두했다. 그는 즐겨 브란덴부르크 주 전역을 차를 몰고 돌아다니면서 자신이 알지 못했던 시간을 회상했다. 그럼으로써 새장에 갇힌 자신의 삶을 넘어서는 기억을 가지게 되리라고 생각하는 것 같았다. 물론 사건들이 인과관계에 따라 진행하지는 않았다. 그러나 어떤 것들은 서로 겹치기도 했다. 예컨대 하나의 시간축이 또다른 시간축과 겹쳤다. 이 마을 저 마을을 지나, 은행계정표와 소유권 이전 상황을 열람하러 토지등기소로 가는 길이면 그런 느낌이 들었다. 전쟁 후, 그의 어머니가 포메른에서 브란덴부르크를 지나왔을 때도 그랬을 것이다. 아무도 들어오지 못하게 창을 꼭 닫은 채 잠들어 있는 황량한 마을들 사이로 포장도로가 지나갔다. 그와 얘기를 나누었던 사람들의 얼굴에는 탐욕과 불안이 배어 있었다. 때로는 희망이 때로는 증오가 뒤섞여 있는 그 어떤 비굴함이 배어 있었다. 진심어린 헌신의 표정은 거의 찾기 어려웠다. 이따금 황홀경에 빠진 표정들도 있었는데, 그러한 사람들의 두 눈은 마치 겹겹이 쌓인 역사의 퇴적물들에 의해 높이 부풀려진 듯 보였다. 야콥은 토지등기부들을 하나하나 기록함으로써 그러한 역사를 완수하려고 했다. 그것은 잘못된 그림을 보여주는 부분을 원래 순서대로 돌려놓기 위해 세심하게 퍼즐을 맞추는 것과도 같았다. 예전의 독일민주공화국(통일 이전의 동독—옮긴이)에서 공식적으로 존재했던 법률적 상황에 순응했고—이러한 법률적 상황에 맞추어—올바르게 대응했던 사람들의 권리는 보호받을 수 있으며 또한 그만큼 정직해야 한다. 피베르크와 라이헨바흐의 공동저작인 재산법 입문에 나와 있는 이 문장을 그는 이제 외울 수 있었다. 그는 일부러 새 차가 아니라 중고 골프(폭스바겐 사의 자동차 이름—옮긴이)를 구입했다. 그럼에도 그는 대부분의 사람들에게 전승국의 사절로 받아들여졌다. 소련은 더이상 거기에 포함되지 않았다.

수습기간을 거친 후 그는 골베르트&슈라이버 법률사무소에서 정식 근무를 제안받았다. 슈라이버 본인, 그리고 야콥과 같은 시기에 사무실에 들어온 로베르트는 물권법 제6조 1항의 기준에 따라 법률사무실을 운영했다. 이 법은 1933년 1월 30일부터 1945년 5월 8일 사이에 걸쳐 인종, 정치, 종교 혹은 세계관을 이유로 탄압을 받았고 아울러 재산을 강제 매각당하거나 몰수당하거나 혹은 다른 방식으로 상실했던 시민들이나 단체들의 재산법적 요구에 상응하여 적용된다. 야콥 자신은 우선적 투자 대상을 전문으로 취급했다. 이전 소유자가 드러나지 않을 경우에는, 투자자가 해결되지 않은 소유관계를 손상시키지 않고 자신의 계획을 실행할 수 있었다. 최종 결론이 나기 전에도 삶은 계속되어야 했기 때문이었다.

한스는 그들이 처음 같이 살았던 빈 가의 주택에 계속 머물렀다. 야콥이 이사를 간 한참 뒤까지도 그들은 이따금 그곳에서 며칠 동안 함께 지냈다. 그와 요나스, 마리아네, 파트리크 그리고 그때마다 바뀌는 친구들과 함께. 대개 요나스와 파트리크처럼 화가거나 독일어문학자 혹은 저널리스트였으며, 변호사가 얼굴을 내민 적은 단 한 번도 없었다. 그들은 파트리크가 판자 하나와 다리 두 개를 덧대 2미터 50센티미터만큼 길이를 늘인 기다랗고 흔들리는 테이블 앞에 앉았는데, 이는 참석자 모두가 먹을 것이나 적어도 포도주 한 병을 가져와야 함을 암묵적으로 말하는 것이다. 그리고 한스가 나중에 수습기간을 마치고 두 번 만에 국가시험에 합격하고 나서 처음으로 일자리를 얻어 수입이 넉넉해지자, 그는 커다란 냄비와 프라이팬 들을 새로 구입했고 레인지를 하나 더 마련했으며 포도주도 배달시켰다. 그리고 장학금으로 또는 아주 드물게 그림을 팔아서 근근이 살아가는 친구들이 스케치나 인쇄물이나 사진 같은 것을 제외한 그 무엇도 더이상 가져오지 못하게 했다. 그가 새로 꾸민 커다란 방두 개 중 하나에는 판화작품들을 모아놓은 서가가 있었다. 흰색으로 칠한 사면의 벽은 아무 장식도 없이 밋밋했다.

한스와 달리 야콥은 즐거운 마음으로 이사를 했다. 책과 옷가지를 마분지 상자에 담아 나갔다. 침대와 책상과 의자를 물려받고, 그밖의 것을 새로 산 한스는 충분히 가구를 갖추었다. ─ 멍청이, 내가 누구 때문에 이 침대를 구입했단 말이야? 앞으로 십년 동안 내가 쓰려고 구입한 건 물론 아니었어. 그들 사이의 유희는 아주 오랫동안 그리고 아주 순조롭게 진행되었기 때문에 야콥은 어느날 깨어보니 악몽이었다는 식의 상황은 벌어지지 않으리라 믿기 시작했다. 어쨌든 한스의 경우에는 그런 일이 없었다. 전혀 없었다. 사람들이 한스를 언제 알게 되었는지 물으면 야콥은 유치원 때라고 대답했다. 그러다보니 이제 그것은 사실이나 마찬가지가되었다. 그들은 생각하는 능력이 생긴 뒤부터 서로를 알아온 것처럼 되었다. 만나는 여자친구가 없었기 때문에, 둘은 거의 부부 같았다. 한스가 왜 독신을 고집하는지 야콥은 몰랐다. 야콥도 열광할 만한 여자를 만나지 못했고, 그래서 이자벨을 기다렸다. 그는 아주 진지하게 생각한 것은 아니었으나 십년 기한을 정해 그녀를 기다리기로 마음먹었다. 그러므로 2001년까지 만나지 못했다면 결국 이자벨을 잊어버리고 말았을 것이다.

야콥은 2001년 8월 골베르트&슈라이버 법률사무소의 동업자가 된 것을 기념하기 위해 한스를 디크만으로 초대했고, 그뒤에 함께 뷔르게엥겔로 갔다. 한스가 위스키 두 잔을 가져오려고 카운터 쪽으로 가고, 야콥이 어쩌다가 옆에 앉은 사람들의 목소리에 귀를 기울인 것은 우연이었다. 이자벨. 십년 만에 처음으로 그녀의 이름을 들었다. 그는 깅카와 어렵지 않게 대화를 나누게 되었다. 그녀가 9월 11일 날짜로 야콥을 초대하자, 그는 뉴욕에 있는 투자자와의 약속을 9월 9일로 바꾸고, 비서인 율리아에게 비행기표 예약 날짜를 바꾸도록 부탁했다.

그는 당시 자신을 화들짝 놀라게 했던 그녀의 이름과 얼굴을 떠올렸다. 균형이 잘 잡히고 유별나게 멍한 표정을 짓고 있는 그녀의 얼굴은 별다른 호기심도 없으면서 그 무엇인가를 기다리고 있는 듯했다. 그녀는 모든 면에서 법학과 여학생 같지 않았고, 그녀 자신도 그림이나 디자인을 공부하고 싶다고 말했다. 그는 그녀의 얼굴과 자그마한 가슴, 그리고 자신이 단 한순간도 당황하지 않았다는 사실을 떠올렸다. 이자벨을 다시 만나게 되었어. 그는 뷔르게엥겔에서 씩웃으며 한스에게 이렇게 말했다.

실제로 그는 그녀를 다시 만났다. 하필이면 그날이었다(9·11 테러 사건이 일어난 날 야콥과 이자벨이 재회한다—옮긴이). 저녁 때까지 그는 이런 상황에서 초대란 정말 쓸데없는 짓이고, 파티도 열리지 않을 거라고 생각했다. 하지만 택시를 타고 슐뤼터 가로 가서 초인종을 누르고 즉시 집으로 들어갔다. 이자벨은 거기 있었다.

법률사무소에서 어수선한 오전을 보낸 후, 점심시간에 그는 불안한 마음을 떨쳐버리지 못한 채 포츠담 광장 방향으로 산책을 갔다가 마우어 가로 돌아왔다. 그는 신문도 보고 싶지 않았고, 오가는 잡담들도 듣고 싶지 않았다. 그저께만 해도 그는 그곳(9·11 테러 사건이 일어났던 뉴욕—옮긴이)에 있었다. 그러다가 제때 여행을 떠났고, 그래서 그에게는 아무 일도 일어나지 않았던 것이다. 사실상 이자벨이 구해준 것이나 다름없다고 그는 생각했다.

4

메이는 정신이 나가 어쩔 줄 모르고 계단 위에서 훌쩍이
며 그에게 매달렸다. 극도로 흥분한 상태였다. 짐의 귀에 텔
레비전 소리가 들려왔다. 앨버트와 벤 그리고 그는 셋이서
차를 타고 오는 중이었다. 짐이 벤과 다투는 동안에 앨버트
는 말문을 닫은 채 같은 씨디를 틀고 또 틀었다. 짐은 구역질
이 났다. 앨버트가 차 안에다 오줌이라도 싸지른 듯했다. 음
악 때문이 아니었다. 앨버트가 음악에만 귀를 기울이면서,
허공에다 과장되게 두 손을 휘두르다가 어쩔 수 없는 지경
이 돼서야 운전대를 붙드는 식으로 오만방자했기 때문이다.
오늘따라 보통때보다 더 자주 남쪽 방향에서 경찰차가 나타
났다. 썰버타운 근처의 진입로들, 특히 부두 근처에서 경찰
차가 자주 나타나 짐의 애간장을 태웠다. 짐은 욕설을 퍼부
었다. 이번에는 벤이 신경을 곤두세운 것이 분명 옳았기 때
문이었다. 빌어먹을, 경찰이 여기서 뭘 하는 거야? 그러나
앨버트는 라디오 대신 음악을 더욱 크게 틀었다. 저음악기

들의 소리, 코러스, 거기에다 인공의 전자음처럼 들리는 여자의 목소리. 왜냐면 너무 오래됐어, 그래서 난 설명할 수가 없어, 너무 오래 기다렸어, 지금 당장, 너무 오래 기다렸어. 여자의 목소리는 떨쳐버리기가 힘들었다. 기력을 빼앗아버리는 집요한 목소리였다. 그리고 곧이어—그사이 앨버트는 그를 펜톤빌 로(路)까지 데려왔다—메이의 발작적인 흐느낌을 들어야 했다. 그녀가 몸을 숙이고 비틀거렸기 때문에, 그는 그녀의 관자놀이에 손을 댔다. 그는 그녀를 부축해 거실로 데려갔다. 그때 텔레비전 화면에서 두번째 건물이 폭삭 주저앉았다. 슬로모션으로. 어떻게 이런 일이 가능하단 말인가? 속임수라도 썼단 말인가? 마침내 그는 화면에 비친 장면과 메이의 히스테리, 경찰차들과 화면에 비친 장면 사이에 연관이 있다는 것을 깨달았다. 하지만 무슨 일이 일어났는지 도무지 이해할 수 없었다. 메이는 죽은 사람들에 대해 말했고, 아이라도 안고 있는 듯 팔을 이리저리 좌우로 흔들었다. 그리고 나서는 어디선가 들은 말을 계속 반복했다. 이제 온 세상과 삶이 다시는 본래대로 되돌아가지 못할 것이라고. 밤에 잠이 들어서야 마침내 그녀는 흐느낌을 멈추었다. 그녀를 밀치다시피 흔들며 말리는 동안에도 그녀는 쉴새없이 흐느꼈다. 나직하면서도 끝없는 흐느낌이었다. 건물들이 폭삭 주저앉은 뒤 시간의 속도가 바뀌어, 슬로모션이야말로 유일하게 타당한 시간의 속도인 듯했다. 며칠 동안 메이는 모든 것을 뒤죽박죽인 채로 내버려두었다. 부엌이나 방도 마찬가지였다. 언제부터인지 창문이 열려 양탄자가 젖어 있었다. 메이가 말했다. 악취가 나요, 악취가. 메이는 모든 것을 내팽개쳐두고 있었다. 짐이 양탄자를 곧장 밖으로 들어낸 뒤에도 악취는 그대로 남아 있었다. 말도 안된다. 도대체 메이에게, 그에게 이런 일이 일어날 수 있단 말인가? 바닥에는 기다랗게 접착제가 칠해져 있었다. 그녀는 소파, 노란색 소파에, 이전에는 노란색이었고 거의 새것이나 마찬가지였고 앨버트가 그들에게 가져다주었던 소파에 쪼그리고 앉아 있었다. 벤이 앵무새처럼 반복해 말했듯이 그 소파는 테이블과 의자들, 그리고 집과 함께 앨버트가 동지들을 위해 마련한 것이었다. 이처럼 벤은 자신이 앨버트의 오른팔이라는 사실에 자부심을 느꼈다. 게다가 메이를 자기 여자라고 생각했다. 불쾌하고도 비굴한 놈이어서 짐의 화를 돋우기에 충분했다. 벤은 함부로 행동하면서 집에서 냄새가 나고 냉장고는 텅 비어 있다며 투덜댔다. 교외와 도시 외곽에도 털 만한 집이 몇군데 있었다. 런던에서 이사온 사람들의 집을 털자는 것은 앨버트의 아이디어였다. 평화롭기만 한 변두리나 작은 도시에 사는 사람들은 안전하다고 느끼고, 낮 동안에는 특히 그래서 경보장치를 달지도 않고, 심지어 창문까지 열어놓은 채 서로 믿는다는 것이었다. 앨버트는 일년 전에 더이상 빈집털이는 하지 않겠노라고 선언했지만, 이제는 사정이 달라졌다. 짐은 정원들, 앞쪽이나 여기저기 정원이 딸린 작은 집들을 알고 있었다. 하지만 십년 전부터 런던 밖으로 나오지 않았기 때문에 그동안 그 모든 집이 평화롭고 무사했다. 메이와 그는 한번도 침대를 가진 적이 없었고, 매트리스 한 장만 달랑 사용하고 있었다. 필드 가는 정말 골 때리는 곳이었다. 녹지대는 전혀 없고, 대신 소음과 건설현장과 쓰레기뿐이었다. 자신이 집을 나온 뒤에 메이가 무엇을 하는지, 어디로 가는지 짐은 알지 못했다. 앨버트가 그들을 처음으로 붙들었던 킹스 크로스 쪽으로 내려가는 이곳은 소음이 매우 커서 메이의 기침소리가 겨우 들릴 정도였다. 그는 손을 씻은 자들을 위해 마련된 온갖 갱생 프로그램을 생각해보았다. 하지만 누가 그걸 믿을 수 있단 말인가? 마약반대, 매춘반대, 범죄반대. 그는 떠나고 싶었다. 메이와 함께. 그녀는 소파에 몸을 쭉 뻗고 누워 이제 약을 그만하고 싶다고 말했고 그러겠다고 그에게 약속했다. 그가 나갈 때면 그녀는 창가에 서 있었고, 그가 돌아오면 소파에 누워 있었다. 그가 그녀를 껴안고 그녀 안으로 밀고 들어가면 그의 귀가 먹먹하다고 느낄 때까지 그녀는 기침을 하고 또 기침을 해댔다. ─제발 그만! 그녀가 벗어날 수 있으려면 충분히 돈을 벌어야 했다. 빈집털이는 그만, 앞으로는 마약만. 앨버트는 그렇게 말했었다. 그런데 이제 다시 빈집털이를 하려고 했고, 짐도 몇천 파운드의 벌이를 위해 찬성했다. 여기저기 돌아다니며 검문하는 경찰들도 문제되지 않았다. 늦가을은 차고 축축했다. 창문들은 닫혀 있지 않았다. 메이가 잊어버리고 닫지 않았는지도 모른다. 난방이 제대로 작동하지 않았는지 아니면 너무 잘 작동해서인지 실내는 참을 수 없을 만큼 덥고 냄새가 났다. 벤이 와 있었고, 그녀에게 알약 같은 것을 주었다. 그녀는 창가에 있다가 몸을 일으켰다. 몸에 꼭 끼는 푸른색, 아니 검푸른 모직 옷을 입고 맨발인 모습이 마치 여학생 같았다. 조금은 튼튼하고 귀여운 그녀의 허벅지가 유달리 눈에 띄었다. 메이는 눈을 반쯤 감은 채 문에 바싹 기대서 있었다. 거기 서서 그를 보고 웃고 또 웃다가 소파에 쓰러졌다. 노란색, 아니 예전에 노란색이었던 소파 위로. 그녀는 몸을 앞으로 숙이면서 구역질을 했고, 입에서 끈적한 점액이 한방울씩 떨어졌다. 그녀는 차츰 야위어갔다.

그녀가 말했다. 먼지라면 지긋지긋해. 이곳도 저 뉴욕보다 낫지 않아. 먼지가 많은 사람들을 삼켜버렸어. 아무도 그 얘기를 하지 않고, 죽은 사람들에 대해서도 말하지 않아. 그녀는 차를 마시고 싶었다. 12월이 되었다. 새해에는 도시에서 벗어나 새로운 삶을 살자고, 돈이 충분히 모이는 대로 시골로 이사하자고 짐이 말했다. 그녀는 차를 마시고 싶었다. 그는 핫케이크와 과자를 함께 가져왔다. 킹스 크로스 근처의 건축현장은 점점 더 넓어졌고, 심지어 미들랜드 그랜드 호텔마저도 수리되었다. 앨버트는 몇년 내로 여기가 살기 좋아질 것이고, 필드 가에 사는 걸 고마워할 거라고 주장했다. 짐은 메이가 즉시 병원에 가고, 약을 끊지 않으면, 집도 더이상 필요없을 거라고 말했다.

그들은 대개 텔레비전 앞에 앉아 있었고, 메이는 그러다가 잠이 들었다. 그는 어딘지는 모르겠지만, 자기 앞에 어떤 덫이 있다는 것을 알았다. 그녀의 얼굴. 그는 문을 닫고 나가 귀를 기울였고, 계단을 내려가 거리에 서서 다시 귀를 기울였다. 얼음장 같은 바람에 종이가 날리고 먼지가 일어났다. 비닐봉지들, 담뱃갑 하나. 한 소년이 출입구에서 몰래 훔쳐보고 있었다. 1월이 지나갔다. 전쟁은 벌써 끝났어. 건물들도 죽은 사람들도 베일을 쓴 여자들도 이젠 다 문제가 되지 않아. 그가 그녀에게 말했다. 그녀는 몸을 둥그렇게 말고 소파에 누워 울었다. 벤이 며칠에 한번씩 다녀갔다. 메이는 부정했지만, 짐은 확신했다. 텔레비전에서 나오는 어스름한 불빛을 받으며 짐이 그녀 곁에 앉아 정원을 가지게 될 것이고, 자기 손으로 담장을 높이 쌓을 것이며, 자기 말을 믿어도 되는 이유는 자기 아버지가 미장이였기 때문이고, 또 여름이면 장미가 얼마나 아름답게 피어날지 이야기했다. 그렇게 말할 때만 그녀는 그를 빤히 바라보며 미소를 지었다. 그는 그녀에게 정원에서, 버찌나무나 호두나무 아래에서 차를 마실 수 있는 것, 그것이 그들의 인생이 될 거라고 말하려 했다. 그녀가 그 점을 생각해야 하고, 정원의 버찌나무 또는 호두나무 아래에서 차를 마시는 것, 그리고 부엌에서 쟁반을 가지고 곧장 정원으로, 활짝 피어난 버찌나무가 있는 정원으로 갈 수 있는 삶을 생각해보라고 말하려 했다. 아직은 춥지만, 곧 함께 산책할 수 있고, 차를 타고 리치먼드나 큐로 가서 템스 강변을 따라 산책하고, 그녀를 큐 왕립 식물원으로 데려갈 것이며, 둘 다 아직은 가보지 않았지만, 모두들 그곳이 정말 아름답다는 것도 말하려 했다. 그녀의 얼굴은 점점 더 수척해졌다. 그녀는 거의 아무것도 먹지 않았다. 그는 그녀가 담배를 너무 많이 피운다고 했지만, 그도 담배를 피웠다. 벤이 와서 그녀에게 알약을 주었다. 짐이 집을 나가자

마자 암페타민과 발륨을 주었다. 그는 그녀의 어깨를 잡고 흔들었다. 목숨이 달린 문제라고 그녀에게 말하려 했다. 그는 그녀가 벤을 더이상 집 안에 들이지 못하게 하기 위해 그녀와 차분하게 의논하고 싶었고, 몇주 혹은 몇달 뒤면 런던을 벗어나 시골로 가서 새롭게 시작할 수 있으며, 심지어 결혼도 할 수 있다고 말하려 했다. 새롭게 시작하는 것, 그것이 인생이며, 죽지 않는 것, 그것이 인생이라는 말도 전하려 했다. 리치먼드나 큐로, 바다로 차를 타고 갈 수도 있다고 말했다. 그러나 메이는 그가 증오심으로 가득하다고 말했다. 그리고 그도 그녀의 생일을 잊어버리고 챙겨주지 못했다.

짐은 벤이 앨리스와의 일을 메이에게 말했다고 의심했다. 그를 화나게 한 것은 고자질 때문이 아니라, 그가 표현할 수도 없는 더 깊은 이유 때문이었다. 왜 자신이 메이를 돌봐야 하는지조차 제대로 말할 수 없었다. 물론 헛되이 그녀의 이름만 불러댈 생각은 조금도 없었다. 설상가상으로 그녀는 그와의 잠자리를 꺼렸다. 단 한 번도 그녀는 그와 기꺼이 잠을 잔 적이 없었다고 그는 생각했다. 하지만 앨리스는 좀 달랐다. 그녀는 그에게 몸을 맡겼다. 그를 좋아하기도 했고, 조롱하기도 했다. 그러고는 그에게서 삼백 파운드를 훔쳐 달아났다. 술주정뱅이에다 방탕한 여자였다. 사람들이 사랑하는 것도 미워하는 것도 아주 많지만, 그것을 일일이 설명할 수는 없는 법이다. 앨리스는 방탕한 여자였다. 그를 가뿐히 속일 정도로 작은 짐승의 얼굴을 가진 예리하고 교활한 여자였다. 충분히 그러고도 남을 여자였다. 앨링턴 로에 있는 그녀의 방에서 그는 구역질을 일으켰다. 불결한 식기와 주삿바늘 들이 널려 있고, 라디오는 잠시도 꺼지지 않은 채 소음을 내고 있었다. 짐은 화가 나서 앨버트에게 짐승처럼 으르렁거렸다. 짐이 그녀를 팼다고 벤이 주장했기 때문이다.

—다른 사람을 우습게 아는 너는 도대체 어떤 인간이야? 하필이면 앨버트가 이렇게 말했다. 메이의 스물다섯살 생일을 짐이 잊어버렸을 때였다. —당신은 증오심으로 가득해. 메이가 말했다. 그는 그녀와 영화관에 가고 싶었다. 그러자 그녀는 가는 곳마다 경찰이 쫙 깔려 검문하기 때문에 전철을 타고 싶지 않다고 했다. —우리 모습이 어때서? 그래서 우리한테 무슨 일이 일어난단 말이야? 내가 아랍사람처럼 보여? 아니면 당신이? 그가 그녀에게 물었다. 메이는 그가 증오심으로 가득하다고 거듭 말했다. 그사이 벤이 왔고, 선 채로 모든 말을 들었다. 이틀 후 짐이 어느 집 대문의 간단한 자물쇠를 따지 못해, 그들은 목적을 이루지 못하고 다시 물러났다. 앨버트가 그의 어깨에 손을 얹고는 큰 소리로 웃자, 짐은 화를 내며 그 손을 털어버리고는 자리를 떠났다. 앨버트는 짐의 몫을 끝내 내놓지 않았다. —너를 위해 보관해둘게. 모든 걸 꼼꼼하게 적어놓을게. 조금만 참아. 그는 이렇게 짐을 달랬고, 그를 바보 취급했다. 그는 좁고 냄새나는 허름한 집의 세를 지불하고는 자신에게 감사해야 한다고 말했다. 하지만 얇은 창문과 냄새에도 불구하고 그곳은 집이나 거의 마찬가지였다. 다만 메이가 문제였다. 그녀는 소파에 웅크리고 누워 주장했다. 아직도 죽은 사람들이 보이고, 산

사람들이 창문에서 저 아래로 뛰어내렸으며, 그들의 비명소리, 엘리베이터와 복도에 갇힌 사람들의 말소리가 아직도 들린다고. 미움과 증오가 우리를, 우리 둘을 덮칠 거라고 그녀는 말했다. ―그 사람들이 영혼 저 깊은 곳에서부터 우리를 증오한다는 걸 왜 모르는 거야? 그는 아무 말도 하지 않았다. 싸이렌 소리가 오른쪽에서 왼쪽으로 거리를 따라 들려왔다가 멀어졌다. 메이가 말했다. ―죽은 사람들, 우리가 잊어버린 사람들이 우리를 부르는 소리야. 짐은 시원한 공기가 들어오도록 창문을 열어젖혔다. 2월이다. 건축장비들이 내는 소리가 방 안까지 들려왔다. 언젠가 그들은 수로까지 산책을 간 적이 있었다. 수로를 따라 걷다가 공원까지 그리고 대형 새장까지 가려고 했다. 하지만 메이는 도중에 걸음을 멈추고 수로변 벤치에 앉아 더는 걷지 않겠다고 말했다. 그는 혼자서 더 걸어갔다.

나중에 그는 이런 생각이 들었다. 추운 날씨에도 작은 외투의 단추를 잠그지 않은 채 그곳 벤치에 혼자 앉아 있을 때, 그녀가 처음으로 사라져버린 거라고. 그가 다시 뒤돌아보았을 때 그녀는 고개를 숙인 채 그대로 있었고, 그는 그녀가 보이지 않을 때까지 더 걸었다. 그녀는 그 자리에 가만히 앉아 미동도 하지 않았지만 실제로는 그때 사라져버렸던 것이다.

다음날 그는 앨버트에게, 앞으로는 오십 퍼센트를, 그것도 현금으로 자기 손에 직접 건네달라고 요구했다. 앨버트는 웃었다. 하지만 그것은 앨버트 스스로가 짐에게 얘기했던 것이었다. 걱정할 필요없어. 네가 원하는 대로 해줄 테니. 그것이 다였다. 앨버트는 다시 동의했고, 조금만 더 참으라고 그에게 부탁했다. 짐은 메이와 함께 도시를 벗어나 시골로 이사가려 한다는 이야기를 앨버트에게 하지 않았다. 그러고 나서 대미언을 만났는데, 그는 몇달이든 더 자기 집을 쓰라고 제안했다. 켄티시 타운에 있고, 방 두 개에 작은 정원까지 딸린 괜찮은 주택이었다. 그러나 짐은 집으로 돌아왔다. 집 안에 들어서는 순간 가스 냄새가 나자, 그는 어떤 식으로 질식하든 무슨 상관일까 했지만 서둘러 창문을 열어젖혔고 가스레인지의 밸브를 잠갔다. 그녀는 부엌 바닥에 짐승처럼 누워 있었다. 그는 그녀에게 집에 대해 말하지 않았고, 대신 부엌에, 점점 희미해지는 가스 냄새 속에 선 채로 맥주 여러 잔을 벌컥벌컥 들이켰다. 집 뒷마당에서 빨랫줄을 가지고 노는 아이가 눈에 뛰었다. 아이는 사나운 말을 잡는 시늉을 하면서 올가미를 던지듯 빨랫줄을 내던졌다. 바로 옆 마당에는 한 소년이 소형 오토바이 위에 머리를 숙인 채 드라이버와 부품들을 가지고 달그락거리고 있었다. 창문들에 불이 들어왔다.

봄이 되었다. 일년 전 그들은 웨스트 핀츨리로 차를 타고 가 팬케이크를 먹었다. 그가 그녀를 초대했고, 그녀를 위해 문을 열어두었으며, 그녀에게 꽃을, 튤립을 사주었고, 부활절에는 작은 토끼인형도 선물했다. 그들은 한밤중까지 텔레비전 앞에 앉아 있었고, 서로 포옹을 했다. 그는 일요일이면 채소와 감자를 곁들인 로스트비프를 먹고 싶어했다. 그는 그런 기억들을 떠올리면서 마당을 내려다보았다. 며칠 전에

도 창가에 서서 지난봄의 추억을 떠올렸던 생각이 났다. 앨
버트가 어깨를 으쓱하며 말을 꺼냈다. ―내 말 들어봐. 그
꼬마 아가씨…… 그 여자는 너한테 도움이 안돼. 벤은 그녀
를 가만 내버려두지 않았다. 메이에게 암페타민이나 발륨
같은 것을 가져다주었으며, 짐에게 맞서도록 그녀를 부추겼
다. 언젠가는 그렇게 될지도 모를 일이다. 짐은 메이가 피를
흘리는 것을 보았다. 그녀는 소파 앞 바닥에 누워 피를 흘리
며 울고 있었다. 그녀는 죽은 사람들, 죽은 사람들과 죽어가
는 사람들이 보인다고 말했다. 지금도 그렇게 말하고 있다.
그는 지난봄에 그리고 심지어 지난 늦여름에 그녀의 모습이
어땠는지 생각나지 않았다. 그녀의 균형잡힌 계란형 얼굴,
그 주위를 두른 짙은 금발, 때로는 잿빛으로 때로는 녹색으
로 보이는 눈. 그녀에게는 아이 같은 구석이 있었다. 부드러
우면서 매끈했고, 야위지도 뚱뚱하지도 않았다. 그녀의 모
든 것이 정말 반듯했다. 그는 두 팔로 그녀를 꼭 붙들었다.
누가 뭐래도 그녀는 그의 여자였다. 그는 그녀의 목덜미를
껴안으면서 고양이의 그것처럼 너무나 연약하다고 생각했
다. 그들은 시골로 이사가 정원에서 차를 마실 예정이었다.
그는 마음을 진정시키려고 부엌으로 들어갔다. 그러나 그녀
가 벤과 통화하는 소리가 들려왔다. 그녀가 애원했다. ―제
발 빨리 와줘. 짐에게 하는 말이 아니었다. 그가 안으로 들
어서자 그녀는 손에 칼을 든 채 비명을 질렀다. 십분 후에 벤
이 나타나 문을 열었다. 메이가 열쇠를 준 게 분명했다. 그
녀는 이제 말없이 누워 있었다. 짐이 자리에서 일어나 벤 옆

을 지나갔다. 벤이 하얗게 질려 말했다. ─넌 여기서 빨리 꺼지는 게 좋아. 그러고는 수화기를 집어들었다.

그는 잠시 집 앞에 서 있다가 천천히 걷기 시작했다. 모든 것이 희미한 윤곽으로 보였다. 오로지 윤곽뿐이었다. 부모님의 모습도 떠올랐다. 그들이 식탁에 앉아 그를 기다리던 모습, 아직 병에 걸리기 전이어서 곧장 집으로 올 수 있었던 동생을 부모님과 셋이서 기다리던 모습도 떠올랐다. 생각 속에 구멍이라도 난 것처럼 뭔가가 빠지기는 했어도 그는 그런 장면들을 기억할 수 있었다. 그때 무슨 일이라도 일어난 것처럼 그는 펜톤빌 로에 멈추어섰다. 구급차의 싸이렌 소리가 들려왔다. 그는 다시 걷기 시작했다. 행복한 시절을 기억할 때면, 사람들은 마치 그런 것이 실제로 있었던 일인 양 기억하는 법이다. 하지만 실제로는 희미한 윤곽만 남을 뿐이며, 실제로 무슨 일이 일어났는지 알지 못한다는 불안감만 남을 뿐이다. 짐은 대미언이 준 열쇠를 더듬어 찾았다. 그러고는 불쑥 켄티시 타운 쪽으로 발걸음을 옮겼다. 레이디 마거릿 로로 접어들었다. 사방은 조용했고, 흑백의 얼룩 고양이 한마리가 거리를 가로질러 가 자동차 아래 몸을 숨겼다.

며칠 후 앨버트가 그에게 전화를 걸었다. 메이에 대해서는 한마디도 하지 않았고, 짐도 묻지 않았다.

5

이자벨은 여전히 한나의 열쇠로 프로덕션이 세들어 있는
건물의 출입문을 열었다. 병원에서 마지막을 보내게 된 바
로 전날 한나가 환한 미소를 지으며 건네준 열쇠였다. 피부
가 창백한 만큼 그녀의 얼굴은 더욱더 눈에 띄었고, 잿빛 눈
과 둥그런 입 말고는 아무것도 보이지 않을 정도였다. 한나
는 이자벨을 껴안고 뼈가 앙상한 손으로 그녀의 옆구리를
부드럽게 두들겼다. —한번 와. 적어도 한번은 다시 봐야
지. 그들은 한번 이상 보게 되었다. 한나가 누워 있는 침대
옆에서의 부드러운 속삭임, 전보다 더 어려 보이는 이자벨
의 얼굴, 지난 몇달 동안 그들을 괴롭혔던 혹독하고 쓰디쓴
말들과 마침내 자신의 분노를 삼켜버린 페터의 태연한 태도
때문에 죽음이 혼란에 빠지기라도 한 것 같았다. 이자벨은
병원에 올 때마다 열쇠를 가져왔고, 한나가 그것을 도로 달
라고 하기를 바랐다. 그러다가 마침내 예상했던 일이 벌어
졌고, 안드라스가 그녀에게 소식을 알렸다. 그들은 함께 자

선병원으로 갔다. 한나의 입술은 꼭 다물려 있었고, 아무 소리도 들을 수 없었다. 의사들은 그녀가 고통을 느끼는지 그렇지 않은지 판단하지 못했다. 한나는 이따금 눈을 떴지만 아무것도 보지 못하는 것 같았고, 다만 죽음의 결심을 전하려는 것 같았다. 페터는 밤마다 찾아가 간호사들이 마련해준 간이침상에서 잠을 잤다. 낮동안에는 그가 병원에서도 사무실에서도 보이지 않았다. 그래서 안드라스와 이자벨은 저녁까지 하루종일 단둘이 있었다. 이자벨은 알렉사가 짐을 꾸리거나 풀기 위해서만 드나드는 텅 빈 집으로 돌아가고 싶지 않았다. 지난밤 이자벨은 안드라스 곁에서 잠을 잤다. 그는 그녀에게 깨끗한 시트를 깔아주고 자신은 보잘것없는 소도구처럼 거실에 있는 붉은색 낡은 소파에 몸을 눕혔다. 다섯시경 페터의 전화가 그녀의 잠을 깨웠다. 그는 그녀에게 사무실을 잘 보아달라고 부탁했고, 한달쯤 있다가 돌아오겠노라고 말했다. 1996년 10월 5일 한나가 죽었다. 이자벨이 한나의 열쇠를 가지고 건물의 출입문과 사무실 문을 연 것은 그날이 처음이었다. 그녀의 책상 위에는 일종의 유언장인 짧은 편지가 있었는데, 한나가 소유하고 있던 프로덕션의 지분을 이자벨에게 물려준다는 내용이었다. 런던에 몇달 있던 때를 제외하고는 그래픽 디자인을 전혀 공부하지 않았던 이자벨로서는 기사(騎士) 서임을 받은 셈이다. 당황한 그녀는 몇분 동안 안드라스의 팔에 안겨 있었다. 오년 전 그녀는 베를린에서 직장생활을 새롭게 시작하기로 결심했지만 그때마다 뭔가가 어긋나 뜻대로 되지 않았다. 하지만 낙담할 정도는 아니었다. 그러다가 결국 한나의 조수가 되어 지금과 꼭 마찬가지로 저녁 늦게까지 일해왔던 것이다.

낡은 운동화가 든 봉투를 손에 들고 사무실 문을 여는 순간 그녀는 안드라스 위로 넘어질 뻔했다. 그는 두 손과 두 발을 땅에 붙이고 엎드린 채 혀를 불쑥 내밀었다. 바닥에 흘린 것을 혀로 핥아야 하지 않을까 걱정하는 표정이었다. 일순간 그는 마비라도 된 듯 그 자리에서 굳어버렸고, 책상에 앉아 있던 페터는 날카로운 소리를 내며 웃었다. 분노에 찬 웃음이었다.

그가 말했다. —안드라스가 나한테 수색견 흉내를 보여주려던 참이야. 코에 재를 잔뜩 묻힌 채 온갖 잡동사니 사이를 누비고 다니는 개 말이야. 안드라스가 이자벨의 발치로 눈길을 던지며 말했다. —신발 새로 샀구나. —둘 다 역겨워. 페터가 의자를 넘어뜨릴 뻔하며 벌떡 일어나 말했다. 한 놈은 미친 짓거리를 하고, 다른 년은 쇼핑이나 다니다니. 그가 나가고 문이 찰칵 닫히자, 이자벨이 말했다. —당신들 무슨 일이야?

하지만 안드라스는 말없이 이자벨의 신발을 쳐다보다가 그녀에게서 봉투를 빼앗아 운동화 두 짝을 차례로 끄집어내고는 자신의 책상 위에 그것들을 올려놓았다. 그러고는 손가락으로 운동화끈과 혀모양의 가죽과 운동화 덮개를 살그머니 쓰다듬었다. —안드라스, 그만두지 못해? 주위는 조용했고, 사무실 안도 조용했다. 전철이 서서히 속도를 줄이며 다가오다가 멈추어섰다. 안드라스는 제자리에서 두세 번을 돌다가 책상에 걸터앉았다. 전철은 다시 움직이기 시작했고, 속도를 내더니, 이자벨이 보기도 전에 사라졌다. 하지만 바로 그때 다음 열차가 들어와 멈추어섰고, 몇미터 앞쪽으로 밀리더니 다시 멈추었다. 창 너머로 얼굴들이 보였는데, 유리창이 아니라 마치 렌즈에 짓눌리기라도 한 듯 커다랗게 확대되고 찌그러져 있었다.

— 당신 너무 창백해 보여. 안드라스가 중얼거렸고, 머뭇거리다가 곁방으로 걸어갔다. 부엌으로도 사용되는 그곳에는 꿀병, 식기, 티백, 에스프레소 기계, 캐비닛만큼 무거운 휴대용 주방설비, 개수대와 그 아래 가스통, 버너 두 개짜리 가스레인지가 있었다. 그는 찻주전자를 불에 올리고, 쟁반에 찻잔과 설탕그릇과 우유 깡통을 놓았다. 그러고는 물이 끓을 때까지 기다렸다가 찻잔에 물을 따랐다. 이자벨과 한나는 안쪽 방에서, 두 남자는 바깥쪽 공간에서 일해왔다. 한나가 죽은 뒤에 안드라스는 이자벨 쪽으로 자리를 옮겼고, 벽을 따라 철사를 팽팽하게 쳐서 자신과 이자벨의 도안을 걸어놓을 수 있게 했다. 안쪽 방은 녹색 리놀륨, 바깥쪽 방은 붉은색 리놀륨, 곁방은 청색 리놀륨으로 장식되어 있었다. 이자벨의 책상은 두 창문 사이의 오른쪽 구석에 놓여 있었고, 창문 앞으로는 열차와 전철이 지나다녔다. 모니터가 둥그런 구슬 위에서 이리저리 떠다니는 듯 보이는 컴퓨터 옆으로는 고무지우개, 연필깎이, 여러 색깔의 작은 잉크병들이 다채로운 색깔의 접시 위에 놓여 있었고, 연필과 펜은 유리컵에 꽂혀 있었다. 안드라스는 손으로 스케치를 하거나,

견습생 시절에 그녀가 그렸던 것을 수채화로 다시 그려 보이기도 하면서 그녀의 기운을 북돋아주었다. 그녀는 때때로 몇시간씩 거리풍경과 실내장식, 일련의 그림들을 그린 뒤 마침내 본 작업에 착수하는 그의 작업방식에 익숙했다. 그녀가 페터에게 의기양양하게 말했다. ―이제 제대로야. 시간낭비가 아니라, 그 반대야. 그녀는 사무직을 좋아했다. 새로운 개념―새로운 삶, 바로 이것이었다. 적어도 그녀가 베를린에 와서 주택광고를 하면서 알렉사를 그리고 알렉사를 통해 한나를 알게 되었을 때, 그녀를 사로잡았던 개념이었다. 그녀는 그 모든 것이 알렉사 덕분이라고 생각하며 그녀에게 매달렸다. 알렉사가 클라라에게 이끌려 이자벨에게 다른 집을 찾아보라고 강요할 때까지는.

안드라스가 쟁반을 내려놓고, 다시 한번 몸을 돌려 비스킷과 꿀을 가져와서는 자리에 앉았다. ―창백해 보여. 차 한잔 하지. 어제 이 시간쯤에 이자벨은 깅카의 파티 준비를 도와주어야겠다고 생각하면서 어정쩡한 기대감에 부풀어 저녁시간을 기다렸다. 떠들썩한 분위기와 술, 그런 저녁이면 당연하게 벌어지는 춤판은 깅카가 자랑하는 메뉴였다. 그녀는 공공연하게 싱글 손님을 더 좋아했으며, 결혼식을 막 앞둔 열 쌍의 남녀라 할지라도, 그녀의 파티를 싱글 파티로 만드는 것을 막을 수는 없었다. 파티 초반부터 그녀는 톡 쏘는 말과 칭찬과 조롱조로 깎아내리는 말로써 파트너들을 서로 멀어지게 했다. 그녀는 사랑하는 사람들을 이간질하고 모든 사람에게 적어도 그날 저녁만큼은 보다 친근하고 보다 자극적인 상대를 만나고 싶다는 소망을 불러일으킬 정도로 핵심을 찌르기에 적당한 말들을 본능적으로 쏟아냈다. 그녀의 재주가 결과로 뒷받침되지 않았다면 사람들은 그녀를 마땅치 않게 여겼을 것이다. 채 삼십분도 지나지 않아 단단한 고리들은 해체되고, 참석자 모두가 이 회전목마 위에서 누군가를 자기 쪽으로 끌어당기기 위해 있는 힘을 다해 매력과 사교성을 뿜낸다. 그렇지 않으면 웃음과 웅성거리는 소리로 가득한 방들을 둘러싸고 있는 듯 보이는 어둠속으로 쫓겨나리라는 것을 알기 때문이다. 배웅할 때가 되면 킹카는 손님들로 하여금 다시 자신들의 결혼과 결합관계 속으로 도로 급격하게 미끄러져 내려가게 하는 듯한 말을 해주었다. 같이 왔던 짝과 함께 다시 터벅터벅 밤 속으로 걸어가야 한다는 불만족의 가시가 없지는 않았지만 손님들은 순순히 응했다. 진짜 싱글의 경우 그녀는 짝을 맞추어주려고 애썼다. 하지만 스스로 나서서 뚜쟁이 노릇을 해놓고는 싱글들이 점점 줄어든다고 원망하는 것은 앞뒤가 맞지 않는다고 이자벨에게 실토했다. 그녀는 이자벨에게도 이런저런 남자들을 소개하면서, 삼십대 초반의 다른 여자들과 마찬가지로 이자벨도 어느날 갑자기 결혼해서 아이를 낳고 일을 그만두는 답답한 속물이 되는 문으로 들어서고 있을지 모른다는 협박도 곁들였다.

안드라스는 그녀의 무릎에 손을 올렸다. —너무 심각할 필요는 없어. 지금 우리 짐작보다는 사망자가 더 적을 테니. 원래는 부드럽고 침착했던 그의 목소리가 공허하게 울렸다.

그는 숱 많은 머리카락과 넓은 편인 얼굴을 손으로 쓸었다. 그녀는 자신의 신발에 고정되어 있는 그의 시선을 더듬었다. 그를 불안하게 한 것은 세계무역센터가 아니라, 새 신발과 그녀에게서 뿜어져나오는 긴장감이며, 그의 수신기가 포착하긴 했지만 해독할 수도 가공처리할 수도 없는 어떤 파장이었다. 이자벨은 그에게 우리에 갇힌 짐승을 연상시켰다. 그가 보기에 그녀는 탈출을 위해 미동도 않는 척하며 결단의 순간을 기다리느라 다른 것에는 전혀 무감한 짐승이었다. ─이자벨? 그녀는 따뜻한 찻잔을 두 손으로 감쌌다. 그는 깅카의 파티가 어땠는지 물을 엄두가 나지 않았다. 그녀는 어제 사무실에서 나와 집으로 가서 옷도 갈아입지 않은 채 청바지와 고무밑창 운동화, 동그란 무늬의 황갈색 티셔츠 차림으로 곧장 샤를로텐부르크궁 쪽으로 갔었다. 안드라스는 자신과 마찬가지로 대부분의 남자들도 이자벨에게 쉽게 마음이 끌린다는 사실이 마음에 걸렸다. 그녀는 처음부터 그를 나이 많은 오빠처럼 대하며 편하게 생각했고, 때로는 얕잡아보며 놀리기도 했고, 너무 잘 아는 사이에 흔히 그러듯이 그를 괴롭혔다. 그는 수없이 자신에게 되물었다. 나는 왜 부다페스트로 돌아가지 않는가. 얼마 안되는 짐을 꾸려 뒤돌아보지 않고 곧장 부다페스트로 돌아가지 않는가. 매제인 라즐로가 그곳에서 나와 함께 광고와 그래픽 프로덕션을 열려고 기다리고 있는데 말이다. 한동안 그는 스스로를 달래며, 라즐로의 열정은 믿기 어렵고, 또 열네살 때 자신을 고모부와 고모가 있는 독일로 보내버린 부모님 집으로 다시 돌아간다는 건 참을 수 없다고 생각하기도 했다. 그러나 그는 자신이 뭔가를 기만하고 있음을 알고 있었다.

—어제 그 시간에. 마침내 이자벨이 침묵을 깨뜨렸다가 다시 입을 다물었다. 안드라스가 고개를 가로저었다. 벌어진 일에 대해 누군가는 대가를 지불하게 될 거야. 그 일에 대해 누군가는 대가를 치를 거야. 독일에 있든 미국에 있든 사람들은 자기들의 책임 하에 있는 현실을 강탈당했다고 느낄 거라고 그는 생각했다. 현실이 폭격을 당해 해체되고 말았다. 그러므로 이곳 사람들은 자신들에게 친숙하고 안락했던 그 옛날의 불의(不義)를 다시 편안한 마음으로 받아들이게 될 것이다. 그가 마침내 입을 열었다. —누군가가 대가를 치르겠지. 하지만 마땅히 책임져야 할 사람들이 빠질 건 분명해.

이자벨이 눈물을 글썽거리며 그를 바라보았다. —그들은 죽을 때까지 그런 불안에 사로잡혀 있었을 게 분명해. 그녀의 눈앞에 야콥이 어른거렸다. 프라이부르크에서 그녀와 나란히 대학 광장을 가로질러가던 모습, 대형강의실에서 옆자리에 앉아 있던 그의 모습이 갑자기 떠올랐다. 그는 죽음을 면했다. 그가 죽었더라면 그녀는 그의 죽음에 대해 결코 듣지도 못했을 것이고, 그녀의 무관심한 망각 속으로, 무의미한 죽음 속으로 사라져버린 그를 새삼스레 기억해내지도 못했을 것이다. 안드라스는 그녀에게 손수건을 가져다주려고 자리에서 일어났다. 화가 난 표정이었다. 그는 돌아와서 그녀의 눈물을 조심스럽게 닦아주었다. 그리고 손수건을 건넸다. 그녀는 정말 불행해 보였다. 한나가 머리를 박박 밀어 버린 이유를 마침내 알아차렸을 때처럼 불행하고 죄책감을 느끼는 듯 보였다. 하지만 이미 오륙년 전의 일이었고, 그동안 그녀는 성숙해졌다. ―오늘저녁 우리집에 와. 저녁 준비 해놓을게. 당신이 원한다면 굴라시 수프를 준비하지. 그는 일어나서 창가로 갔다. 디르켄 가를 따라서 남자 셋과 여자 둘이 팔짱을 끼고 큰 소리로 웃으며 차도 한복판을 걸어가고 있었다. 안드라스는 아무것도 아니라고 생각했지만 가슴이 쓰라렸다. 어쩐지 불안해서 막 달리고 싶었다. 거리를 따라 몽비주 공원으로, 슈프레 강을 따라 도시를 뒤로하고 마구 달리고 싶었다.

6

여섯시쯤 되자 하늘이 어두워지기 시작했다. 서쪽에서부터 비바람과 어스름이 마치 절벽처럼 도시로 다가왔다. 처음에는 아무 소리도 나지 않았다. 바람은 무엇엔가 귀를 기울이기라도 하듯 멈추었다. 그러다가 갑자기 빗방울이 떨어지는가 싶더니 사위를 뒤덮으며 폭우가 쏟아졌다. 안드라스는 창가에 서 있었다. 비는 마치 무거운 방수포처럼 지붕 위에 펼쳐졌고, 그 아래로 전등 불빛들이 희미하게 가물거렸다. 텔레비전 방송 송신탑은 어둠속에서 힘겹게 버티고 있었고, 알렉산더 광장 맞은편에 있는 대형비디오 화면들은 창백한 그림자를 던지고 있었다. 삼년 전 그는 지금과 마찬가지로 창가에 서서 이제 정말 떠날 때라고 결심했고, 창밖을 내다보며 책들과 서가 일부, 작지만 무거운 서랍장, 붉은색 소파를 부다페스트로 옮기는 데에는 작은 트럭 한 대면 될 거라고 생각했다. 그의 계산으로는 부모님들이 차츰 채워나갔던 지하창고들 중 하나에 물건을 보관할 수 있을 것 같았다. 그곳에는 돌쩌귀에 비스듬하게 걸쳐진 문들을 맹꽁이자물쇠로 잠가놓은 격자 칸막이벽들이 있었다. 칸막이벽들 뒤로는 석탄과 감자와 장작과 널빤지 들을 담는 빈 상자들이 있고, 나사못과 못, 노끈, 그리고 용도를 몰라 좁은 집의 서랍과 상자들 안에 수십년 동안 보관되어 있던 온갖 잡동사니로 가득 찬 마분지 상자들도 있었다. 그 자신도 여기 베를린에서 온갖 클립과 고무끈, 노끈, 유리조각 들을 보관해왔고, 속지가 있는 편지봉투, 빈 양철통과 유리조각을 몇 달 동안 모았다가 밤에 아무도 보는 이 없을 때 쓰레기 컨테이너로 가져갔다. 그러고 나서 쓰레기를 수거해갈 때까지 며칠 동안 마당을 지나다니지 않았고 심지어 같은 통로를 사용하는 다른 세입자들까지 피해다녔다. 하지만 그러고서도 마음이 놓이지 않았다. 왜냐하면 일주일 정도만 지나면 어느새 이런저런 것들, 판지상자, 매끈한 끈, 분명히 쓰일 데가 있을 물건들이 쌓였기 때문이었다. 그러므로 그러한 어정쩡한 시도들은 포기하고, 일년에 두 차례 정도만 정리정돈하는 게 차라리 더 나았다.

자동차들이 코리너 가를 앞서거니 뒤서거니 올라갔고, 써치라이트들이 깜박거렸다. 아직 나무에 매달려 있는 잎들이 가로등 불빛을 가렸다. 2차 세계대전과 사회주의가 유산으로 남긴 건물의 정면들이 희미한 불빛 아래 모습을 드러냈다. 한쪽으로는 눈에 띄는 색의 건물 몇채가 어른거리며 식료품가게와 까페 들을 선전하는 선발대 역할을 했다. 매제인 라즐로가 그에게 말했다. —그따위 조기연금수령자들한테 물들지 마. 휴대폰이니 하는 라이프스타일 말이야. 그런 상표들은 삶의 무기력을 숨겨줄 뿐이야. 독일에서야 놈들의 코를 쥐어박기만 해도 멋진 놈이라고 대접받을 테지. 하지만 부다페스트에서는 그 정도로 시시하게 굴면, 놈들이 깡패 세 놈을 보내 네 목에 칼을 들이댈 거야.

안드라스가 유리창을 두드렸다. 밖에 있는 누군가에게 자신을 보라거나 아니면 입을 다물라는 신호를 보내기라도 하는 것 같았다. 잠시 거센 바람에 빗줄기가 기다란 잿빛 천 조각들처럼 흩어졌다. 안드라스는 건물 출입문 쪽으로 귀를 기울였다. 이자벨이라면 벨을 누를 것이다. 그녀는 일곱시에 왔다.

벽 너머에서 뭔가 두드리는 소리가 났다. 안드라스는 이웃집과 벽이 맞닿은 곳에서 나는 이 소리가 뭘까 일년 내내 궁금했다. 나지막한 소음이었는데, 지금은 바람소리 때문에 거의 들리지 않았다. 그곳에는 그의 고모부 야노스의 붉은색 낡은 소파가 자리잡고 있었다. 고모인 쏘피 안드라스가 물려준 것이다. 그녀는 무뚝뚝한 표정으로 다마스쿠스 산 낡은 테이블보와 써비스 스푼으로 가득한 백팩도 그에게 물려주었다. 그녀는 등받이에 천을 댄 소파를 문 쪽으로 몇십 센티미터 미는 시늉을 하면서 가져가고 싶으면 꾸물대지 말고 어서 가져가라고 말했다. 그러고는 자동차는 빌려야 하고, 친구도 도와주어야 한다는 조건을 내걸었다. 하지만 그녀는 그 조건을 부다페스트로 이사가는 것을 늦추고, 이미 비워져버린 집에서 몇날며칠이고 비통해할 수 있는 시간을 버는 핑곗거리로 삼았다. 그러면서 안드라스가 언제 소파를 가져갈지, 고모부 야노스라면 무슨 말을 할지, 전구들이 왜 망가져버렸는지, 안드라스가 식기와 나이프 받침대와 식탁보도 같이 가져가지 않을지 물었다. 아직 늦여름이었지만 그녀는 모피 목도리를 두른 채 바로 그 소파에 앉아서 옛날 동요를 흥얼거렸다. ─너도 함께 가야 해, 집으로. 소파 시트와 그의 스웨터에서 아직도 모피 털(쏘피 고모는 시베리아 산 은여우의 모피라고 주장했다)이 눈에 띄었다. 쏘피 고모는 저세상으로 갔다. ─넌 그 사람을 짜증나게 했어. 작별의 순간에 그녀는 마치 거기에 야노스 고모부가 앉아 있기라도 한 듯 뒤편을 가리키며 안드라스에게 말했다.

그는 그대로 남았다. 이자벨이 사무실에서 일을 시작한 뒤로는 베를린을 떠나 그녀의 목소리를 더는 듣지 못한다는 것은 생각도 못할 일이었다. 그녀의 목소리는 어린아이처럼 밝고 깊은 구석이 없었다. 예기치 않게 멈칫거리고 끊기는 듯하다가, 갑자기 침몰하는 작은 신문지 배처럼 미끄러졌으며, 달음박질하는 아이의 등에 멘 책가방처럼 반짝이고 들썩거리며 쏜살같이 지나갔다. 그가 놀란 것은 그녀의 온순함과 침착함이었다. 그 안에는 희망이라는 뿌리뽑기 어려운 핵 같은 것이 있었고, 이따금 이탈의 기질, 다시 말해 더러운 손수건처럼 거의 모든 사람을 포용하는, 잘 제어된 비천한 기질도 조금 있었다. 어쨌든 그는 이자벨을 사랑했다. 그것 말고는 아무 생각도 할 수 없었다. 자신을 지키고 꾸짖고 중심을 잡아야 한다고 다짐하기도 했지만, 결국 최종적으로는 자신에게 어떠한 삶의 규칙 같은 것은 없다는 사실을 받아들여야 했다. 부다페스트에서든 베를린에서든 그 점은 마찬가지였다. 누가 그를 진정시키고 흔쾌히 받아줄 것인가? 그는 주변인이고 이방인이며, 훈련되고 눈에 띄지 않는 떠돌이였다. 이십칠년 전 그의 부모는 그를 공항에 데려다주면서 서베를린에 있는 고모와 고모부를 찾아가라고 했고, 그러면서도 그가 다시 돌아올 수 없을 거라는 말은 하지 않았다. 어머니의 눈물은 그의 여행, 서방으로의 첫 여행을 망쳐놓았다. 겉으로 보기에는 울고불고 할 이유가 없었기 때문이다. 그러나 십사년 동안 그는 내키는 대로 하던 버릇없는 행동 뒤에 불안감을 숨기고 있었고, 그것은 몇달 뒤 그의 첫사랑 아냐가 그에게 무례하게 절교를 선언하고, 이제 다시 부다페스트로 돌아갈 수 없음을 깨달았을 때 그 모습을 드러냈다. ─네 부모님이 연금생활자가 되면 여기 오실 거야. 쏘피 고모가 그를 달래면서 손으로 씩씩거리는 야노스 고모부를 진정시켰다. 그러나 야노스 고모부의 침묵이 더 많은 것을 웅변했고, 그 점을 안드라스는 알아차렸다. 독일어가 능숙해지자 그는 빌머스도르프에 있는 아냐에게 애절한 편지를 여러 통 보냈다. 그러면서도 부모와 어린 여동생에게는 편지를 쓰지 않았다. 오년 뒤 어릴 적 친구인 라즐로가 동베를린으로 오기까지 계속 그랬다. 그곳에서 라즐로가 안드라스에게 편지를 썼고 안드라스가 답장을 했지만, 친구의 애타는 질문에는 답하지 않았다. 젊은 시절 내내 그리고 그 뒤에도 세월은 그가 빌머스도르프 가나 포츠담 가에서 보냈던 오후처럼 지나갔다. 때로는 혼자서 때로는 애들 몇명과 함께 바닥에 침도 뱉고 담배도 피우면서 소녀들을 기다렸다. 그곳은 떠나고 싶어도 떠날 수 없는 영원한 변두리 같았다. 떠나고 싶을 뿐, 그 방향은 알 수 없었다. 나중에는 맥주도 입에 대고, 좀도둑질도 했다. 브라운 면도기와 몇권의 책은 안드라스의 빛나는 업적이었다. 친구들이 그를 큰 소리로 비웃었다. 그는 늦어도 열시까지는 집에 있었고, 오후 다섯시면 아이들과 함께 슈투트가르트 광장으로 갔다. 몇명은 자전거를 타고, 몇명은 걸어서 혹은 무임승차를 해서 추(Zoo) 역까지 갔다. 불안감이 없지는 않았다. 도둑질도 조금하고, 조인트(해시시나 마리화나를 섞은 담배 —옮긴이)도 피웠다. 시위에도 참여하고, 여자애들도 만났다. 안드라스는 피아노 레슨도 받았지만 실력은 좀처럼 나아지지 않았다. 그가 말을 거의 하지 않는다는 것을 쏘피 고모는 알아차리지 못했다. 그녀는 혼잣말만 늘어놓았다. 야노스 고모부는 그의 조카보다 더 완고하게 침묵을 지켰다. 안드라스가 집으로 신문을 가져오기라도 하면 쏘피 고모가 흥분한 목소리로 말했다. —관심 끊어. 우리하고는 상관없는 일이니까. 특히 너하고는 말이야. 마치 텅 빈 공간을 들여다보듯 안드라스는 생각을 거듭했다. 고모부 유령, 고모 유령. 성가시고 눈물나게 하는 두 늙은이. 그들은 석회화되었고, 마치 쿠담 거리에 갖다놓은 조랑말 수레처럼 어울리지 않았다. 고모는 우주비행사 암스트롱에게 푹 빠져 있었다. 그 남자랑 춤 한번 추었으면 소원이 없겠어! 그래도 야노스 고모부는 아무

말 하지 않았고, 일찌감치 병원에 갔다가 언제나 느지막하게 돌아왔다. 안드라스는 야노스 치르테스가 1977년 텔레비전을 구입하고, 「독일의 가을」이라는 프로그램에 흥미를 보였을 때, 처음으로 자신의 존재를 자각하게 되었다. 고모부가 그에게 말을 붙였다. ─어떻게 살아야 할지 아는 사람은 없어. 몇사람 죽인다고 해서 별 도움은 안돼. 그는 조카의 나팔바지를 가리키면서 말했다. ─여동생한테 한벌 보내주지그래? 안드라스는 그것도 용서받을 수 없는 태만들 중 하나라는 것을 알고 있었다. 그러나 태만의 목록은 하도 길어 곧장 잊어버리지 않을 도리가 없었다. 그 무엇도 베를린과 부다페스트를 갈라놓을 수 없게 된 뒤로 시간 기준을 어떻게 정해야 하는가와 같은 질문도 거기에 포함되었다. 고향 방문과 더불어 장벽 붕괴 이전과 이후라는 시간 기준은 이제 무의미해졌고, 시간의 연속체를 자처하는 가느다란 실개천 같은 것이 남았을 뿐이었다. ─넌 언제 결혼할 거니? 어머니가 물었고, 여동생과 라즐로조차 그 말에 공감했다. 고모와 고모부가 죽은 뒤로 그가 베를린에서 잃어버린 것이 없다는 사실을 분명히 깨닫게 해주기 위한 가장 효과적인 방법이라는 듯이. 쏘피 고모는 임종 때까지 포츠담 가의 황량한 주택단지에 살았다. 현관문에는 사내들의 오줌냄새가 진동했고, 창문을 통해 거리의 소음이 그대로 밀려들어왔다. 그래서 안드라스가 연습을 하거나 아니면 쏘피 고모가 아주 좋아하는 모짜르트 소나타 두 곡 중 하나를 연주하는 피아노 소리가 묻힐 정도였다. 그녀의 연주 솜씨는 서툴렀고, 이상할 정도로 엉망이었다. 그래서 안드라스는 그녀가 부다페스트 음악학교에서 공부했다는 게 꾸며낸 이야기일 거라고 추측했다. 아버지의 설명대로라면 그녀는 1956년 독일로 탈주하기 전에 피아니스트로서 성공을 보장받았고, 그것이 탈주의 한 원인이 되었지만, 탈주의 스트레스를 감당하지 못해 몇주 동안 앓아누웠고 그 때문에 음악적 재능과 연주 능력을 잃어버렸다는 것이다. 하지만 믿기 어려운 이야기였다. 그들은 온갖 현대적 안락함과 부엌과 샤워시설을 갖춘, 슈테클리츠 병원에서 멀지 않은 곳에 있는 값싼 집을 찾아다녔다. 값이 싸다는 조건이 최우선이었다. 안드라스가 하고 싶어하는 공부를 제대로 시키기 위해서였다. 안드라스도 고모부가 슈테클리츠 병원에서 1980년대 초반까지 오랫동안 의사가 아니라 간호사로 일해왔다는 사실을 부모에게 들어서 알고 있었다. ―넌 그분들한테 감사드려야 해! 널위해 희생했잖니. 그는 물론 고마워했다. 하지만 그가 오랫동안 속여온 것은 그의 잘못이라기보다는 일관된 이유가 있는 모순이었다. 그는 그래픽디자인을 공부하기 위해 금세 예술공부를 포기하고 말았던 것이다. 그들은 그에게 북쪽으로 창이 나 있는 아뜰리에와 기숙사 비용을 지불해주었다. 다만 쏘피 고모가 죄악의 바벨탑이라고 생각하는 크로이츠베르크로 가지 않고, 또 불안에 찬 환상을 불러올 뿐인 정치와는 거리를 둔다는 조건하에서였다. 안드라스는 크렐 가에 있는 아뜰리에를 친구들에게 맡겨버리고 자신의 좁은 방에서 집들을 그리는 작업을 계속했다. 그는 스케치를 하고 찢어버리기를 반복했다. 가족의 실패에 한몫 하고 있다는 죄책감이었고, 또 마침내 결단에 대한 대가로 자신이 희생을 치러야 한다는 듯했다. 어디엔가 도달하기 위해서가 아니라 어디엔가 머무르기 위해서였고, 가족에게 치명적이던 환상과 의지를 속이기 위해서였다. 안드라스는 유일하게 이자벨에게만 베를린 시절 이전에 자신이 그렸던 그림과 스케치들에 대해 말해주었다. 그리고 부다페스트를 방문했을 때 어머니가 꼼꼼하게 포장지에 싸놓은 그래픽 작품집을 지하창고에서 가져오자, 그중 몇개를 이자벨에게 보여주려고 베를린으로 가져온 것이다. 거리 풍경을 소재로 한 자그마한 작품들이었는데, 좀더 자세히 들여다보면 기이하면서도 불안한 느낌을 주었다. 건물 정면에 쓰이는 것과 같이 땀구멍이 숭숭 나 있는 재료로 사람들을 구성한다든지, 지나치게 장식적인 제국창건기(1871~73년 독일의 경제도약기 — 옮긴이)의 건물 정면을 강조함으로써 단조롭고 불투명한 인과관계들을 조롱하는 듯한 방식이었다. 왜 그걸 전부 포기했느냐고 이자벨이 물었지만 그는 할말이 없었다. 그는 차라리 전등을 끄고 싶었다. 아마도 이자벨은 자신을 끌어당겨 키스해주기만을 기대하고 있었는지도 모른다. 이자벨이 스케치 작품과 그림들을 보며 앉아 있는 곳을 비추는 원뿔 모양의 빛 바깥에서 환한 빛을 발하고 있는 그의 깨끗한 흰색 셔츠는 매혹적이었다. 흔하고 진부한 장면에서처럼 그녀는 핸드백을 뒤적였지만 아무것도 발견하지 못했다. 머쓱해진 그녀는 자신의 어린시절 이야기를 시작했다. 다른 이야기들과 마찬가지로 이 어린시절 이야기도 어쩔 도리 없이 비를 흠뻑 뒤집어쓰며 동물원을 돌아다녔고, 늘 똑같은 안내판 뒤로 늘 똑같은 동물들이 몸을 숨기거나 흐릿한 눈을 하고 있었다는 식으로 전개되었다. 이는 조명상태와 인화지의 화학적 성분의 상호결합으로 구성되는 복잡한 산물인 사진첩과도 같은 이야기였다. 보충설명을 하자면 이 과정에서 인화지는 투명하고 얇은 막 아래에서 바래고, 그럼으로써 자신의 지위, 즉 망각에 대항해 싸우는 내면의 눈을 요구한다. 안드라스의 기억 속에 다음 이야기는 생생하게 각인되었다. 그녀의 어머니가 탄 커다란 풍차 날개가 높이 치켜올라가는가 싶더니 놀라서 멍하게 서 있는 다섯살짜리 아이 쪽으로 미끄러져 내려왔다. 담당자 중 한명이 아이를 알아차리고 크게 고함을 질러 사고를 가까스로 피하지 않았더라면 놀이기구는 곧장 아이를 덮쳤을 것이다. 가파르게 스쳐내려온 풍차 날개는 제대로 멈추지 않았다. 아마도 놀란 나머지 손이 땀범벅이 되어 조종을 제대로 하지 못했던 것 같았다. 놀이기구 조종사가 장갑도 끼지 않았단 말인가? 놀이기구는 잠시 좌우로 흔들리다가 화강암 계단에 충돌했다. 생각보다 소리는 작았지만, 상당히 불행한 사태였다. 풍차 날개를 지탱하는 다리 하나가 부러지고 몸통은 나동그라졌다. 재난을 당한 것일까, 아니면 재난을 피한 것일까? 누군가가 꼬마아가씨를, 소녀를 두 손으로 붙들었다. 왼쪽 눈가의 찢어진 상처에서 피가 흘렀다. 다시 이자벨 옆의 소파에 앉은 안드라스의 눈에는 흉터가 보이지 않았다. 그들 앞에 있는 스케치 작품과 그림 들이 유령처럼 보였다. 직접 손가락으로 쓰다듬어 보지 않고는 흉터를 확인할 수 없을 것 같았다. 그는 그러지 않았다. 못다한 이야기의 레퍼토리는 계속 이어졌다. 불현 듯 그는 어린시절이란 행복했든 불행했든 가까스로 살아남은 이야기의 목록이고 낯섦 그 자체이며 추방과 부끄러움의 이야기라는 걸 깨달았다. 이자벨은 앞서 말한 소녀를 병원으로 데려갔다. 그야말로 본격적인 드라마였다. 병든 어머니는 임종의 침상이 아니라 눕는 의자에 드러누워 죽음을 기다리고 있었다. 그러나 죽음은 일년 동안 실제로 혹은 상상으로 질환을 앓은 후 백팔십도 바뀌었고, 시간의 불확실성이라는 안개 속에서 다시 자취를 감추었다. 그럼으로써 죽음은 메첼 부인의 이미 끝나버린 삶에 부당하게도 영원성을 부여하고 말았다. 하이델베르크의 유명한 변호사인 그녀의 아버지도 임박한 죽음에 낙담했고, 또 그에 못지않게 자신이 이 세상으로부터 소외되는 데 절망했다. 놀란 아버지는 일부러 성대한 파티를 벌였고, 그것은 이자벨의 어린시절에서 두번째 우울한 시절의 시작을 알렸다. 북적거리는 파티가 계속되었고, 그녀는 접시와 칵테일잔을 높이 쌓은 커다란 쟁반들 아래 미운 오리새끼마냥 내팽개쳐져 있어야 했다. 안드라스는 자신이 이 이야기를 듣는 첫번째 남자임을 확신했고, 그 선물의 의미를 알아차렸다. 그러나 이 정도의 소도구와 이야기 들로는 별다른 진전이 있을 수 없었다. 모든 것이 기이할 정도로 무덤덤해서 안드라스와 이자벨은 오라버니와 누이로서, 적어도 동료 사이의 애정관계라는 난

처한 상황에 빠져들지 않으려고 나란히 앉아 있는 것 말고는 아무 생각도 떠오르지 않았다. 안드라스만은 그들의 관계가 다른 식으로 전개되기를 애타게 바랐다. 하지만 이자벨이 웅크리고 숨어 있는 고치를 찢어버릴 수 있는 방법은 전혀 생각나지 않았다.

—동유럽식으로 멜랑꼴리하게 장미를 들고 그 여자의 손에 키스하게. 라즐로가 나중에, 그것도 너무 늦게 그에게 말해주었다. 그런 연기가 진부하다고 생각했지만, 안드라스는 그렇게라도 하지 않은 것을 후회했다. 그녀를 애인으로 만들기 위해서는 머뭇거리기만 하는 그의 방식보다 그렇게 하는 편이 현명했기 때문이다. 갑작스럽게 연인처럼 행동해도 될지 확신이 서지 않았고, 또 자신이 원하는 게 그런 것이 아니기 때문에 머뭇거린 것이다. 어쨌든 그는 그녀를 사랑했다. 그것은 가슴을 찢는 명백한 사실이었다.

이미 시간이 너무 흘러버렸기 때문에 그날 저녁이 안타깝고 아쉬운 시간이었는지 아니면 가차없는 현실을 보여준 시간이었는지는 아무래도 상관없다. 이자벨은 분명 두 사람이 오빠 동생 사이라고 생각했고, 그 때문에 야콥과 재회한 이야기를 그에게 처음으로 해줄 수 있었다. 그로써 모든 희망을 포기해야 할 시간이 오고 말았다. 그, 안드라스, 죽음에 이르기까지 충실하기로 했던 그녀의 기사는 이제 스스로 희극적이면서 비극적인 인물이 되고 말았다. 이 역할은 몸에 각인되어 있기라도 한 것처럼 오랫동안 그를 따라다니던 것이다.

이제 부다페스트로 가자. 여기서는 더 잃을 것도 없어.

지나가는 자동차들의 소음이 갈 곳을 잃은 채 밀려들어왔고, 교회종탑은 이미 아홉시를 알리고 있었다. 그녀는 이제 다시는 오지 않을 것이다.

오후 늦게 그의 동료인 로베르트가 여전히 뉴욕에 머물고 있는 것으로 밝혀졌다. 법률사무실에 근무하는 서른두 명 중에서 로베르트는 야콥과 가장 친하게 지냈던 동료였다. 그들은 바로 옆방에서 근무했고, 비서도 같은 율리아 양이었다. 그들은 둘 중 한 사람이 — 로베르트가 그렇게 될 확률이 더 높았다 — 파견근무차 런던으로 가게 되리라는 것을 알고 있었다. 키도 크고 나이도 같고 다정하면서도 인상이 좋은 두 사람은 친구 같았다. 그들은 이따금 전시장에서 만났고, 때로는 뷔르게엥겔에서 포도주를 같이 마셨다. 일년 혹은 이년 동안 런던으로 가 있을 가능성에 대해 두 사람은 아무 말도 하지 않았다. 두 사람 모두 런던으로 가고 싶어했지만, 슈라이버의 사무실에서 상대방을 밀어내려고 하지는 않을 거라는 사실은 둘 다 알고 있었다. 런던에서 일년 동안 공부했던 로베르트가 가는 게 무난한 선택이었다.

야콥이 런던을 생각하는 참에, 율리아가 억지로 침착한

척하며 노를 젓듯 두 손만 위아래로 잽싸게 움직이며 방으로 들어와 출력된 이메일을 그에게 내밀었다. ─그는 첫 비행기로 시카고에 가려고 했고, 어제 그의 두번째 메일은 아직 읽지 못했습니다. 야콥의 얼굴이 달아올랐다. 멍청하고 모욕적이라고 느끼면서도 같은 말이 머릿속을 여러 번 스쳐 지나갔다. 그렇다면 내가 런던으로 간다는 말이네. 그는 자리에서 일어났다. 자신이 움직이는 것이 아니라, 아무 한 일도 없이 한 자리에서 다른 자리로 미끄러져간다는 생각이 들었다. 그는 전화기를 손에 들고 로베르트의 휴대폰 번호를 눌렀고, 지금은 연결이 되지 않습니다, 하는 안내를 세 차례 들었다. 그는 오늘 이자벨과 약속이 있었다. 율리아는 눈물을 글썽이며 그 자리에 서 있었다. 슈라이버의 집무실은 맨 위층에 있었다. 야콥은 비서실로 들어가 아무 말도 않은 채 부세 부인 옆을 지나갔다. 사전연락 없이 찾아오는 경우에 슈라이버는 크게 화를 냈고, 모두들 그가 화내는 걸 두려워했다. 그러나 이번에는 그 무엇도 야콥을 말릴 수 없었다. 오늘은 물론 당분간 그럴 것이다. 슈라이버가 당황해서 그를 훑어보았다. 일순간 야콥의 확신은 너무나 큰 슬픔과 의심으로 뒤범벅되었고, 그 때문에 손이 부르르 떨렸다. 그는 이자벨을 찾았고, 또 런던으로 갈지도 모르는 상황이 되었다. 하지만 로베르트의 죽음이 그 대가라면, 그 대가는 생각보다 큰 것이다. 그는 슈라이버에게 두 문장으로 입장을 전했지만, 너무 뻔한 말처럼 들렸다. 로베르트가 아직 살아 있다는 것은 거의 불가능한 일이다. 그는 시카고로 떠나기 전에 세계무역쎈터에 있는 의뢰인을 다시 한번 찾아가려 했던 것이다. 슈라이버는 비서실로 가서 부셰 부인에게 아주 나지막한 목소리로 뭔가를 말했다. 야콥은 실내가 아주 어둡다고 생각했다. 두꺼운 커튼 뒤로 몇줄기 햇빛만이 비쳐들어왔고, 테이블 위의 램프는 진청색 양탄자를 비추고 있었지만, 양탄자가 그 빛의 대부분을 삼키고 있었다. ─벤섬이 이 일을 심각하게 받아들일 거요. 슈라이버가 자리로 돌아오며 말했다. 벤섬은 슈라이버의 런던 파트너였다. ─부셰 부인이 내 친구를 통해 이 병원 저 병원을 뒤져 그를 찾아보려고 노력중이오.

야콥은 세 번 만에야 바텐더의 말을 알아듣고 위스키를 주문했다. 그는 두 손으로 이마와 눈을 문질렀고, 잔을 들고 한모금 쭉 들이켰다. 이자벨이 언제든 문을 열고 들어오겠지만, 로베르트에 대해서도 부셰 부인에 대해서도 말하지 않을 참이었다. 부셰 부인은 울면서 자리에 일어나 그가, 야콥이 살아 있음을 직접 확인해야겠다는 듯이 그를 껴안았다. 그 순간 불쑥 야콥의 머릿속에 어머니의 죽음이 떠올랐지만, 아무것도 아무런 연관도 그 어떤 실제의 장면도 기억나지 않았다. 사람은 언제나 기다리기 마련인 존재이지만, 그 무슨 놀라운 일도, 이러한 에피쏘드조차 결국은 오래지 않아 과거지사가 되고 마는 법이다. 집으로 돌아와 그는 땀에 젖은 내의를 벗고 샤워를 했다. 그의 의지와는 반대되는 것, 마치 자신의 몸뚱이에 드리워진 얇은 막과도 같은 것을 씻어내기 위해서였다. 잠시 망설이다가 그는 침대 시트를 새로 깔고 세탁기를 돌렸다. 자동응답기에 아버지의 통화가 녹음되어 있었다. 인사말이었고, 또 얼핏 보기엔 모든 게 잘 되어나간다는 듯한 수수께끼 같은 전언도 들어 있었다. 그의 아버지는 정말 아무 걱정도 하지 않았고, 야콥이 뉴욕에 있었다는 사실도 전혀 몰랐다. 여덟시 십오분이었다. 바 너머로 술잔들이 오갔다. 바는 손님들로 가득했다. 아마도 바빌론에서는 방금 새 영화가 시작되었을 것이다. 빈자리는 많았지만 아무도 자리에 앉지 않았다. 한 여자가 새된 소리를 내며 웃었다. 머리카락이 브러시처럼 사방으로 뻗은 그녀가 그를 쳐다보며 잔을 들고 건배했다.

그때 이자벨이 들어왔다.

그녀가 그의 곁에 섰다. 매끄러운 머리카락은 반들반들 윤이 났다. 그녀는 고개를 들어 그를 바라보았다. 누군가가 맥주병을 잡으려고 부주의하게 두 사람 사이로 팔을 뻗었다가 슬그머니 뒤로 물러섰다. 그가 이자벨의 얼굴을 자기 얼굴로 덮었던 것은 지금 생각해보면 단 일초에 지나지 않았다. 그녀의 얼굴이 사라지고 지워졌다. 그리고 오늘이 두번째인데 하는 의심과 걱정이 야콥의 마음을 파고들었다. 그는 이자벨이 다시 사라져버릴 거라고 생각했다. 그렇게 오랜 시간이 흐른 뒤 나타나서는 기껏 야콥의 견해와 계획들이 가소롭다는 사실만 입증하고 다시 사라질 것 같았다. 하지만 그녀는 무덤덤하게 거기 서 있었다. 짧은 이 순간이 아니면 그를 볼 수 없을 것 같다는 표정으로 그에게 미소를 지웠고, 그의 잔으로 술을 들이켰다. 새삼스레 인사 같은 걸 나눌 필요도 없었다. 그는 그녀가 잔을 내려놓을 때까지 기다렸다가 키스했다. 입술에 아주 부드럽게. 그들은 오래 머물지 않았다.

열흘 후 슈라이버는 야콥에게 10월 4일에 하노버로 가서 로베르트의 장례식에 참여해달라고 부탁했고, 또 2003년초에 런던으로 근무지를 옮길 의향이 없는지 물었다.

역에서 야콥은 로베르트가 죽은 지 삼주가 지난 이제야 장례를 치르는 게 이상하다고 생각했다. 시간은 빨리 지나갔다. 야콥은 그동안 이자벨을 겨우 대여섯 번쯤 만날 수 있었다. 하지만 그날 밤 그녀는 그의 집 침대에 있었고, 그가 역에 가려고 일어나 살짝 집을 빠져나올 때까지도 자고 있었다.

비가 추적추적 내리는 우중충한 날씨였다. 야콥은 열차 간의 간이식당으로 가서 선 채로 몸을 숙여 창밖으로 지나가는 밋밋한 잿빛 풍경을 보며 커피를 마시고 담배도 피웠다. 아마도 묘지는 추울 것이다. 하지만 서른셋의 나이로 땅에 묻히는 마당에 좋은 날이란 있을 수 없지 않겠는가. 그리고 주검도 관도 없고, 비석과 설교만 있을 것이다. 그는 부모에게 애도의 뜻을, 법률사무실 전체의 애도의 뜻을 전하고, 또 전화로 주문해놓은 조화를 무덤도 아닌 바닥에 놓는 것 말고는 아무것도 할 수 없었다. 로베르트와 자신을 묶어주다가 이제는 떼어놓은 것을 우연으로 돌려버리도록 숨을 멈추는 것 말고는 다른 도리가 없었다. 그것은 교환이 아니라 우연의 일치였고, 서로 맞닿는 지점을 알 수 없는 평행선과 마찬가지로 불가해하고 수수께끼 같은 두 직선의 만남이었다. 야콥이 생각하기에, 그들은 이제 다시 서로 떨어졌으며, 측정할 수 없을 만큼 근소한 차이로 멀어져갔다. 이제 다시 만날 가능성은 없다. 바깥 풍경을 보고 있자니 구역질이 났다. ─빚진 거라도 있는 거야? 야콥이 로베르트의 장례식에 간다고 말하자 한스가 이렇게 반문했었다. 어느새 건물들이 보이더니 승강장이 나타났고, 다시 작은 정원으로 둘러싸인 건물들이 보였다. 동행하겠다던 한스의 제안을 받아들일 걸 그랬다는 생각이 문득 들었다.

추적추적 비가 내리고 바람도 불었다. 뜻밖에 관도 있고 무덤도 있었다. 그 주위로 추모객들이 줄지어 모여 있었다. 삼주 전 그들을 덮쳤던 사건을 자기 손으로 직접 느껴보기 위해 빈 관에 한줌의 흙을 던졌다. 로베르트의 부모는 방금 파낸 흙더미 바로 옆에 서 있었고, 누구와도 악수를 나누지 않았다. 그들은 목사의 지휘에 따라 추모객들이 새로 열을 지을 때도 고개를 들지 않았다. 다만 한차례 동시에 고개를 들었다가 깜짝 놀라며 야콥과 비에 젖은 그의 검은 머리를 바라보았다. 야콥은 그들이 자신을 유심히 살펴봄으로써 자신들이 잃어버린 것을 앞으로도 잊지 않으려 한다는 느낌을 받았다.

그들은 단 한 번 야콥 어머니의 죽음에 대해서 이야기를 나눈 적이 있었고, 그때 야콥은 한스에게 이렇게 말했다.

—어떤 점에서 죽음이라는 것은 소유관계의 교체일 뿐이야. 죽은 자에게 속했던 것이 다른 사람의 소유로 넘어가는데, 재산은 그중에서도 가장 작은 것에 불과해. 그다음 것으로 몸뚱이는 그것을 단장시키든 아니든, 관에 안치시키든 아니든, 그리고 매장하든 화장하든 관계된 모든 사람의 것이야. 그러고 나서 그들은 죽은 자가 생각하고 희망하고 체험했던 것을 자신의 소유물로 받아들여. 그에 대한 기억조차 사랑이라는 이름으로 그리고 기억이라는 이름으로 곧 친족들의 것이 되지. 내가 죽고 나면 사람들이 제발 나를 잊어주었으면 좋겠어.

그가 장례식에 참관하는 것은 이번이 두번째였다. 그는 흙으로 가득 찬 나무상자 안에 있는 작은 삽을 쥐고 싶지 않았고, 꽃다발이 어디 있는지 또 꽃다발을 찾아야 하는지도 몰랐으며, 로베르트의 부모가 여전히 뚫어져라 쳐다보고 있는 마당에 그대로 서 있어야 하는지도 알 수 없었다. 그들은 키가 정말 작았다. 아들보다 훨씬 작았다.

비에 축축하게 젖은 나뭇잎은 어두운 색이었다. 온통 검은색 우산들이 북적이는 가운데 붉은색 우산 하나가 눈에 띄었고, 그 우산 아래 한 늙수그레한 여자가 고개를 숙이고 있었다. 야콥은 모르는 얼굴이었다. 그 여자는 망설이는 듯하더니 살짝 손짓하며 신호를 보냈다. 어서 가요. 당신은 묘지에 너무 오래 있었어요. 마침내 그들은 출구로 나왔고, 그는 택시를 잡아탔다. 기차는 역을 출발해 밋밋한 잿빛 풍경 속으로 떠나갔다. 야콥은 간이식당에 서서 고개를 숙인 채

담배를 피우고 맥주 한병을 마셨다. 한스가 그를 데리러 왔
다. 저녁에 이자벨에게 전화를 하자, 금방 그녀가 받았다.

8

그런대로 운이 좋은 날들이었다. 사전경고도 없이 아침마다 욕실과 부엌에서 나는 소음과 함께 시작된 날들이다. 매일아침 같은 듯하면서도 다른 소음이었다. 욕실문을 쾅쾅 두들기는 소리가 날 때마다 아이는 이제 바로 화장실로 가야 한다는 불안에 사로잡혔다. 그래서 이불 아래 쪼그리고 앉아 손가락을 차례로 꼽았다. 거실에 있는 라디오시계의 디지털 숫자도 읽어보려고 했다. 하지만 아무 의미 없는 행동이었다. 아무도 그 시계를 기준으로 삼지 않았고, 그럼에도 불구하고 일 분 일 분 시간은 지나가기 때문이다. 운이 좋을 때면 오래지 않아 문을 두들기는 요란한 소리가 들려왔다. 데이브가 문을 요란하게 두들길 때면, 아버지는 어김없이 화를 내며 소리쳤다. 쎄러가 복도로 나오면 엄마가 붙들어 문 앞으로 잡아끌었다. ―아빠가 면도하는 동안 문을 탕탕 두들기면 안돼. 하지만 욕실문은 닫혀 있었다. 더 나쁜 것은 욕실문이 잠겨 있지 않아 아이가 문을 열고 그 틈으로 빠듯하게 밀고 들어갈 때였다. 아이는 증기 속으로 아빠의 분노 속으로 비칠거리면서 밀려들어갔다. 그러면 벌거벗은 거대한 몸뚱이가 아이를 옆으로 밀쳐버렸다. 대개의 경우 아이가 다리 사이로 들어오기 때문이다. 아이는 빨리 아주 빨리 손을 뻗어 변기뚜껑을 잡아야 했다. 왜냐하면 아빠가 정신이 말짱하게 일찍 일어나는 운좋은 날에도 언제나 다른 힘든 일이 있기 때문이다. 그는 아이를 높이 들어올렸다가 한마디 말도 없이 화장실 바닥으로, 변기뚜껑 위로 떨어뜨렸다. 아이는 그걸 제지할 수 없었다. 그러면 그날은 괴로운 날로 돌변했다. 그들은 쎄러를 가두고 문손잡이 아래 의자를 받쳐놓고는 불마저 꺼버렸다. 그러고는 하루종일 집을 비웠다. 폴리의 소리가 나면 쎄러는 문 아래쪽 작은 틈새로 화장지를 내밀었고, 폴리는 앞발로 그 화장지를 잡으려고 애썼다. 그러면 쎄러는 작은 틈새를 통해 폴리를 유인해 안으로 끌어들이려고 재빨리 화장지를 다시 잡아당겼다. 아이는 폴리의 앞발을 보았다. 폴리와 노는 것이 시들해지면 쎄러는 욕조 앞 바닥에 쪼그리고 앉아 손가락을 꼽으며 잠이 들었고, 마침내 데이브가 와서 아이를 내보내주려고 했다. 그러나 아이는 저항했다. 두려워서 너무 울었기 때문이다. 데이브는 곧 포기하고, 의자를 문 앞에 그리고 문손잡이 아래 다시 받쳐놓기 전에 아이가 변기뚜껑과 바닥을 깨끗이 닦도록 도와주었다. 그럭저럭 괜찮은 날에는 아침에 현관문이 쾅 소리를 내며 닫혔다. 아이아빠가 황급하게 달려나가며 문을 활짝 열었다가 그대로 놓아버렸기 때문에 문이 힘

껏 도로 닫히며 찰칵 소리를 냈다. 그는 아이엄마를 기다리
다 못해 층계 쪽으로 홱 끌어당겼다. 너무 느릴 경우에 엄마
는 코트도 제대로 챙기지 못했고, 걸레와 헝겊 들 그리고 총
채가 든 커다란 자루를 제대로 들지도 못했다.

바깥의 거리에서 그들의 떠들썩한 목소리가 들려왔고, 이
따금 자동차 브레이크 소리와 자동차문이 쾅 닫히는 소리가
들렸다. 그러고는 다시 조용해졌다. 아이는 확신이 들 때까
지 기다렸다. 그러고도 조금 더 기다렸다. 너무 빨리 창 쪽
으로 다가가면 모든 것이 다시 반복될 것이기 때문이다. 목
소리들이 다시 커질 것이기 때문이다. 처음에는 대문 앞에
서 그다음에는 층계에서, 그리고 마침내 벨이 울릴 것이다.
―제기랄, 애들을 길러 뭐 하겠어. 문도 제대로 열어주지
않고, 물건도 제대로 안 들어주는데. 데이브! 쎄러!

아이의 이름은 쎄러(Sara)였다. 쎄러. H가 없는 쎄러. 글
을 읽고 쓸 수 있는 데이브가 아이에게 그렇게 설명해주었
다. H는 들을 수도 의미도 없는 문자이며, 거기에 없는 그
무엇이고 아이의 이름에도 없는 그 무엇이라고 말해주었다.
쎄러. 이따금 그 이름은 완벽하게 사라졌다. 아이는 거기 있
었지만 이름은 H처럼 사라졌다. 데이브가 데이브라는 건 분
명했다. 데이브는 아이를 작은 고양이라고 불렀다. ―네가
작은 고양이처럼 소파 뒤에 몸을 숨기고 있기 때문이야. 봐,
폴리도 소파에 앉잖아. 그 위에 말이야.

운이 좋은 날에는 아이의 이름도 햇볕을 쪼였다. 아이엄
마가 식탁을 차리고, 빵 한덩이를 잘라 통째로 식탁에 놓고,

접시에 쏘시지가 놓여 있을 때였다. 그러면 아이아빠는 만족스럽게 주위를 둘러보고 씩 웃으며 말했다. ―그래, 형편이 좀 낫군. 그러면 쎄러는 데이브에게 냉장고에서 맥주를 꺼내오라는 눈짓을 보냈다. 데이브, 데이브? 데이브는 무표정한 얼굴로 자리에서 일어났고, 그가 캔맥주를 쿵 소리 나게 식탁에 내려놓기 전에 아이는 얼른 옆에 서서 손바닥을 벌려 두 손을 펼쳤다. 맥주를 자기에게 달라는 신호였다. 그러면 데이브는 무표정한 얼굴로 캔맥주를 아이에게 주었다.

운이 좋은 날에는 아빠가 작은 테라스로 통하는 문을 잠그지 않고 열어놓거나 열쇠를 꽂아두었다. ―장난감이 잔뜩 있는 천국이야. 장난꾸러기 아이들이 집으로 들어오지 않게 조심해. 오후까지는 아이들이 학교에 있어서 그런 일이 일어날 수 없었다. 그애들은 아이의 부모가 언제 집에 없는지 아는 것 같았다. 애들은 학교를 마친 후 돌담 위로 기어올라가 창문 쪽으로 돌을 던졌고, 그래도 아무 일이 일어나지 않고, 아이 아빠나 엄마 그리고 데이브가 나타나 욕을 퍼붓지 않으면, 장난감이 널려 있는 정원으로 뛰어내렸다. 그곳에는 깨어져 못쓰는 플라스틱 장난감, 장난감 철로, 바퀴 없는 자동차, 망가진 외발 굴림판, 양동이 몇개와 모래 장난용 거푸집이 있었다. 공들은 이미 오래전에 가져가버렸다. 데이브가 선물로 받은 알록달록한 색깔의 공들이었다. 이따금 애들은 담에 기댄 채 가만히 앉아 낮은 목소리로 이야기를 주고받았으며, 때로는 나무 위로 기어올라가 집 안을 엿보았고, 유리문 가까이에 쪼그리고 앉아 있는 쎄러를 발견하면 작은 돌멩이를 집어던지기도 했다. 폴리가 밖에 있을 경우 아이는 겁을 먹었다. 데이브는 아이의 부모가 일어나기도 전에 집을 나가는 일이 점점 더 많아졌다.

운이 나쁜 날에는 아이의 부모가 하루종일 집에 있었다. 아이엄마는 아이들 방에 있는 재봉틀의 플라스틱 커버를 벗겼고, 쎄러를 방에서 내쫓았다. 엄마는 방으로 들어서면서 문을 닫았고, 아빠는 아이를 불러 싫증이 날 때까지 괴롭히다가 소파 위에서 잠들었다. 데이브는 학교에 가야 한다고 주장했고, 그에게는 너무 작은 교복을 껴입고는 씩 웃었다.

— 작은 고양이, 몸조심해. 아침마다 쎄러의 침대 위로 몸을 숙이면서 데이브가 말했다.

9

　—너희는 왜 결혼하려는 거야? 알렉사가 물었다. 서점 점원이 서둘러 상자들을 꾸려 가게 안으로 날랐다. 어느 시계가 일곱시를 알렸다.

　—그게 편하기 때문이야. 이자벨이 망설이다가 대답했다. 오른쪽은 밀라그로였다. 그러나 그들이 처음 만난 바로 그곳이라는 것을 알렉사가 기억하지 못할 것을 그녀는 알고 있었다. 이자벨은 집을 같이 쓸 사람을 구하는 광고를 보고 알렉사에게 전화를 걸었다. 알렉사는 그런 걸 기억할 만큼 감상적이지 않았다. 조금도 그런 구석이 없었다. 그녀가 뜬금없이 말했다. —너는 사람을 온종일 시내로 끌고 다니는구나. 그러다가 어두워져버리면 사진은 어디서 찍을 거야?

　—그게 누구였더라?

　—쌕소폰 연주자였지. 음악을 들었지만 별로 마음에 들지는 않아. 가바렉(Jan Garbarek. 세계적인 쌕소폰 연주자—옮긴이)과 아주 비슷한데 듣기 짜증나. 내일 그 사람이랑 브란

덴부르크로 가서 엘베 강에 갈 거야. 시내에서 그 사람 사진을 찍는다는 건 말도 안돼.

그녀는 미소를 지으며 옆에서 따라오는 이자벨을 쳐다보았다. ―야콥을 만나보니까 그런대로 괜찮아. 이자벨이 말했다. 그것은 그저 쉽게 말한 약속처럼 들렸다. 그러나 금방 알아차릴 수 있는 막연한 호의를 담은 약속이었다. 불을 밝히고 있는 친숙한 가게와 까페 들이 있는―알렉사도 옆에 있었다―베르크만 가에서 미지근한 보슬비를 맞으며 할 수 있는 그런 말이었다. 그녀는 클라라와 함께 이사한 뒤로 요가를 배웠기 때문에 매일 물구나무를 섰고, 매일 숨을 천천히 그리고 깊이 들이마시고 내뱉으면서 스트레칭 연습을 했다. 이자벨은 천천히 숨을 들이마셨다가 호흡을 멈추었다.

―나는 너처럼 빨리 걸을 수가 없어. 그녀가 말했다.

알렉사는 아무 대꾸도 않고 신경질적으로 그녀의 사진기 가방을 쥐어뜯었다. ―정말 밥이나 먹으러 가는 거야? 그녀가 물었다. ―아니. 네가 원한다면 다시 따라서 돌아갈게. 이자벨이 대답했다.

―조금 더 걷자. 알렉사가 말했다. 아직 배도 안 고파. 이런 날엔 특히 말이야. 유니버설의 그 남자한테 홀딱 빠졌거든. 그래서 몽비주 공원이나 크로이츠베르크나 그 어디서든 사진을 찍어야겠다고 생각했지. 우린 택시를 타고 돌아다녔는데, 어디선가 클라라가 나타났어. 그러자 쌕소폰 연주자가 그녀에게 연주를 들려주려는 거야. 상상이나 가니? 클라라는 재즈를 싫어하거든. 그래서 클라라는 나를 나무

뒤로 끌고 가 키스를 했어. 그는 까무러치기 직전이었겠지.

클라라를 생각하니, 관자놀이와 눈꺼풀에 작은 경련이 이는 것 같았다. 알렉사가 이사를 하면서 이자벨에게 그대로 있어도 되고, 원한다면 임대차계약을 넘겨받을 수 있다고 말했을 때 슬펐던 기억이 되살아났다. 이제 사진들은 없었고, 서랍 안에는 알렉사가 사준 테리천 속옷들만이 가지런히 포개져 있었다. ─어서 와. 즉석사진 몇장만 찍자. 내 말 믿어. 멋있게 나올 거야. 입 위쪽에서 잘린 사진에서 이자벨의 몸은 아이 같았다. 작은 가슴, 살짝 나온 배 그리고 튼튼한 소녀의 다리. 알렉사는 그녀의 사진을 아주 자주 찍었다. 이자벨은 외설적이라고 생각하면서도 붉은색 테리천 속옷을, 부드럽고 눈에 잘 띄지 않는 솜털로만 덮여 있는 음부 아래쪽까지 벗어내렸다.

열살쯤 돼 보이는 어린아이 둘이 그들에게 다가와 말했다. ─담배 있어? 둘 중 더 어린 아이는 골프공을 가지고 놀고 있었다. 알렉사는 계속 걸어가며 이자벨을 끌어당겼다. ─없어, 담배 없어! 이자벨이 어깨 너머로 소리쳤다. 그 순간 그녀는 골프공을 가까스로 피할 수 있었다. ─헤이, 똥갈보! 알렉사는 복수의 여신인 양 그들을 덮치려 했지만, 사진기 가방이 거치적거렸고 그사이에 두 아이는 달아나고 말았다. ─넌 도대체 어쩌자는 거야? 그놈들한테 불이라도 붙여줄 참이었어? 그녀가 당황해서 미소짓고 있는 이자벨을 보고 소리를 꽥 질렀다. 이자벨이 대답했다. ─아무것도 아냐. 아무렇지도 않아. 그녀는 골프공을 집어들었다. 여기

봐. 하트가 그려져 있어.

그녀는 야콥에게 사진들을 보여주고 싶은 생각도 있었으
나 그렇게 하지는 못했다. 알렉사와는 그 일을 의논할 수 없
었다. 스냅사진이긴 해도 어쨌든 알렉사에게는 사진들이었
다. 모든 것은 분명하고 복잡하지 않았다. 철사가 팽팽하게
쳐져 있고, 비틀거리면서 그 철사를 넘어가면 그곳은 다른
삶의 영역, 이자벨이 야콥이 아니라 알렉사와 잤던 삶의 영
역이었다. 그녀는 이제 알렉사에게 빠져 있지 않다. 더는 아
니었다. 하지만 이자벨은 사진들이 마치 부적이라도 되는
듯이 마분지 상자에 넣어 침대 아래 보관했다.

—안드라스는 어떻게 지내? 알렉사가 사진기 가방의 자
물쇠 고리를 만지작거리며 물었다.

—포스터를 그리고 있어. 러시아 무용단과 새로 생긴 문
학까페, 그리고 첼렌도르프 어딘가에 있는 커피가게 광고용
이야. 페터는 슈타트아우토(독일 최초의 자동차 공유 회사—옮
긴이)에서 일감을 맡았고, 또 한 법률사무실에서 명함과 편
지봉투와 편지지 제작을 주문했어.

—넌 결혼해도 일을 계속할 거니?

그녀는 알렉사에게 그렇게 물어보려고 했다. 그들이 식
사를 하려고 자가토에 앉아 '난로에서 발을 떼주세요, 빨리
빨리!'라는 문구를 백번이나 보고 시간을 보내면서 그렇게
말하려고 했다. 자가토는 베르크만 가나 알라라비타 여인
숙, 파라다이스 여인숙과 마찬가지로 그들의 역사에 속하는
곳이다. 그들은 따로 주문할 필요도 없었다. 바 너머로 아버

지와 아들이 있고, 벽에는 자전거가 달리는 사진과 자동차가 달리는 사진이 걸려 있다. 이자벨은 새로운 일이라도 되는 것처럼 그 얘기를 하려 했다. 하지만 그것은 그녀에게 새로운 것이 아니라, 출현하기 위해 몇년을 기다려왔고 그래서 이제 공기처럼 자명한 것이 되어버린 그러한 일들 중 하나인 듯했다. 그녀의 공부라는 것이 하나의 소극(笑劇)에 지나지 않고, 자기 부모를 크리스마스에만 방문하게 되리라는 것을 어느날 문득 알게 된 것과 같은 이치였다. 부모의 집이 하나의 신발상자, 드라마와 불행을 위한 무대로는 가소로울 만큼 부적당한, 낡고 오래된 회색 신발상자 같다는 사실을 어느날 알게 된 것도 마찬가지였다. 그녀의 어머니는 날마다 피아노 앞에 앉아 몇시간씩 연습했지만 피아니스트가 되려는 꿈은 애초에 좌절된 듯 보이기도 했고, 소위 종양을 앓게 된 어머니의 병도 부모의 자만심으로 채워져 있던 황량한 상자(이자벨과 그 부모가 이루고 있었던 가정을 비유—옮긴이) 안의 작고 슬픈 얼룩에 지나지 않았던 것으로 드러났다. 나는 야콥의 얼굴이 좋아. 그가 마음에 들어. 이자벨은 그렇게 말하려고 했다. 하지만 알렉사는 쌕소폰 연주자와 클라라에게 깊이 빠져 있었다. 그래서 이자벨이 불쑥 결혼 소식을 알렸지만, 알렉사는 별다른 관심을 보이지 않았다.

　—뭘 그리 깊이 생각하는 거니? 자가토로 가는 게 어때? 알렉사는 그렇게 말하면서 이자벨의 옆구리를 살짝 찔렀다. 그녀는 선 채로 이자벨을 붙들고는 입에다 살짝 키스를 했고, 이자벨은 미소를 지었다. 이자벨은 야콥을 좋아했고, 그

와 함께 있으면 행복할 거라고 생각했으며, 알렉사도 그를 좋게 보았다. ─그런데 새 신발은 어딨어? 알렉사는 씩 웃으며 말하고는 이자벨의 낡은 신발을 가리켰다.

─나는 아직도 기침이 나. 자는 데 방해가 될 거야. 일주일 후 야콥은 걱정스러운 얼굴로 말했다.

─괜찮아. 내일 점심 때 잘 거야. 낮에 집에 가서 한 시간 잘 수 있거든. 이자벨이 말했다.

─우리가 한집으로 이사하려면 가구를 사야 해. 야콥이 말했다.

─최악의 경우에는 이케아로 가면 돼. 한 시간 정도만 둘러보면 절망에 빠져 가구 사는 걸 포기하게 되든가 아니면 오분 내로 모든 걸 사들일 수 있어.

─조부모님한테 물려받은 게 좀 있어. 조부모님의 가구들을 놓고 사는 게 싫지만 않다면.

─나는 커다란 제도책상이 필요해. 방도 밝아야 하고. 나머지는 아무래도 좋아. 이자벨이 말했다.

─우리는 바르트부르크 가에 집을 얻을 수 있을 거야. 오층에 방 네 개에다 발코니가 있는 집으로. 야콥이 말했다.

그들은 이자벨의 부엌에 앉아 있었다. 야콥의 시선은 밝은 색으로 칠해진 마룻바닥을 지나 문 쪽을 향했다. 문을 통해 거실이 보였고, 바닥에는 베이지색 양탄자가 깔려 있고, 작은 흰색 소파, 테이블 하나, 의자 세 개가 있었다. 슈라이버가 바르트부르크에 있는 집에 대해 그에게 말해주었다.

로베르트가 최근에 사들인 집이었는데, 계약서는 슈라이버의 친구 노타르의 사무실에 있었고, 가격도 좋았다. 슈라이버는 뭔가 심술궂은 듯한 미소를 흘리며 말했다. ─그 부모들을 봤죠. 그들은 베를린에 집이 있을 필요가 없어요.

─그 집을 네 이름으로 등기하는 게 어때? 네가 동의만 한다면. 야콥이 말했다. 그러면 내년에 네가 나하고 런던으로 갈 경우 여기에 머물 장소가 생기는 거지. 나는 꼭 너랑 같이 가고 싶거든.

─그런데 뭐 때문에 나한테 집을 사주려는 거야?

─그건 우리집이야. 야콥이 대답했다. 내 말은, 우리가 결혼하게 되면 우리집이라는 거야. 안 그런가? 그렇지 않다면 집도 필요없지. 넌 거기서 일할 수도 있어. 남쪽으로 퇴창(退窓)이 나 있는 구석방도 있거든. 지금 없는 건 제도책상뿐이야.

그러고 나서 우리는 런던으로 가는 거야. 야콥은 생각했다. 이자벨은 자리에서 일어나 욕실로 갔다가 녹색 뚜껑이 달린 청색 항아리를 들고 다시 와서 말했다. ─여기 빅 블라우(Wick Blau) 좀 봐.

─빅 블라우가 뭐야?

─가슴에 문지르고 자면, 자는 동안 그 증기를 들이마실 수 있어.

─간밤에 꾼 꿈이 전혀 기억나지 않을 때 없어? 다음날 아침 이자벨이 물었다. 야콥이 고개를 끄덕였다. 그는 기꺼

이 응할 태세로 테이블 위에 놓여 있는 그녀의 손을 잡았다.

자리에서 일어나며 그는 이자벨이 별로 애석해하지도 않으면서 자기 손을 놓아버린다고 느꼈다. 우린 다시 한번 침대로 가서 쎅스할 수도 있어. 몸이 따뜻해지고 만족할 때까지. 그러고 나서 헤어지면 되는 거지. 그녀는 언제나 내 손이 닿는 곳에 있어. 야콥은 생각했다.

— 실제로는 아무 꿈도 꾸지 않는지 몰라. 그가 말했다. 희미한 영상들만 보는 거지. 생각나지도 않는 기억들처럼. 알겠어?

그녀의 얼굴에 뭔가를 깨닫고 곰곰이 생각하는 듯한 표정이 떠올랐다. 그는 그것을 알아차리지 못했다.

70

세 남자는 언제나 같은 모퉁이에 서 있었다. 알록달록한 작은 집들이 있는 좁은 길이 갈라지는 곳이다. 둘은 방한용 외투를, 나머지 한 남자는 터틀넥스웨터 위에 재킷을 걸치고 있었다. 그들은 아무에게도 방해되지 않으려는 듯 공손하게 조금 멀찍이 떨어져 있었다. 이 빌어먹을 놈의 얌전한 자세에 짐은 언제나 화가 치밀었다. 그는 두 손을 바지주머니에 찔러넣은 채 주위를 살피고 몇곡조 흥얼거리며 걸어갔다. 세 남자는 서로 이야기를 나누었고, 결코 고개를 들지 않았으며, 그 누구도 알아듣지 못하는 것이 자기들의 권리인 듯 나직하고 공손한 목소리로 빌어먹을 말을 뱉으며 마치 자기 집 거실이라도 되는 양 길 한가운데로 걸어갔다. 바로 그 건물은 평화 택시라는 상호의 택시회사였고, 그들은 거기 소속인 듯했다. 흑인들만 오는 선술집처럼 보였다. 실내는 붉었고, 커다란 바가 하나, 의자 몇개, 그리고 텔레비전이 한 대 있었다. 물과 주스, 차를 파는 재수없는 곳이야. 꼭 종교

클럽 같군. 짐은 생각했다. 예수의 모임, 평화의 택시, 혹은 무하마드, 블랙 무슬림 단체 같은 곳 말이야. 그러나 그들 중 누구도 불쾌하지는 않았다. 자기들만의 공손한 습관을 지키면서 매우 평화적으로 행동했고, 망할 촌놈들, 대개 백인인 — 혹 그렇지 않을 수도 있단 말인가? — 마약중독자들과는 아무 상관도 없었기 때문이었다. 나처럼 가련한 좀도둑놈들. 보기엔 멀쩡하군. 재킷도 걸치고 다림질한 바지도 입고. 짐은 가까이에 있는 골방을 염탐하려고 천천히 걸어갔다. 어두운 판자 칸막이 방이었다. 나무판들이 뭔가를 나누어놓았는데 그게 무엇인지는 전혀 알 수 없었다. 의자 하나만 달랑 있고 거기에 한 아이가 앉아 있었다. 그는 멈추어서서 청바지에서 담배 한 갑을 꺼내 포장을 뜯고는 담배 한 개비에 불을 붙였다. 아무 일도, 아무 일도 전혀 일어나지 않았기 때문이다. 평화로운 장면이었다. 양과 늑대, 아니 양들만 나오는 목가적인 장면이었다. 그때 한 여자가 와서 그가 알아차리지 못했던 문을 통해 머리를 들이밀고는 환하게 웃었다. 하얀 이가 반짝거렸고 아이는 그녀 쪽으로 달려가 팔에 안겼다.

그는 기침을 했다. 기침이 멈추지 않았다. 티셔츠를 입고 거리를 돌아다니는 것은 멍청한 짓이다. 하지만 그는 바람을, 차가우면서도 축축한 바람을 느끼고 싶었다. 짐은 그가 지금까지 가졌던 모든 것보다도 훨씬 좋은 집에서 낮동안 심심풀이로 한 트레이닝과 아령체조와 팔굽혀펴기로 훨씬 튼튼해진 어깨에 팽팽하게 힘을 주었다. 그가 대미언을 만난 것은 순전히 행운이었다. 대미언은 어떤 사연에서인지 정상궤도를 벗어난 듯 보였고, 뭔가 기이한 것에 열광하고 있는 듯했다. 짐은 그가 완전히 돌아버렸구나 생각했지만 그 연유는 알 수 없었다. 대미언은 그를 약간 두려워하는 듯 보였다. 짐에게 빚은 없지만 다만 코카인 몇그램을 받고 돈을 지불하지 못한 적은 있었다. 아마도 그 때문이었는지, 그는 자기 집 출입문 열쇠를 짐에게 서슴없이 내맡겼던 것이다. 대미언은 거창한 계획이라도 있는 듯 혹은 아무도 모르는 것을 혼자만 알기라도 하는 듯 잔뜩 들떠 있었다. 짐은 처음에는 그를 알아보지 못했다. 예전에 대미언은 한껏 멋을 부리고 다녔다. 세련된 가죽재킷을 입고 부모가 사준 자동차를 타고 다녔고, 지금 짐에게 제공해준 집도 소유하고 있었다. 그는 당분간, 몇달 혹은 더 오랫동안 그 집이 필요없다고 애써 강조했다. 집세도 대륙에 살고 있는 그의 부모 계좌에서 인출되기 때문에 전혀 걱정할 필요가 없다는 것이다. 대미언은 걱정할 필요없다고 주장했고, 또 어떻게 보면 그건 맞는 말이다. 왜냐하면 레이디 마거릿 로에 이사와서 산 지 벌써 몇달이 되었는데도 짐에게 뭔가를 요구한 사람은 아무도 없었기 때문이다. 날이면 날마다 그는 거의 집 안에 있었고, 피치 못할 일이 생기거나 마음이 불안해질 때에만 외출했다. 그건 정말 적절한 순간에 찾아온 행운이었다. 메이가 사라져버린데다가 앨버트와 벤에게도 신물이 나 있을 때였다. 뭔가 제대로 납득이 가지 않는 점은 있었다. 우선 집문제는 이해할 수 없었다. 그리고 다른 무엇보다 강력하

므로 더이상 마약이 아니라, 오로지 용기와 결단만이 필요
하며, 그것이야말로 있는 그대로 손에 잡히는 절대적 명료
함이라는 대미언의 말도 이해할 수 없었다. 그는 자신의 말
을 짐이 이해하지 못할 수도 있다고 했고, 짐 또한 그의 말을
한마디도 알아들을 수 없었다. 짐이 귀를 기울인 것은 다만
밝음의 문제가 흥미를 끌었기 때문이다. 대미언은 번쩍이는
흰빛, 그 속에 사물들이 숨겨져 있다고 말했다. 한 치도 들여
다볼 수 없는 어둠속에 사물들이 숨겨져 있는 것이나 마찬
가지라는 것이다. 짐은 메이가 바로 그 빛속에 있고, 그곳에
서 자신을 기다리며 자신에게 신호를 보낸다고 생각했다.
더 냉정하게 말하면 대미언에게서는 아무것도 얻어낼 수 없
었다. 물론 열쇠를 받았다는 사실, 그리고 그가 흥분해서 짐
을 껴안고 자기 얼굴을 짐의 얼굴에 갖다대려고 했던 것을
제외하면 아무것도 드러난 것은 없었다. 하지만 집만은 번
듯한 수확이었다. 몇개의 높직한 계단을 내려가면 작은 정원
이 있었고, 다른 집 입구와는 일이 미터쯤 떨어져 있어서 다
른 사람과 공유할 필요가 없는 자기만의 출입구를 가지게
된 것이다.

그는 길을 건넜다. 오토바이 한 대가 굉음을 내며 바로 옆
을 지나갔다. 곧 수로가 나타났다. 수문이 있는 산뜻하고 친
숙한 수로였다. 몇미터 더 가자 쎄인즈베리 슈퍼마켓과 공원
뒤쪽의 출입구와 콘크리트 기둥들이 연이어 나타났다. 그래
서 쇼핑카트도, 봉지를 잔뜩 든 뚱뚱한 엄마들도, 게으름뱅
이들의 천국에서 지치도록 놀다 나온 얼굴들도 보이지 않았

다. 그의 수중에 있는 돈은 삼십 파운드와 동전 몇개가 전부였다. 버스정류장 앞에 고주망태가 된 한 사내가 누워 있었다. 손에는 모자를 들고 있었고 코피를 흘리고 있었다. 짐은 그 사내를 조심스럽게 발로 찼다. 밟아버리고 싶기도 했지만, 다른 사람들이 이미 눈여겨보고 있었다. 그들은 몸을 숙이지 않았다. 몸을 숙여 나이든 그 사내를 옆으로 돌려 피와 구토물 때문에 질식하지나 않았는지 들여다볼 생각은 조금도 않는 것이 분명했다. 악취가 났다. 그들은 고소하다는 듯 사내를 훑어보기만 했다. 더러운 티셔츠를 입고 있고, 그 위로 보이는 낯짝은 면도도 하지 않고 있었기 때문이다. 그런데 메이가 귀엽다고 말했고, 또 모두들 그렇게 말했다(쓰러져 있는 주정뱅이를 보고, 자신이 메이와 만났던 장면을 회상하고 있는 듯하다—옮긴이). 짐은 고개를 들었다. 정말이지 자신은 잘생긴 사내녀석이었다. 십년, 십오년 전의 일이었지만 지금도 잘생긴 건 변함없다. 그는 다리가 긴 한 여자를 보고 씩 웃었다. 굽 낮은 장화를 신은 두 다리는 미끈했고, 치마는 엉덩이를 살짝 가리고 있었다. 그는 그녀를 보고 씩 웃어 보이려고 했지만, 그녀는 욕지기도 않고 가볍게 몸을 돌려 그곳을 떠났다. 그의 모습도 차츰 현장에서 사라져갔다. 그는 바로 수문에서 물가로 내려가보고 싶기도 했지만, 요즘에는 주로 길을 따라 캠던 타운 역까지 갔다. 주말이면 그곳에서 숨막히는 기류와 함께 와자지껄 수다를 떠는 십대들이 쏟아져나왔다. 맞은편 길 쪽의 세상의 끝 주점에서는 술집주인이 마지막 손님들을 몰아내고 있는 참이었다. 실제로 너무 이

른 시간이었다. 아늑하지도 않고 외풍도 센 다른 바는 아직
영업중이었지만 짐은 들어가지 않았다. 계속 걸어 역을 한
바퀴 돈 뒤 되돌아올 것이다. 거기서 다시 수로 쪽으로 가다
가 천천히 다리를 가로지르면 그곳에서 하루종일 마약을 팔
고 있는 젊은 애들이 보통 그에게 말을 걸어온다. 또다른 애
들은 가죽 잡동사니와 신발 그리고 문신을 소리높여 선전했
다. 이봐요, 우리 물건 끝내줘요! 구경하세요! 거기서 왼편으
로 가면 채소시장이었다. 채소 가판대들은 이미 오래전에
비워져 깨끗이 청소되어 있었다. 길 쪽에 쓰레기더미가 쌓
여 있었는데, 한 노파가 그것을 헤집다가 뭔가를 끄집어올
렸다. 그게 뭔지 알아볼 수는 없었지만, 목구멍에서 쓰라린
뭔가가 울컥 올라와서 그는 침을 탁 뱉었다. 아무런 대책이
없어서 그는 조만간 앨버트에게 전화를 걸어야만 했다. 아
직 삼십 파운드는 남아 있었다. 런던은 큰도시였다. 그러나
마약사업을 마음놓고 벌일 만큼 충분히 큰 도시는 아니었
다. 짐의 얼굴을 알고 있고, 종일 시시한 말을 지껄이는 것
말고는 아무것도 할 줄 모르는 놈들이 잔뜩 있었다. 틈만 나
며 얼씨구나 하고 앨버트에게 아첨하려는 놈들이다. 그리고
메이 문제도 있었다. 앨버트 없이 그녀를 다시 찾기란 어려
운 일이다. 사람들은 사라졌다가, 이따금 다시 나타나기도
하고 또 그렇지 않기도 하는 법이다. 여자애 둘이 그를 향해
다가오면서 킥킥거렸다. 더 뚱뚱한 애가 오히려 꼭 끼는 치
마를 입고 볼품없는 맨다리를 그대로 드러내고 있었다. 그
는 다시 침을 뱉었지만 쓴맛은 그대로 남아 있었고, 아무리

헛기침을 해도 목에 덩어리가 걸려 있었다. 사람은 증오 때문에 죽는 거야. 메이는 그렇게 말했다. 그러고는 사라졌다.

11

이사하기 이주일 전 새 침대가 배달될 예정이었다. 야콥은 약속이 있었기 때문에 이자벨에게 집에 있어달라고 부탁했다. 하지만 그러고 나서는 의뢰인인 슈트라우스 씨를 달래어 늦은 밤에 만나기로 약속시간을 변경했고, 율리아에게는 **보르하르트**에 식사예약을 부탁했다. 그는 슈트라우스에게 플렌츠라우어 가 178번지의 주택을 확보해주는 반환약속 문건을 다시 한번 마무리지었다. 그는 전면이 낡은 그 집 사진을 들여다보았고, 미해결된 재산문제를 조정하기 위해 지방행정청에 제출할 마지막 신청서를 작성했다. 곧 모든 것이 마무리될 것이고, 집은 비계를 둘러치고 수리할 거라는 내용이었다. 그리고 이년 전 일층에 지점을 열었던 네토 마르크트 체인점과의 계약은 재고되어야 했다. 모든 것은 순조롭게 진행되었다. 더이상 협의할 것은 없었다. 슈트라우스도 약속이 저녁으로 미루어진 것을 기뻐했다. 저녁을 혼자 보내지 않을 수 있게 되어 좋다는 것이다. 야콥은 아이도 없는 유복한 일흔여섯살의 남자가 왜 자기 어머니의 예전 재산을 다시 찾기 위해 노력과 비용을 아끼지 않는지 곰곰이 생각해보았다. 너무 때늦은 일이다. 슈트라우스 자신도 그 점에 생각이 미쳤을 것이다. 그러나 슈트라우스는 나이가 들어서야 비로소 도전의 가치를 제대로 알게 된다고 말할 것이고, 플렌츠라우어 베르크 구역이 그동안 이루었던 발전에 대해서도 언급할 것이다. 그리고 커다란 안마당이 있는 건물 전체에 대해 한 출판사가 손해배상을 통보하는 그때야 자기는 입을 다물겠노라고 말할 것이다. 야콥은 많은 사건을 다루어보았기 때문에 의뢰인들의 눈길에 익숙하다. 침묵으로 가슴이 답답해지고, 일어서려 해도 일어설 수 없는 난처한 순간들이었다. 겉으로는 승리의 순간, 심지어 자랑스러운 순간으로 보였다. 의문의 여지도 없이 공을 세운 것이고, 변호사가 아닌 의뢰인 자신이 싸워 소유물을 획득한 것이다. 하지만 의뢰인들은 대개 야콥에게 매달렸고, 그들의 고통을 잘 아는 노련한 의사의 목소리를 듣고 안심하기 위해 전화를 걸어댔다.

그는 자기가 바르트부르크 가로 갈 수도 있다는 사실을 이자벨에게 말하지 않았다. 예고없이 찾아가 이자벨을 놀래주려고 그는 다섯시에 서둘러 계단을 내려갔고, 말없이 길을 양보해준 슈라이버 옆을 지나 택시를 잡았다. 다섯시 이십분에 바르트부르크 가에 도착했다. 그러나 집 열쇠를 찾을 수 없었다. 잊어버리고 두고 온 것이 분명했다. 벨을 눌러도 아무도 문을 열어주지 않았고, 건너편 길 쪽에서 선명하게 보이는 창문들은 닫혀 있었다.

　전날 밤 일이었다. 그의 침대에 비스듬하게 누워 있던 이
자벨은 그에게 가만있어달라며 다급하게 손짓하고는 놀라
울 정도로 근육에 힘을 주며 몸을 벌떡 일으켰다. 매트리스
에서 껑충 뛰어내릴 것 같은 몸짓이었다. 그러고는 청바지
지퍼를 내렸고 이어서 단추를 끌렀으며 허리를 움직여 바지
를 벗어내렸다. 그는 거실과 침실 사이에 서 있었고, 거실에
서부터 침대 위로 여러 줄기의 불빛이 비쳤다. 그녀의 눈에
야콥은 하나의 어두운 윤곽으로만 보였다. 그녀의 허벅지는
어스름한 불빛 아래 실제보다도 더 근육질로 보였다. 그는
순식간에 발기했고, 페니스에 통증이 일었다. 그는 바지주
머니 안으로 손을 넣어 페니스를 만지고 싶었다. 고독감과
경탄이 동시에 그의 목덜미를 죄었다. 채 이분이 지나지 않
아 그녀는 몸을 일으켰고, 짐짓 진지한 척하면서도 자극적
인 어조로 판결을 내렸다. ―네 말이 맞아. 우린 새 침대가
필요해.

　다섯시에 일어나야 한다며 그는 그녀에게 가달라고 부탁
했다. 하지만 말도 안되는 이유였다. 그녀는 분명하면서도
속을 알기 어려운 표정으로 그냥 있으면 안되겠느냐고 물었
다. 그녀는 아직도 바지를 입지 않은 채였다. 그는 바지를
입어달라고 함부로 말하지 못했다. 망사팬티 속으로 어른거
리며 비치는 음부는 매끈하고 환하게 보였다. 그녀의 음부
에 털이 없는 것이 새삼 자극적이었다.

　이제 바르트부르크 가에 서서 그는 정면을, 보도에 촘촘

하게 박혀 있는 정사각형 포석들을 바라보고 있었다. 포석 하나가 오른쪽으로 툭 튀어나와 있는 것이 보였다. 불그스레한 돌이나 자갈로 이루어진 포석들이었다. 비가 내리기 시작했다.

그녀는 메링담 역에서 내렸다. 쇤베르크 행 7번 지하철로 갈아타는 대신에 조금 걷고 싶었다. 거리에 이르러서야 그녀는 시간이 늦었다는 것을 알았다. 하지만 택시가 있을 거라고 생각하며 서쪽으로 걸음을 옮겼다. 크로이츠베르크 산자락의 나무들은 아직도 앙상했고, 폭포 바닥도 말라 있었다. 굽잇길에서부터 서서히 오르막이 시작되었다. 길은 기념비들이 있는 다리 쪽으로 나가다가, 널따란 철길과 모래가 많은 평지와 건축 예정지를 가로질렀다. 저 멀리 도시가 보였다. 뾰족한 막대기 위에 공이 얹혀 있는 모양의 텔레비전 송신탑은 멀리 떨어져 있어서 아이들 장난감처럼 보였다. 안개가 짙게 끼었고, 어둠이 깔리기 시작하면서 어디가 어딘지 분간하기 어려웠다. 이자벨 눈에는 포츠담 광장의 지붕과 탑 들이 더 분명하게 자리잡기 위해 한쪽으로 움직이는 것 같았다. 기중기와 굴삭기와 레미콘 들은 다른 혹성에서 온 관찰자처럼 보였다. 모두들 두려움에 떠는 포로 같고, 예측 불가능한 감시자의 전횡에 내맡겨져 있다고 느꼈기 때문에, 제아무리 침착하게 관찰해도 위협적으로 다가오는 공포를 베일로 살짝 가린 것에 지나지 않아 보였다. 그때 자동차 한대가 속도를 내며 다가왔다. 자동차는 배기통에서 엷은 연기를 내뿜으며 낮은 언덕길로 가 다리를 건넜고, 점점 짙어지는 황혼 속으로 모습을 감추었다. 작별인사라도 하는 듯 후미등만 다시 한번 반짝거렸다.

충돌하기 바로 직전에 그녀는 그 남자를 발견했다. 다리 난간에서 떨어져 그녀와 꼭 마찬가지로 철로와 모래, 땅바닥에서 퍼온 회색 모래, 다른 곳에서 실어온 연노랑 모래를, 그리고 저녁 하늘 속으로 밀려가던 거대하고 가장자리가 너덜너덜한 구름을 바라보던 사람이었다. 선명하게 보이는 하늘에서 보슬비가 내리기 시작했다. 남자는 놀라지도 않고 그녀를 훑어보았고, 그녀는 더듬거리며 미안하다고, 인사 비슷한 말을 했다. 언젠가 본 적이 있는 사람 같았다. 얼굴은 창백했고, 추운 날씨에도 불구하고 그리 깨끗하지는 않은 진청색 방한용 외투 아래 색이 바래고 해어진 티셔츠 한 장만 입고 있었다. 그렇게 알뜰한 보살핌을 받는 사람처럼 보이지는 않았지만, 눈길이 아주 날카로워 그녀는 절로 걸음을 멈추었다. 그녀는 손을 뻗어 그를 제지하려 했다. 하지만 그는 슬쩍 웃으면서 가볍고 아이 같은 그 손을 순식간에 잡아채 그녀를 한쪽으로 밀쳤다. 이자벨은 그가 때릴지도 모른다는 생각에 두려워졌다. 그의 푸르고 밝은 눈이 그녀를 뚫어져라 쳐다보았다. 그녀의 공포를 즐기는 것 같았다. 하지만 그는 갑자기 고개를 살짝 수그리고는 유연한 동작으로 그녀 옆을 지나 시야에서 사라졌다. 그녀는 여전히 그의 발소리를 들으면서 그가 뒤에서 때릴 거라고, 공격해올 거라고 예상했다. 하지만 아무 일도 일어나지 않았다. 정적뿐이었다. 자동차 한 대가 다가올 때까지 정적은 이어졌다. 그녀가 몸을 돌렸을 때, 그 남자의 모습은 보이지 않았다. 긴장이 서서히 풀리자 이자벨은 백일몽을 꾸고 두려움에서 헤어나지 못하는 듯한 느낌이었다. 낯익은 대상들한테로, 그녀의 삶으로—제대로 단단하게 연결되려 하지 않고, 집요하게 개별적으로 해체되는 그녀의 삶으로—밀려온 백일몽과도 같았다. 그 남자는 땅이 삼켜버리기라도 한 듯 사라졌다. 심지어 그녀는 그가 기념비들의 다리 아래 매달려 있지는 않나 살펴보기도 했다. 아무 흔적도 없었다. 물론 그럴 리가 없었다. 자동차는 이미 오래전에 모습을 감추었다. 시간이 빠듯했다. 그녀는 허겁지겁 달려 랑겐샤이트 다리를—동화책들에 나오는 철교처럼 전철이 그 다리를 지나다녔다—지나갔고, 가쁜 숨을 몰아쉬며 사도 바울 교회 앞으로 해서 마침내 바르트부르크 가에 도착했다. 제국창건기의 주택들이 결코 전쟁이 일어난 적이 없었다는 듯 손상되지 않은 채로 줄지어 있었다. 건물 정면들은 조금 가소로운 인상을 주었다. 거리의 가로등 불빛이 희미해져가는 일광(日光)과 섞였고, 지빠귀 한마리가 요란하게 울어댔다. 앙상하게 마른 작은 나무 위에 앉아 있는 둥그스레하고 검은 물체가 이자벨의 눈에 띄었다. 처마박공들 중 하나에 쪼그리고 앉아 깃털을 곤두세우고 떨리는 소리로 지저귀고 있는 두번째 지빠귀도 눈에 들어왔다. 그 둘은 마치 경주라도 하는 듯했다. 여기쯤 있으면 가구 운반차가 보이겠구나. 이자벨이 생각했다. 이자벨은 갑자기 혼자 집 안으로 들어가는 것이 꺼려졌다. 재킷 주머니를 뒤져 열쇠를 찾다보니, 옷의 안감에 난 구멍이 만져졌다. 거리는 텅 비어 있었고, 창문만 덜컹거릴 뿐이었다. 주차장 공터에서 자동차 한 대가 미끄러지듯 나와 사라졌다. 반대쪽 끝부분, 다음 골목길 모퉁이에 한 남자가 보슬비를 맞으며 서 있다가 고개를 들었다. 이자벨은 사무실에서 작별인사를 나누던 안드라스 같다는 생각이 들었다. ―그래, 벌써 가는구나. 그는 그렇게 말하면서 그녀를 향해 미소를 지었다. 싹싹하면서도 비극적인 미소였다. 하지만 나타난 사람은 야콥이었다. 그가 그녀를 알아보았고, 그의 붉은 금발이 반짝거렸다.

나중에 그들은 급하게 벗어던진 옷가지들을 덮고 매트리스 위에 누워 있었다. 오싹 한기가 들었다. 야콥이 자리에서 벌떡 일어나 시계를 보았고, 그녀에게 키스한 후 서둘러 옷을 입고 방에서 나갔다. 그는 문간에서 다시 한번 몸을 돌려 그녀에게 마지막으로 눈길을 던졌다. 그의 눈에 그녀는 매끈하고 아주 젊고 작아 보였다.

그는 곧 택시 한 대를 발견했고, 운전기사에게 약속에 늦을 것 같다며 재촉했다. 택시는 신호를 무시하고 달렸다. 빗줄기는 점점 더 굵어졌다.

12

짐은 청록색 격자무늬 셔츠를 입은 벤이 언덕길을 따라 내려오는 것을 보았다. 두 팔을 뻗어 노를 젓듯 흔들고, 무언가 소리치며 걸어가는 뚱뚱한 아이처럼 보였다. 어떻게 보면 완벽하게 꾸민 작은 무대의 한 장면 같다는 느낌도 들었다. 여름날, 날씨는 따뜻했고 나무 꼭대기에는 바람이 가볍게 일었으며, 잔디밭에는 이전과 마찬가지로 피크닉 바구니들이 있었다. 그러나 앞에서 걸어오는 사람은 아이가 아니라 벤이었다. 그는 실제로 뚱뚱해져 있었고, 그들이 쫓아오기라도 하듯 갑자기 내달렸다. 그는 이제 용모양의 연 아래 있었다. 연은 급선회하며 곤두박질할 태세였다. 실을 손에 든 사내아이는 언덕 위로 뛰어올라갔다. 가지들이 옹골차게 옆으로 쭉 뻗은 튼튼한 떡갈나무 세 그루가 반원을 이루고 있는 쪽이었다. 앨버트가 말했다. ─뭐 때문에 그렇게 흥분한 거야? 그놈이 그 여자를 좋아해서 따라다니다가 알약을 주었을 뿐인데. 그냥 따라다니기만 했어. 그 이상은 아니야.

알약을 주었을 뿐이야. 여자친구 메이한테 말이야. 앨버트가 계속 말했다. ―말썽 피우지 마. 벤은 구급차를 불렀어. 그가 뭘 더 할 수 있었겠어? 그런데 그 여자를 두들겨팬 건 누구야? 너야 아니면 벤이야? 짐은 답할 수 없었다. 그녀는 피를 흘리며 전화기를 손에 든 채 소파 앞 바닥에 누워 있었기 때문이었다. 짐은 정확하게 기억했다. 그는 부엌에 있었고, 맥주 한 병을 마신 상태였다. 그게 전부였다.

벤은 이제 길로 접어들어 신경질적으로 주위를 둘러보았다. 연은 떡갈나무 중간부분의 가지에 걸려 있었다. 누군가가 잠복해서 자신을 기다리고 있다고 생각하면서 짐은 씩 웃었고, 혼잣말로 중얼거렸다. ―뚱보녀석이 벌써 나를 봤을지도 몰라. 미풍이 지나갔고, 길에는 육중한 뿌리들이 이리저리 뻗어 있었다. 짐은 생각했다. 장미꽃이 만발한 생울타리, 새들이 노래하고 지저귀는 정원, 런던에서 멀리 떨어진 곳, 생울타리용 들장미가 있고 지빠귀가 그 안에 사는 담장, 저 아래쪽으로 먼지가 풀풀 나는 여름의 길을 떠올렸다. 그는 지빠귀를 좋아했고, 메이도 지빠귀를 좋아했다. 그들은 정원이 딸린 소박한 집에 대해 이야기를 나누었고―그런 생각을 가진 사람들이 있는 것은 사실이었다―언덕과 생울타리용 들장미에 대해서도 이야기했다. 눈을 감으면 그 정원이 선하게 떠올랐다. 그런데 벤이 구급차를 불렀고, 메이는 사라지고 말았던 것이다. 앨버트가 조롱하며 말했다. ―보다시피 잠수하고 말았어. 토껴버린 거지. 그 여자가 널 어떻게 생각하는지 이제 알겠지? 전화도 없고 감감무소식이야. 벤도 그녀가 어느 병원으로 실려갔는지 모른다고 앨버트는 주장했다. 그녀가 사라진 지 곧 다섯 달이 되어가지만 짐은 그녀를 기다렸다. 이곳저곳 기웃거리며 그녀를 찾아다녔고, 매순간 그녀의 출현을, 그녀의 목소리를 고대했다.

짐은 이제 코앞에서 진땀을 흘리고 있는 벤을 불쾌한 듯 바라보았다. 그는 여전히 피로에 시달리고 있었다. 다섯 달 동안의 그 모든 기다림이 마치 그들 삶의 마지막 넝마조각인 듯 느껴졌다. 메이는 지쳐 있었어. 어쩌면 그녀는 지금이 행복할지도 몰라. 그는 생각했다. 그는 여전히 진땀을 흘리며 무슨 말인가 중얼거리는 벤을 보고 인상을 찌푸렸다. 벤은 그의 말을 잘 듣지도 않고, 앞뒤 생각도 없이 길 한가운데서 무언가를 요구하듯 손을 내밀었다. 그러고 나서 그들은 레이디 연못 쪽으로 걸어가다가 출입금지 표지판까지 와서는 짙은 그늘 속에 멈추어섰다. 그들은 두꺼운 나뭇잎 사이로 밝은 빛의 몸뚱이들이 갑자기 나타났다가 사라지는 것을 보았다. 벤은 앨버트가 맡긴 것을 짐에게 넘겨주었다. 비닐봉투 안에는 작은 꾸러미가 들어 있고, 잡지 몇권과 과자도 있었다. ―간단하게 처리해. 간단할수록 더 좋아. 그밖에 짐에게 전하는 소식도 있었다. 브릭스턴으로 새로 옮긴 사무실 주소를 앨버트가 적어 보냈으며 그곳에서 짐을 기다리겠다는 것이다. 돈은 짐의 주머니에 들어 있었다. 봉투 안에는 가소로울 만큼 적은 돈, 일 파운드짜리 지폐 스무 장이 들어 있었다. 벤은 불안하게 이리저리 왔다갔다했고, 짐은 씩 웃고 있었다. 앨버트를 속이는 것은 유치한 짓이었다. 그는 벤에게 소리를 지를 것이고, 짐이 나타나지 않으면 분통을 터뜨릴 것이다. 짐은 비닐봉투를 받고, 벤에게 봉투를 내밀었다. 그러고는 갑자기 달아나기 시작했다. 벤이 모멸감을 느끼기도 하고 또 놀라기도 해서 헐떡이며 그를 따라오는 소리를 듣는 것은 익살스럽기는 해도 애쓴 보람은 없는 유치한 짓이었다. 뚱보는 얼굴이 벌겋게 달아오른 채 짐을 따라 달려야 했다. 짐은 다시 한번 몸을 돌려 눈짓을 보내고는 계속 달렸다. 발놀림은 가벼웠지만 증오심은 가득했다. 앨버트도 크게 상심할 리는 없었다. 그럼에도 불구하고 짐은 믿을 수 있는 파트너였기 때문이다. 짐은 그들이 굴삭기와 화물차와 엔지니어들에 의해 킹스 크로스에서 쫓겨난 후 모두들 뿔뿔이 흩어진 마당에 그래도 남아 있는 몇 안되는 협력자들 중 하나였다. 앨버트는 그렇게 흩어진 것을 애통해했다. 킹스 크로스가 그의 할머니가 살던 집이라도 되는 것 같았고, 또 클래펌과 할러웨이와 브릭스턴, 캠던에서는 도무지 적응할 수 없을 것 같았다. 이제 벤의 거친 숨소리는 들리지 않았다. 뒤돌아보니, 벤은 얼굴이 벌겋게 달아올라 멀리서 뻔히 보이는데도 숨을 곳을 찾고 있었다. 짐은 막 공원을 떠나는 조깅족처럼 그곳을 통과할 수 있었고, 가벼운 발놀림으로 거리를 달렸으며, 육칠십년대의 상자 같은 집들보다 잘 지어졌다고 평가받는 중간 높이의 흰색 주택단지들 옆을 지나갔다. 택시 한 대가 거리를 가로막고 있었고, 자동차들이 경적을 울려댔다. 한 남자가 차창 밖으로 머리를 내밀고는 욕설을 퍼부었고, 짐은 웃음을 터뜨렸다. 완벽한 곳이었다. 어쨌든 벤이 그곳을 알게 해서는 안된다. 지금 스포츠쎈터와 레스또랑이 들어서고 있는 마당 그 어디쯤에서 벤을 따돌릴 수 있을 것 같았다. 짐은 창고 건물과 아뜰리에 들을 잘 알고 있었다. 누군가 그곳에 인쇄소를 차렸고, 몇주 전에 짐은 그곳에서 코카인 세 봉지를 팔기도 했다. 캠던 록에서 어떤 멍청한 놈을 덮쳐 빼앗은 것이다. 작은 골목길이 하나 있었다. 그 길은 빙 둘러가다가 켄티시 타운 역 거의 맞은편에서 다른 길과 합쳐졌다. 그곳에서 길은 오르막이었고, 갑자기 넓어져 작은 광장으로 이어졌다. 그 작은 광장은 별다른 이유 없이 둥근 유리지붕으로 덮여 있었고, 녹색 금속 기둥들이 그 지붕을 받치고 있는 걸로 봐서 아마도 작은 시장 건물 비슷한 것을 지을 예정인 듯하다. 그러나 벤치에는 부랑자들만 앉아서, 캔맥주와 캔사이다를 들고 행인들을 향해, 그리고 녹색 혹은 검은색 상의, 격자무늬 주름치마를 입은 어린 학생들을 향해 호기롭게 건배를 외쳤다. 그들은 차표를 구걸하기 위해 힘겹게 몸을 일으켜 『이슈』지를 파는 전철역 입구로 갔다. 여자들도 섞여 있는 역겨운 패거리였다. 가볍고 기다란 여름 외투를 걸친 그들이 그를 보고 미소를 지었다. 그도 씩 웃어주고는 빠른 걸음으로 레이튼 로를 올라갔고, 왼쪽 골목길로 들어가 다시 한번 주위를 살폈다. 마침내 벤을 따돌렸다. 살찐 돼지를. 메이의 일 때문만은 아니었다. 그는 벤과 앨버트와 그밖의 다른 놈들에게 이미 질려 있었다. 아첨을 떨어대는 경찰들도 진절머리가 났다. 그들은 집이든 사람이든, 인체의 일부든 닳아빠진 뼈다귀든 모든 것이 공중으로 사라져버리는 것을 방해하는 존재 같았다. 그는 아무 일도 일어나지 않는 것에 신물이 났다. 십대들의 꼴도 보기 싫었다. 어디서 오는지 기차를 타고 와서 탐욕스럽고 악착같이, 마약 한모금, 주사 한방을 찾아다니며 구걸하다가 사라지거나 집의 입구마다 쪼그리거나 웅크리고 앉아 똥오줌을 갈겨대는 소녀들에 질렸다. 그는 앨버트가 메이를 잡아오기 전에 그녀가 있었던 그곳에서 다시 그녀를 발견할까봐 걱정되었다. 메이 없이는 런던을 벗어날 생각이 없었다. 그러나 그도 쉬고 싶었다. 그의 뇌 속에서 무언가가 번쩍했다. 계속 번쩍거렸다. 그러다가 몇날 며칠 동안 아무렇지도 않았다. 그러나 번쩍거리는 흰색 빛이 있음은 분명했다. 그는 그것을 찾아야 했다. 메이를 찾아야 했다.

13

빗방울들은 함께 흘러내려가며 기다란 띠를 이루었고, 이 띠들은 부풀려지면서 휘어지기도 하고 두꺼운 고리들을 만들기도 했다. 그 고리들은 다시 터졌고, 가는 실 모양이 되어 사방으로 분주하게 흩어졌다. 그 실들의 날카로운 끝은 독기를 품은 듯 보였지만 착각일 뿐이었다. 그 대부분이 자신을 지키지 못한 채, 더 넓고 더 느리게 흐르는 물줄기 속으로 삼켜져버리기 때문이다. 다만 몇줄기 실은 삼켜지지 않고 살아남았다가 창틀의 비스듬한 문살 장식에, 검은색에 가까운 회색의 투과성이 있는 퍼티(유리창틀을 붙이는 데 쓰는 물질─옮긴이)에 부딪혔다. 그다음에 무슨 일이 일어났는지는 쎄러도 볼 수 없었다. 뺨을 창에 갖다댄 채 아래쪽으로 흘겨보긴 했지만 어쩔 수 없었다. 그러는 동안에도 먹성 좋고 폭이 넓은 손가락 굵기의 물줄기들은 경쟁이라도 하듯 나란히 아래쪽으로 달려갔다. 빗방울은 계속 하늘에서 거리 위로 연달아 떨어졌고, 사방으로 터져 흩어졌으며, 작은 웅덩이들을 만들었고, 마침내 꾸르륵 소리를 내며 하수구 속으로 내려갔다. 창에 부딪혔다가 점액질처럼 놀랍게도 한동안 그 자리에 눌러붙어 있는 커다란 빗방울들 중 몇개에는 반짝이고 확대된 채 무언가가, 투명한 날개를 가진 작은 곤충이나 검댕, 혹은 작은 모래알이나 먼지 같은 것이 들어 있었다. 종류와는 상관없이 희미하게 비치던 그것은 그대로 한참 가물거리며 반짝이다가 혼란에 빠져 비틀거리며 떨어져나가거나 차츰 미끄러져 내려갔고, 그렇게 미끄러지다가 다시 한번 멈추기도 했다. 자신의 모습을 순간이나마 우리 눈앞에 투명하게 보여주기 위해서였다. 보잘것없고, 씻겨내려가는 것이지만, 다시는 본래 자리로 돌아가지 않는 것이었다.

이따금 더 큰 것들이 창에 와 부딪히기도 했다. 오랜 가을과 겨울을 지나면서 썩어버린 나뭇잎도 그중 하나였다. 줄기는 상하고, 섬유질은 가늘어져 있었다. 종이 한조각도 날아왔고, 아직 비에 푹 젖지 않아 바람에 저항하지 않는 천조각도 창에 날아와 부딪혔다. 진흙덩이도 날아와 부딪혔는데, 그것은 오랜 여행으로 콧구멍에서 흘러나오는 거무튀튀한 콧물처럼 끈끈하게 흘러내렸다. 진흙덩이는 마치 풍뎅이처럼 창에 들러붙어 있었다. 쎄러는 창 전체를 이리저리 보며 그것들을 찾아냈다. 그러고는 창을 통해 비에 젖은 거리를 내려다보았다. 아이는 라디오의 자명종이 울리기를 기대했다. 자명종은 벽난로의 돌림띠 장식 위에 있었고, 숫자는 움직이지 않았다. 그래서 데이브는 배터리를, 배터리가 아니면 다른 시계, 오직 쎄러만을 위한 시계를 가져오겠다고 약속했다. 비오는 날이면 아직 오전인지 벌써 오후인지, 시간이 어떻게 가는지 분간하기 어려웠다. 손수레를 끄는 남자는 비가 오면 거의 나타나지 않았다. 아이는 생각했다. 그는 종을 울릴 수가 없어. 높이 치켜들고 허공에서 흔들어대던 종을 울릴 수 없는 거야. 빗방울이 종의 추를 침묵시키고 있어. 종이 없으면 아무도 알 수가 없어. 그가 거리에 있는지, 집 앞에 서 있는지, 누군가가 그더러 들어오라고 할 때까지 기다리고 있는지 알 수 없어. 그에게 집 안으로 들어오라고 청하는 것이 마땅하다고 아이는 생각했다. 그가 무언가를 가져가는 것은 행운을 가져오는 일이고 좋은 신호이기 때문이다. 세상에는 사람들이 더이상 필요로 하지 않는 것들이 너무나 많기 때문이다. 옆집 사람들이 언젠가 그에게 집으로 들어오라고 한 적이 있었다. 나중에 그의 수레에는 높다랗게 짐이 실려 있어서 아주, 아주 느리게 거리를 따라 내려가야 했고, 그는 등으로 무게를 지탱해야 했다. 그러나 대부분의 경우에 수레는 비어 있거나, 망가져버린 물건들이 실려 있었다. 그런데 그가 지금 비를 맞으며 다가오는 것을 보고 아이는 의아하게 생각했다. 그는 허공을 보고 눈짓을 거듭했다. 아마 아이를 보고도 눈짓했을 것이다. 그는 창 뒤에 아이가 있다는 걸 이미 알고 있었다. 아이는 몸을 숙여 팔을 짚고 양탄자 위에 엎드렸다. 아이의 머리가 라디에이터에 부딪혔다. 아이는 조심스럽게 다시 몸을 일으켰다. 자동차 한 대가 지나갔다. 빗속에서는 자동차들이 내는 소리가 더 요란했다. 비에 젖은 거리에서는 쏴쏴거리고 쉬쉬거리며 바퀴들이 내는 소음이 모터 소리보다 훨씬 크게 들렸다. 자동차는 그를 피해 둘러가야 했다. 아이는 바깥을 살폈다. 그는 바로 집앞에 서 있었고, 종이 아닌 무언가를 꼭 쥐고 있는 자유로운 손으로 다시 손짓했다. 쎄라는 창문턱을 잡고 몸을 위로 당겼고, 발끝으로 몸을 지탱했다. 그는 아이에게 밖으로 나오라는 손짓을 해 보였다. 그는 수레를 붙들고 있던 다른 손마저 놓고 아이에게 신호를 보냈고, 다른 손으로 높이 들고 있던 것을 가리켰다. 아이는 그것을 알아보았다. 아이가 손가락으로 창문턱을 꼭 움켜잡았고, 창문턱의 갈라진 나무 거스러미가 살갗을 파고들었다. 그는 여전히 그 자리에 서 있었다. 아이는 그의 얼굴을 정확하게 알아볼 수 없었다. 비는 여전히 쏟아지고 있었다. 그는 수레를 길에 그대로 세워놓고는 보도 쪽으로 걸어와, 나지막한 철제 울타리가 있는 곳까지 왔다. 그가 웃자 얼굴이 일그러졌다. 그는 다시 손짓했고, 입을 벌리고 있었다. 아이는 그가 더 가까이 오지 않을까 잠시 두려워졌다. 그들의 눈길이 서로 부딪쳤다. 돌출한 나머지 보는 사람에게 괴로움을 주는 눈을 아이는 조심스레 살폈다. 아이는 어제저녁처럼 다시 기분이 상했다. 아이 얼굴 앞에서 띠들이 희미하게 사라져갔다. 평행선을 이루는 아주 분명한 띠들이었다. 아이는 빗물이 더 잘 흘러내리고 진흙덩이가 잘 씻기도록 유리에 새긴 띠임을 아직 알아차리지 못하고 있었다. 기다란 선들이 무엇을 의미하는지 아이는 알지 못했다. 학교에 다니지 않았기 때문이다. 창은 언제나처럼 그대로였다. 빗방울들이 부딪쳤고, 가느다란

실 모양으로 흩어졌다가 다른 실들과 다시 합쳐졌다.

어이, 꼬마아가씨! 그가 아이를 불렀다. 그가 자기 이름을 부르는 것 같았다. 아이는 데이브가 자신이 살고 있는 곳에서 비밀리에 이 사람을 보냈다고 생각했다. 그곳은 데이브가 손가락을 입에 갖다대고 눈에 미소를 머금은 채 속삭이듯이 말해준 곳이다. 언젠가 데이브가 자기를 그곳으로 데려가기로 했고, 그때까지 그 사실은 비밀이기 때문이다. 그러나 거기 서 있던 남자는 갑자기 추악하게 이를 드러내고 씩 웃었다. 그러고는 높이 치켜들고 있던 인형을 주물철제 울타리 끝부분들 중 하나에 내리쳐, 녹색 옷 아래 두 방향으로 뻣뻣하게 벌어져 있는 인형의 더러운 다리들 사이를 꿰뚫었다. 사방이 조용했다. 시계도 시간도 비도 아무 소리를 내지 않았다.

얼마 후에 비가 그쳤다. 빗물은 우체통 옆 하수구 속으로 꾸르륵 소리를 내며 사라졌다. 아스팔트 색깔은 더 밝아졌다. 검은 구름이 멀리 사라졌지만 녹색 안감을 펼쳐놓기라도 한 듯 하늘은 더 어두워졌다. 데이브가 아이에게 천조각을 가져와 보여준 적이 있었다. 그가 말했다. 내가 와서 너를 데려갈 거야. 그곳은 공주들만 노는 곳이야. 모두들 널 기다리고 있어. 그곳에서 우리는 다시는 헤어지지 않을 거야. 외투가 나를 보호해주거든. 너를 데려갈 때 내가 입을 외투의 옷감이 바로 이거야. —네가 이 천을 손에 들고 뽀뽀를 하면 행운이 찾아와. 알겠어. 한참 후에야 폴리가 정원의 문 쪽으로 다가와 야옹하고 울었다. 그러고는 꼼짝하지 않고 갈색 눈으로 쎄러를 쳐다보았다. 창가에 오래 서 있는 바람에 완전히 뻣뻣해진 두 다리를 끌고 아이는 천천히 폴리 쪽으로 다가갔다. 데이브라면 이렇게 말했을 것이다. 이리 와, 작은 고양이. 폴리에게 문을 열어줘. 길에 나가 폴리의 이름을 불러─테라스 문이 닫혀 있었기 때문이다─폴리가 올 때까지. 너는 울타리로 달려가. 아주 가깝잖아. 인형을 집어. 그리고 셋이서 다시 집 안으로 들어가는 거야. 셋이서. 폴리는 이틀이나 밖에 있었어. 그리고 너는 일주일 전부터 인형을 찾았잖아. 안 그래?

인형은 아래쪽이 찢어져 있었다. 속을 채운 노르스름한 천이 밖으로 삐져나와 있고, 녹색 두 팔은 삐기라도 한 듯이 아래로 처져 있었다. 하지만 얼굴은 아무렇지도 않았고, 이상한 냄새도 나지 않았다. 푹 젖어 있고, 양모에서 비를 맞고 들어온 폴리에게서 나는 것 같은 냄새가 풍기긴 했지만 별다른 이상은 없었다. 데이브가 속삭였다. 명심해. 보통 물건들은 사라져버려. 하지만 중요한 물건들은 다시 나타나. 넌 언젠가 그것들을 다시 발견하게 돼.

74

그들은 여행을 떠나는 대신 베를린에 머물렀고, 야콥이 여유가 있을 때면 같이 산책을 했다. 그는 골프 한 대를 구입했는데, 그들이 런던으로 가면 한스에게 물려줄 예정이었다. 그때까지 그는 이자벨을 태우고 슈테힐린으로 뮈겔제(둘 다 베를린 근처의 호수―옮긴이)로 다녔다. 어느 더운 날 그들은 파우엔인젤('공작새의 섬'이란 뜻으로 베를린 소재 섬―옮긴이)을 돌아다니며 산책을 했다. 천둥 구름이 일자, 그들은 서로 몸을 밀착한 채 폭풍우가 잦아들 때까지 기다렸다. 그리고 동물원으로 가서 안내판은 보지도 않고 우리 앞에 서서 동물들을 구경했다. 꼼짝도 하지 않고 햇볕을 쬐고 있는 동물들은 기분이 좋아 보였다. 그들은 쇠네베르크 구청으로 가서 8월에 결혼한다고 신고했다. 낮이 길었기 때문에 야콥은 어둠이 내리기 전에 집으로 왔다. 그들은 좁다란 발코니나 식당에 앉았다. 식당에는 달랑 식탁 하나와 의자 몇개뿐이었다. 실내를 꾸밀 시간도 없었고 내키지도 않았기 때문이다. 이자벨은 음식 솜씨가 좋지 않아 야콥이 깜짝 놀랄 정도였다. 그래서 그는 한스와 함께 요리를 하자고 했다. 이자벨도 한스를 좋아했다. 그들은 안드라스를 초대했고, 알렉사와 클라라도 왔다. 늦은 시간이었다. 식탁은 술병들로 가득했다. 자정 무렵 한스가 팬케이크를 만들기 시작했다. 그들은 동이 틀 무렵에야 헤어졌다. 그뒤로 한스는 그들의 고정 손님이 되었다. 그는 이따금 다른 친구들도 데리고 왔다. 또 그들은 마카바르나 뷔르게엥겔 같은 단골 술집이나 바에서 만나기도 했다. 야콥은 늦게 왔다가 대개 다른 사람보다 일찍 나왔다. 이자벨은 그가 사준 흰색 방한용 외투와 속이 거의 비치는 청록색 티셔츠, 짧은 반바지를 입었다. 날은 더웠다. ─그녀가 저렇게 행복해하는 걸 본 적이 없어. 알렉사가 야콥에게 말했다. 이자벨은 그 말을 듣고 웃었다. 무시무시한 불경기에도 그녀의 사무실은 번창했다. 유니버설 뮤직이 매주 전화를 걸어왔고, 새로 창간한 잡지사도 편집을 위임했으며, 어린이책 출판사도 삽화를 청탁했다. 그들은 겨울에 런던으로 갈 예정이었고, 이자벨은 거기서도 지금처럼 계속 일할 거라고 말했다. 이따금 집에 있는 점심때면 그녀는 발코니의 뜨거운 햇살 아래 앉아 사무실이나 고객들에게 메일로 스케치를 보냈다. 야콥은 그녀에게 커다란 제도용 책상을 사주었다. 그녀는 거리로 나가 길모퉁이에 있는 문구점으로 가서 아이들을 관찰했다. 아이들은 문에서 달려나와 보도를 알록달록 물들였다가, 네시경에 차를 타고 돌아가거나 책가방을 멘 채 자전거를 타고 사라졌다. 작은 여자애가 빨리 뛰지 못해 언제나 뒤처졌고, 모두들 가버릴 때까지 현관 입구에 몸을 숨기고 있었다.

그들은 파티를 크게 벌이지 않고, 결혼입회인으로 깅카와 한스만 불러 호적사무소에서 결혼식을 올리려고 했다. 그러나 알렉사마저 반대했기 때문에 파티를 열기로 했다. 부모님 없이 공원에서 피크닉 정도로 하는 거야. 이자벨이 말했다. 그러고는 부모님에게 결혼식을 알리려고 하이델베르크로 갔다.

포도나무 비슷한 넝쿨로 뒤덮이다시피 한, 잿빛 신발상자 같은 집이 친근하게 보였다. 택시가 멈추었다. 그녀의 어머니가 창백한 얼굴로 집에서 달려나와 딸을 와락 껴안았다. ─엄마, 나 결혼해. 이자벨이 말했고, 어머니는 웃었다. 마치 한조각 천이 찢어지는 듯한 음성이었다. 잿빛 돌바닥이 반짝거렸고, 그랜드피아노가 있던 거실은 어머니가 말없이 자기 방에 누워 있었을 때처럼 다시 텅 비어 있었다. 그 방에서 보모인 밈젤이 사탕도 주고 농담도 하면서 이자벨의 눈물을 닦아주려고 애썼고, 이자벨은 그랜드피아노가 있던 자리에 겁을 먹고 말없이 쪼그리고 앉아 있었다. 밈젤은 복수의 천사인 양 여주인의 방문 앞에 서서 저주를 퍼부었다. ─맥주 없어? 이자벨이 물었다. 어머니의 시선은 짧은 치마와 블라우스, 그리고 마른 몸매에도 불구하고 풍만하고 고집스러워 보이는 그녀의 몸을 살피고 있었다. 메첼 부인은 씻으라고 하면서 딸을 위층으로 보냈다. 그러고는 남편에게 알리려고 전화기 쪽으로 갔다. 그리고 이자벨이 다시

계단을 내려오자 말했다. ―네 아버지가 샴페인을 가져오
신대. 검은색 소파 앞의 유리테이블에는 캄파리(술 이름―옮
긴이)가 든 유리잔 두 개와 오렌지주스가 든 유리항아리가
놓여 있었다. ―그러니까 넌 네 결혼식에 우리를 초대하지
않겠다는 거구나. 메첼 부인이 차분한 목소리로 거듭 말했
다. 이자벨은 내일 프랑크푸르트로 가서 곧 시아버지가 될
분을 만나야겠다고 생각했다. 하지만 그도 초대할 생각은
없었다. 그저 소박한 피크닉이 되어야 했다. 그게 전부였다.
이윽고 그녀의 아버지가 와서 자랑스럽다는 듯이 그녀를 껴
안았다. ―내 큰딸. 그러고 나서 그는 마치 레스또랑에 혼
자 있기라도 하듯 식사를 하면서 미소를 지었다. 그동안 이
자벨은 유리잔들을 쓰다듬고 있었다. 어린시절에는 만져서
는 안되는 유리잔들이었다.

　모든 일이 만족스러워요. 그녀가 야콥에게 설명했다. 나
중에 같이 우리 부모님을 찾아뵈면 돼요. 베를린에 있든 런
던에 있든. 크리스마스에 프랑크푸르트나 하이델베르크로
갈 수도 있고요. 알렉사는 새파랗게 젊은 한 쌍이라며 조롱
했지만, 막상 결혼식에서는 감동했다. 분수에서 멀지 않은
곳에 안드라스가 마련한 기다란 테이블이 있고, 그 위에는
안드라스의 고모가 물려준 다마스쿠스 산 흰색 테이블보가
깔려 있었으며, 한스가 축사를 했기 때문이었다. 그들은 모
두 친구였다. 이자벨은 결혼반지를 조심스럽게 이리저리 돌
렸다. 너무 조심스러워서 그녀의 손가락들이 갑자기 너무도
연약해진 듯 느껴질 정도였다. 그녀는 야콥을 보고 미소지

었다. 그가 오랜 세월 기다려왔던 미소였다. 어두워지자 킹카가 바람막이를 씌운 촛불들을 가져왔다. 한스는 분수가에서 물구나무서기를 하려다가 너무 취한 나머지 물속으로 떨어졌다. 알렉사와 클라라가 이자벨을 중간에 세우고, 야콥이 사진을 찍었다. 마침내 그들은 모포로 몸을 감쌌다. 추워졌고, 새벽이 오고 있었기 때문이다. 그들은 해가 뜰 때까지 기다릴 생각이었다. 여름은 끝났다. 바르트부르크의 나무들은 잎사귀들을 잃어버렸다. 오랜만에 정말 아름다운 여름이었다고 킹카가 말했고, 모두들 동의했다.

15

새 한마리가 창문턱에 앉았다가 날아올랐다. 유리창에
부딪혀 비틀거렸으나 다치지는 않았는지 순식간에 모습을
감추었다. 안드라스는 욕실로 들어가 거울을 보았다. 거울
은 면도거품과 치약이 튄 자잘한 흰색 얼룩들로 가득했다.
그는 면도를 한번 더 할까 생각하다가 줄무늬 셔츠를 보았
다. 팔을 들어올리자 셔츠의 붉은색, 밝은 청색, 녹색 줄무늬
들이 삐뚤어졌다. 그는 날마다 다른 셔츠를 입고, 다른 색깔
의 조합을 이리저리 맞추어보며, 가죽재킷을 입을까 청재킷
을 입을까 망설이고, 이 신발 저 신발, 옆구리가 열린 중간
높이의 장화를 신어보는 허영심의 정체가 뭘까 하고 새삼
생각했다. 그는 종종 서쪽으로 가서 칸트 가에 있는 어린이
책 출판사와 슐로서 가에 있는 알토 화랑에 들렀다. 화랑주
인인 마그다는 거의 날마다 전화를 걸어 명함과 카탈로그를
주문했다. 그가 알아둬야 한다면서 헝가리 출신의 예술가를
소개해주기도 했다. 그녀는 별의별 이유를 대면서 전화를

걸어 다른 화랑들 그리고 그로피우스 바우와의 만남을 약속했고, 또 그 약속을 지켰다. 그를 가장 사랑스러운 파트너로 삼고 싶다는 말을 그녀는 장난처럼 반복했다. 화랑의 운영비는 죽은 남편의 재산에서 충당했다. 프랑크푸르트에 있는 세 채의 셋집을 그녀가 직접 관리하고 있었다. 깡마른 근육질에, 스스로의 설명에 따르면 옥상에서의 작업 때문에 햇볕에 그을린 그녀는 안드라스에게 옥상의 테라스와 협죽도를 심어놓은 커다란 단지들, 참등나무가 자라고 있는 포도넝쿨 시렁, 그 아래의 돌바닥과 두 개의 의자를 보여주었다. 그녀는 이자벨을 좋아했고, 안드라스에게 이자벨의 존재가 어떤 의미인지 말없이 지켜보았다. 돌아가는 길에 안드라스는 바르트부르크 가를 지나갔다. 그는 야콥을 좋아하지 않을 수 없었다. 야콥이 이자벨을 껴안고 키스할 때도 질투심을 느끼지 않았다. 애초부터 안드라스가 끼어들 수 없는 그 무엇이 있었다. 그에게는 부다페스트로 돌아가 라즐로와 그의 여동생 옆집으로 이사를 하고, 오후에 점점 더 자주 부모님과 함께 커피를 마시며 죽치고 앉아 있는 일만 남은 듯 보였다. 다만 조용히 앉아 그의 인생에서 동쪽에서 서쪽으로 그리고 다시 동쪽으로 향했던 하늘의 방향들을 서로 화해시킬 수 있다는 꿈을 꿀 것이다. 그 방향들은 물론 한 인간만의 삶을 좌우했던 좌표는 아니었다.

전화벨이 울리면 그는 누구의 목소리가 들릴지 그렇지 않을지 금방 알아차렸다. 그는 힘없이 귀를 기울이며 그저 예예 하고 대답했다. 그는 부엌에서 쓰고서 며칠째 그대로 내버려두었던 그릇 몇개를 씻었다. 그 그릇 하나하나가 고모와 고모부의 희망찬 기대와 최종적인 체념이라는 높이 쌓아올린 산에서 그를 분리시켜주는 이제 망가져버린 울타리 같았다. 악몽은 깨고 나면 정반대지만, 행복한 꿈은 아예 깨어날 수가 없는 거야. 그의 고모부는 그렇게 말했다. 계단 통로에서 발소리가 들려왔다. 느릿느릿 힘겹지만 분명히 위로 향하는 걸음이었다. 발소리는 출입문 앞을 지나갔다. 이제 갈 곳은 맹꽁이자물쇠로 대충 잠가놓은 다락방뿐이었다. 안드라스의 머릿속에서 발소리가 이리저리 돌아다니다가 다시 조용해졌다. 아마도 한 노숙자가 담요 한 장과 비닐봉지 몇개로 잠자리를 마련하고는 불을 지피려는 것 같았다. 안드라스는 한숨을 쉬며 한번 알아보아야겠다고 생각했다. 다시 발소리가 들렸다. 이번에는 여자의 발소리였다. 마그다가 노크를 했고, 안드라스는 문을 열고 그녀를 와락 껴안았다. ─계단 통로에서 겨울 냄새가 나요. 마그다가 중얼거리면서 마른 얼굴을 그의 어깨에 기댔다. 그러고는 웃었다. 누구 꿈을 꾸고 있었어? 당신의 그 꼬맹이? 가볍고 거의 투명하며 기다란 천조각처럼 그녀는 그와 그의 비애 사이로 밀고 들어왔다. 그가 꺼칠꺼칠하고 주근깨가 있는 그녀의 피부를 쓰다듬고 있는 동안, 속삭이고 불안해하고 애통해하는 이자벨의 가느다란 목소리가 들리는 것 같았다. 그 순간 그는 마그다를 밀쳐냈지만, 그녀는 그에게 더 바짝 달라붙었고, 그를 자극하고 싶어 허벅지를 살짝 벌렸다. 그는 그녀의 그런 행동이 그 자신의 결핍감을 그대로 보여주는 것임을 이내 깨달았다.

—가련한 사람. 그녀가 가벼우면서도 담담하게 말했고, 그는 말없이 그대로 누워 있었다. 그녀는 몸을 일으켜 블라우스를 걸치고 단추를 채웠고, 다시 한번 몸을 숙여 그에게 키스했다. —그래, 잘 어울리는 것 같아. 당신은 이자벨하고 어울리고, 나는 프리드리히를 잃은 슬픔하고 어울리고. 나는 그와 결혼했었어요. 그가 원했고 당시에는 나도 다른 방도가 없었으니까. 지금도 그의 꿈을 꾸어요. 아주 멋진 사람이었어. 그녀는 웃었고, 바로 옆의 거실로 들어가 붉은색 소파를 쓰다듬다가 거기에 잠시 앉았다. 늙은 여자의 것처럼 가느다란 다리의 하얀 피부가 눈에 띄었다. 그녀는 연약하고 저항력이 없어 보였다. 그의 고모가 고개를 끄덕이면서 마그다 옆에 앉아 있는 장면을 떠올리는 것은 어렵지 않았다. 고모는 끝도 없이 구불구불 이어지는 이야기들, 부다페스트의 방과 집에 관한 기억들, 인간을 어두운 그림자와 패자들의 자리로 몰아넣었던 세기에 대한 이야기들을 말없이 들려주었었다.

—우리 부다페스트로 가요. 상대방이 자기를 사랑하지 않는다는 사실을 받아들이는 것, 그건 결혼을 위한 최상의 조건이에요. 마그다가 말했다. 안드라스는 자리에서 일어나 팬티와 바지를 입고 웃통은 벗은 채로 마그다에게 다가갔다. 안드라스는 자신의 벗은 몸이 왠지 둔하고 어색하게 느껴졌다. 그녀의 살피는 듯한 눈길이 의식되어서 그는 혼자 있고 싶었다. 혼자 산책을 가서 아무 술집에나 들어가 조금

마시고 누군가와 몇마디 나누고 다시 저녁 속으로 들어가 택시를 타고 바르트부르크 가를 지나서 아침 무렵 취한 상태로 이곳에 돌아오고 싶었다. 그러고 나서 마그다의 몸을 생각하고, 아주 엷은 천처럼 그와 이자벨을 분리시켜놓고 있는 그녀의 부드러움을 생각하고 싶었다. 그는 마그다가 새로 옷을 입고 길을 나서며 문간에서 손으로 키스를 보내고, 다시 포옹하는 것을 바라지 않아 고마웠다. 마그다가 기대하는 것은 오로지 그들이 연인이 될 가능성을 그의 눈에서 읽어내는 것뿐이었다. 마그다는 생각했다. 우리는 일주일에 한 번만 만나도 돼. 저녁식사를 하고 늙은 부부처럼 같이 자면서 서로에게 자신의 슬픈 일 기쁜 일을 허물없이 털어놓는 거지. 하지만 순간의 쾌락 때문이 아니라 흘러가는 시간 때문에 이 늙어가는 몸을 품에 안아주었던 사람도 있었어. 그게 있을 수 있는 유일한 연민이야. 시간은 너무 작은 부분들로 쪼개지기 때문에 일일이 그것에 주목할 수는 없었다.

나흘 후 안드라스가 그녀를 저녁식사에 초대했다. 그는 키스하려고 하지 않았다. 마그다는 그것을 알아차렸다. 하지만 그는 그녀의 손을 잡고 쓰다듬었고, 주름이 있는 손가락마디, 매니큐어를 칠하지 않은 귀여운 손톱, 가냘프지만 뚜렷이 보이는 핏줄을 쓰다듬었다. 지금 그녀가 자신의 처분에 내맡겨져 있다는 것을 마그다가 잠시 잊게 하고 싶어서였다. 그래도 되는지 아닌지 걱정만 하고 있기에 우리는 너무 나이가 많다고 그가 생각했다. 그는 그동안 다락방에 있는 남자를 찾아갔던 이야기를 해주었다. 놀란 두 눈으로 그를 쳐다보던 작고 검은 얼굴, 약탈을 일삼던 유령들과의 가망없는 전투에 욕설을 퍼붓고 고함을 지르면서 말리던 그 남자의 돌발적인 분노. 자기를 슈미트라고 소개한 그가 유령들의 이름을 함부로 언급하지는 않았다는 등의 이야기였다. 안드라스가 말했다. ─생각해봐, 슈미트가 그 사람의 본명이고, 형제자매가 여덟 명 있었는데 자기 혼자만 살아남았다는군. 영생을 받기라도 한 것처럼 말이야. ─그 사람을 어떻게 할 건데? 마그다가 물었다. ─작은 전자레인지를 사주고 냄비도 하나 주었어. 마그다가 웃음을 터뜨렸고, 안드라스는 계속 말을 이었다. ─접시 두 개하고 식기는 가지고 있더군. 이제 나를 식사에 초대한대. 주택관리인은 그곳에 오는 법이 없거든. 그들은 내가 이사가기만 기다리고 있어. 그러면 모든 걸 팔아치울 수 있으니까.

마그다와 슈미트 씨가 마주치지 않을 수는 없었다. 슈미트 씨는 이자벨을 잠시 본 적도 있었다. 그래서 그는 안드라스의 문에 노크를 했고, 이전보다 더 당황해서 몸을 수그리며 안드라스에게 말했다. 그가 두 여자 중에 더 젊은 쪽이랑 결혼하면 불행이 찾아올 거라고. 그를 안심시키는 것이 안드라스에게는 아주 쉬운 일이었지만, 한편으로는 가슴이 뜨끔했다. 어느새 11월이었다. 1월에 야콥은 런던으로 이사를 가서 집을 구하고, 이자벨도 곧 뒤따라갈 예정이었다.

안드라스는 크리스마스를 마그다와 함께 보냈다. 야콥과 이자벨은 한스의 초대를 받아 슈바르츠발트로 갔다.

그들은 12월 31일에 바르트부르크 가에서 만났다. 마그다는 로마에 있었다. 안드라스는 킹카와 함께 다섯 가지 요리를 했고, 이자벨은 식탁을 차렸다. 한스는 관타나모 만의 포로들을 위한 청원서를 가져왔다. 곧 다가올 전쟁의 조짐이 역력했다. 야콥은 쌍둥이빌딩의 공격에 실제로는 모싸드(이스라엘의 첩보기관—옮긴이)가 관여했다는 소문을 퍼뜨리는 동료가 있는데, 사무실 사람들은 그가 골베르트&슈라이버 사무실의 파트너가 되는 것을 반대한다는 이야기를 해주었다. 자정에 그들은 평화로운 새해를 위해 건배했지만, 그럴 리가 없다는 것을 알고 있었다. 그러나 그들은 평화를 위해 잔을 부딪쳤으며, 앞으로 무사하기를 바란다는 말은 덧붙이지 않았다. 안드라스는 마그다가 보고 싶었다. 하지만 그가 이자벨을 안고 새해인사로 키스를 하는 순간, 그녀가 원하기만 한다면 모든 걸 포기할 수 있으리라는 것을 알았다. 야콥이 발코니에서 불꽃놀이를 준비하는 동안 안드라스가 그녀의 입술에 키스했고, 그녀는 그의 품에 안겨 젊고 귀여운 얼굴로 그를 올려다보며 키스에 응했다.

16

공항에서 야콥은 앞으로 동료가 될 앨리스테어의 전화번호를 눌렀고, 비서인 모드 부인이 전화를 받았다. 그녀의 목소리가 들렸다. ─어머, 안녕하세요. 벌써 도착하셨군요! 멋져요! 그리고 앨리스테어가 두시에 영국박물관 입구에서 그를 기다릴 거라는 말을 전해주었다. ─물론 당신을 잘 알아볼 거예요. 걱정 마세요. 앨리스테어는 특별한 능력을 가진 사람이니까요.

작은 비행기들이 내리고 떴다. 런던 씨티 공항에 와본 건 처음이었다. 몇 안되는 여행객들만 출구 쪽으로 움직이고 있었다. 시계가 아직 한시를 가리키고 있었기 때문에 야콥은 기차를 타고 가기로 했다.

실제로 앨리스테어는 그를 즉시 알아보고 박물관 계단을 서둘러 내려왔으며, 여행이 어땠느냐고 묻지도 않고 그의 팔을 잡고는, 유쾌하게 그리고 야콥이 알아듣기 힘들 정도로 빨리 말을 했으며 길을 따라 걸어가다가 작은 레스또랑 델리로 들어갔다. 그는 마흔살쯤 된 두 여주인에게 진심어린 인사를 하고는 야콥을 밀어 의자에 앉혔다. 그러고는 몇분 후 음식을 잔뜩 담은 접시 두 개를 들고 돌아왔다. ──아미라는 당신이 지쳐 보인대. 그는 그렇게 말하고 나서 음식을 씹기 시작했다. 그가 다시 말했다. 그러니까 벤섬은 예순여섯살이야. 그는 대규모 법률사무소를 팔아버린 후에 파트너를 원치 않네. 베를린에 있는 당신들 사무소하고 느슨한 관계를 맺고 있는 게 유일해. 그는 자식도 친척도 없기 때문에 우리와 이윤을 나눠가져. 그의 형도 이민온 후 곧 죽었어. 어쨌든 그는 전 재산을 기부해버릴 거야. 그게 그 사람답지. 그가 사무실에 늘 있는 건 아니지만 언제든지 그에게 전화를 할 수 있어. 그의 직감은 어느정도 잘 들어맞아. 당신이 어느 분야에서 일할지는 그가 당신에게 직접 말할 거야. 아마 노부부와 그 후손들의 일을 맡게 될 거야. 그 사람들은 구동독에 있는 옛날옛적의 폐허를 찾으려고 징징거리고 있거든. 당신도 알다시피 러시아식 별장이 딸린 호숫가 땅 문제야. 그곳에 빌라가 한채 있고, 부동산도 딸려 있거든. 하지만 벤섬은 상속분쟁사건을 맡지 않지. 이제 전후사정을 알겠소? 앨리스테어는 자리에서 일어나며 야콥을 보고 미소지었다. 그러고는 에스프레소 두 잔을 들고 와 친절하게 고개를 가로저으며 반쯤 남은 야콥의 잔을 살피는 아미라에게 눈짓했다. ──다 드시고 나서요. 그녀가 앨리스테어에게 말했다. 그러고는 깡충거리며 뛰고 있는 아이의 손길을 피하기라도 하듯 작은 커피잔을 높이 쳐들었다. ──아미라, 이쪽은 야콥. 야콥, 이쪽은 아미라. 앨리스테어가 두 사람을 서로 소개시켜주며 야콥을 살짝 밀었다. 야콥이 자리에서 일어나 그녀에게 손을 내밀었다. ─다 드시고 나면 에스프레소를 새로 갖다드릴게요. 그리고 앨리스테어의 말에 넘어가지 마세요! 잠시 후 백포도주가 담긴 작은 잔이 야콥 앞에 놓였고, 앨리스테어는 알겠다는 듯 고개를 끄덕이며 말했다. ─저 여자는 당신이 마음에 드는 모양이야. 그러고는 야콥이 식사를 마칠 때까지 침묵했다. ─런던에 와서 기뻐. 야콥은 그렇게 말하고 나서 자신의 멍청한 발언에 얼굴을 붉혔다. 집 좀 보여줄래?

앨리스테어는 씩 웃으면서 숱 많은 금발을 손으로 쓰다듬었다. 그는 녹색 눈에 주근깨가 있었고, 우아한 재킷 아래 비스듬하게 넥타이를 매고 있었다. 뼈마디가 불거진 얼굴은 아주 기다란 속눈썹, 부드러운 입과 대조를 이루었다. ─프림로즈 힐에 아주 적당한 집이 하나 있는데, 부근의 경치도 좋고 여러모로 괜찮아. 켄티시 타운에도 빅토리아 시대의 연립주택이 하나 있어. 벤섬의 사무실에서 일하는 사람에게 어울리는 주소는 아니지만. 그러나 그는 그런 데 신경쓰지 않아. 당신 혼자 오는 건 아니라고 벤섬이 말하던데. 그리고 베를린에서는 넓은 데 사는 게 보통이라고.

─아내가 올 거야. 야콥이 망설이면서 그리고 스스로도 놀라면서 처음으로 아내에 대해 언급했다. 내 아내가 따라올 거야. 그리고 여기에서도 그래픽 프로덕션 일을 계속할 거네.

—프림로즈 힐은 멋진 곳이야. 당신들도 멋진 사람들인 가? 앨리스테어는 웃으면서 그렇게 물었다. 아미라의 델리 레스또랑에는 금요일마다 커피잔으로 점을 보는 여자가 오 는데, 벤섬은 그 여자의 점괘를 믿어. 결정할 수 없다면 내일 모레까지 그대로 있게.

야콥은 이 정보 때문에 프림로즈 힐을 아예 보지도 않게 된 것인지 나중에도 알 수 없었다. 법률가와 사업가 들이 공 공연히 드나드는 이 레스또랑 델리에서 커피잔으로 점을 본 다는 것이 그에게는 이국적으로 여겨졌다. 그는 놀라웠고, 자신이 촌사람이 된 듯했다. 혹은 세상 속으로 여행을 떠난 아이가 된 기분이었다. 그는 미래를 미리 내다볼 수 있다는 생각과 앨리스테어가 보여준 검은 머리의 옹골차 보이는 여 자 사진에 정신이 팔리는 바람에 아미라에게 작별인사를 하 는 것도 잊어버렸고, 앨리스테어가 그를 어디로 데려가는지 도 몰랐다. 택시를 타고 크레인과 건축공사장 울타리들 사 이의 미로를 정신없이 달린 후에 그들은 켄티시 타운 역에 서 내렸다.

—전철역과 얼마나 가까운지 알게 될 거야. 앨리스테어 는 그렇게 설명하면서 완만한 경사길로 꺾어들었다가 다시 한번 방향을 틀었다. 산뜻해 보이는 집들 앞으로 커다란 플 라타너스 나무들이 서 있었고, 어디에선가 아이들 노는 소 리가 들려왔다. 야콥은 아이들이 외치는 소리, 공을 튕기는 소리를 들었다. 앨리스테어가 들어선 현관문은 주조철제의 격자를 두른 진청색 유리문이었다. 문 뒤로는 밝은 색 양탄

자가 보였다. 방들은 안락하게 배치되어 있었다. 일층에는 두 개의 커다란 공간과 작은 욕실 하나가 있었다. 야콥은 금방 이자벨의 방이라는 생각이 들었다. 이층에는 부엌, 거실과 식당이 있었다. 삼층에는 침실 두 개와 욕실 하나가 있었다. 일층에서 계단을 몇개 올라가면 테라스를 지나 정원으로 통했다. 좁다랗고 수수한 정원에는 만병초와 호르텐지아가 조금 있었고, 잔디는 돌보지 않아 제멋대로 자라 있었다.

— 벽 몇개를 헐어버린 거네. 앨리스테어가 설명했다. 주변의 집들에는 층마다 한세대가 살고 있어. 하지만 런던의 주택 사정을 볼 때 그리 작은 집은 아니야.

그들이 다시 거리로 나오자 앨리스테어가 말을 계속 이었다. —물론 노팅 힐 쪽에서 찾아볼 수도 있지. 아니면 햄프스테드 쪽도. 물론 더 괜찮은 지역들도 있어. 하지만 종합적으로 볼 때는 여기가 좋아. 위치도 좋고. 다른 곳이라면 집세가 배로 들거든. 벤섬의 집인데, 당신들한테 주당 오백파운드로 내놓은 걸세. 공짜나 마찬가지야. 앨리스테어는 다시 야콥의 팔을 잡고 걸어가자더니 앞장서 걷다가 리젠트 공원의 북동쪽 끝까지 버스를 타고 가자고 제안했다. 그곳에서 그리 멀지 않고, 또 동물원을 지나가고 공원을 세로로 길게 통과하여, 거의 데본셔 가까지 이르는 아름답고 안락한 길이라는 것이다. 낮동안 공원에 앉아 쉴 수 있고, 벤섬도 거기서 산책을 하며 이야기를 나누기를 좋아하며, 비가 올 때도 레인코트, 후드가 달린 고급 레인코트를 갖추어 입고 때로는 짧은 외투까지 걸치고 산책을 하기 때문에 야콥이 미리 알아두어도 나쁠 게 없다고 했다. 어쨌든 벤섬은 우아한 것을 높이 평가하며, 야콥도 곧 알게 될 거라고 했다. 그제야 야콥은 앨리스테어의 키가 자기와 아주 비슷하다는 것을 알아차렸고, 또 로베르트가 생각났다. 앨리스테어는 생기가 넘치고 자연스러운 금발에, 눈에는 냉소가 번뜩이는 것 같았다. 같이 걷는 동안 앨리스테어는 그의 늙은 숙모가 폴로 조랑말들과 수의사들에게 가진 돈을 몽땅 써버렸기 때문에 콘써트에는 속임수를 써서 티켓 없이 몰래 들어간다는 이야기를 해주었다. ─숙모님을 초대하려 했지만, 그때마다 그분은 티켓 금액만큼 현금을 벌고 싶다는 거야. 숙모님은 당연히 나를 따라왔고 티켓도 없이 들어가시곤 했지. 그들은 공원을─야콥은 멀리서 그 안에 있는 동물원의 격자 우리를 보며 지나갔다─떠났다. 마침내 데본셔 가에 도착하자 야콥은 흥분을 누를 수 없었다. 앨리스테어가 육중한 문을 살짝 두드리자, 눈에 보이지는 않지만 누군가가 부저를 눌렀다. 그들 쪽으로 다가온 사람은 수위인 앤드류였다. 그는 손에 두꺼운 책을 들고 있었고, 그들 때문에 읽기를 중단해야 했던 부분에 손가락을 서표 삼아 끼우고 있었다. 주름진 목 위에 자그마한 머리가 얹혀 있었고, 전체적으로 볼 때 크고 살찐 부분은 귀뿐이었다. 야행성 동물의 눈을 가진 그는 즉시 자기가 엘리베이터를 관장하고 있다고 하고, 제발 그의 입회하에서만 엘리베이터를 이용해달라고 간곡히 청했다. 그들이 이층으로 올라갔을 때 야콥은 그다지 안전해 보이지 않고 가파르며 닳아빠진 양탄자로 덮여 있는 계단을 보았다. 문은 새로 칠해야 했고 벽도 마찬가지였다. 서재 공간은 눈을 찌르는 듯한 현란한 색깔의 새 책과 잡지 때문에 마치 먼지와 시간 그리고 무언가를 두드리며 목이 쉰 듯한 소음들에 내맡겨진 귀족의 저택에 있는, 한 번도 사용하지 않고 잠들어 있는 도서실 같았다. 하지만 실제로는 첫인상과 달랐다. 우아하고 오래된 목재 책상들은 반들반들 윤이 났고, 안쪽 구석에는 매킨토시 컴퓨터 다섯 대가 있었으며, 야콥과 앨리스테어 또래로 보이는 두 사람이 육중한 가죽소파에 앉아 방문객들에 아랑곳하지 않고 책을 읽고 있었다. ─여기가 벤섬이 있는 층이야. 그들이 삼층을 뒤로하고 사층으로 올라갔을 때 반쯤 열린 문 쪽을 가리키며 앨리스테어가 말했다. 야콥은 앨리스테어 쪽으로 몸을 돌려 약간 망설이면서 자기는 들어가지 않으면 안되겠느냐고 말했다. 창가의 팔걸이의자에 앉아 있는 남자, 흠잡을 데 없는 검은색 스리피스 양복을 입고 넥타이 대신 비단목도리를 두르고 옷깃의 단춧구멍에 작은 흰색 꽃을 꽂고 있는 남자가 미동도 않고 이리저리 저울질하듯 그를 관찰하고 있었기 때문이었다. 야콥은 격렬하고 불안한 마음의 동요를 느꼈고 가슴이 두근거렸다. 그때 상체가 약간 움직였다. 남자는 두 다리를 지탱하지 않고 마치 그 자신에게서 솟아나듯 몸을 일으켰다. 의지보다는, 몸무게와 넓은 흉곽, 조끼가 받치고 있는 복부 그리고 지나치게 짧은 두 다리를 완벽하게 균형잡아서 쓸데없는 힘은 조금도 들이지 않겠다고 생각하는 듯했다. 목덜미와 얼굴은 커다랗고 살집이 두툼했고, 턱과 뺨, 코도 마찬가지였다. 짙은 눈썹은 눈을 거의 덮고 있었고, 상대적으로 가냘픈 입술 때문에 입매는 유약하면서도 냉담해 보였다. 그의 목소리는 아주 낮게 웅얼거리는 듯했기 때문에 야콥은 그의 말을 금방 이해할 수 없었다. 벤섬이 처음에 무슨 말을 했는지 그가 독일어로 말했는지 영어로 말했는지 나중에 아주 오래 그리고 자주 생각해보았지만 결코 알 수 없었다.

야콥은 베를린으로 돌아와 이자벨과 한스에게 앞으로 맡게 될 일에 관해 이야기해주었다. 앞으로 근무할 사무실에 대해서도 자세히 말해주었으며, 소파 하나와 묵직한 목재함을 포함해 오래된 가구로 가득한 넓은 방을 혼자서 다 사용하려는 자신의 생각에 스스로 놀라기도 했다. 벤섬은 방이 초라하고 그리 밝지도 않으며, 또 이층에는 — 앨리스테어와 다른 두 동료의 방은 삼층에 있었다 — 현대적인 사무실이 하나 있다고 말했다. 야콥은 도서실 뒤편에 있는 사무실을 두고 하는 말이구나 생각했다. 야콥이 얼굴을 붉히고 있는 동안 벤섬은 도서실 사서인 크레이폴 씨 사무실 옆의 밀실을 사용해도 좋다고도 말했다. 작은 부엌에서 벤섬의 비서인 모드 부인이 쟁반을 들고 나타났고, 여기 이 방을 꼼꼼하게 청소하고 새로 칠해야 한다는 두 사람의 계획을 듣고는 흥분해서 머리를 흔들었다. 그녀는 야콥을 샅샅이 훑어보았다. 쉰살쯤 되는 오동통한 여성으로, 머리그물을 한데다가 뺨이 붉어서, 꼭 정원에서 일하다 막 돌아와 아직 가위를 손에 들고 있는 것 같았다. 그러나 그녀는 커다란 쟁반을 들고 있었고, 그 위에는 찻주전자와 비스킷이 담긴 작은 접시 두 개, 샌드위치가 담긴 쟁반 하나, 잘 돌보고 깨끗하게 간수하는 것만이 호시탐탐 번지기만 노리는 무질서에 대항할 수 있는 유일한 길이라는 듯 반짝반짝하게 닦아놓은 우유캔과 은제 설탕통이 놓여 있었다. 리버풀 가 역으로 가는 동안 앨리스테어는 그에게 오래된 잿빛 서류철을 앞으로 계속 사용할지 아니면 이제 더 밝고 색깔이 있는 것으로 바꿀지 논의가 있을 거라고 말해주었고, 벤섬 자신은 중고 라이츠 파일(독일에서 판매되고 있는 파일의 상품명―옮긴이)이 나온 게 있으면 구입할 생각이고, 그 유별난 취미에 익숙해져야 할 거라고 말했다. 그리고 야콥이 벤섬의 성격을 대강이라도 알고 싶으면 그가 좋아하는 박물관, 즉 존 쏘운의 옛 저택을 방문해 전시라는 이름을 붙이기도 민망할 정도로 조야하고 아주 기이하고 불가능할 정도로 빽빽하게 진열된 물건들을 보면 된다는 말도 덧붙였다. 베를린으로 돌아가는 길에 야콥은 이 모든 이야기를 시시콜콜 다 해서는 안되겠다고 생각했다. 레이디 마거릿 로에 있는 집은 충분한 소재가 되었기 때문에 야콥은 이자벨에게 침을 튀기며 이야기해주었지만, 프림로즈 힐에 있는 집은 아예 구경해보지도 않았다는 말은 하지 않았다. 그는 준비를 위해 가져온 서류들을 한스에게 잠시 보여주었고, 한스는 두 사람의 들뜬 기분을 함께 나눌 수는 없었지만 어쨌든 세 사람 모두 만족스러웠다. 그는 분명 그들이 곁에 없는 것을 아쉬워하게 될 것이다.

결국 벤섬 얘기를 꺼낸 것은 안드라스였다. 그들의 이사에 대해서 한번도 언급하지 않고 고개만 끄덕이고 있던 안드라스가 런던으로 놀러 오라는 이자벨과 야콥의 이야기를 듣고는 그가 어떤 사람이냐고 물었던 것이다. 그들은 발코니에 나란히 서 있었고, 깅카와 한스, 이자벨은 부엌에 있었다. 1월의 밤치고는 드물게 온화했다. 안드라스는 신경질적으로 담배를 꺼냈다. 오늘저녁 네번째 담배였다. 마그다는 그가 두 시간 내로 올 거라며 기다리고 있었다. 그는 약속을 취소하는 것도, 그녀를 바르트부르크로 초대하는 것도 망설였다. 그는 가고 싶지 않았다. 그들이 여기서 보내는 마지막 밤들 중 하나일 것이기 때문이다. 그는 시간을 넉넉히 가지고 싶었다. 안드라스가 벤섬에 관해 묻자 야콥은 깜짝 놀랐다. 마침내 야콥이 입을 열었다. ─표현하기가 쉽지 않아. 덩치는 그리 큰 편이 아니고 통통해. 튼튼한 상체에 비하면 다리는 너무 짧아. 옷 입는 것은 나무랄 데 없어. 허영심이 좀, 아니 허영심이 상당한 편이야. 사무실이 어떤지, 초라해 보이지 않을지에 대해서는 별 걱정을 하지 않는 게 분명하지만 말이야. 그의 방에는 루치안 프로이트(지그문트 프로이트의 손자로 독일의 화가─옮긴이)가 그린 그림이 걸려 있어. 그 사람 알아? 흰색 꽃도 그려져 있는데, 무슨 꽃인지는 모르겠고. 앨리스테어는 프로이트가 그의 초상화를 그려준 거라고 했어. 커다란 얼굴이야. 코도 눈꺼풀도 모든 것이 몇그램 정도의 특정한 무게를 가진 얼굴들 중 하나야. 내가 무슨 말을 하는지 알겠어? 야콥은 그렇게 말하고는 얼굴을 붉혔다. 벤섬은 친절하지도 적대적이지도 않았다. 아니 차라리 친절한 편이었다. 하지만 결코 감정을 과도하게 드러내지 않았다. —그는 슈라이버하고는 아주 다른 부류야. 여태까지 그런 사람은 본 적 없어.

—그 사람 유대인인가?

야콥이 놀란 눈으로 안드라스를 쳐다보았다. —모르겠어. 내가 그걸 어떻게 알겠어? 앨리스테어 말로는 소년시절에 영국으로 왔다던데. 어째서 그런 생각을 하지? 안드라스는 어깨를 으쓱했다. 안에서는 이자벨이 식탁을 차리고 있었다. 그녀는 발코니 쪽을 쳐다보지 않았다. 안드라스는 그녀가 상체를 움직이고 팔을 뻗고 일어서는 모습을 보았다. 그녀는 꼭 끼는 녹색 블라우스와 검은색 청바지를 입고, 두꺼운 양말을 신고 있었다. —한나를 제외하고는 여기 있는 누구도 내게 물어보지 않았기 때문일 거야. 이상한 일이잖아. 그렇지 않아.

—넌 유대인이던가? 야콥은 발코니의 격자 난간에 기대 거리 쪽을 내려다보았다.

—그래, 늘 그랬지.

—그럼 우리가 뭐 때문에 너에게 물어봤어야 한다는 거야?

—나의 고모부와 고모가 이민올 수 있었고, 내가 독일 국적을 취득할 수 있었으며, 많은 유대인이 헝가리에서 이민왔기 때문이야. 달리 보자면, 누군가가 나에게 물어볼 이

유도 없는 거지.

그 순간 야콥은 벤섬의 모습이 눈앞에 보이는 것 같았다. 그가 안락의자에서 일어나 다가와서 모드 부인과 앨리스테어 사이로 자기를 보고 있었다. 벤섬의 소매를 살짝 쓰다듬는 모드 부인의 모습도, 생기와 애정 깃든 조롱이 섞인 앨리스테어의 얼굴도 보였다.

그는 일년 반 전의 9월 11일을 떠올렸고, 뉴욕에 대해 아무것도 할 수 없는 자신의 무기력한 흥분을, 유례없는 일이었습니다, 하는 부시의 연설을 생각했다. 변한 것은 아무것도 없었다. 잠자는 사람이 있었고, 아프가니스탄 전쟁이 있었고, 파괴된 집들과 타버린 사람들이 있었고, 서둘러 묻혀버린 사망자들이 있었고, 길도 없는 산에는 탈레반 혹은 알카에다 전사들이 있었다. 그 이름과 물건 들은 여기 있는 사람들에게, 마치 빅 브라더에 대해 말하듯 모두들 한마디씩 하는 텔레비전 연속극의 갈등과 드라마 이상을 의미하지는 않았다. 그리고 이제 모두들 이라크전쟁에 대해 말하고 있었다. 지난 이라크전쟁에서는 얼마나 많은 사람이 죽었던가? 수도 없을 것이다. 야콥은 프라이부르크에서 보았던 싹쓸이 사재기를, 통조림과 따뜻한 모포를 아주 진지하게 비축하기 시작했던 사람들을, 그리고 이스라엘에 로켓탄들이 발사되는 동안 벌어졌던 반전 촛불시위를 떠올렸다. 그동안 9월 11일은 근심 걱정 없는 상상 속의 이전 시절과 점점 더 광범하게 퍼져가는 불안하고 공격적인 탄식 사이를 가르는 분수령 그 이상도 그 이하도 아닌 것이 되고 말았다. 오직 로베르트의

부모에게만 그리고 자신에게만 모든 게 변했을 뿐이라고 야
콥은 생각했다. 그는 이자벨을 찾았고, 이제 런던으로 갈 것
이기 때문이다.

11

짐은 화를 내며 빈 채소상자들과 생선 냄새를 풍기는 스
티로폼 상자들로 올라갔다가 마분지 상자 뒤에 쪼그리고 있
던 고양이 위로 비틀거리며 쓰러질 뻔했다. 그는 잿빛 호랑
이무늬의 고양이를 잠시 째려보다가 몸을 숙여 머리를 긁어
주었다. 그러고는 조심스럽게 목을 만지고 목덜미와 가슴
부위를 부드럽게 쓰다듬었다. 처음에는 뻣뻣하게 굳어 있던
동물이 긴장을 풀고 가만히 서 있더니 그르렁거리지도 않고
꼬리를 높이 쳐들었다. —어이, 왜 그르렁거리지 않는 거
야? 그는 고양이를 높이 들어올리려 했으나, 배에 뭔가 축축
한 것, 똥이나 피 같은 게 들러붙어 있었다. 고양이는 고통스
러운 소리를 내질렀고, 짐은 욕설을 내뱉었다. 그는 몸을 일
으켰고, 브릭스턴 로에서 들려오는 소음을 들었다. 버스가
지나가는 소리, 고함 소리가 들렸고 귀청을 찢을 듯 분개한
여자의 목소리가 점점 가까워졌다. 고양이는 드러누워 있었
다. 짐은 가만히 서서 좁은 통로를 통해 지금 자신의 등뒤 여

자가 서 있을 것으로 추측되는 거리 쪽을 뒤돌아보고 싶은 충동을 억눌렀다. 그는 누군가 숨쉬는 소리를 듣는 듯한 착각에 빠졌다. 거리의 소음은 기름기 많은 액체처럼 집들 사이로 규칙적으로 쏟아지고 있었다. 그는 또다시 고양이 때문에 비틀거렸고, 이번에는 고양이를 쳐다보지 않고 앞으로 계속 걸어갔으며 궤짝과 쓰레기 자루 들 위를 지나 갈색 문 앞에 도착해 문을 열어젖혔다. 계단 앞에는 신문과 광고전단지와 깡통 들이 널려 있었다. 그는 인상을 찌푸리며 그것들 사이를 헤치고 사층으로 올라갔다. 그는 여러 개의 문을 지나갔다. 그 뒤로 상인들이 채소와 옷과 장난감 같은 상품을 쌓아놓고 있었다. 문들은 맹꽁이자물쇠로 채워져 있었는데, 그중 하나만 열려 있었다. 한 소년이 그를 흘낏 쳐다보고는 서둘러 사라졌다. 식초 냄새가 났다. 위쪽에서 앨버트가 기다리고 있었다. 그는 씩 웃었고, 펑퍼짐한 몸으로 문의 입구를 가로막고 있었다. 가느다란 잿빛 머리카락을 단정하게 뒤로 빗어넘긴 그는 티셔츠를 입고 있었고, 오른팔은 축 늘어뜨린 채 흔들거리고 있었으며, 왼손으로는 상단 가로목을 떠받치고 있었다. 안쪽에서는 희미한 불빛만 비치고 있었다. 무슨 소리가 들리는 듯해서 짐은 귀를 기울였다. 그는 앨버트에게 전화를 하면서 벤이나 앨버트가 데리고 있는 졸개들이 아니라 앨버트와 단둘이 만나고 싶다고 했다. 졸개들은 앨버트가 짐을 끌어들였듯이 그렇게 모은 녀석들이었다. 무능력한 거리의 잡놈들이었다. 자동차오디오, 지갑, 전화기나 카메라를 훔치는 녀석들이었다. 앨버트가 그의 아지트에 마련해놓은 매트리스에 누워 하루종일 잡담이나 하는 놈들로, 싸우스 일링에 이르기까지 시내 전역에 흩어져 있었다. 잠복 아지트들. 앨버트는 그 아지트들을 도피의 도시라고 떠벌렸고, 또 「구약」에 나오는 것처럼 일곱 구역이라고도 불렀다. 그는 방들과 돌보지 않고 비어 있는 집들을 빠리, 로마, 예루살렘이라고 이름지었다. 짐은 예루살렘에 살았다. 소호 한가운데, 중국 레스또랑 위층, 냉동고들과 국수 및 다른 생필품들로 가득 찬 상품진열대들이 있는 중간층, 급사들과 요리사들을 위한 방 뒤쪽, 그곳에서 짐은 잠을 잤고 작은 변소와 거울도 없는 세면대를 다른 사람들과 공동으로 사용했고, 오줌 지린내를 같이 맡았다. 마르고 창백해 보이는 남자들은 그에게 한번도 말을 걸지 않았다. 그들이 영어를 할 줄 모르거나 앨버트가 그렇게 하기를 원했기 때문이다. 그는 훔친 물건을 낡은 국수 상자들에 차곡차곡 쌓아놓았고, 앨버트는 다른 사람을 시켜 그것을 가져오게 했다. 그리고 그에 대한 보상으로 대마초와 이따금 코카인을 주었고 이런저런 약속을 했으며 따뜻한 식사도 제공해주었다. 언제나 여유가 있었고, 빠듯한 적은 결코 없었다. 짐은 아침마다 수프를 마시고 차가운 고기를 먹는 법을 배웠다. 코카인은 형편없는 마리화나와 맥주보다 좋았고, 소호는 주택들의 현관과 킹스 크로스의 버스정류장들보다 나았다. 그럼에도 그는 킹스 크로스로 되돌아갔고, 앨버트는 그를 두 차례 불러들여 두들겨패야 했다. 앨버트는 그를 미용사에게 보냈고, 새 옷을 갈아입혔다. 예쁘장한 남자로 만들어 거리에 내보내기 위해서였다. 예행연습 삼아 그는 짐을 두 친구에게 넘겨주었고, 일이 끝난 후 짐의 손에 돈을 쥐여주었다. —넌 그럴 만한 가치가 있어. 얼굴도 엉덩이도 멋져. 짐은 또다른 방도 얻었으나, 다시 탈출을 시도했다. 그러나 앨버트의 졸개들은 도처에 깔려 있었고, 다시 구타가 쏟아졌다. —옛날 버릇은 버리는 게 좋아. 앨버트의 유별난 방식대로 모든 것을 박탈하고 이주간 감금한 뒤에 그는 다시 거리로 내보내졌고, 다시 도망쳤다. 이번에는 석 달 동안 잡히지 않았다. 킹스 크로스를 피해다녔고, 더 씨티와 브릭스턴과 클래펌, 그리고 앨버트가 있는 곳이면 어디에도 나타나지 않았기 때문이었다. 그러나 짐은 제대로 도망칠 수 없었다. 이스트 엔드에서 매춘을 시도하다 이번에는 경찰에게 붙들려 병원에 처박혔다. 그러고 나서는 네 발로 기어 앨버트에게 돌아왔다. 그때 일을 떠올리면 아직도 입에서 피냄새가 나는 것 같았다. 앨버트의 친구들 중 하나가 바지를 내리고 강제로 엎드리게 했을 때 짐이 혀를 깨물었던 것이다. 그러고 나서 앨버트가 나타났고 짐은 다시 소호의 아지트로 돌아가야 했다. 마약을 끊는 데 실패했기 때문에 앨버트가 자신의 사업에 끼워주기 전까지 짐은 도둑질을 했다. 그러다가 메이가 나타나면서부터 사정이 달라졌다. 그들이 필드 거리에 집을 얻었기 때문이고, 앨버트가 그를 필요로 했기 때문이다.

앨버트는 씩 웃으면서 여전히 문간에 서 있었고, 짐은 자신이 뭔가 보답하지 않으면 앨버트가 메이에 대해 알고 있는 정보를 절대 말하지 않으리라는 것을 깨달았다. 그가 뭔가 알고 있기는 한지도 사실은 의문이었다. 그는 짐을 풀어주지 않을 것이고, 그냥 런던에 내버려두지 않을 것이 분명했다. 짐은 누군가 자기 뒤를 따라 계단을 올라왔다는 사실을 너무 늦게 알아차렸다.

이제 그만 때려. 앨버트가 선언하듯 말하고 다른 두 사람을 밖으로 내보냈다. 짐은 눈을 감았다. 옆방에서 벤의 목소리가 들렸다. 그는 두 다리를 움직이면서 자기가 인형이 되어 누워 있다고 생각했고, 조심스럽게 오른쪽 다리를, 다음에는 왼쪽 다리를 뻗었다. 턱과 목 근처가 간질거리는 것으로 보아 아직도 피가 흐르는 것 같았다. 왼팔이 참을 수 없을 만큼 아팠다. 팔이 빠졌다는 생각이 들자 눈물이 주르륵 흘렀다. 재빨리 몸을 움직여 어깨를 다시 끼우는 데 성공했다. 고통이 뇌수를 찔렀고, 몸뚱이가 떨어져나가는 것 같았다. 다리는 이제 똑바로 펴져 있었다. 앨버트가 다가오자 그는 곧 무슨 일이 벌어질지 알았다. 앨버트가 앞쪽에서 다가와 왼쪽 무릎의 연골을 밟았고, 짐은 비명을 질렀다. 다시 정신이 들었을 때 사방은 쥐죽은 듯 조용했다. 그는 힘들게 일어서다가 균형을 잃었고, 다시 균형을 잡았다. 그는 오른손으로 지탱하면서 눈을 떴고, 앨버트의 놀란 얼굴을 보았다. 방안에는 탁자 하나와 의자 몇 개뿐이었다. 앨버트가 편지에 썼던 대로 그의 새 사무실이었다. 벽은 새로 칠해져 있었다. 또다른 방은 아마도 자동차오디오, 휴대폰, 경보장치 들을 보관하는 창고로 사용하는 것 같았다. 구제품이든 신제품이든 앨버트가 채링 크로스에서 모두 몇파운드에 팔아치울 그 물건들은 켄씽턴에 레스또랑을 열겠다는 앨버트의 꿈을 이루어줄 것이다. ─왜 나를 얕보는 거니? 앨버트가 꾸민 듯 우울한 표정으로 중얼거렸다. 그러고는 짐을 도와주려고 팔을 내밀었다. 넌 나를 속였어. 알겠어?

누구에게나 작은 꿈은 있는 법. 켄씽턴에 있는 레스또랑. 정원과 벚나무가 있는 집. 벤의 꿈이 무엇인지 짐은 몰랐다. 문틈으로 훔쳐보는 벤의 넓적한 얼굴을 보고 그는 고개를 저었다. 개똥이나 처먹을 놈. 집이 무슨 소용이고, 벚나무가 무슨 소용이란 말인가. 메이는 사라져버렸고, 그들은 그에게 계속 일을 강요할 것이다. 하지만 메이가 없다면 그 모든 일은 의미가 없었다. 굴욕감이 폐부를 찔렀다. ─우린 너를 도와주고 싶었을 뿐이야. 앨버트는 유감스럽다는 듯 씩 웃으며 얼굴을 찡그렸다. 그러면서 사람을 찾는다는 문구와 함께 메이의 사진이 실린 포스터를 그에게 내밀었다. 전철역에서 흔히 볼 수 있는 포스터였다. 짐이 그런 포스터에서 얼굴을 확인하는 것은 처음이 아니었다. 그 태반은 자기처럼 리버풀 가 역이나 킹스 크로스 쎄인트 팬크라스 역에서 기차를 내린 아이들이었다. 아이들은 탐욕스러우면서도 어리석었고, 곧 배고픔을 참지 못해 몇파운드를 주거나 그게 무엇이든 꿈을 계속 꿀 수 있게 해주겠다고 약속한다면 누구에게든지 매달렸고, 자신이 삶이라고 생각하는 것, 진정한 삶이라고 생각하는 것을 똥더미 속에서라도 파헤칠 만반의 준비가 되어 있었다. 심지어 그들은 무엇을 갈망하고 무엇을 위한 것인지도 모른 채 그들의 방식대로 용감하게 적응했다. 그러고 나서는 짐이나 앨버트와 마찬가지로 작고 도달할 수 없는 꿈, 그들의 과도하게 자극받은 뇌를 달래주는 안락한 평화의 이미지로 돌아갔다. 그것은 모든 희망이 머물고 있는 유치한 오아시스였다. 그로써 그들은 자신의 자부심, 목표, 동경이 무엇인지 마침내 발견했다는 착각에 빠져들었다. 늦지도 빠르지도 않았다. 그들 중 몇몇은 짐을 흠씬 두들겨패기도 했다. 앨버트가 시켜서 혹은 그에게 고통을 주기 위해서였다. 하지만 그는 그들에게 별다른 감정을 느끼지 않았으며, 기껏해야 안도감이 들었을 뿐이다. 아주 간단히 말해 그것은 어떤 절망감이었다. 처음에는 가느다란 틈새에 지나지 않았지만 거기로 갑자기 고통이 들이닥쳤다. 칼로 자신의 머리와 기억을 베어내는 듯한 고통이었다. 그는 언젠가 메이와 같이 잘 때, 잠들기 전 그녀의 팔에 안겨 그것에 대해 말해줄 수 있을 거라고 생각했다. 틈새에는 언제나 빛이, 번쩍이는 어떤 것이 있었다. 전철역들에 나붙은 메이의 사진. 실종자 포스터의 사진. 애타게 찾고 있으니 행방을 아는 분은 아래의 휴대폰 번호로 연락해달라는 문구였다. 앨버트는 어떻게 그런 생각을 할 수 있었을까? 짐은 그 포스터를 뚫어져라 쳐다보았다. 그에게는 그녀의 사진이 없었다. 그는 팔을 움직였고, 끙끙 신음했다. 정신을 집중해야 했다. 그녀는 아주 가까이에 있었다. 소리가 미치는 범위보다 더 가까이. 손만 내밀면 닿을 곳에 있었다. 상상이라도 제대로 할 수 있다면. 그리움이 너무 강렬해 그에게서 뭔가가 빠져나가버린 것처럼 견딜 수 없었다. 앨버트가 이를 드러내며 씩 웃었다. 그는 옆방으로 들어갔다가 코카인 한 봉지를 들고 나와 일직선으로 세 줄을 만들었다(코카인을 들이마시기 좋게 일직선으로 세 차례 나눠 쏟았다는 뜻—옮긴이). —짐, 네가 이번 뺑소니를 두고 뭐라고 지껄였는지 기억나? 무슨 일이 있어도 시골로 도망치고 싶다고? 짐은 아무 말도 하지 않았다. 다만 앨버트와 벤이 탁구대 위로 몸을 숙여 코로 가루를 들이마시고, 그에게 격려를 보내듯 고개를 끄덕이는 것을 지켜보았을 뿐이다. 그 뒤에서 마찬가지로 앞으로 고개를 숙이고 있는 메이의 목덜미 윤곽선이 희미하게 보였다. 그는 그녀가 코로 코카인을 흡입하거나 알약을 삼키는 것이 싫었다. 그녀가 그의 바지 속에 손을 집어넣은 채 그에게 바싹 달라붙으려고 하면서 바보처럼 낄낄거리는 것도 그때의 표정도 싫었다. 그래서 짐이 그녀를 때리면, 그들은 그를 놀려댔다. 앨리스 일로 그를 놀려대기도 했다. 그는 그들 쪽으로 가서 벤에게 다가갔다. —고맙다고 인사부터 해야 하는 거 아냐? 벤이 물었다. 앨버트가 끼어들었다. —이제 앉히도록 해. 그러고는 사라졌다가 캔맥주 세 개를 들고 돌아왔다. 누군가가 뒷방에 있음이 분명했다. 짐의 뒤를 따라 계단을 올라온 녀석의 호흡. 앨버트가 그를 보며 씩 웃는 사이 짐은 예기치 못하게 계단에서 머리를 한방 맞았던 것이다. 짐은 화가 치밀었다. 십삼년 전 열세살의 나이에 그는 처음으로 부모에게 버림을 받았다. 그러고 나서 삼년 후 7월 3일 그는 런던으로 왔다. 그는 메이를 만나기 전까지 매년 그날을 기념했다. 그리고 그뒤로는 메이와 처음 만난 날을 기념했다. 8월 며칠이었다. 그는 기억도 하지 못하는 메이에게 그 날짜를 말해주지 않았다. 움직일 수도 없고 움푹 빠진 느낌이라 마치 올가미에라도 걸린 것 같았다. 바닥, 맨 바닥에는 그의 피가 말라 있었다. 앨버트는 그의 눈길을 좇으면서 맥주캔을 쳐들었고, 얼마 남지 않은 김빠진 맥주를 그 위에 부었다. 누군가가 그것을 씻어버리거나 마르게 내버려둘 것이다. 그에게는 아무 상관없는 일이었다.

─넌 함부로 손뗄 수 없어. 명심해. 멋대로 하면 그만큼 책임을 져야 해. 앨버트의 목소리는 냉랭했다. ─메이를 찾는 일은 우리가 도와주마. 경찰이 너를 괴롭히지 않게 할게.

─나는 메이에게 아무 짓도 하지 않았어. 짐이 맥빠진 소리로 대답했다. 왼팔의 고통이 다시 격심해졌다. 앨버트가 그만두라고 손을 내저었다. ─넌 진짜 우리가 멍청이라고 생각하는구나? 벤이 그 여자를 봤다는 걸 잊지 마.

짐은 당황해서 앨버트를 쳐다보았다.

─네가 앨리스를 두들겨팼던 것도 잊어버린 거야? 이번에는 벤이 거칠게 숨을 몰아쉬며 화난 목소리로 말했다.

─앨리스가 내 돈 삼백 파운드를 훔쳤단 말이야! 짐의 얼굴이 시뻘게졌다. 그는 그녀에게 아무 짓도 하지 않았다. 알링턴 로에 그녀의 지하방이 있었는데, 오히려 앨버트가 그녀의 화를 돋우지 않기 위해 짐을 시켜 벤과 함께 방을 뒤지도록 했던 것이다. 코카인 몇그램을 숨겨두지 않았나 해서였다. 오륙년 전의 일이었다. 그가 뺨을 갈기려 하자 그녀

144

가 덤벼들었다. 그러고는 아무 일도 없었으며 다른 건 잘 기억도 나지 않았다. 그는 앨버트에게 덤벼들기 위해 벌떡 일어나려 했다. 그러나 그가 의자에서 채 일어나기도 전에 벤이 이미 옆에 와 있었다. 게다가 문이 열리고 아랍인처럼 보이는 검은 머리카락의 남자가 손에 칼을 들고 나타났다. 좁다란 얼굴에는 표정의 변화가 전혀 없었다. 짐은 벤에게 한방 먹이고 도로 자리에 앉았다. ─이제 이슬람 사제놈도 데려왔다 이 말이지? 짐은 그 남자를, 반듯하고 귀여운 얼굴, 노르스름한 피부, 어두운 눈 속에서 모욕을 느끼는지 아니면 흥겨워하는지 구분이 되지 않게 반짝거리는 눈빛을 보았다.

─너 같은 멍청이 때문이야. 앨버트가 차분하게 말했다. 히샴이야. 이슬람 사제일지도 모르지. 하지만 영어는 네놈보다 더 잘해.

─저놈한테 말해. 나한테 맥주나 한병 가져다주라고.

벤은 입술이 터진 채 약간 창백해진 얼굴로 서 있었다. ─내 장담하지만, 너는 그 여자를 거의 죽일 뻔했어. 내가 없었다면 출혈로 죽었을 거야.

짐은 설레설레 고개를 저었다. 희미한 윤곽만 떠올랐다. 메이는 소파 위에 있었다. 손에 전화기를 든 채. 코피가 나거나 아니면 찢어진 상처 정도였다. 그는 다시 부엌으로 갔다. 그가 손에 칼을 들고 있었던가? 벤이 문간에 들어설 때까지 부엌에 있었다. 그는 기억해내려고 애썼고, 고개를 좌우로 흔들며 일어섰다. 밖에서 빗소리가 났다. 그는 아래층에 있는 고양이를 생각했고, 앨버트를 쳐다보았다. ─좋아,

네가 원하는 것을 말해.

앨버트는 벤에게 만족스러운 눈길을 보냈다. ─우선 나한테 빚진 돈부터 내놔. 앨버트가 말했다. 그러면 너에게 가루를 조금 맡겨주지. 어떻게 생각해?

잠자리가 불안했다. 그는 심장이 너무 느리게 뛴다는 느낌이 들어 잠에서 깨어났다. 그러고는 자리에서 일어나 벽장에서 모포 한장을 가져왔다. 곰팡이 냄새가 났고, 개 냄새도 조금 났다. 사람털인지 개털인지 알 수 없는 짧은 털들이 만져졌다. 냄새는 성가셨지만 추위 때문에 어쩔 수 없었다. 그래도 한기는 가시지 않았다. 히샴이 말없이 공손하게 그를 아래까지 데려다주었었다. 헤어지면서 무슨 말인가 하고 싶은 듯했고, 눈에는 동정심 같은 것이 서려 있었다. 아마 그도 문간에서 멀지 않은 곳에 누워 있는 고양이를 보았을 것이다. 누군가가 다시 상처를 건드려 헤집기라도 한 듯 고양이는 피를 흘리고 있었다.

짐은 누가 쫓아오는지 개의치 않고 전철을 타고 킹스 크로스 역까지 갔고, 거리를 배회하는 족속들에게는 눈길도 주지 않고 펜톤빌 로를 가로질러 필드 가로 갔다. 그러다가 곁눈질로 한 젊은 여자를 보았다. 메이보다 젊은 여자였다. 앨버트가 그에게 맡긴 가루는 캠던에서 쉽게 팔릴 거라고 그는 생각했다. 수로 근처에서 그는 여우 한마리와 마주쳤다. 여우는 그를 전혀 경계하지 않고 일직선으로 달려 지나가 울타리 틈새를 통해 수로 근처 휴경지 쪽으로 사라졌다.

어느새 캠던 가였다. 그는 택시를 탈까 잠시 망설였다. 팔의 고통은 참기 어려울 정도였다.

집에서 그는 진통제를 찾았으나, 빈 갑뿐이었다. 거실에는 빈 맥주캔, 옷가지, 더러운 속옷이 널려 있었다. 그는 오른손으로 양말을 줍다가 맥주캔을 밀쳐 넘어뜨렸고, 양탄자 속으로 금방 스며들지 않는 물기를 티셔츠로 닦아냈다. 그는 창문을 열고 환기를 시켜야 했다. 꽃이라도 사야겠군. 속으로 빈정거렸다.

다음날 그는 공중세탁소에서 깨끗한 옷가지들이 든 가방을 들고 돌아왔고, 켄티시 타운 역 옆에 있는 꽃 파는 노점을 지나다가 멈추어섰다. 카네이션 몇송이와 일 파운드박에 하지 않는 백합 한송이를 샀다. 꽃병이 보이지 않았다. 백합은 손에 들고 있고, 카네이션은 맥주잔에 꽂았다. 그는 흰 꽃의 냄새를 맡았지만, 그리 좋은 냄새는 아니었다. 꽃은 곧 시들었다. 그는 식기를 씻고, 맥주를 토스트빵과 치즈, 계란, 햄 한통과 함께 냉장고에 넣었다.

메이와 그는 필드 가의 방에서 마지막 오후를 보냈고, 그때 그들은 서로 다투었다. 기억은 기이한 것이었다. 늘 어디선가 기다리고 있는 것 같지만 다시는 나타나지 않았다.

창가에서 그는 작은 소녀를 보았다. 아이는 뭔가를 보고 몸을 구부렸다. 비에 가닥가닥 꼬인 검은 머리카락이었다. 아이는 멈칫거리며 몇발짝 가다가 어디로 가야 할지 모르겠다는 듯 다시 멈추어섰다. 그는 아이를 유심히 관찰했다. 아이는 얇은 녹색 스웨터만 걸치고 있었는데, 너무 커서 소맷

자락이 손을 덮었고, 얼굴은 창백하면서도 핼쑥했다. 얼핏 보기에 아이는 누군가를 기다리는 듯 고개를 쭉 빼고 까치발로 서 있었다. 그러나 아무도 오지 않았고, 마침내 아이도 모습을 감추었다. 짐은 자신에게 속하는 그 무엇을 그 아이가 가져가버리기라도 한 것처럼 화가 났다.

가루의 일부를 팔기 위해 저녁에 집을 나설 때마다 그는 기분이 좋지 않았다. 좋은 징조가 아니라고 생각하고 그는 믿지도 않으면서 성호를 그었다.

다음날 정오에 그는 켄티시 타운의 역들에서 사람 찾음이라는 문구와 메이의 사진이 찍힌 전단지를 보았다.

18

야콥은 피니 고모가 부쳐온 가구 목록을 그녀에게 건넸다. 그의 조부모와 종조모가 사용하던 가구들이었다. 이자벨은 런던으로 가져가고 싶은 것에 십자표시를 했다. 이자벨은 쥐털린 서체(1935~41년 독일의 학교에서 사용되었던 둥근 서체. 창시자인 S. 쥐털린의 이름에서 따옴 — 옮긴이)로 쓰인 원래 목록을 해독할 수 없었기 때문에 야콥이 그녀를 위해 새로 목록을 작성해주었는데, 그것은 원본보다 짧았다. 왜냐하면 야콥은 이전 소유자들에 대한 기록이라든지 광택제 색이나 상태를 고려하지 않았기 때문이었다. 수저 쎄트, 식기와 시트들과 함께 가구들은 프랑크푸르트에서 실어 런던으로 보내고, 거기에서 야콥이 찾을 예정이었다. ─당신은 전혀 신경쓸 필요없어. 야콥이 말했다.

그녀가 그를 공항까지 데려다주었다. 그녀는 신문을 들고 안전검색대 뒤에 서 있는 그를 유리판을 통해 보았다. 유리판이 번쩍거렸다. 그가 뒤돌아보았을 때 그녀의 모습은 보이지 않았다.

다음날 벤섬 대신 모드 부인이 법률사무소 문 옆에 서서 야콥을 맞이했다. 그녀의 옆자리에는 앨리스테어의 비서인 애니가 앉아 있었다. 야콥의 우편물도 담당하게 될 그녀는 들창코에 뚱뚱한 여성이었다. 가쁘게 숨을 몰아쉬면서 일을 하고 있는 크레이폴 씨는 도서주문 내역을 짤막하게 메모한 종이를 들고 있었다. 다섯시에 모드 부인이 삼층의 야콥 방에 노크하고 들어와 차와 핫케이크를 가져다주었다. 야콥은 창문을 통해 2월의 단조로운 빗소리를 들었다.

─우리 술이나 한잔하러 가자. 저녁 무렵 앨리스테어가 야콥을 향해 소리치고는 계단 통로에서 기다렸다. 그는 왼발로 양탄자의 올이 성긴 부분을 쓰다듬으면서 이미 다른 생각에 빠져 있었다. 마침내 야콥은 벤섬이 주말이나 되어야 사무실로 돌아올 예정이라는 걸 알게 되었고, 그것은 별로 이례적이지 않아 보였다. 술집 앞에는 장차 그와 일하게 될 동료 둘이 기다리고 있었다. 폴과 앤서니가 그를 문으로 밀어넣고는 그를 위해 건배했다. 주종은 곧 맥주에서 위스키로 바뀌었다. 그들은 넥타이를 아무렇게나 양복 주머니에 쑤셔넣었다. 술집의 더러운 붉은색 양탄자에서 시큼한 냄새가 올라왔다. 열한시경에 그들은 가랑비를 맞으며 길거리에 서 있었고, 같이 어울리게 된 여자애가 폴과 한참 키스를 나누었다. 야콥은 취했고, 앨리스테어와 앤서니는 서로 귓속말을 주고받으면서 멀어져갔다. 폴은 그의 오토바이를 가져와서 경적을 울려댔다. 지붕들 뒤로 달이 엉금엉금 기어나

왔다. 야콥은 바다 냄새가 나는 것 같았다. 여자애가 다시 폴에게 키스하고는, 야콥 쪽으로 껑충 안겨들었다. 그동안 야콥은 경계석(보도와 차도를 구별하기 위한 것—옮긴이) 위에 앉아 운전사도 없는 차들이 달리는 모습을 보고 있었다(사람은 보이지 않고 차만 보이는 대도시의 쓸쓸한 풍경—옮긴이). 그녀는 짧은 외투와 미니스커트를 입고 있었다. 그녀의 금발이 야콥의 얼굴을 덮었다. 그들 셋은 함께 웃었다. 둘은 다시 야콥을 향해 몸을 굽혔다.

—어이, 됐나? 폴이 다시 오토바이를 끌고 왔다. 야콥은 끙끙 신음하며 길가 쪽으로 몸을 돌렸다. 야콥이 갑자기 손을 들어올리자, 여자애가 움찔했다. —만사 오케이. 앨리스테어가 그를 향해 소리치고는 그를 끌어당겨 택시에 밀어넣었다.

사흘째 되는 날 애니가 노크하고 들어와서는 물주전자와 찻주전자를 가져다주었다. 뒤따라 들어온 모드 부인이, 전기스탠드든, 거지발싸개 같은 궤짝을 대신할 널찍한 소파든, 모포든 필요한 것이 있으면 언제든지 얘기하라고 말했다. 난방은 제대로 작동하고 있었다. 점심 무렵 배출구에서 수증기가 휘파람 소리를 내며 삼십분쯤 뿜어져나오다가는 다시 조용해졌다. 이따금 천장을 통해 앨리스테어 방의 음악소리가 들렸는데, 앨리스테어의 설명에 따르면 바흐나 존 초른의 음악이었다. 첫번째 의뢰인이 찾아왔다. 밀러 씨라는 그 고객은 지금까지 트렙토우에 있는 주택 재반환요구건을 맡아온 변호사에게 불만을 품고 있었다. 점심 산책을 할 때면 야콥은 데본셔 가와 위그모어 가 사이에 있는 작은 거리들을 걸어다녔다. 두번째 의뢰인은 함에서 온 지게차 제작자로, 영국철도회사를 매입하는 데 관심이 있어서, 그에게 리버풀 가 역에서 만나자고 했다. 그들은 역의 지하, 조명이 어두운 까페에서 만났다. 야콥은 크레이폴 씨가 인쇄해준 자료 더미를 절망스럽게 뒤적였다. 그중에는 영국 철도의 역사에 관한 기록도 몇개 있었다. 끔찍한 날씨가 계속되었다. 야콥은 대개 사무실에 제일 먼저 출근했다. 춥기는 했지만 그는 사무실이 좋았다. 레이디 마거릿 가에 있는 그의 집은 아직도 비어 있어서 썰렁했고, 가구는 주말에 도착할 예정이었다.

화물차가 오후에 도착했는데, 운전사가 마지막 순간 오른쪽 차도 쪽으로 차를 몰았기 때문에 길 전체가 막혀버려, 맞은편에서 오던 자동차가 가까스로 브레이크를 밟으며 멈추어섰다. 자동차 운전자는 충격을 받은 것 같았다. 늙수그레한 운전자가 두 손으로 자동차 문을 꼭 붙든 채 힘겹게 차에서 내려 독일 번호판을 단 화물차를 노려보았지만, 운전석에서는 아무도 보이지 않았다. 그동안 일층에 서 있던 야콥은 미닫이창의 잠금장치를 푸는 법을 잊어버려 창을 잡고 이리저리 흔들어댔다. 그러다가 양말 바람으로 거리로 달려나갔고, 자동차 운전자와 마주쳤다. 그의 가늘고 흰 머리카락이 가벼운 바람에 일어섰고, 양피지 같은 뺨이 붉게 물들어 있었다. 하지만 야콥이 미안하다는 제스처를 취하려고 하자, 그는 품위있게 고개를 가로저으면서 자신의 오스틴 자동차로 숨어서는 시동을 걸었다. 화도 나고 창피하기도 해서 야콥이 몸을 돌렸고, 화물차 운전자는 얼렁뚱땅 넘기려 했다. 다행스럽게도 그때는 거리가 비어 있었다. 다만 작은 소녀가 갑자기 나타나 화물차 앞으로 달려갔다 물러섰다 장난을 쳤다. 야콥이 소녀의 팔을 잡았다. 붉은 모자를 쓰고, 커다란 회색 눈에 얼굴이 창백한 아이는 겁을 먹고 뒷걸음치면서 야콥이 어떤 식으로 나올지 알려고 그를 뚫어지게 쳐다보다가 벌을 받을까 두려운 듯 고개를 숙였다. 운전석에서 짐꾼들이 기어내려와서는 그에게 큰소리로 이런저런 변명을 늘어놓았다. 그사이에 소녀는 야콥의 손을 뿌리치고 달아났다. 그때 앨리스테어와 폴과 앤서니가 손짓하며 다가왔다. 일도 돕고, 이사도 축하하기 위해서였다. ―그렇게 나쁘지는 않군. 앨리스테어가 그렇게 말하면서 주위를 둘러보았다. 어느새 야콥의 할머니가 쓰던 비더마이어풍(유럽의 부르주아 계급에 통용된 신고전주의와 낭만주의 사이 전환기의 예술 양식 ―옮긴이) 서랍장이 길에 내려져 있었고, 피니 고모가 치워버리지 않은 사진들로 꽉 찬 서랍 하나가 열려 있었다. 옷장 하나가 거의 넘어질 뻔하면서, 벌써 흠집이 생겼다. 앨리스테어는 차창 밖으로 고개를 내민 경관과 이야기를 나누고 있었다. 소녀의 모습은 보이지 않았다. ―우선 가구부터! 다른 사람들이 현관으로 가는 동안 야콥이 신경질적으로 소리쳤다. 남자가 모두 여섯 명이었다. 앨리스테어가 선두에 서서 웃으면서 운송업자들 중 한 명의 팔을 꼈다.

　그들은 각각 층별로 흩어져, 서로 조언을 주고받았다. 밝은 색 양탄자에 처음으로 습기의 흔적이 생겨났다. 앤서니가 우산을 내려놓은 곳에서 얼룩이 번져나갔다. 이자벨의 작업실에는 서랍장과 책꽂이 겸용 책상 그리고 제도책상용으로 둥그런 탁자가 들어왔다. 그 옆방에는 소파 하나, 작은 안락의자 두 개, 흑백의 줄무늬가 있는 쿠션, 보조책상이 있었다. 이층에는 여섯 개의 의자가 딸린 커다란 식탁, 유리문이 달린 책장과 식기찬장이 들어갔다. 삼층에는 침대와 생채기가 난 옷장이 옮겨졌다. ―와, 이렇게 멋지게 사는 거야? 폴은 그렇게 말하고 좁고 검은 테두리를 가진 사각형 거울을 들고 와서는 현관에 조심스럽게 내려놓았다.

마침내 모든 가구가 제자리에 놓였다. 식기쎄트가 비치되었고, 세탁기도 연결되었다. 그는 유리잔과 포도주 한병, 쌀비스킷 한접시를 앞에 놓고 마치 연습이라도 하듯이 식탁에서 식사를 했다. 비스킷이 이 사이에서 잘게 부서지는 소리를 제외하면 주위는 조용했다. 밤이 되면 그는 이따금 불안해져서 자리에서 일어나 창가로 가서 축축한 2월의 공기를 깊숙이 들이마시고 내쉬었다. 고양이들이 길을 가로질러 건너갔고, 한번은 하얀 여우 한마리가 보도 위로 빠르게 걸어와서는 담벼락으로 뛰어올라 사라졌다. 이자벨이 도착하기 전날 저녁에 야콥은 붉은 모자를 쓴 그 작은 소녀가 감자튀김 한봉지를 손에 든 채 사춘기 소년과 함께 켄티시 타운가를 걸어가는 것을 보았다. 레이디 마거릿 가로 꺾어들어가는 순간 그는 누군가와 부딪칠 뻔했다. 밝은 색 방한용 외투를 걸친 사내가 번개처럼 나타났기 때문에 야콥은 눈을 감았고, 사내는 쉿 소리를 내며 욕설을 퍼부었는데, 너무나 증오에 가득 차 있어서 야콥은 깜짝 놀랐다. 플라타너스들은 아직 벌거벗은 상태였지만, 버찌나무와 튤립은 이미 꽃을 피우고 있었다. ―내일이면 당신의 젊은 부인이 오시겠군요. 모드 부인이 말했다. 그는 표현이 과장되고 어쩐지 저급하다는 느낌이 들었다. 그리고 이렇게 생각했다. 나는 이자벨뿐만 아니라 벤섬의 소식도 초조하게 기다리고 있어.

―그녀는 내일 남편이 있는 런던으로 갑니다. 낮에 비서인 쏘냐가 고객에게 전화로 알려주었다. 이자벨은 옳은 결정이라고 생각했다. 몇주 후 베를린에 다시 오게 되더라도, 모든 것은 떠날 때 그대로일 것이다. 사무실도 집도. 이라크와 전쟁이 언제 터질지 모르니 런던에 있는 게 위험하지 않겠느냐고 어머니가 불문곡직 전화를 했지만 걱정할 필요는 조금도 없었다. 어쩌다가 통화 내용을 듣게 된 안드라스는 이자벨이 어머니를 안심시키는 말을 듣는 순간 구역질을 느끼며 얼굴을 찡그렸다. ―세상에, 네가 바그다드로 가는 건 아니잖아. 그녀는 노트북컴퓨터를 꾸렸고, 페터는 그녀를 위해 런던의 국제전화 선택번호를 찾았다. 그가 웹싸이트를 검색하면서 중얼거렸다. ―잘 못 찾겠군. 이자벨은 도착하자마자 작업실 사진을 보내겠다고 약속했다. ―비더마이어 가구로 꽉 차 있거든. 안드라스가 이를 드러내며 씩 웃었다. 떠나기 전에는 언제나 조금은 쎈티멘털해지는 법이었

다. ─우리는 인원이 점점 주는군. 페터가 말했다. 쏘냐가 그를 쳐다보며 얼굴을 찡그렸다가 다시 신문 쪽으로 몸을 숙였다. 전쟁은 거의 확실. 신문기사의 제목이었다. 군인들의 행진, 전차, 무기사업, 강화된 보안검색, 워싱턴에서의 오렌지색 경보. 이자벨은 서랍을 치우다가 하나의 흑백사진 한장을 발견했다. 그녀의 얼굴은 배경과 마찬가지로 이미 흐릿해져 있었다. 이자벨의 머릿속으로 여러 생각이 스쳐지나갔다. 집들의 모서리가 더 어두운 배경과 대비되면서 비현실적일 만큼 두드러져 보였다. 알렉사가 이자벨을 찍은 사진들도 있었는데, 바르트부르크 가로 이사오면서 이자벨이 사무실로 가져온 것이었다. 이자벨은 그녀를 유심히 바라보던 안드라스가 그 사진들을 못 보게 하려고 몸을 옆으로 기울였다. 입 위쪽이 잘려나간 사진이었다. 테리천 속옷을 입고, 배가 둥글게 약간 나와 있고, 두 허벅지를 살짝 벌리고 있는 모습이었다. 얼마나 외설적인지 확인하려고 들여다보고 있노라니 짜릿한 기분이 들었다. ─무슨 사진이야? 아동 포르노인가? 안드라스가 물었다. 심술궂으면서도 걱정스러운 기색이 역력한 그의 얼굴을 보고 그녀는 웃지 않을 수 없었다. ─내일 언제쯤 데리러 갈까? 그가 물었.

집에서는 할일이 거의 없었다. 현관에 커다란 트렁크 세개가 놓여 있었고, 냉장고는 비었으며, 흰색 타일 바닥에는 부스러기가 흩어져 있었다. 그녀가 떠나고 나면 청소부 아주머니가 모든 것을 깨끗이 정리하고, 열쇠는 사무실로 부치도록 되어 있었다. 주소가 적혀 있고 속지가 들어 있고 우표도 붙어 있는 봉투가 이미 준비되어 있었다. 전화벨이 울렸다. 이자벨은 전화를 받는 것이 어쩐지 적절치 않다는 생각이 들었다. 깅카였다. 다시 전화벨이 울렸다. 이번에는 알렉사였다. 그러고 나서 한스가 전화를 걸어, 얼마나 자주 우편물을 확인해야 하는지 다시 한번 물었다. 그녀는 적포도주 반병을 마셨고, 야콥이 자기를 데리러 왔으면 좋겠다고 생각했다.

어느새 아침이었다. 안드라스가 누른 벨소리가 그녀를 깨웠다. 그가 계단을 올라왔다. 무뚝뚝하고 주저하는 표정이었고, 손에는 아침식사를 담은 봉지가 들려 있었다. 이자벨은 욕실로 사라졌다. 그는 에스프레소 주전자를 불 위에 올려놓고 찬장에서 잔과 접시를 꺼냈다. 냉장고는 조미료가 든 유리그릇 하나를 제외하고 깨끗이 비워져 있었다. 이곳에서는 언제나 이별이라는 것이 별로 대수롭지 않았다. 그는 부다페스트에 있는 친척들의 입맞춤, 이별이라고 해석될 수 있는 온갖 종류의 떠남에 수반되는 시끌벅적한 소음을 생각했다. 공항으로 혹은 역으로 가는 길에 심지어 누군가와 저녁식사를 하기 위해 대문간으로 갈 때조차 줄지어 그를 배웅해주던 수많은 사람이 떠올랐다. 그의 어머니가 말했다. ─죽은 자들도 배웅을 받아야 하는 법이야. 안드라스의 어머니는 야노스 고모부와 쏘피 고모, 그리고 그들의 임종과 매장을 생각할 때마다 눈물을 흘렸다. 그들의 모습이 담긴 사진도, 편지도, 꽃을 보내온 사람들의 명단도 없었으며, 허공을 향해 보내던 마지막 눈짓의 흔적도 남아 있지 않왔다. 그는 이자벨이 떠나지 않기를 바랐다. 그는 이별이, 아마도 부다페스트로 돌아가게 될 그와의 이별이 무엇을 뜻하는지 그녀가 알았으면 했다. 그녀가 욕실에서 나오는 순간 그들의 눈길이 서로 마주쳤다. 뭔가 예전과는 달랐다. 맨 처음 그는 그녀를 화나게 했나 싶어 두려웠으나, 곧 마음속에 엉뚱한 희망이 불끈 치솟아올랐다. 두렵기도 하고 행복하기도 하면서 숨이 멎는 것 같았다. 그러나 아니었다.

그녀는 머물지 않을 것이다. 그녀의 눈에 서먹서먹하고 긴장된 기운이 서려 있었다.

이자벨이 보안검색대를 통과했을 때, 안드라스는 차가운 2월의 바람 속으로 걸어들어가고 있었다. 그러고는 콧수염을 기른 늙수그레한 버스기사가 타지 않겠느냐고 물을 때까지 그대로 서 있었다. 안드라스는 미소를 지으며 고개를 끄덕였지만, 아니라고 정중히 말했다. 그러고는 다음 버스에 올랐다.

사무실에서 그는 쏘냐가 남긴 쪽지를 보았다. 마그다에게서 전화가 왔다는 내용이었다. 그는 저녁을 먹으러 그녀의 집으로 가서 다음날 아침까지 그곳에 있었다. 아침 여섯시에 그녀를 깨우지 않으려고 살며시 일어나 어둠속을 걸었다. 이자벨의 얼굴에서 보았던 것의 의미를 그는 알고 있었다. 그는 바람과 비를 향해 몸을 숙였다. 그녀의 눈에 비쳤던 단호함, 목표상실의 처절함을 참을 수 없어 더욱 몸을 숙였다. 그녀는 이미 런던에 도착해 있었다.

19

비행기가 사뿐하게 착륙했다. 바퀴 아래로 아스팔트 활주로가 쏜살같이 지나갔다. 그래서 모든 게 순조롭게 끝났다고 생각한 순간 갑자기 기체가 좌우로 흔들리고 오른쪽으로 급격히 쏠리자 깜짝 놀란 승객들은 신음을 토했다. 여행객들은 머릿속으로 이미 수화물 회전 컨베이어에서 트렁크를 집어올렸고, 가족과 친지, 친구 들이 기다리는 출구 쪽으로 바삐 걸어가고 있었으며, 더는 승객이 아니라 이미 도착한 사람들이었다. 공항 건물을 뒤로하면서 막연한 걱정을 떨쳐버리고 보안상태가 불확실할지 모른다는 생각도 이미 잊었다. 누군가가 속삭였다. 테러리스트. 그리고 두번째 세번째 사람들이 그 말을 이어갔다. 한 승객이 짧고 고통스러운 비명을 질렀고, 벨트를 두른 스튜어디스들이 비틀거리는 걸음으로 이리저리 움직이면서 알 수 없는 신호를 주고받았다. 비행기는 여전히 좌우로 흔들리다가 오른쪽으로 돌진했다. 스피커의 목소리가 흥분한 상태로 지시를 했다. 안전벨트, 안전벨트! 이자벨은 둥근 창문 쪽으로 몸을 뻗어 소방차 한 대를, 곧이어 한 대를 더 보았다. 그러나 엔진의 굉음이 더 요란해졌는지 어떤지는 잘 알 수 없었다. 다시 스피커에서 외치는 소리가 들렸으나, 이번에는 무슨 말인지 알아들을 수 없었다. 그리고 이어서 따따따 하는 기관총 소리가 들려왔고, 스튜어디스 한명이 얼른 마이크를 잡았다. 이자벨 바로 앞 열에 있던 그녀의 입은·분명히 움직이고 있었으나 사람들은 아무것도 들을 수 없었다. 공포 가운데로 어떤 급작스럽고, 채찍질 소리 같은 것이 지나갔다. 그녀가, 스튜어디스가 이자벨에게 몸짓을 했다. 이자벨은 여전히 고개를 든 채 앉아 있다가 그제야 아래로 숙였다. 불안을 뛰어넘어 일종의 승리감을 느꼈다. 마침내 스피커에서 목소리가 흘러나왔다. ―기장이 알립니다. 이자벨은 소화용 거품이라고 생각했다. ―공항 당국이 활주로에 소화용 거품을 준비해 놓을 것입니다. 불안해하실 일은 조금도 없습니다. 다만 타이어에 조금 문제가 있습니다. 안전벨트를 계속 매고 계십시오. 우리는 방금 안착 위치에 도착했습니다. 그러나 연기가 조금 피어오르는 것을 이자벨은 보았다. 다른 승객들은 안도의 한숨을 쉬는 것 같았고, 몇몇은 다시 생기를 찾아 얘기도 하고 웃기도 했다. 하지만 비행기는 계속 굴러가 아래쪽으로 내려앉는 듯하더니 마침내 오른편으로 주저앉았다. 하지만 아주 느린 속도여서 비행기는 활주로 밖 몇미터 정도만 벗어났다. 아마도 날개는 손상을 입었을 것 같았다. 비행기는 할퀸 자국을 남기면서 만곡선을 그렸다. 이자벨은 등받이에 바싹 기대 생각했다.. 야콥은 무슨 일이 일어났는지도 모르면서 날 기다리고 있겠지. 마침내 기체가 멈추었다. 날개로 떠받친 채 기울어져 있었기 때문에 승객들은 팔다리를 뻗은 마네킹들처럼 벨트를 한 상태에서 오른쪽으로 쏠려 있었다. 스튜어디스가 승객들에게 비상 미끄럼틀로 대피할 거라고 전해주었다. 그럴 가능성은 거의 없지만 혹시 있을지 모르는 폭발에 대비한 안전조치라는 것이다. 그러고 나서 뭔가가 깨어지는 소리가 났고, 승객들도 자제심을 잃었다. 승객들은 휘청거리면서 비상출구로 우르르 몰려갔다. 비상출구 앞에는 한 남자가 서서 신호를 보내고 있었다. 이자벨은 오렌지색 비상 미끄럼틀 위에 조심스럽게 태워진 마지막 승객들 중 한명이었다. 그녀는 아래로 미끄러져 내려갔고, 그 속도감을 즐기기까지 했다. 마치 이것이 그녀의 실제적인 런던 도착이기라도 한 듯이. 런던 남부에 있는 대학에 다녔지만 그녀는 학생기숙사 말고는 그 도시에 대해 아는 게 거의 없었다. 기숙사에서 그녀는 방 하나를 사용했는데, 비좁은 복도에는 바퀴벌레가 득실거렸고, 세면대는 더럽고 화장실은 악취 때문에 숨도 못 쉴 정도였다. 그녀는 야콥에게 그 시절을 눈에 보일 듯이 설명해주었다. 버려진 담배꽁초, 번지르르한 땟자국, 두껍지 않은 유리창을 통해 실내로 빗물이 쳐들어오면서 생긴 곰팡이들로 얼룩진 양탄자. 밤이면 작은 방에 일곱 명씩이나 들어가 비좁게 끼어 지내야 했다. 모두들 취할 때까지 보드카를 마셨고, 양탄자에 구토를 했다. 그래서 다음날 수업에 지각을 해도, 선생은 관심이 없었다. 월급이나 받고, 학생들이 그래픽 작업을 하고, 엉성하게나마 과제를 내기만 한다면 아무 일도 아니었다.

승객들은 흥분이 덜 가시긴 해도 이제 마음을 놓으면서 서로 말을 주고받았고, 우르르 버스에 올라탔다. 어떤 사람들은 연착에 대해 욕설을 퍼부었고, 어떤 사람들은 승객들이 인내심이 없다고 조롱했다. 그러던 중 버스에서 향수병 하나가 깨졌다. 회전 컨베이어에서 수화물을 찾아야 했지만, 이자벨은 기다리지 않았다. 불현듯 그리움에 사로잡혀 밖으로 걸어나와 대합실로 갔다. 야콥이 거기서 기다리고 있었다. 뭔가가, 어떤 흥분이 스며들었다. 그가 그녀를 격렬하게 껴안고는 놓아주지 않았다. 그러고 나서 그들은 어찌할 줄 몰라 그대로 서 있었다. ─당신 짐은 어떻게 해? 나중에 부쳐달라고 할까? 도대체 무슨 일이 있었던 거야? 짐을 가지러 어떻게 도로 들어가지? 짐을 가득 실은 수화물 카트, 아이들, 분주한 공항 직원들, 사업가들이 스쳐지나갔다. 가족들은 다른 사람들보다 더 느리고 더 어수선하게 지나갔다. 수화물 카트에서 인형들과 유아용 배낭과 작은 가방들이 굴러떨어졌고, 어머니들이 아이들을 안고 지나갔다. 이어서 몸에 착 달라붙는 푸른색 트리코(메리야스 직물의 일종─옮긴이) 상의와 흰색 운동복을 입은 선수단 일행이 다가왔다. 어깨를 맞댄 채 야콥은 조심스럽게 이자벨을 자기 쪽으로 돌려세우고는 키스했다. ─집으로 가는 게 어때? 그녀가 말했다. 그녀는 그의 손길과 입김을 느꼈다. 하지만 그때 그는 몸을 돌려 유니폼을 입은 한 남자에게 말을 걸었고,

이자벨은 빙빙 돌면서 그녀의 트렁크를 운반하고 있는 회전 컨베이어 쪽으로 돌아갈 수 있었다. 이윽고 그녀는 말짱해진 정신으로 트렁크 세 개를 끌고 돌아왔다.

—집으로 가지. 야콥이 그녀에게 다짐을 하며 카트를 밀었다. —집에 들렀다가 술집으로 가는 게 어때? 그사이에 산책도 좀 하고 말이야. 그는 오후 내내 시간이 비어 있었다. 오후에 벤섬이 사무실로 올 예정이라 야콥이 반대했지만 모드 부인이 그를 내보냈던 것이다. —당신 부인하고 보내는 첫날이잖아요! 모드 부인은 고집을 꺾으려고 하지 않았다. 택시운전사가 트렁크를 조심스럽게 넣었다. 하늘은 맑았지만 태양은 흐릿했고 풍경도 밋밋했다. 나무들은 벌거벗고 있었다. 초록물이 살짝 들어 있었지만 마음을 훈훈하게 해줄 정도는 아니었다. 이자벨이 그의 손을 더듬어 찾았다. —그런데 안드라스는 어때? 아주 슬퍼하던가? 야콥이 보기에 이사 과정은 생각보다 어려웠다. 교외에 도착하자 야콥은 마음이 좀 가벼워졌다. 창밖으로 눈길을 주어도 옆사람이 섭섭하게 여기지 않을 만큼 집들은 볼 만했다. 이윽고 골더스 그린 구역으로 접어들었다. 가게들이 늘어서 있고, 검은색 모자를 쓴 정통파 유대인들이 눈에 띄었다. 야콥은 커다란 유모차를 끌어당기고 있는 조그만 소녀를 가리켰다. 그리고 마침내 남쪽으로, 햄프스테드 히스(런던 북서부 햄프스테드의 유원지—옮긴이)의 언덕들 쪽으로 갔다.

택시는 이미 떠났다. 그는 이자벨에게 열쇠를 건네주고 트렁크들을 문 쪽으로 날랐다. 잠금장치가 말을 잘 듣지 않아, 이자벨은 마뜩찮은 기분으로 열쇠를 쑤셔넣었다가 빼내고 다시 쑤셔넣기를 반복하다 문틀을 몸으로 세차게 밀어붙였고, 마침내 야콥 쪽으로 몸을 돌렸다. 그간 야콥이 없어서 아쉬웠어 하는 생각이 갑자기 그녀의 머릿속을 스쳤다. 그러나 그는 가만히 서서 미소를 지을 뿐이었다. 그녀가 헝클어진 붉은빛 금발을 쓰다듬어가면서 얼마나 오래 문과 씨름했는지 전혀 알아차리지 못했다. 그라는 존재는 그녀에게 없는 것이나 마찬가지였다. 눈에 보이는 것도 새로운 것도 거의 없는 느낌이었다. 그녀는 생각했다. 이런 게 무엇을 뜻하는지 언제쯤이나 알 수 있으려나. 마침내 열쇠가 제자리로 미끄러져 들어가자, 그녀는 야콥을 위해 문을 붙든 채 안으로 들어갔다. ─내 방은 어디야? 야콥은 미소지으며 여전히 입구에 서서 기대에 찬 눈길로 그녀를 바라보고 있었다.

그러나 그녀는 손을 내밀지도, 그를 자기 쪽으로 끌어당기지도 않았으며, 어딘가 있을 것이 분명한 침대, 그들의 더블베드를 찾지도 않았다. 그랬다. 안드라스는 슬퍼했다. 한순간 그녀는 마치 자신의 것이기라도 하듯이 그 슬픔을 느꼈다. 그러고는 균열이 있었고, 서로 헤어졌다.

오른쪽에 있는 문을 열고 자신의 작업실을 들여다본 그녀는 미소를 지었다. 테이블 위에는 꽃이 놓여 있었다. 전체적인 느낌이 여관방처럼 구식이면서도 아늑했다.

─당신의 제국이야. 야콥이 틈을 보아 무덤덤하게 말했다. 위층에는 거실과 식당과 부엌이 있어. 재생되는 자동응

답기 같은 어조였다. 당신 트렁크는 내가 곧 위층으로 가져다놓을게. 이자벨이 바깥을 내다보았다. 야콥은 작은 소녀와 으스스한 분위기를 풍기는 난쟁이 어른 같은 애가 보이지 않아 적이 마음이 놓였다.

—저건 무슨 나무들이지?

—플라타너스.

아직 잎이 나지 않았고, 둥치에는 반점이 얼룩덜룩했으며 가지는 짧게 잘려 있었다. 자동차 한대가 역주행을 하며 달려갔다.

—운전사도 없이 달리는 차들 같아. 그녀가 소리쳤다. 밖으로 나가볼까?

—공원을 지나, 당신이 원한다면 템스 강까지.

—너무 멀지 않을까?

—아냐. 얼마쯤은 지하철을 타고 갈 수 있어. 증명서에 쓸 당신 사진도 필요하고, 마음놓고 다니려면 한달 정기승차권도 구입해야 하거든.

이자벨은 컴퓨터를 싼 포장지를 풀었다. 그러면서 위쪽이 아니라 옆쪽에서 들리는 소음에 귀를 기울였다. 아마도 옆집에서 나는 목소리인 듯싶었다. 쿵쾅거리면서 가구를 옮기는 소리 같기도 했다. 아니면 야콥이 내는 소리인가?

그녀는 위층으로 올라갔다. 옷장들이 충분해서 옷이 더 있어도 넉넉할 정도였다. 그녀가 말했다. —내가 짐을 다 풀때까지 침대에 앉아서 그동안 어떻게 지냈는지 이야기해봐.

그는 침대에 앉았다. 그녀는 옷장을 정리했다. 그의 셔츠를 밝은 색과 어두운 색, 일상용과 외출용으로 구분해 차곡차곡 쌓았다. 커프스단추가 달린 것도 있었고, 없는 것도 있었다. 그러다가 벽장 문 한짝이 레일에서 튕겨나와 이자벨과 야콥 쪽으로 넘어질 뻔하자, 그가 벌떡 일어나 문짝을 도로 올려놓았다. 그녀는 활달하고 익숙하게 움직이면서 벨트는 저쪽으로, 양말과 내의는 이쪽으로 정리했다. 창문을 통해 미끄러져 들어온 광선이 그녀의 얼굴을 가로질러 지나갔다. 그녀는 머리카락을 뒤로 모아 검은 고무줄로 묶고 있었다. 그녀는 트렁크 쪽으로 몸을 숙였다가 일으켰고 다시 몸을 쭉 폈다. 그동안 그는 (자신의 방이 아니라) 사무실과 모드 부인에 대해서, 저녁에 처음으로 술집에 갔던 일에 대해서, 사무실에서 멀지 않은 곳에 있는 광장과 그곳에 있는 비둘기들 그리고 아침마다 비닐봉지에서 묵은 빵을 꺼내 잘게 부수어 비둘기들에게 주면서 행인들에게 욕설을 퍼붓는 노파에 대해서도 말해주었다. 첫번째 싹들이 머리를 내밀면서 리젠트 공원이 생기를 띠고 있다는 것도 말해주었다. 그리고 몇주 지나지 않아 만병초꽃들이 피어나고, 템스 강이 공원으로 흘러갈 때면 큐 가든 공원에 꼭 가보아야 한다고도 말했다. 그는 꼭 끼는 청바지와 푸른색 스웨터를 입고 움직이는 이자벨의 모습을 유심히 바라보았다. 그녀의 엉덩이는 계속 움직였다(구부리고, 펴고, 오른쪽으로 한걸음, 왼쪽으로 한걸음 마치 장난감 기계처럼 정밀하게). 그는 손을 뻗어 엉덩이를 잡고 싶었다. 아니 잠시 움직이지 말고 서 있어보라고 말하고 싶었다. 이윽고 욕실로 사라진 그녀는 세면대와 거울 사이의 진열대에 있는 크림과 방향제와 치약을 정리했고, 욕조 테두리의 빈곳에 샴푸를 놓았으며, 소소한 용구들을 놓을 자리를 찾았다. 그러고 나서 그녀의 얼굴이 다시 나타났다. 문 뒤쪽에서 헤아릴 수도 없이 자주 나타날, 별다른 애교나 의도도 없는 친숙한 모습이었다. 그는 마치 찌르르한 통증과도 같은 습관을, 사랑을 느꼈다. 그러나 어떤 불확실함도 느꼈다. 왜냐하면 습관이란 어떤 영토의 일부만을, 그리고 일시적으로만 덮었다가, 헤아릴 수 없는 이유로 다시 물러서야 하는 것이기 때문이었다.

그는 계속 생각했다. 최소한 사물은 제자리로, 집은 그 소유자에게, 부동산은 그 주인에게 돌아가야 한다. 그리고 소란과 불의는 바로잡을 수 있다. 왜냐하면 인간은 인간일 뿐만 아니라(제대로 기능하는 법률의 보호막 아래서조차 아주 짧은 기간 동안 부주의하고, 벌거벗은 채로 무기력해질 수는 있다) 권리의 주체이기도 하기 때문이다. 정의란 그것이 토지등기부 기재, 판매계약서, 공증 받은 증명서 같은 형태로 구체화될 때에만 존재하는 것이라고 그는 생각했다. 이런 것들은 우리가 손에 쥐고 따라갈 수 있는 가느다란 실과도 같은 것이라고 그는 생각했다. 이자벨은 이제 자신의 셔츠와 외투 그리고 블라우스를 정리하고 있었다. 다양한 옷더미와 알록달록한 색 앞에서 조금 망설이기도 했다. 어쨌든 그녀는 그와 함께 런던으로 이사온 것이다. 그동안 그는 90년대 초반에 브란덴부르크 문을 통과해 차를 달리던 때를 생각했다. 하나의 간접증거, 소송의 경과를 바꿀 수 있는 중요한 기록을 발견했을 때의 그 의기양양했던 기분을 떠올리면서, 그는 자신이 순진하기는 했어도 결국은 핵심을 건드렸다고 판단했다. 추상적인 정의 같은 것은 없었으며, 그 복구를 위해 자신이 돕고자 했던 어떤 정의의 상태 같은 것만 존재할 뿐이었다. 사람들은 다시 그들의 법률 속에 놓이게 되었다. 왜냐하면 그들은 법률의 주체이고, 법률과 역사로 이루어진 직물의 일부이기 때문이었다. 치유까지는 못하더라도 질서 속에 놓을 수 있는 이념이나 사물들에 그는 굳게 매달렸다. 사람들의 생애가 서로 섞였기 때문에 소유물들도 서로 섞여버렸다. 그러므로 그동안 강제로 분리되던 것들은 이제 피하거나 원래대로 되돌려야만 했다. 이자벨은 마지막으로 트렁크 쪽으로 몸을 수그렸다. 야콥은 엄지손가락으로 그의 결혼반지를 살짝 건드렸다. 그러자 그녀가 트렁크를 찰칵 잠갔다. 그는 창백한 얼굴에서 섬뜩한 느낌을 받았던 이웃집 작은 소녀를 더는 생각할 필요가 없었다. 그의 가정집과 사무실 사이의 길은 이제 바뀌었다. 애어른도 없었다. 이제 그의 삶은 결혼한 남자의 그것이었다. 피베르크와 라이헨바흐의 재산법 서문에 나와 있듯이, 훌륭한 믿음의 삶까지는 아니라 할지라도 보호받을 가치가 있고 공정한 삶이었다. 그는 자신의 내면을 향해, 이러한 불의를 넘어서 있는 자기 자신을 향해 미소지었다. 어쨌든 최선을 다하리라 생각했다. 변화라는 것은 언제나 정리되지 않고 혼란스러운 무언가를 가져오는 법이었다. 그가 이자벨에게 사무실의 방에 대해, 벤섬에 대해 막 이야기하려는 순간 놀랍게도 크게 웃으면서 그녀가 몸을 일으켰다. 그녀의 턱은 참으로 아이처럼 부드러워 보였다. 그녀가 그에게 다가갔다.

그들은 손을 맞잡고 거리를 따라 걸었다. 채소가게와 잡지판매소, 그리고 『이브닝 스탠더드』의 헤드라인과 신문가판대들 앞을 지나갔다. 이미 날은 저물고 있었다. 감독관들이 재소환되었다는 소식과 최근 실시한 설문조사 결과가 실려 있었다. 우리 정보통관리의 평가에 따르면 싸담 후쎄인은 500톤이나 되는 염소가스, 겨자탄, VX 신경가스탄을 보유하고 있는 것으로 알려졌다. 이만한 양의 화학가스탄은 수천수만의 인명을 살상할 수 있는 양으로, 그는 이러한 물질을 보유하고 있는 이유를 제대로 설명하지 못하는 것으로 알려졌다. 이자벨이 즉석사진방에 앉아 의자를 아래위로 돌리며 조절하는 동안 야콥은 이런 잡지기사를 읽고 있었다. 지난 기사군. 1월에 있었던 부시의 연설이잖아. 그가 생각했다. 내 생애의 가장 어려운 결단이었다고, 블레어가 말했지, 아마? 터키에서는 자국 영토를 통해 6만 2천명의 병사를 이라크로 들어가도록 허락할 수는 없다는 소식이 전해졌다. 그리고 날씨와 살인적인 더위, 모래폭풍에 대한 이야기가 거듭 나왔다. 병사들은 꼭 끼는 방호복에 몸을 밀어넣고 있어야 했다. 커튼이 옆으로 밀쳐졌고, 이자벨이 한 손으로는 회전의자를 잡은 채 즉석사진방 밖으로 조심스럽게 발을 내디뎠다. 그러고는 몸을 일으켜 그의 옆으로 왔다. 그녀는 표제들 중 하나에 시선을 보냈다가 움찔 뒤로 물러섰다. 판매대 뒤쪽에 앉은 점원이 고개를 들어 무뚝뚝한 검은 눈으로 그녀를 살폈다. 500톤이나 되는 염소가스, 겨자탄, VX 신경가스탄을 생산할 수 있는 양이라는 기사를 읽는 동안 사진이 따뜻한 공기를 쐬며 둥글게 말린 채 떨어져나왔다. 송풍장치에서 나는 소음은 바깥 길거리에서 나는 소음 때문에 거의 들리지 않았다. 우리의 역사 전체, 특히 영국의 역사가 우리에게 주는 교훈은 무엇일까요? 단시일 동안 맞닥뜨려 해결해야 하는 위협을 당신이 피해버린다면, 그 결과는 결국 당신이 보다 긴 시간 동안 그것과 마주쳐야 한다는 것입니다. 더욱 치명적인 형태로 말입니다. 이제 사진들은 잘 건조되었고, 이자벨은 기대에 차서 네 번이나 미소를 지었다. —나한테도 한장 주지, 지갑에 넣고 다니게. 야콥이 말했다. 그들은 길을 건넜다. 야콥이 계산을 하고 거스름돈을 지갑에 넣는 동안 이자벨은 서식용지를 채웠다. 그동안 에스컬레이터가 멈추었기 때문에 그들은 175개의 나선형 계단을 밟고 내려와야 했다. 승강장에 들어서자마자, 좁은 터널을 통해 열차가 들어왔기 때문에 그들은 곧바로 올라탔다. 따뜻한 기운과 적당한 속도 그리고 열차의 움직임에 따라 좌우로 흔들리는 무심한 표정의 얼굴들. 기차가 흔들리면서 때로는 얼굴과 목과 상체가 제대로 균형을 이루기도 했다. 두 사람은 나란히 자리를 잡았고, 그들의 손은 서로 맞닿았다. 그들은 지쳐 있었고 서로 너무 긴밀하게 얽혀버린 것을 조금은 의심하면서, 좀 떨어져야겠다는 생각에 사로잡혀 있었다. 이자벨은 눈에 띄지 않게 그녀의 무게를 오른쪽에서 왼쪽으로 옮겼다. 답답한 열기 때문에 그녀의 얼굴이 상기

되었다. 그녀는 야콥과 거리를 두었다. 그는 활자들이 출렁거리는 가운데서도 기사를 읽어나가다가 문득 다음 역의 이름 대신 비상! 테러 공격!이라는 경고가 들려올지도 모른다는 공포에 사로잡혔다. 열차가 철로에 멈추어섰다가 다시 움직였다. 야콥은 마음을 다잡았다. 그의 얼굴은 더욱 굳세어지고, 더욱 남자다워졌다. 이윽고 열차가 채링 크로스 역에 도착했고, 그들은 열차에서 내렸다. 날은 이미 어두웠다. 자동차와 가게와 까페에서 제각각 쏟아져나오는 전등 불빛이 윤곽을 일그러뜨리고, 혼란을 불러일으켰다. 사람들과 서로 밀치면서 맞닿고 시선이 오가는 동안 두 사람은 자신의 생활에서 벗어나 미래풍이기도 하고 중세적이기도 한 어떤 것 속으로 빠져들어갔다. 여행자, 소매상인, 도둑, 호객꾼, 미친 사람 들이 한데 어울려 우글거리는 장면이었다. 볼일이 있는 사람들은 굳은 표정으로 이리저리 허둥대고 있었다. 흉물스러운 버스들은 웅웅거리면서 속도를 냈고, 우유부단한 행인들이 비틀거리면서 서둘러가다가 다시 멈추어서는 발걸음은 어느 곳도 향하지 않고 있었다. 야콥과 이자벨은 행인들 사이에서 떠밀리면서 서로 떨어지기를 반복했다. 그는 그녀에게 아무것도 해줄 수 없다고 느꼈고, 그 때문에 불안해졌다. 이슬비가 내리기 시작했고, 빗방울들이 불빛을 굴절시켰지만 이자벨은 그것을 느끼지 못하는 듯했다. 그는 그녀와 함께 신발을 사고 싶었고, 자신이 일하는 곳을 보여주기 위해 사무실 앞을 지나가고도 싶었을 것이다. 그녀는 그의 곁을 스쳐지나갔다가 다시 기다렸다. 그리고 맞은편에서 오는 사람들이 그녀를 그가 있는 쪽으로 밀치면 몸을 서로 부대끼게 되었다. 고개를 이리저리 돌리고, 입술을 살짝 벌린 그녀의 모습은 마치 주말에 초대받은 사촌여동생 같았다. 서먹서먹한 친척을 만족시킬 요량으로 혹은 어린 여자아이에게 도시를 구경시켜주는 게 좋겠다는 생각이 잠시 들어 초대했다가 공평무사한 마음에 예기치 않게 에로틱한 느낌이 살짝 밀려드는 성가신 상황 같기도 했다. 이자벨은 오른쪽 골목길로 꺾어들어가면서 그를 불렀고, 몇걸음 앞서 달려가다가 유혹하듯 자동차 뒤로 몸을 숨겼다. 그에게는 자극적이기도 하고 낯설기도 한 들뜬 행동이었다. 그러고 나서 그녀는 데본서 가에서 한 블록 떨어진 레스또랑 쪽으로 걸어가서는 뭔가를 시험해보기라도 하듯 두 손으로 문을 활짝 열고 안으로 들어갔다. 그도 뒤따라 들어갔다. 벤섬과 앨리스테어가 출입구 바로 가까이에 있는 테이블에 앉아 있었다. 잠시 야콥은 그 두 사람이 이자벨에게 호기심어린 눈길을 던지는 것을 보았다. 그녀가 주춤거리는 동안 웨이터가 쏜살같이 달려왔다. 이어서 두번째 웨이터가 따라왔다. 그들은 야콥을 구석으로 밀쳤고, 문은 쾅 소리를 내면서 다시 닫혔다. 그는 앨리스테어가 이자벨과 그녀의 박하색 치마와 운동화(그녀가 구두를 사지 못했다는 사실에 야콥은 미안해졌다)를 마음껏 보면서 즐기다가, 그를 발견하고는 금발의 앞머리를 쓸어올리는 것을 알아차렸다. 그동안 그녀는 웨이터에게 레인코트를 건네주었고, 빗물에 젖은 짧은 흰색 티셔츠를 드러냈다. 야콥은 마치 학생이라도 된 듯이 벤섬 앞에 서 있었다. 그는 얼굴이 화끈 달아오르는 것을 느꼈다. ─ 성급하게 산책을 끝낸 건 아니었을 테죠. 그렇게 말을 건넨 벤섬은 둔중한 상체로 접시들 위에서 불안정하게 균형을 잡으면서 몸을 일으켜 처음에는 이자벨에게, 이어서 야콥에게 그다지 크지 않은 손을 내밀었다. 따뜻하면서도 위안을 주는 감촉이었다. 마침내 야콥이 미소지었고, 뭔가 중얼거렸다. 그를 유심히 쳐다보는 눈은 희미하게 바랜 색이었고, 우중충한 보랏빛이 갈색 홍채 주위를 감싸고 있었다. 야콥의 코앞에 메뉴판을 내밀었고, 포도주 한병이 테이블에 올라왔으며, 벤섬이 가벼운 몸짓과 함께 야콥은 알아들을 수 없는 말을 웅얼거리자 웨이터들은 즉시 알아듣고 잔들에 포도주를 가득 채웠다. ─ 리젠트 공원은 사시사철 권할 만하지요. 하지만 비가 자주 내려서 탈이에요. 벤섬은 그렇게 말하면서 어정쩡하게 나란히 서 있는 앨리스테어와 이자벨을 쳐다보았다. 그러고는 자리에서 몸을 일으켜 고개를 살짝 숙였다. 이자벨은 자리에 앉아, 마치 작은 실험용 범선과도 같이 항해를 했다. 소녀답게 황홀해하고, 순풍을 맞은 낙천주의자처럼. 이윽고 앨리스테어가 어떤 제안을 하자, 이자벨이 동의하고 벤섬도 동의했다. 그러나 야콥은 벤섬을 보면서 아무것도 듣지 않았다.

어떤 소음이 아침마다 그녀를 깨웠다. 그럴 때면 그녀의 침대 옆자리는 이미 싸늘하게 식어 있었고, 시트가 마치 그 상태로 굳어버린 것처럼 모서리에 걸려 있었다. 그것이 무슨 소리인지 그녀는 알지 못했다. 나중에 아래층으로 내려 갔을 때, 그녀는 이웃사람들이 내는 소음을 들었다. 매일은 아니지만, 몹시 자주 들려왔기 때문에 그 소음이 기다려지 기까지 했다. 바람이 부는 날이면 창문들이 덜컹거렸다. 이 미 3월초라 봄기운이 하루하루 더해갔고, 이라크전쟁에 대 한 이런저런 설문조사 결과가 발표되었다. 그녀는 지하철역 옆 가판대에서 『가디언』을 샀다. 포클랜드 로에는 생필품 가게가 하나 있었고, 캠던 타운에 있는 쎄인즈베리까지는 그 리 멀지 않았다. 깅카가 전화를 했고, 알렉사도, 심지어 그녀 의 아버지도 전화를 해서, 미국인들과 영국인들의 이라크 침공이 본격화된 마당에 그곳이 위험하지 않은지, 지하철을 타고 다니지 않는지 물었다. 그녀의 아버지는 조만간 무슨 일이든 일어날 수밖에 없다고 말하기도 했다. 야콥은 퇴근 이 너무 늦어지지 않도록 애썼다. 앨리스테어가 그들 부부 의 첫번째 손님이었다. 이자벨은 그들에게 닭고기와, 박하 소스를 친 완두콩을 내놓았다. 그녀는 박하소스가 실제 있 으리라고는 생각도 못했다. 야콥은 그녀가 벤섬을 초대하려 한다고 말했다. 야콥은 진청색 양복과 폴 스미스 내의 두 벌 을 구입했다. 그들은 리젠트 가에 가기도 했다. 그러나 이자 벨은 일주일 후부터 이유없이 침울해져서 운동화 바람에 부 근을 하염없이 돌아다녔다. 과일나무들이 꽃망울을 터뜨렸 고, 공원과 좁은 앞뜰 그리고 침실 창문턱에 있는 색바랜 꽃 나무 상자들에도 꽃이 피었다. 안드라스가 전화기 너머에서 말했다. ─여긴 눈이 와. 지금 창밖을 보고 있어. 눈송이들이네. 고객들도 아주 많아. 모든 게 예전과 마찬가지야. 놀랍지 않아?

　야콥은 이제 매일 벤섬을 보게 되었다. 그는 열한시 전에는 나타나지 않았다. 사무실에 오면 그는 우선 모드 부인 옆에 앉아 있다가 다시 도서실로 가서 크레이폴 씨를 만났고, 마지막으로 무거운 발걸음으로 계단을 천천히 올라가(그는 엘리베이터를 이용하지 않았다) 뭐라고 중얼거리면서 야콥의 문 앞에서 걸음을 멈추었다. 공손하긴 하지만 끌리지는 않는 게, 마치 재주가 있으면서도 실력 발휘를 하지 않는 써커스단 곰 같았다. 다섯시쯤이면 모드 부인이 꿀을 넣은 뜨거운 우유 한잔을 쟁반에 받쳐들고 왔다. 벤섬이 오후에는 차를 좋아하지 않기 때문이다. 그가 야콥에게 말하기를, 자기는 늙은 목소리를 가진 늙은이여서 꿀을 넣은 뜨거운 우유가 목소리에 효험이 있고, 모드 부인도 여섯시 전에 위스키를 마시는 걸 금지했다는 것이다. 그는 볼록 튀어나온 배 위로 꼭 끼는 양복상의를 입고 있었고, 발은 아주 작았다. 하루종일 전화벨이 울렸고, 모드 부인은 마치 의전관이라도 된 것처럼 전화 건 사람의 이름을 큰 소리로 외쳤지만, 바로 계단 입구에 앉은 사람들만 그 소리를 들을 수 있었다. 그러면 그녀는 화가 나서 신경질적으로 이 단추 저 단추를 눌러댔다. 그래서 소송 의뢰인들은 종종 여러 차례 전화를 걸어야만 했다. 앨리스테어가 씩 웃으면서 말했다. ─그 사람들 다시 전화할 거야. 너도 알지? 실제로 의뢰인들은 지치지도 않고 희망에 차서 전화를 다시 했다. 다른 변호사 사무실이 질질 끌거나 불분명한 상태로 내버려두고 있는 사건들을 벤섬과 그 사무실이 해결해줄 거라고 믿었다. —우리는 법정으로 가지 않아요. 물론 안 갑니다. 대개 계약을 체결하지 않고, 계약을 기안하는 일만 합니다. 앨리스테어가 설명했다. 벤섬은 끝없는 공판들을 견딜 수 없어서, 주로 사건들에 대한 자신의 견해를 작성해주었다. 그러면 의뢰인들은 다른 변호사를 선임했고, 그 변호사는 벤섬의 견해를 적용하기도 하고 적용하지 않기도 했다. 벤섬에게는 아무래도 상관없었다. 그런 식으로 무난히 잘 굴러가기만 하면 되니까. 달리 방도가 없는 경우에 사건을 법정으로 가져가 끝까지 싸워 이기는 그런 변호사가 필요한 곳은 오직 독일뿐이라고 벤섬은 생각했다.

또 벤섬이 보기에 독일이라는 나라에서 소송 사건들은 그리 서두를 필요가 없었다. 그가 야콥에게 충고했다. —그렇게 안달할 필요없어요. 부인하고 산책도 하세요. 급한 일이 있으면 모드 부인이 말해줄 겁니다. 벤섬이 다시 말했다. —밀러 씨 같은 사람한테 베를린으로 옮기라고 권해야 할지 말아야 할지 솔직히 나는 모르겠어요. 예순다섯의 나이에 그가 그곳에서 사업을 새로 벌여서 어쩌자는 걸까요? 임대료 수입이나 챙겨야 하는 걸까요? 아직도 자신의 재산에 대해서 걱정하는 사람들은 거의 언제나 부유한 사람들입니다. 어쨌든 우리 사무실에는 부유한 사람들만 옵니다. 그들은 타협도 배상도 원치 않습니다. 상당수는 외로운 사람들이지요. 소송은 질질 끌게 되고. 하지만 당신은 결코 서두를 필요가 없습니다. 혹시 베를린에서는 그랬을지 몰라도. 내 말 맞지요?

그럼에도 불구하고 야콥은 저녁 늦게까지 사무실에 남아 있었다. 앨리스테어나 벤섬이 방에 와서 그를 집으로 보내야 했다. 이자벨은 실망한 경우에도 내색하지 않았다. 야콥은 종종 잠을 이루지 못했고, 그녀도 깨어 있지 않은지 스스로에게 묻기도 했다. 숨소리만으로는 알 수 없었다. 거울의 도움을 받아 다른 사람을 몰래 관찰하는 것과 같은 상황이었다. 앨리스테어는 그녀에게 매달 한차례 촛불 아래 관람할 수 있는 쑈운 전시를 보여주려고 했다. 야콥은 의뢰인을 만나 늦게 올 예정이었다. 알렉사는 그녀를 방문하겠다고 기별을 보냈다가 취소했다. 하지만 이자벨이 그 때문에 별달리 의기소침해하는 것 같지는 않았다. 그녀는 낮동안 일을 하거나 시내를 돌아다녔다. 그는 저녁시간에 그녀가 돌아다닌 이야기를 듣는 것이 좋았다. 그녀는 이미 런던을 그보다 더 잘 알고 있었다. 잠들기 전 일순간, 행복해지려면 결단을 내려야 한다는 생각이 그의 머릿속을 스쳐지나갔다. 그리고 반쯤 잠든 상태에서는 그 무엇도 이 생각에 맞설 수 없었다. 아침이면 비행기가 내는 소음이 그를 깨웠다. 마치 하늘을 긁어 벤 자국을 내는 듯한 소리였다. 날씨는 좋았다.

20

그는 복도를 따라 외투 더미, 마분지상자, 빈 음료수 궤짝들 옆을 지나 달렸다. 순간 객실에서 나오는 소음과 음악 소리와 목소리가 약해졌다. 짐은 잠시 히죽히죽 웃었다. 형사들이 거기 있는 경우 소리를 크게 내도록 되어 있었다. 베들레헴의 아이들이 학살되었을 때처럼 비탄에 찬 소리를 지르도록 되어 있었다. 그런데 어떤 바보녀석이 볼륨을 잔뜩 높힌 바람에 경고 소리를 아무리 크게 내어도 묻혀버릴 수밖에 없었다. 앨버트를 알고 있고, 짐이 그를 위해 일한다는 사실도 아는 수위가 짐에게 조심하라고 이미 주의를 주었다. 그리고 씩 웃으면서 끈끈한 액체가 담긴 보따리가 몇파운드를 벌게 해주기 때문에 경찰한테 주소와 시간을 말해주었고, 경찰은 그들이 발견한 코카인, 대마초, 약간의 흥분제와 엑스터시를 신나게 수거하고 밀매꾼들도 체포했다고 얘기해주었다. 짐은 아마 이번에도 경찰에 전화를 건 사람은 수위일 거라고 생각했다. 하지만 그에게는 아무 상관없는 일이었다. 앨버트가 그에게 넘겨준 것을 무사히 팔았기 때문이다. 더욱 소란스러워졌고, 거리의 소음도 들렸다. 여기 있는 문들 중 하나로 들어가면 창문이 열려 있어야 했다. 수위의 말에 따르면, 세 개는 잠겨 있고, 네번째 문은 열려 있었다. 그는 깜짝 놀라 뒤로 물러섰다. 어떤 장난꾸러기가 테이블 앞에 해골을 세워놓고, 그 오른손에 등을 매단 사슬을 고정시켜놓은 것이다. 작은 전구들이 마치 벌레처럼 팔을 따라 기어올라가고 있었다. 그러므로 여기가 유리창이 있어야 할 데를 판지로 대신해놓은 창문이 분명했다. 짐은 그곳으로 빠져나갔다.

밖에는 그리 높지 않은 담장이 있었고, 폐기물과 자동차들도 보였다. 얼핏 보아 작업장 같았다. 그는 확신 없이 몇 미터를 달렸다. 젖은 포장도로, 여기저기 팬 물웅덩이들, 튀어오르는 흙탕물. 밤은 칠흑같이 어두웠고 금방이라도 비가 쏟아질 것 같았다. 자동차들은 힘겹게 앞으로 굴러갔다. 청재킷 주머니 속의 돈이 느껴졌다. 그는 메이의 사진이 실린 포스터를 보았다. 앨버트가 켄티시 타운 역에 붙여놓게 한 것이다. 짐이 전화를 걸어 펄펄 뛰며 항의하자, 그는 이렇게 말했다. ―네가 우리를 못 잊게 하려고 그랬어. 네가 전화할 거라고 믿었지. 그렇게 오래 같이 일해놓고 간단히 포기할 수 있겠어? 그래서 짐은 순순히 그의 말을 따르고 말았던 것이다. 메이를 발견하기 전에는 떠나지 않으리라. 머물 수 있을 때까지 레이디 마거릿 로에 머물 것이다. 대미언이 돌아올 때까지. 그는 생각했다. 그곳은 아무도 찾아내지 못할 것이다.

그는 부모와 함께 47번지에 사는 소년 데이브하고만 이따금 말을 나누었다. 소년의 뭔가가 그의 마음을 끌었다. 그리고 바로 옆집인 49번지에는 젊은 부부가 이사왔는데, 자신의 고객이 아님은 분명했다. 남자는 어쨌든 아니었다. 여자는 지금까지 뒷모습밖에 보지 못했지만 짐의 이목을 끌었다. 그녀는 작고 귀여운 레인코트를 입은데다 대략 메이와 비슷한 싸이즈의 운동화를 신고 있었다. 바로 그 점이 그를 고통스럽게 했다. 씰루엣도 메이와 비슷했다. 그들은 온갖 호사스러운 물건과 가구들, 식기와 책이 들어 있는 듯한 상자들과 함께 이사를 왔다. 다른 사람들이 어떻게 하든, 이사를 오든 가든, 가구를 설치하든 말든, 상자들에서 온갖 물건을 꺼내 잔뜩 쌓아놓고 그 안에서 안전하게 그리고 편안하게 살든 말든 짐은 아무 관심도 없었다. 그런데 이번에는 갑자기 뭔가가 그의 관심을 끌었다. 그들은 둘이서 이사를 왔다. 비는 물론 다른 어떤 것도 접근하지 못하게 다정히 포옹한 채로. 짐은 레이디 마거릿 로에, 그리고 문을 열면 다람쥐들이 나무둥치 위로 올라가 쉬고 있는 작은 정원에 익숙했다. 그리고 저녁이면 위에서 그에게 인사를 건네지 않는—아마도 대미언과 좋지 않은 일을 겪은 때문인 듯하다—사람들이 요리하는 음식 냄새가 풍겨왔다.

이틀 후 소호의 북쪽 변두리에서 앨버트와 만났을 때, 짐은 이렇게 열변을 토했다. —당신이 우리한테 늘 마련해주었던 허름한 날림집 같은 곳이 아니라, 제대로 된 번듯한 집에 살게 되면 당신은 완전히 딴사람으로 보일 거야. 다른 사람들이 그렇게 인정해버리는 멍청이가 되어서는 안돼. 당신은 누군가가 우리를 그렇게 인정해버리면, 우리는 그렇게 앉아서 당하는 수밖에 없는 처지라고 생각하는 거지. 안 그래? 당신도 그렇게 인정하고, 벤도 그렇게 인정하려는 거지. 하지만 당신들이 나를 그런 식으로 봐서는 안돼. 누구든 그때까지 상상도 못했던 일도 겪는 법이야. 내 생각에는 집이라는 게 그래. 사람은 결국 사람 아니겠어. 안 그래? 불안에 떠는 눈으로 쫓기는 토끼 신세가 아니라, 아침마다 일어나 세수도 하고 심지어 하느님의 축복을 받고 싶거나 누군가가 자기를 위해 기도해주기를 바라는 어린아이처럼 교회에 갈 생각도 하는 사람이 되어야 하는 거야. 사람이란 갑자기 자신으로 돌아갈 때가 있어. 온갖 자질구레한 쓰레기는 두꺼운 껍질과도 같아. 그 아래 네가 잃어버렸던 다른 것이 있는 거지. 어릴 때 강아지 한마리를 키운 일도 갑자기 기억날 수가 있어. 실제로 자기 개가 아니라도 그놈이 날마다 너한테 달려왔고 너도 그놈한테 뭔가를 집어주었기 때문에 거의 네 개나 마찬가지인 거야.

　─내 레스또랑이 잘만 돌아가면, 널 채용할게. 그러면 너는 내 곁에서 주방장으로 일할 수 있어. 앨버트가 어물쩍 넘기며 말했다.

　─뻔하지 뭐. 달걀프라이나 만드는 주방장이라. 짐이 흥분해서 거칠게 말했다.

　─넌 왜 내 작은 꿈마저 인정하지 않는 거야? 앨버트가

가련한 목소리로 말했고, 짐은 이를 악물었다. 빌어먹을 신파. 앨버트나 그나 마찬가지. 이 눈물겨운 꼬락서니. 하지만 앨버트는 언젠가 자신이 원하는 것을 얻고 짐은 그러지 못할 것이다. 그는 메이를 생각했다. 하지만 앨버트를 미워하지는 않았다. ─잊지 마. 앨버트가 말을 꺼냈다. ─네가 나를 거리에서 구해주었단 말이지. 짐이 욕지기를 느끼며 그의 말을 이었다. 착하기도 하지, 앨버트. 언제나 마음이 여려. 그래서 나를 거리로 내보내 네 친구들에게 엉덩이를 대주게 했니.

술집 문이 활짝 열리자, 빗소리가 들렸다. 사람들이 신문을 들고 들어와 다음주에 무슨 일이 일어날지, 언제 일이 터질지 토론을 벌였다. 시위에 대해서, 블레어가 옳은지 아니면 블릭스가 옳은지 갑론을박했다. 마치 사막에서 어떤 얼간이들이 자기들의 뇌가 날아가버리기 전에 각자 견해를 말하라고 요구받기라도 한 듯 떠들어댔다. 알맹이 없이 잘도 떠들어대는군. 짐은 생각했다. 일단 죽어버리면, 이름이고 주소고 무슨 소용이겠어. 앨버트의 얼굴이 불콰하게 부풀어올랐다. 그는 다시 걱정에 사로잡혔다. 검문이 문제였다. 벤이 검문을 당했기 때문이다. 그들이 그를 집까지 데려다주었고, 다행히 그곳에는 아무도 없었다. 하지만 벤이 그곳 앨버트의 구역인 브릭스턴의 아지트에 혼자 살지 않는 것으로 드러났다. 짐이 물었다. ─너희 사제는 어딨어? 이라크전쟁에 자원이라도 했나? 자기 형제들하고 싸우다 죽으려고? 그가 단번에 잔을 비웠다. 카운터에는 이미 새 잔이 기다리고 있었다. 그에게 호감을 가진 보이가 달콤한 미소를 지었다. 앨버트는 뭔가 먹지 못할 것을 씹은 듯 얼굴을 찌푸렸다. 짐이 그의 눈과 코에다가 담배연기를 내뿜었기 때문이다. 앨버트가 말했다. —상상해봐. 여기는 어떻게 될지. 지하철을 탔는데 살아서 내릴 수 있을지 모르는 형편이니 말이야. 앨버트가 9월 11일 이후로 가지게 된 강박관념이었다. —아니야, 무슨 일이 일어날 거라고 초조하게 기다리고 있을 수는 없는 법 아냐? 짐이 씩 웃으면서 말했다. 그러고는 옆자리에서 회회낙락하고 있는 뚱보를 등으로 세차게 밀었다. 짐이 즉시 보상을 요구하는 듯 번뜩이는 눈초리로 쳐다보자 뚱보는 얼른 죄송하다고 말하고는 여자친구와 함께 바의 다른 쪽 끝으로 사라졌다. 앨버트는 앞으로 무슨 일이 터질 거라고 헛소리를 늘어놓았다. —도시 전체를 비워버린다고 생각해봐. 또 터널이 붕괴되면 땅밑의 기차는 어떻게 되겠어. 짐은 그 자리를 뜨고 싶어 그의 말을 가로막고는 봉투를 내밀었다. 눈에 띄지 않을수록 그만큼 더 안전하다는 것이 앨버트의 방식이었고, 그 방식은 지금까지 별탈없이 제기능을 발휘해왔다. 앨버트는 돈을 받았다. 하지만 지금은 짐에게 줄 수 있는 것이 아무것도 없다고 말했다. 이미 손을 내밀고 있던 짐은 처음에는 당황했고 곧 화를 내면서 그를 노려보았다. 앨버트는 다시 우는소리를 했다. —이해해줘. 미래에 대비해야 하거든. 어쨌든 그는 아무것도 지니고 있지 않았고, 그것은 사실이었다. 앨버트는 지금까지 마약에 손대지 않았고, 마치 선량한 시민인 양 맥주를 마시고 돈을 거둬들였다. 그는 다른 사람들을 달리게 했고, 그게 전부였다. 짐은 여기 술집에서 그에게 비난을 퍼부을 수는 없었다. 무서운 광경을 그렸더니, 다람쥐 같은 놈이 충분한 양식을 갖추고는 거기에다 안전하고 안락하게 살림을 차리는 격이었다. 짐의 얼굴이 하얗게 질렸다. ─내가 빌어먹을 네놈의 브릭스턴 사무실에 다시 발을 디뎌 물건을 가져오리라 생각한다면, 넌 잘못 짚은 거야. 앨버트는 짐을 달래고 진정시키느라 진땀을 흘렸다. 사람들이 온갖 재앙을 상상할 수 있는 것은, 그들에게는 결코 일어나지 않을 것을 확신하기 때문이라고 짐은 생각했다. ─벤하고도 절대 만나지 않을 거야. 짐은 고집을 부렸다. 결국 그들은 히샴이 짐에게 들르는 쪽으로 의견일치를 보았다. ─메이의 사진이 실린 포스터 봤니? 헤어지는 인사로 이렇게 물으면서 앨버트가 그의 어깨를 툭툭 쳤다.

켄티시 타운 로를 따라 올라가던 그는 팽 씨의 식당 유리창을 통해 방금 감자튀김 한봉지를 주문한 데이브를 보았다. 그가 안으로 들어서자 데이브가 환하게 웃으며 짐이 해결사라도 되는 양 설명을 늘어놓기 시작했다. 그의 꼬마 여동생을 위해 오 파운드를 훔친 일, 고함 소리, 어디서 잘지 모르지만 오늘밤에는 집에 들어가지 않을 텐데, 어린 패거리가 자기더러 오라고 해놓고는 잠복해서 기다리고 있기 때문이라는 이야기 등이었다. 짐은 감자튀김 작은 것과 춘권 하나를 주문했다. 그들은 창가에 있는 녹색 벤치에 앉았는데, 곧장 밖으로 나가지 않고 실내에 앉아 있는 유일한 손님들이었다. 그들은 카운터 뒤쪽에서 뭔가를 준비하거나 닦으면서 텔레비전을 보고 있는 네댓 명의 중국인을 바라보고 있었다. 그때 낮은 천장에서 여닫이문이 열리고, 세 명의 여자가 늘였다 줄였다 하는 사다리를 아래로 내밀었다. 짐이 소년에게 툭 내뱉듯이 말했다. ―삼등 갑판이야. 저 위에서 새끼를 낳고 내려와 여기저기로 흩어지는 집토끼 같은 신세들이군. 데이브가 놀라서 그를 쳐다보다가 금방 용기를 내어 말했다. ―선생님, 정말 고맙습니다. 종종 제 여동생에게 갖다주라고 먹을 걸 사주시니까요. 주인인 듯한 늙은이는 창 앞에 쪼그리고 앉아 수저로 수프를 뜨고, 그의 아내는 프라이팬을 반질반질하게 닦고, 아들 둘은 서로 귓속말을 나누고 있었다.

데이브는 자세를 똑바로 하고 앉아 짐을 처음 만난 때를 생각했다. 바로 여기에서 학교의 어린 패거리 중 둘이 데이브가 나오기를 밖에서 기다리며 계속 유리창을 두들겼는데, 아침까지라도 빈둥거리며 거기 있을 태세였다. 짐은 무슨 일인지 곧바로 알아차렸다. 놈들은 뜨거운 맛을 봤고, 그걸로 만사 오케이였다. 그뒤 데이브는 짐을 다시 만나려고 매일 이곳을 지나갔다. 돈이 있을 때는 감자튀김 한봉지를 샀다. 그러다가 거리에서, 레이디 마거릿 로 바로 몇집 아래쪽에서 짐을 만났다. 짐은 그에게 자기 집 벨을 눌러도 좋다고 했다. 데이브는 그에게 방해가 되지 않았지만, 좀도둑질도 하고, 마약도 하는 무단결석생들로 허풍깨나 떨면서 작은 주머니칼을 들고 다니며 데이브를 괴롭히는 어린 패거리는 마음에 들지 않았다. ─저는 마약은 안할 거예요. 데이브가 진지하게 말했고, 짐은 고개를 끄덕였다.

집으로 온 짐은 문을 닫고 청소를 했다. 그러고는 소파에 누워 텔레비전을 틀었다. 가스난방기가 창 쪽으로 증기를 뿜어댔다. 데이브가 경솔하게 집으로 들어가지는 않았을 테지. 메이는 어디 있는 거야? 그런 생각을 하면서 한편으로는 데이브가 길을 따라 천천히 걸어가는 모습과 49번지의 부부가 벽난로 앞 소파에 편안하게 앉아 서로 껴안고 있는 장면을 떠올렸다.

그들은 에지웨어 로에서 만났다. 짐은 지하철에서 나왔고, 히샴은 가게에서 나와 그에게 재빨리 걸어갔다. 그가 말했다. ─식사 초대할게. 짐은 의심스러워서 뒤를 돌아보았다. 히샴이 반복해서 말했다. ─식사 초대할게. 어쨌든 내가 보상해야 하니까. 그가 짐에게 곧장 봉지를 내밀었다. 일종의 제안이었지만, 짐은 씩 웃으면서 거절했다. 히샴이 말했다. ─아니야, 그냥 가지고만 있게. 까페 앞에는 물파이프를 손에 든 남자 몇명이 서 있었다. 식당 안에서 사람들은 아랍 방송 프로그램을 벽면에 확대투사시켜 보고 있었다. 웨이터는 찻잔을 잔뜩 올린 쟁반의 균형을 잘 잡고 있었고, 창가에는 머릿수건을 쓴 젊은 여자가 혼자 앉아 눈물을 흘리며 샌드위치를 씹고 있었다. 교통상황은 아주 혼잡하고 소란스러웠다. 고기 굽는 냄새가 진동했고, 작은 가게들 앞에는 빛이 바래고 도마뱀처럼 비늘이 있는 이름 모를 과일들이 놓여 있었다. 히샴은 울퉁불퉁한 갈색 과일을 이리저리 살피며 집어들고는 아랍어로 뭔가 중얼거렸다. 그 때문에 상인은 화가 난 것 같았다. 히샴은 약간 망설이다가 몸을 벌떡 일으켜 고개를 빳빳하게 치켜세우더니 뱀처럼 혀를 날름거렸다. 짐은 장난스럽게 히샴 옆으로 다가가 싸움 구경이라면 놓치지 않을 태세였으나, 그런 일은 일어나지 않았다. 히샴의 시선은 다른 사람을 안심시키는 눈길이었다. 부드러우면서도 온화했다. 짐은 큰 소리로 웃었다. 남쪽으로 계속 걸어가다보니 수수한 술집이 나타났다. 데이브 또래쯤 돼 보이는 소년이 밖으로 달려나와 히샴에게 고개를 살짝 숙이고는 그들을 실내 테이블로 데려갔다. 소년은 곧바로 차를 내왔고, 식탁보를 깔고 천 냅킨도 조심스럽게 펼쳤다. 소년의 가느다란 팔과 손이 모든 것을 능숙하게 차렸다. 그러고 나서 작은 접시들이 나왔고, 다진고기 볼, 팔라펠(아랍식 야채 샌드위치 — 옮긴이), 속을 넣은 양배추, 그리고 후무스(아랍식 흰색 소스 — 옮긴이)를 히샴이 일일이 설명해주었다. 짐은 자리에 앉았지만 마음이 편하지 않았고 목도 근질거렸다. 그는 의심 반 호기심 반으로 고개를 돌려 이리저리 살펴보려 했다. 냄새가 낯설었다. 히샴이 살짝 신호를 보내거나 알아듣지 못하는 말을 하자마자 소년은 부엌으로 달려갔다. 비굴한 게 아니라 열심히 일하는 자세여서, 거의 흥분상태로 보일 정도였다. 그래서 짐의 요구라면 무엇이든 이루어져야 한다는 듯한 태세였다. 바로 그것이었다. 그의 요구가 이루어져야 한다는 것. 입술의 움직임만 보고도 소년은 작

은 회녹색 올리브라는 주문을 알아차렸다. 소년의 동작은
다채로웠다. 자기가 직접 집어들어 만져보고, 매끈하고 조
금 매운 껍질을 시험삼아 혀로 맛보았으며, 동글납작한 빵
에서 한조각을 떼어내 밝은 색 퓌레에 담그기도 하고 녹갈
색 볼을 깨물어 떼어내기도 했다. 이런 건가요, 하는 표정으
로 히샴의 얼굴을 관찰했고, 히샴도 조언할 때를 제외하고
는 계속 먹었다. 차는 계속 다시 채워졌다. 손가락을 씻을
수 있도록 따뜻한 물이 담긴 사발도 들어왔다. 장미기름 냄
새가 났다. 공간은 어둑어둑했고, 문은 꼭 닫히지 않았으며,
문틈으로 이따금 훅 바람이 불어들어왔다. 여전히 다른 손
님은 없었고, 소년만 들락날락했다. 열심히 일하는 행복한
소년. 데이브와 비슷한 또래였다. 그러나 히샴은 브릭스턴
에서 짐을 뒤에서 공격해 때려눕혔다. 그를 알지도 못하면
서. 그랬던 그가 이제 짐에게 온화한 표정을 지으며 미지근
한 물을 내밀었고, 짐은 거기에 손을 적셨다. 선명하면서도
날카로운 고통이 짐을 벌떡 일으켜세웠다. 그는 물이 든 사
발을 뒤엎었다. 물이 테이블 위로 쏟아지면서 냅킨을 흠뻑
적셨고, 수저 쎄트 사이에 고여 여기저기 물웅덩이를 이루
었으며, 부스러기들을 테이블 모서리 쪽으로 둥둥 떠가게
했다. 히샴은 그대로 앉아 있었다. 짐은 그의 얼굴이, 그의
입이 일그러지는 것을 보았다. 히샴이 말했다. ―안돼. 소
음은 끊이지 않았다. 문틈으로 밀려들어오는 소음, 자동차,
그 모든 자동차가 내는 소음, 거리로 몰려다니는 사람들이
내는 소음, 그리고 그 모든 불안, 역과 공항에서 붐비는 인파

들이 내는 소음. 특히 이 인파들이 내는 소음은 사람들로 하여금 가만히 멈추어서게 하고 불안하고 불행한 가운데 뭔가를 기다리게 했다. 언제든 무슨 일이 벌어지고, 목소리들이다시 커지고, 잠든 사람들을 깨우고, 잊어버렸던 일이 다시드러날 수 있기 때문이었다. 그에게 차가운 바람이 불어왔고, 문이 덜거덕거렸다. 짐이 이를 드러내며 씩 웃었다. 삼류 텔레비전 연속극에서 한 여인이 멈칫거리며 뭔가 기대하고 서 있는 장면이 연상되었기 때문이다. 그는 눈을 감고 히샴이 그를 위해 메이를 찾아냈을 거라고 생각했다. 하지만지금은 오로지 지나가는 차가운 바람과 쓰라림과 분노, 그리고 주체할 수 없이 욱신거리는 고통뿐이었다. 히샴은 말없이 그 자리에 앉은 채 멍하니 그를 바라볼 뿐이었다. 소년과 그 어린 동생이 행주를 들고 달려와 흠뻑 젖은 냅킨을 움켜쥐고 웃음을 지었고, 쏟아진 물에서 올리브씨와 열매 들을 집어올렸다. 그리고 새 냅킨과 접시 들을 더 내오고 동글납작한 빵도 새로 가져왔다. 큰아이는 쟁반과 구운 고기, 양파, 토마토를 날라왔고, 작은 아이는 짐의 소매를 끌어당겼다. 히샴이 말했다. —내 아내의 아이들이네. 원래는 아이가 여덟 명 있었지. 그가 뭐라고 소리쳤다. 다시 차가운 바람이 문틈으로 밀려들어왔고, 관광객처럼 보이는 부부 한쌍이 들어왔다. 그들의 등장에 짐은 굴욕감을 느꼈다. 그는여전히 어정쩡한 자세로 테이블에 앉아, 어정쩡하게 두 손을 허리 위로 반쯤 치켜들고 있었는데, 두 손은 눈에 보이지않는 얼음이나 공기에 둘러싸여 얼어붙기라도 한 것 같았다. 부부는 잠시 두 사내를 바라본 후 자리에 앉았다. 작은 아이가 다시 달려와 정확히 짐 앞에 멈추어섰고, 자라목을 한 채 그를 올려다보았다. 그러고는 차가운 감방에서 짐의 오른손을 빼내어 그것을 따뜻하게 데워주기라도 하려는 듯 훨씬 더 작은 자신의 두 손 사이로 가져갔다. 그러자 그는 아이의 손에서 자기 손을 빼내었다. 껑충 뛰어 달아나는 공이나 탈출하려고 불안하게 기다리던 새와도 같았다. 짐은 아이가 마음에 들어 당황해 미소를 짓고는 식사를 시작했다. 히샴은 꼬치에서 마지막 고기조각들을 능숙하게 떼어내고 있었다.

에지웨어 로의 차량소통이 원활해졌다. 짐은 메릴리본 로까지 걸어갔다. 버스나 전철을 타고 싶지 않아 상당히 먼 길이지만 걸어갔다. 한 손을 다른 손으로 문질렀고, 따뜻하게 하려고 손가락들을 꼼지락거렸다. 마치 다시 가을이 오고, 다시 한번 그 어디 종점으로 나아가고 있기라도 한 듯 오후의 날씨는 흐리고 비가 올 것 같았다. 뭔가에 쫓기듯 보행자들은 서로 밀치며 신호등 옆을 지나갔고, 차도 위로도 마구 걸어갔다. 살찐 사내 하나가 짐과 부딪치고는 놀랄 정도로 사뿐하게 짐을 향해 완전히 몸을 돌렸다. 그러면서 짐의 얼굴을 보고는 그 자리에 멈추어섰다. 택시 한대가 두 사람을 향해 경적을 울리면서 다가왔다. 사내가 말했다. ―집에 가려고 다들 무척이나 허둥대는군요. 사과 받아주실 거죠? 아니면 배상이라도 바라시나요? 다시 한번 택시가 경적을 울렸고, 사내는 공손하게 고개를 숙이고, 운전수에게 눈짓을 보내고는 계속 걸어갔다. 그동안 다른 사람들은 서로 머리를 밀치고 있었고, 그 위로는 우산들이 서로 밀치고 있었다. 공원 입구는 아직 열려 있었다. 짐은 방한용 외투 주머니에 들어 있는 비닐봉지를 만지작거렸고, 경찰차는 천천히 속도를 늦추면서 푸른 등을 켰다. 그러나 그는 눈에 띄지 않았고, 어둑어둑한 공원 속으로 사라졌다. 공원에는 혼자 조깅하는 사람들이 제 갈 길을 가고 있었다. 봄이로군. 그는 생각했다. 메이의 주장에 따르면, 종말은 언제나 정중하게 찾아오는 법이고, 사람이란 땅에 묻히기 마련이라고 메이는 주장했다. 관을 따라오는 사람도 없고, 꽃을 들고 애도의 말을 해주는 사람도 없어 창피를 당할지라도 그 점에서는 마찬가지였다. 그녀는 죽음에 관해 너무 자주 말했다. 그녀라면 히샴을, 그의 공손함을 좋아했을 것 같다고 생각했다. 그녀는 짐이 너무 의심이 많고 늘 의심한다며 놀려댔다. 그는 집이라도 지키며 그녀를 기다릴 태세였다. 사람은 그런 식으로 헛된 상상을 하기 마련이며, 그런다고 돈이 드는 것도 아니었다. 그녀는 처음부터 약간 멍한데다가 주의력이 없었다. 그녀가 술에 취한 건지 대마초에 취한 건지 아니면 그저 주의력이 없는 상태인지 잘 모를 때면 그는 그녀를 붙잡고 흔들었다. 마치 영화의 한 장면이나 사진에서 베어낸 것처럼 매끈한 얼굴에 거의 아무 표정도 없어서, 그의 존재도 그녀의 존재도 그리고 앨버트의 존재도 아무 의미가 없는 듯 보였다. 아무도 그녀에게 의미가 없어 보였다. 당신이 길을 잃는다 해도 아무것도 찾을 필요가 없다고 그녀가 말했고, 그는 그녀를 흔들어 깨우려 했다. 그녀는 마치 떠내려가듯 그의 눈앞에서 사라졌다. 안 그래도 워낙 소녀처럼 연약했는데, 이제는 그녀의 토실토실하고 아이 같은 무릎과 팔꿈치마저 놀랄 정도로 살이 빠졌다. 그래서 그는 자리를 떠날 수 없었다. 너를 두고, 너를 두고는 아무 데도 가지 않을게. 그는 그렇게 말했다. 그녀는 이따금 아무것도 입지 않고 그의 러닝셔츠만 걸치고 있었다. 가끔 벗은 몸에 브래지어도 하지 않고 얇은 스웨터를 걸치기도 했다. 몸에 착 달라붙는 밝고 푸른색 혹은 붉은색의 부드러운 스웨터였다. ─네가 원하는 걸 사줄게. 그가 말했다. 하지만 그녀는 치마도 원피스도 아무것도 바라지 않았다. 아주 드물게 그녀는 그와 함께 외출했다. 손을 마주 잡고 가거나 아니면 그가 그녀의 어깨에 팔을 두르는 것을 허락했다. 그가 산책이나 하자며 설득하기도 전에 그녀는 허둥대며 재킷이나 외투를 찾았고, 날씨가 따뜻할 때조차도 그랬다. 언젠가 그녀는 불안해할 필요도 조심할 필요도 전혀 없다는 말을 하고 입을 커다랗게 벌린 채 웃어댔다. 그녀가 웃음을 멈추지 않고 두 팔을 옆으로 쭉 펼친 채 균형잡힌 얼굴을 찡그렸기 때문에 그는 그녀의 어깨를 움켜쥐었다. 뺨을 한대 때리자 진정했다. 그는 그녀를 진정시켜야 했다. 그녀는 그의 말을 믿지 않았고, 세상일이 전부 구질구질하다고 생각했다. 그가 그녀를 사랑한다는 것도, 모든 게 잘 풀릴 거라는 그의 말도 믿지 않았다. 벤은 그녀에게 살금살금 다가가 알약을 건넸다. 그리고 두 팔로 허리를 감싸면서 그녀를 껴안았다. 두 사람의 관계를 염탐하고 질투를 느끼자니 굴욕감이 치밀었다. 그러던 차에 그녀가 사라지고 말았던 것이다.

앨버트가 말했다. ─ 짐, 짐, 경찰이 왜 그 일에 관심을 보이는 걸까? 일년이나 지났는데 말이야. 그녀가 밀고를, 메이가 너를 고발했다는 걸 믿을 수 있겠어? 그러면서 이를 드러내며 씩 웃었다. 아마 벤이 포스터를 만들었을 것이다. 하지만 중요한 점은 앨버트나 벤은 메이의 사진을 가지고 있고, 자신은 가지고 있지 않다는 것이었다. 어쩌면 그녀가 집에서 그를 기다리고 있을 거라는 생각도 들었다. 어쨌든 그는 그렇게 생각하려고 했다. 생각하는 데 돈이 드는 것은 아니지만, 그런 생각 자체가 고통스러웠다. 그래도 그는 생각에 골몰했다. 집과 관련된 듯한 일을 이모저모 상상해보았다. 어쨌든 일종의 집을, 정원까지 딸린 집을 가지고 있지 않은가.

캠던 록 근처의 우글거리는 인파 속에 머물지 않고 짐은 집으로 가서 문을 열고 들어갔다. 얼마 후 데이브가 지나갔다. 고개를 돌린 채 아주 느린 걸음으로 힘들게. 49번지에 사는 부부는 거리를 따라 천천히 내려갔다. 전철을 타러 가는 것 같았다. 부부는 손을 잡지 않고 있었다.

21

아이는 폴리가 간질일 때까지 바닥에 사지를 쭉 뻗은 채 누워서 숨을 멈추고 있었다. 숨을 멈추거나 웃지 않는 동안 아이는 먼지가 내는 소리를 들었다. 먼지 알갱이 하나하나가 느껴졌다. 얼굴 위로, 심지어 벌리고 있는 손바닥 위로 뭔가가 조용히 내려앉는 듯한 아주 나직한 움직임이 느껴졌다. 데이브가 보여준 것처럼 햇빛과 광선 아래서 모든 것이 움직이고 춤추고 회전할 때만큼 아름답지는 않았지만. 데이브가 말했다. ―셀 수도 없이 많아. 그 누가 셀 수 있는 것보다 훨씬 많아. 못 느끼겠니? 알고 보면 그것은 누구나 배울 수 있고, 그가 아이에게 가르칠 수 있는 것들 중 하나였다. 먼지 알갱이 하나하나는 눈으로 관찰하기에 너무나 작았다. 데이브가 설명해주었다. 작다고 해서 중요하지 않은 건 결코 아니야. 작기는 해도 네 손발이나 모든 아기처럼 완전하고 완벽하다면 말이야. 그것들은 작기는 해도 너나 나보다 못하지 않아. 알겠어? 그가 말했다. 자기는 아직 크지

194

도 않고, 학교에 다녀도 좋다고 허락받지도 않았으니 그런 걱정을 할 필요가 있겠느냐고 아이가 말하자, 데이브가 눈을 부릅떴다. 그가 아버지를 의중에 두고 말했다. ―언젠가는 아빠의 잘못이 알려지게 돼 있어. 그러면 학교에서 사람이 와서 너를 데려가겠지. 네가 얼마나 컸는가는 문제가 아니야. 그가 말을 이었다. 맨눈으로 알아볼 수는 없지만 먼지 알갱이 하나도 완벽하고 아주 아름다운 거야. ―먼지가 춤추는 걸 봐. 그가 다시 말했다. 너는 혼자인 거 같지만 폴리도 있고 인형도 있고, 먼지 알갱이들도 다 네 거야. 먼지 하나하나는 정말 아름다운 머리카락을 가진 작은 소녀들이거든. 다 함께 놀고 있는 진짜 공주님들이지. 먼지 알갱이들이 널 보지 못하는 건 네가 너무 크기 때문이야. 눈에 보이지 않아도 먼지 알갱이들은 네 맨 팔 위에 가라앉고 춤추고 너에게 뭔가 소리치려고도 해. 네가 가만히 누워 숨을 멈추고 있으면, 먼지 알갱이들이 훌라후프나 요요나 진짜 인형의 방 같은 옛날 장난감을 가지고 노는 소리를 들을 수 있어. 아이는 자기 위로 가볍게 가라앉는 먼지 알갱이들을 느끼기 위해 가만히 누워 있었고, 먼지들이 훅 불려 날아가지 않도록 숨을 멈추거나 조심스럽게 숨을 쉬었다. 그것들은 아마도 봄날의 민들레처럼 낙하산을, 허공을 부드럽게 미끄러져가는 하얀 낙하산을 가지고 있는 것 같았다. 데이브는 아이를 곧 공원으로 다시 데려가겠노라고 말했다. 그러나 부모님이 허락하지 않았다. 공원이 있는 바로 그곳에는 그가 다니는 학교도 있었다. 데이브와 같은 학교 학생들이 지키는 커다란 교문도 피해가야 했다. 그리고 그들이 빙 둘러간다고 하더라도, 벤치나 언덕 위에서 사람들이 용연을 날리고 있을 것이고, 사람들이 벤치에 앉아 서로 이야기를 나누거나 키스를 하는 곳에는 학생들도 있기 마련이었다. 데이브는 아무 말도 하지 않았지만, 쎄러는 그가 학생들 중 하나를 만나게 될까봐 두려워한다는 것을 알아차렸다. 그의 얼굴이 예민하고 창백해졌으며, 두 손은 땀으로 축축하게 젖었다. 그는 이따금 중얼거렸는데, 소리가 너무 작아 아이는 알아들을 수 없었다. 그는 혼잣말을 했고, 심지어 자면서도 그랬다. 다만 부모님이 가까이 있을 때만은 입을 다물었다. 그가 쎄러에게 말했다. ─우리는 집을 나가는 거야. 너하고 나하고. 내가 나이만 되면 말이야.

그러나 쎄러는 그런 일이 결코 일어나지 않으리라는 것을 알았다. 그가 말했다. ─그래, 나는 왕자야. 말을 타고 너를 데리러 올게. 그러나 그가 아이를 데려가는 일은 없을 것이다. 실제로 그가 아이를 수영장에 데려간 일도 없었듯이. 그가 아이의 눈을 보지 않고 말했다. ─안돼. 내 귀여운 고양이. 내가 널 데려가면 내게 금방 불쾌한 일이 생길 거야. 그는 얼굴을 찌푸린 채 아이의 티셔츠를 조심스럽게 벗겼다. 시퍼런 자국을 손가락으로 쓰다듬을 때 아이는 아팠지만 가만있었다. 먼지 알갱이들은 낙하산을 타고 어디든 날아갈 수 있을 거라고 쎄러는 생각했다. 데이브가 자기 때문에 아빠와 싸우는 것보다는 차라리 수영하러 가지 않는 편이 더 나았다. 아이가 수영하러 가도 좋다는 허락을 받지 못했기 때문이다. 당신은 살인자야! 데이브가 아빠에게 고함을 지른 적도 있었다. 그러자 아빠는 쎄러를 불러 아이를 불안에 떨게 하는 목소리로 말했다. ─애야, 이리 와. 아이는 마주치지는 않았지만 데이브의 눈길을 느꼈다. 목덜미와 얼굴에 데이브의 눈길이 와닿았다. 그는 온힘을 다해 아이가 자기 쪽으로 고개를 돌리고 눈을 마주치면서 달려와주기를 원했다. 하지만 아이는 그를 배신하고 말았다. ─도대체 얘가 나한테 무슨 소용이 있담? 그가 자신에게 쓰라린 질문을 던졌다. 아빠는 아이에게 무릎을 꿇으라고 했고, 그러고는 그가 느슨하게 풀어놓은 가죽 허리띠를 고리에서 빼내라고 아이에게 명령했다. 왜냐하면 그는 아이의 아빠였기 때문이었다. 데이브의 눈길은 낙하산이 퍼지지 않아 땅으로 추락하는 스카이다이버의 눈길과도 같았다. 곧 데이브는 자리를 박차고 일어나 앞으로 돌진했다. 엄마가 말릴 틈도 없었다. 그는 집을 나와 거리로 무작정 달려나갔다. 그동안 쎄러는 아빠 앞에 무릎을 꿇고 있었고 가죽 허리띠는 휙휙 소리를 냈다. 데이브가 아이에게 설명해주었다. 스카이다이버들은 낙하산이 제때 퍼진다고 믿어. 그들은 공기도 믿고, 낙하산을 만든 천도 믿지. 그들은 눈을 감고 자신이 떨어지고 있는 걸 느끼지만 불안해하지는 않아. 그러고는 천이 팽팽하게 펼쳐지게 하는 끈을 휙 끌어당기면, 그들은 부드럽게 미끄러지면서 두둥실 떠가기 시작하는 거야. 얼굴에 미소를 띠고 말이야. 아이는 알아듣지 못했고, 알아들으려고 하지도 않았다. 데이브는 웃지도 않았고, 그의 말을 알아듣지 않으면 안된다는 듯 엄숙하게 쳐다보았기 때문이었다. —만일 끈이 끊어지기라도 하면 그들은 추락해서 죽는 거야. 데이브의 눈길은 이제 아이의 손으로 가닿았고, 아이는 자기손을 의식하면서 무릎을 꿇고 흐느꼈다. 아빠가 아이더러그 손으로 바지를 내리라고 했기 때문이다. 아이는 매를 맞는 것보다 벌거벗는 것이 더 두려워 옆으로 쓰러지고 말았다. 그리고 데이브는 집밖으로 뛰쳐나갔던 것이다. 아빠는다시 아이를 놔두고, 욕설을 퍼부으면서 가죽 띠의 다른 쪽끝부분, 부드러운 끝부분으로 바꿔쥐었다. 이제 아이가 바지를 입었든 입지 않았든 그것은 문제가 되지 않았다. 엄마는 문간에 말없이 서 있었다. 한바탕 매질이 끝나면 아이를침대로 데려가기 위해서였다. —왜 아빠를 화나게 만드니?엄마가 물었다. 엄마는 아이의 옷을 벗겨주지 않았고, 아이도 바지가 핏자국으로 얼룩덜룩하지만 씻을 수 없었다. 엄마가 멸시하는 투로 아이에게 아무 일도 아니라고 말했다.내일이면 모든 게 지난 일이 될 것이다. 다만 아이는 고통 때문에 가만히 누워 있어야 할 것이다. 푸른 멍이 고통스러울것이 분명했다. 데이브의 목소리가 심통맞게 들렸기 때문에아이는 슬펐다. —그 때문에, 푸른 멍 때문에 너를 데리고갈 수가 없어. 알겠니? 아이는 공주든 요정이든 이 작은 존재들이 고통을 주지도 않으면서 자기한테 내려앉고, 또 여기저기 떠다니는 모습을 상상하기 위해 눈을 꼭 감았다. 실제로 그것들이 춤추고 회전하는 것을 들을 수도 볼 수도 없긴 하지만 상관없었다. 아이는 혼자였고, 폴리가 다시 와서

혓바닥으로 핥아줄 때까지 기다려야 했다. 그러다보면 아빠
엄마가 집으로 왔고, 마치 아이가 눈에 보이지 않기라도 한
듯 아이를 불러댔다. 쎄러가 말했다. 왕자님은 말을 타고 가
셨어. 사냥에서 곧 돌아오실 거야. 하지만 사냥은 적어도 사
흘은 걸린다는데. 왕자님이 다시는 돌아오지 않으면 어쩌
지? 자그마한 것들이 불만족스럽고 불안하게 이리저리 몰려
다니며 귓속말로 속삭였고, 그것들에게 소식을 전해주던 쎄
러를 힐끔힐끔 쳐다보았다. 쎄러는 그것들이 불안해하는 것
을 느꼈다. 아이는 소파에 몸을 바싹 붙이고는 곰곰이 생각
했다. 요정들을 달래려면 내가 무엇을 해야 할까. 왕자가 언
제라도 길을 떠나 돌아온다는 것을 어떻게 설명할까. 왜냐
하면 아이가 생각하기에 그가 바로 왕자였기 때문이다. 그
가 달려오는 소리도 분명히 들렸다. 하지만 그 소리가 너무
약한 것 같았다. 아이가 말했다. 데이브가 왕자야. 그래서
그것들 모두 그를 기다리는 거야. 그를 맞으려면 보초를 세
워야 해. 밤에도 낮에도. 나도 그렇게 기다리면서 제대로 숨
도 못 쉬고 잠도 못 자잖아. 그가 밤에 올 수도 있으니까. 단
몇시간 동안이지만 말이야. 데이브가 말했다. ―내 귀여운
고양이. 왜 깨끗한 옷으로 갈아입지 않니? 내가 돌아올 거라
는 거 알지? 아이의 눈에 그는 슬퍼 보였다. 그가 말했다.
―너, 알지? 내가 너를 혼자 내버려두지 않는다는 거 말이
야. 아이는 엄마에게 그 얘기를 해주었다. 어느날 오후 단둘
이 있을 때였다. 몇시간 동안 쎄러가 보이지 않자 엄마가 아
이를 자기 방으로 불렀고, 아이는 침대에 얼굴을 파묻고 누

워 있다가 자물통에서 열쇠 돌아가는 소리가 들리자 엄마의 방으로 달려갔다. 엄마는 아이가 어디 있는지 몇시간 동안 확인하지 않았던 것이다. 그러나 몇시간이 지나자 갑자기 아이를 불러 껴안았으며, 심지어 밥을 먹었는지도 물어보았다. 그래서 쎄러는 공주들과 요정들에 대해서, 그리고 그것들이 너무 작아 맨눈으로는 볼 수 없다는 얘기를 해주었다. 엄마의 숨결에서 불쾌한 냄새가 났다. 아이는 그것들이 민들레씨앗처럼 가볍게 공중을 떠돌아다니고, 왕자인 데이브가 길을 떠나 다시 돌아온다는 말도 했다. 그러나 그는 나흘 전부터 집에 들어오지 않았다. 엄마는 소리죽여 울기 시작했고, 얼굴에는 눈물이 흘러내렸다. 그러고 나서 엄마는 일어났다.

22

신문에 모포와 배터리, 양초와 저장식품을 비축해놓아야 한다는 기사가 실렸다. 『가디언』에 이렇게 실려 있었다— 모포, 배터리, 양초, 저장식품. 그녀는 배터리를 구입했다. 양초와 이불과 저장식품은 있었지만, 배터리는 집에 없었다. 하지만 레이디 마거릿 로에 와서 다른 구입품(신선한 우유, 그리고 일 파운드를 지불한 아직 파랗고 딱딱한 아보카도 두 개)을 담은 봉지들을 풀면서, 배터리로 작동시킬 기구가 없음을 비로소 깨달았다. 그래서 배터리를 어디 보관할지 곰곰이 생각했다. 두 종류의 크기로 네 개씩 들어 있는, 다섯 꾸러미의 배터리였다. 어쩌면 야콥이 배터리를 쓸 데가 있을지도 모르는 일이다. 그녀는 아보카도들을 양지바른 창문턱에 올려놓았다. 이자벨이 여기 온 지도 이주가 지났고, 생활도 어느정도 익숙해졌다. 그녀는 레이디 마거릿 로를 따라 켄티시 타운으로 내려가기를 좋아했고, 시내에서 지하철을 즐겨 탔으며, 오페라극장에도 갔다. 더군다나 앨리스테어는 아주 친절했다. 며칠 동안 집에 머물면서 작업하는 것이 지겨웠고, 안드라스와 페터와 쏘냐가 그리웠다. 하지만 이제 시작일 뿐이다. 여기서도 주문을 받고, 고객이 생길 것이다. 그리고 무엇보다 삽화 그리기에 집중할 수 있고, 어린이책의 삽화를 그리고 스케치를 할 수 있는 기회가 마침내 왔다는 데 마음이 놓였다. 예전에 그랬듯이 이제 다시 스케치를 할 것이다. 베를린은 전쟁에 반대표를 던졌지만, 런던은 항의와 시위에도 불구하고 병사들과 함께 전투에 돌입했고, 국민에게 배터리, 모포, 양초, 생필품을 비축해놓을 것을 촉구했다. 며칠 지나면 런던은 사막에서의 교전 당사국이 될 것이다. 하지만 그동안 여기서 무슨 일이 일어날지는 아무도 말할 수 없을 것이다. 무기사찰단도 이미 이라크를 떠났다. 앨리스테어가 말했다. ─그들은 아무것도 발견하지 못할 거야. 발견한 것도 없고. 터키도 영공을 개방하지 않고 있어. 도대체 어떻게 될까? 그녀는 그에게 배터리에 대해서 아무 말도 하지 않았다. 아마도 그것은 어설픈 경보일 것이다. 하지만 경보임에는 분명했다. 그녀는 야콥에게 신문을 보여주고, 이불과 양초와 배터리에 대해 말해주었다. 하지만 야콥은 웃어넘기면서 심각하게 받아들이거나 실제로 두려워할 필요는 없다고 말했다. 하지만 웃을 일은 아니었다. 그가 화를 내지는 않았다. 그럼에도 그녀는 그의 반응에 화가 치밀었다. 도대체 이 사람은 어디에 정신을 팔고 있는 거야? 의뢰인 밀러? 트렙토우의 별장? 그는 서랍장 위의 접시에 돈을 놓아두었다. 어김없이 새 지폐였는데, 베를린에 있는 그녀의 계좌에서 인출하지 않을 경우에 그녀가 쓸 수 있는 가계비였다. ─ 오늘저녁에 뭐 먹지? 이자벨이 큰 소리로 분명하게 물었지만, 야콥은 위층으로 올라갔다. 신진대사가 지나치게 활발한 듯 그녀는 베를린에 있을 때보다 더 불안했다. 그녀는 일주일에 서너 차례 따뜻한 저녁식사를 마련했다. 봉지들을 부엌으로 가지고 들어가 냉장고 위에 내려놓고는 이것저것 치우고 채워넣기 시작했다. 그리고 다시 식탁으로 돌아와 의자등받이에 걸쳐 있는 신문을 집어들었다. ─ 텔레비전이 있어야겠어! 이자벨이 야콥에게 큰 소리로 말했다. 그의 휴대폰이 울렸고, 천장을 통해 발소리와 야콥의 목소리가 들려왔다. 이자벨은 부엌으로 들어가서 두꺼운 비닐을 잘라 차갑고 미끈미끈한 고깃덩이를 집어들었다. 그녀는 오븐에 마늘과 포도주와 백리향 향신료를 넣어 요리할 작정이었다. 그리고 버터나 올리브유 중 하나를 택해야 했다. 런던에 온 뒤로, 그리고 처음으로 앨리스테어와 페퍼민트 소스를 친 완두콩 요리로 저녁식사를 한 뒤 그녀는 요리가 즐거워졌다. 야콥의 목소리가 들려왔지만, 그녀와는 상관없는 일이었다. 계속 전화통을 붙들고 있을 것이 분명했다. 약간의 레몬즙과 후춧가루도 들어갔다. 오븐은 천천히 달궈졌다. 쌀도 오븐에 넣어 요리할 생각이었다. 부엌 창문이 정원 쪽으로 열려 있었다. 그곳이 마치 치외법권 지역인 양 그녀는 한번도 이용하거나 발을 들여놓은 적이 없었다. 식당과 거실은 아침이면 눈부시게 환했다. 모든 방이 거리 쪽을 향하고 있어서 아침해가 비치기만 하면 아무 방해도 받지 않고 햇살이 비쳐들었다. 플라타너스의 밋밋한 가지도 햇살을 막지는 못했다. 양탄자는 흰색에 가까웠다. ─신발을 벗고 지내면 어때? 그녀가 위층을 향해 소리쳤지만, 야콥은 대답이 없었다. 목소리의 울림으로 미루어보건대 그가 찬성할 것 같지는 않았다. 양초와 모포. 하지만 바그다드에서는 물론 모래폭풍과 열기를 염두에 두어야 했다. 런던에 있던 이자벨이 미국과 영국의 이라크 공격을 옹호하자, 알렉사는 이렇게 말했다. ─모두에게 일어날 일을 생각해야 해. 그들 둘 다 지난번 걸프전 때 사망자가 얼마나 발생했는지 알지 못했다. 이자벨은 텔레비전 화면에 비친, 두 손으로 얼굴을 감싸고 넘어진 채 흐느끼며 즉석에서 총살당할까봐 두려움에 떠는 한 남자의 모습을 기억했다. 사람들이 상상도 못할 정도의 잔인함이란 없는 거야. 내가 그 잔인함을 그려 보여줄 수 있을까? 이자벨이 자신에게 반문했다. 그러나 그녀는 그러고 싶지 않았다. 야콥이 한걸음 한걸음 천천히 계단을 내려왔다. 그녀는 그의 목에 매달리고, 그의 팔에 안겨 편안해지고 싶었다. 그의 얼굴과 다시 자라난 수염자국과 불그스레한 눈썹, 런던에 있는 동안 좀 여위기는 했지만 그래도 포동포동한 편인 뺨을 마음껏 쓰다듬고 싶었다. 그는 그사이에 더 여위었다. 그들이 결혼한 지이제 일곱 달째였다. 그녀는 계단 입구에 서서 최대한 위쪽을 쳐다보았다. 계단을 내려온 그는 머뭇거리며 통화 내용을 곰곰이 되씹으며 불만스러운 표정으로 그녀 곁에 섰다. 그가 마침내 말했다. ─아버지한테서 온 전화야. 더 안전한 베를린으로 돌아오는 게 어떻겠느냐고 물으시는군. 야콥이 덧붙여 말했다. ─모포와 배터리라니 멍청한 짓거리고 말도 안돼. 일차 이라크전쟁 동안 프라이부르크에서 사람들이 저장식품을 비축했다가 대형쓰레기통에 쏟아부어버렸던 일 기억 안 나? 그 쓰레기통도 아마 체르노빌 사건 때 구입했던 것일 거야. 불안감에 사로잡혀 벌이는 그 모든 소동은 아무것도 아니야. 아무것도. 아버지는 내가 당신을 베를린으로 보낼 생각이 없느냐고 물어보시기도 했어. 알겠어? 당신은 불안하지 않지. 아니면?

그녀는 부엌 쪽으로 걸음을 옮겼다. 닭고기에다 레몬즙을 바르고 이런저런 양념을 했다. 그것들은 말린 풀냄새가 났고, 뭔지는 분명치 않아도 서로 너무 비슷한 냄새였다. 그녀는 그의 어깨에 머리를 파묻고 싶었다. 하지만 야콥은 그녀와도 전쟁과도 상관없는 다른 뭔가에 정신이 팔려 있었다. 그녀가 아침마다 작업실로 내려가면 이웃집에서 고래고래 소리를 지르고 발을 쾅쾅 구르고 부딪치고, 벽 뒤쪽에서 무슨 일이 일어나고 있는지 알 수 없는 그런 소리들이 들려왔다. 아니면 집이 텅 비었는지 쥐죽은 듯 고요했다. 언제나 같은 시간은 아니지만 거리를 따라서 우유배달차가 지나갔다. 그리고 손수레를 끄는 노인이 종을 흔들면서 나타나 부피가 큰 쓰레기들을 수거해갔다. 아마 그중 일부를 되팔 것이다. 이자벨은 앞으로 이년쯤 지나, 충분한 시간이 지나면 노인에게 뭔가 보태주어야겠다고 생각했다. 그랬다. 야콥은 그동안 더 여위었고, 얼굴도 더 홀쭉해졌다. 그녀는 부엌 쪽에서 그를 바라보았다. 그는 손에 쪽지나 메모 같은 것을 든 채 생각에 잠겨 식당문 앞에 서 있었다. ─걱정은 멍청한 짓거리야. 아니 혹시 베를린으로 돌아가고 싶은 건 아냐?

얼른 보기에 그녀는 닭고기 요리에 너무 빠져 있는 것 같았다. 탁탁 소리가 났고, 관절이 뒤틀리며 날개가 꺾였다. 그녀는 감전이라도 된 듯 움찔했다. 소음이 계속되었고, 그는 다시 질문을 반복했다. 바깥에서는 점점 멀어지는 싸이렌소리가 들려왔다. 그녀는 베를린으로 돌아가기를 바랄까? 확실하지 않았다. 그녀에게는 뭔가 기대하는 것이 있었다. 여기에. 경찰차가 다시 방향을 틀었고, 싸이렌소리는 다시 가까워졌다. 이자벨이 말했다. ─경찰차들이 뻔질나게 왔다갔다하는 거 몰랐어? 경찰차들 말이야. 경찰차들이 한쪽 방향으로 가다가 몇분 뒤 다시 반대방향으로 가기를 되풀이하고 있어. 그는 포도주 한병을 땄다. 원래 그들은 프라이부르크 시절부터, 베를린에서도 그리고 이곳 런던에서도 매일 저녁 사이다나 술을 마셨다. 그들 둘은 마주 앉아 닭고기요리를 먹고, 베를린이든 런던이든 어디서든 살림을 차렸듯이 어디서든 살 수 있었던 포도주를 마실 것이다. 이사를 하겠다고 하자 그녀의 아버지가 말했다. ─모든 게 너무 빨리 지나가. 너희가 결혼하더라도, 너희가 다른 나라로 이사하더라도 별다른 의미는 없다는 얘기지. 그의 말이 그녀에게는 조금 고통스러웠다. 아버지로서는 딸을 베를린에 두고 보고 싶었을 것이기 때문이었다.

그녀는 야콥이 멍하게 있을 때 무슨 생각을 하는지 알 수 없었다. 아마도 어떤 의뢰인이 구매하고 싶어하는 회사, 야콥이 철도사업체라고 부르는 회사에 대해 생각하고 있는지도 모른다. 짐작건대 그 일은 트렙토우에 빌라를 가지고 있는 밀러 씨의 일보다 더 중요한 일일 것이다.

그들은 식탁에서 식사를 했다. 이자벨이 말했다. ─아주 큰 시위가 있을 거야. 그러자 야콥은 이자벨이 그 시위에 참가할 생각이 있는지 건성으로 물었다. 이자벨은 아직도 신발을 사지 못했다. 그들은 다시 한번 집을 나와 레이디 마거릿 로를 따라 내려갔다. 차가운 바람이 불어왔고, 플라타너스 나무들은 더는 기다릴 게 아무것도 없는 늙은 짐승처럼 보였다. 정원이 딸린 어느 집을 지나가다 야콥은 천장에서 알맹이째 빠져나와 매달려 있는 전등을 보고는, 자기 옆에서 팔짱을 끼고 나란히 걸어가는 이자벨에게 그 사실을 말하고 그녀의 시선을 그쪽으로 끌고 싶었다. 시간이 지나 어느새 그들은 침대에 누워 있었다. 그는 그녀가 다른 그 무엇을 떠올리고 있다는 생각이 들었다. 그것은 아마도 의자거나 등받이에 걸쳐놓은 재킷이거나 아니면 거실 ─겉으로 보기에 거실은 거실이다 ─탁자 위에 있는 유리컵일 것이다.

벤섬이 무뚝뚝하게 물었다. ─밀러 씨가 아미라의 사무실에서 당신을 만나고 싶어하는 거요? 아무래도 그 사람은 커피잔으로 점이라도 쳐보고 싶어하는 것 같소. 자기가 앞으로 트렙토우에 빌라를 가지게 될지, 베를린에서 새로운 인생, 새로운 출발을 하게 될지 사하르한테 물어볼게요. 사하르가 본 점괘를 밀러가 당신한테 발설하지 않을 거라는 사실을 명심하시오. 아미라도 당신이 과자 한조각이나 아니면 커피 한잔 더 할지 미소를 지으며 물어볼 거요. 당신도 이미 본 적 있지요? 그 커피잔들, 섬세한 균열무늬들, 모카 커피잔의 가장자리에 남은 선들 말이오.

— 그런데 왜 그를 우습게 보시는 거지요? 야콥이 물었다. 그는 아직 그녀의 사무실에 들르지도 않았고, 나한테 아미라의 델리에서 만나자고 부탁했을 뿐인데요. 그건 그 사람의 권리입니다. 안 그래요?

— 커피잔으로 점치는 걸 말하는 거요? 아니면 트렙토우의 빌라를 말하는 거요?

— 둘 다입니다. 야콥이 당황해서 말했다.

— 물론 그 사람의 권리지요. 벤섬이 고개를 끄덕이며 달래듯이 말했다.

모드 부인이 뜨거운 우유 한잔을 담은 쟁반을 가지고 들어왔고, 앨리스테어는 호기심에 방 쪽으로 고개를 쭉 빼고 웃으면서 야콥에게 말했다. 벤섬 씨처럼 소송사건을 완벽하게 해소시켜버리는 분은 아무도 없어. 아무것도 남지 않아. 권리도, 부당한 권리도. 그러자 벤섬은 그만두자는 눈짓을 보내고는, 등화관제 시대처럼 두꺼운 커튼 뒤에 완벽하게 감춰져 있는 창가로 갔다. 야콥은 생각했다. 그 시절에는 벤섬도 어린애였지.

— 그의 권리, 밀러의 권리라고요? 물론 그건 그의 권리지요. 그건 그의 소유지, 독일국가나 신탁관리공사(독일통일

이후 구동독기업의 매각을 관장했다—옮긴이)나 그 어떤 구매자의 소유는 아니에요. 밀러가 베를린으로 여행할 거라는 말인가요? 나도 언젠가는 그렇게 할 겁니다. 슈라이버가 수년째 요구하는 일이니까요. 하지만 밀러는 아무것도 잃지 않았어요. 아무것도. 자신에게 속한 게 무엇이고, 자신에게 속하지 않은 게 무엇인지 깊이 생각하기 시작했을 때, 베를린에 있는 빌라에는 결코 생각이 미치지 않았던 겁니다.

—그의 부모가 이미 말해주었어요. 야콥이 이의를 제기했다. 그는 벤섬이 다시 안락의자에 몸을 묻고 시트를 만지작거리며 낮게 웅얼거리는 말의 의도를 이해하지 못했다.

—물론 부모가 그랬을 테지요. 그에게는 행운이지요. 조부모님들이 가스실에서 돌아가셨지만, 부모님들은 살아남았으니까요. 당신은 나를 오해했어요. 내 말뜻은 그가 이 건물의 가치를, 그에 대한 보상을, 금전적인 보상을 받으려 해선 안된다는 건 아니에요. 내가 이해할 수 없는 것은 그가 굳이 그 집 자체를 원한다는 것이지요. 그 집이 마치 순결무구한 장소이고 그만의 역사에 속하기라도 하듯이 말입니다. 그곳엔 나이도 슬픔도 아무런 영향을 미치지 못하기라도 한 듯이 말입니다. 슬픔과 놀라움의 영향을 받지 않은 곳은 있을 수 없습니다. 그것이 진실이고 차가운 현실이지요. 수십년 역사를 초월해 보란 듯이 연결되는 그런 역사는 있을 수 없는 법입니다.

—하지만 당신은 왜 그런 소송사건들을 맡는 겁니까? 야콥이 물었다.

벤섬이 자리에서 일어나 책상에서, 그 아래쪽에 있는 서랍에서 뭔가를 찾았다. 뭔가를 찾거나 아니면 무슨 생각인가를 했다.

— 역사와 가족과 유산은 연속체들입니다. 우리 법률가들은 정당하다고 여겨진 역사, 객관적인 합법성을 소급해 기록하는 역사가들인 셈이지요. 그런데 밀러는 예순의 나이에 이혼도 하고, 점쟁이 여성을 찾아가기도 하는군요.

야콥은 완벽하게 휘어진 팔걸이에다가 밝은 색의 아마포, 호두나무 목재, 쿠션용 말꼬리털로 장식된 의자에 앉아 있었다. 모드 부인이 또다시 문가에서 안을 들여다보고는 고개를 설레설레 흔들었다.

— 역사의 천사라는 것이 이미 존재하지 않는다면, 최소한 다른 것이라도 믿어야 할 테지요. 그래요. 나 또한 그 존재를 믿습니다. 그런데 왜 그것이 법이어서는 안된다는 말입니까? 왜 그것이 그 무엇에 해당하는 순수한 보상이어서는 안되는 걸까요? 왜 이미 사라져버린 것을 주장하며, 왜 그 무엇이 기어이 치유되어야 한다고 주장하는 걸까요? 치유되는 것은 아무것도 없습니다.

그가 찾던 것은 마분지 서류철이었다. 서류철은 불그스레하고 푸석푸석한 고무줄로 둘러져 있었는데, 벤섬이 그것을 벗기려고 하자 두 동강 나면서 바닥에 떨어졌다. 그는 몸을 수그렸지만, 고무줄을 집어올리지는 않았다. 모드 부인이 세번째로 애타게 눈짓을 보내며 머리를 안으로 들이밀었다. 그녀는 손에 전화기를 든 채 야콥에게 신호를 보냈고, 벤섬도 동의하며 고개를 끄덕였다. 그게 전부였다. 벤섬은 무뚝뚝하게 책상으로 돌아갔지만, 할말을 제지당한 듯 뭐라고 중얼거렸다. 하지만 즐거워 보였다. 뭐 때문에? 야콥은 그 이유를 생각했다.

두 시간 후 앨리스테어는 이자벨과 이미 약속한 대로 야콥을 데려가기 위해 문간에 서 있었다. 야콥과 이자벨은 원래 초저녁에 만나 신발도 사고 그런대로 괜찮은 모포도 구입하자고 약속한 터였다. 오늘은 고기압이라 날씨가 좋긴 했다. 아마 내일도 마찬가지로 맑을 것이다. 때는 봄이다. 벌써 봄이었다. 하지만 야콥은 그들의 약속을 잊고 있었다. 도서실에서 진공청소기 소음이 들려왔다. 길먼 부인은 보통 여덟시와 아홉시 사이에 왔고, 이따금 크레이폴 씨가 있는 도서실로 가서 앉아 있었다. 서두를 필요가 없고, 또 핀츨리까지 가는 먼길이 싫기 때문이라고 했다. 앨리스테어는 그녀가 크레이폴 씨와 식사하러 가고 싶어하는 거라고 주장했고 언젠가 영국박물관에서 두 사람이 테이블에 나란히 앉아 있는 것을 보았다고도 했다. 아니면 윌리스 전시회에서였든지. 그녀가 도서실 앞을 지나가자 앨리스테어가 씩 웃으며 말했다. ─어울리는 커플이야. 게다가 크레이폴은 자네처럼 독일에서 태어났어. 감기에 걸려 늘 골골하지만, 아주 사랑스러워. 자네를 데리러 두 시간 전부터 여기 와 있던 이자벨하고 한참 이야기를 나누었어. 자네가 바쁘다고 했더니 절대 방해하고 싶지 않다고 우기더군. 앨리스테어는 만족해하면서 계속 이야기했다. ─크레이폴이 그녀에게 고양이처럼 교활하게 말하더군. 전쟁이 일어나든 안 일어나든 그 때문에 걱정할 필요는 없다고 말이야. 그래서 내가 한마디 안할 수 없었지. 걱정하지 않는다고 해서 테러가 멈추거나 연기될 턱이 없다고. 그리고 오늘저녁 셋이서 국립영화극장에서 만나는 건 어떠냐고 이자벨에게 제안했어. 거기엔 편안한 까페테리아도 있으니까. 그는 당황해서 자기를 쳐다보는 야콥의 어깨를 툭툭 두드렸다.

이자벨은 여섯시에 크레이폴 씨와 앨리스테어에게 인사를 하고 나와 데본셔 가를 따라 걸었다. 높이 솟은 건물들 앞을 지나 남쪽으로 방향을 틀었다. 베이커 가에서 그녀는 커피 한잔을 마시고, 마침내 템스 강 쪽으로 가서 워털루 다리를 건너—보행자 통로는 아직 완성되지 않았지만 걸어다닐 수는 있었다—싸우스 뱅크로 가서 국립극장, 국립영화극장 앞을 지나갔다. 서점 점원들이 책을 꾸리고 가판대를 정리하고 있었다. 그녀는 강을 따라 걸어내려가 한때 범죄자들을 결박하여 강물에 버렸던 모래톱 지대를 지나갔다. 싸우스 뱅크는 전쟁 동안 바닥처럼 평평해졌다. 그 누가 폭탄과 섬광, 불타는 부두와 집 들을 상상이나 할 수 있었겠는가? 이 자리에 테이트 모던 박물관이 들어섰는데, 거대한 흑갈색 건물로 창문이 거의 없었다. 하지만 그 출구에서 붉은색, 연녹색의 연회복을 차려입은 여자들이 나왔고, 정장을 차려입은 한 남자가 이자벨 쪽으로 곧장 걸어오는가 싶더니 마지막 순간에 비켜갔다. 저녁놀은 어둠속으로 사라졌다. 강

건너에서 런던이 환하게 불을 밝히고 있었고, 쎄인트 폴 성당이 미끄러지듯 지나갔다. 창문들이 배의 둥근 창처럼 강물에 비쳤다. 사람들, 조깅하는 사람들, 커플들이 그녀를 앞질러 지나갔고, 난간에 서서 강물을 바라보는 사람들도 있었다. 자전거를 타고 오던 소년 둘이 강물 속으로 뛰어들었고, 그동안 그들의 작은 자전거는 공중제비를 돌았다. 개들이 묶여 있는 끈과 주인들을 앞질러 가려고 헛되이 애쓰고 있었고, 아이 둘도 자그마한 상체에 마찬가지로 하얀 끈을 두른 채 걸어가고 있었다. 야콥과 앨리스테어는 국립영화극장의 까페테리아에서 여덟시나 여덟시 반에 그녀를 기다리고 있을 것이다. 다시 테이트 모던 박물관이 눈에 들어왔다. 이번에는 한 늙은 남자가 그 앞에 서서 무슨 말을 중얼거리면서 고개를 깊이 숙인 채 머리를 빗었다. 그러고는 한참동안 출입구 쪽에 시선을 고정시켰다. 그 문은 마지막으로 열렸다가, 체격이 땅딸막하고 피부가 검은 남자가 커다란 열쇠뭉치로 이제 막 닫은 참이었다. 폐관시간이었다. 이자벨은 90도로 돌아간 녹색 코르덴 치마를 제자리로 돌려 입었다. 이자벨은 운동화를 내려다보면서 오른발을, 그리고 왼발을 들어올렸다. 하얀 천이 더러운 회색으로 변해 있었다. 그녀는 생각했다. 더는 미루지 말아야겠어. 내일 신발을 사고 모포도 한장 사야지.

—왔군요. 앨리스테어의 녹색 눈이 반색하며 그녀의 얼굴을 살폈다. 그러나 그녀는 야콥 쪽으로 몸을 돌려 그에게 키스했다. 하지만 제대로 입을 맞추지는 않았다. 그가 높은

의자 위에서 균형을 잡기 위해 어정쩡하게 움직였기 때문이었다. 그는 오른손을 그녀의 어깨 쪽으로 뻗었지만, 간신히 그녀의 관자놀이 근처에 가닿았을 뿐이다. ─우리 존 애덤스, 존 초른과 존 울리치의 콘써트를 보러 가는 게 어때? 앨리스테어가 큰 소리로 제안했다. ─어디서 하는데? 야콥이 시큰둥하게 말했다. 앨리스테어가 프로그램을 들여다보고는 말했다. ─벌써 시작했어. 두 남자가 이자벨을 쳐다보았다. ─난 여기가 좋아. 그녀가 말했다. 그녀는 왠지 모르게 속은 느낌이었다. 그녀는 아무 일도 아니라고 생각했고, 야콥은 넥타이를 풀고는 그녀에게 사이다 한잔 가져다주려고 자리에서 일어났다.

나중에 그들이 채링 크로스 역에서 북쪽 노선을 기다리고 있을 때, 그녀는 선로 위를 달리는 쥐들을 보았다. 포스터용 아치형 벽 뒤에서 미끄러져나온 검은 쥐들이었다. 물로 씻으면 회색 쥐가 되겠어. 그녀는 야콥에게 이렇게 말하고는 불안한 시선으로 기차를 기다렸다. 쥐들한테는 아무 일도 일어나지 않을 거야. 지금까지도 무슨 일이 일어난 적은 없었어. 야콥은 초조하게 생각했다. 그는 기분이 별로 좋지 않은 채로 켄티시 타운 역에서 내렸고, 그녀에게 키스하려고 했다. 에스컬레이터가 또 고장난 바람에 모두 175개의 계단을 걸어올라가야 했다. 거리 쪽으로 나 있는 유리창 위쪽에 포스터 두 장이 붙어 있었는데, 하나는 실종자를 찾는 것이고, 다른 하나는 살인으로 끝난 기습의 목격자를 찾는 내용이었다. ─바로 어제 일이잖아! 이자벨이 큰소리로 말했고, 야콥은 다른 포스터에 실린 젊은 여자를 관찰하고 있었다. 이자벨보다 어린 여자였는데, 보는 순간 그에게 야릇한 느낌을 불러일으켰다. 사진에 있는 표정이 이자벨과 닮았던 것이다. 의심의 여지가 없을 정도였다. 실종, 실종된 지 일년, 이름은 메이 워런, 나이 26세, 신장 169센티미터에 짙은 금발로 별다른 특이점은 없음. 포스터에는 그렇게 쓰여 있었다. 그는 이자벨 쪽으로 고개를 돌려 그녀의 뺨에 있는 주근깨를 확인하려 했지만, 그녀는 밖으로 나가려고 이미 문간에 서 있었다. 그녀는 거리 쪽으로 나가 몇걸음 걸어갔고, 그는 더는 그녀의 모습을 찾을 수 없었다.

있어도 그만이고 없어도 그만인 소소한 물건들이라고는 없군. 이자벨은 먼지를 떨어내며 생각했다. 작은 스테레오 장치 옆에는 씨디가 스무 장쯤 놓여 있고, 서랍장 위에는 꽃병과 야콥이 생활비를 놓아두는 접시가 있었다. 마치 바닥을 기는 동물처럼 양탄자 바닥이 안에까지 들어가 있는 벽난로의 돌림장식 위에는 두 개의 촛대가 단조철제의 검은색 가리개 아래서 밝은 빛을 내며 서 있었다. 약하긴 해도 접착제 냄새가 아직 방에 남아 있었다. 이사오기 얼마 전에 양탄자를 깔았기 때문이었다. 그녀의 책상 위에는 노트북컴퓨터가 있었다. 모든 것이 제자리에 있었다. 어린이책 전문출판사에서 명함을 만들어달라고 부탁했고, 그 작업을 거의 마친 상태였다. 그녀는 책상에 앉아 비례관계를 다시 살펴보았다. 그리고 짧은 외투를 걸친 채 달리는 아이 그림을 두번째로 스케치했다. 그녀는 부다페스트 시절 안드라스가 그렸던 스케치들을 떠올렸다. 작은 아이들이 거리를 따라 달리다가 사거리에서 구덩이에 빠지거나 충돌하는 그림들이었다. 폭풍우에 지붕이 날아간 집의 창가에 주민들이 손짓하며 서 있고, 소방대가 거리 모퉁이에서 얼어붙은 듯 보이고, 소방대원들이 고개를 돌려 외면하는 그림도 생각났다. 그때 옆집에서 뭔가를 벽에 내동댕이치는 소리가 들려 이자벨은 비명을 질렀다. 의자? 텔레비전? 병적으로 흥분한 웃음소리에 이어 싸이렌처럼 점점 더 커지는 목소리가 들려왔다. 여자의 목소리는 한번도 들은 적이 없었다. 이자벨은 놀라서 벽을 뚫어져라 쳐다보았다. 벽에는 갈라진 틈도 벌어진 곳도 없었다. 벽 뒤쪽은 다시 조용해졌다. 이자벨이 긴장한 채 앉아서 기다리는 동안 벽 너머는 조용했다. 붉은색 물감, 검은색 수채화물감. 종이, 두꺼운 전지. 그녀는 컴퓨터를 옆으로 치우고, 작은 컵을 벽에 대고는 귀를 기울였다. 가느다란 목소리가 윙윙거리며 들리는 듯했다. 아마 다른 소음일지도 모른다. 저 멀리 밖에서 들려오는 비행기 소리, 그 어느 곳엔가 착륙중인 작은 비행기 소리일 수도 있었다. 소방대는 모퉁이를 돌지 않았고, 아무 일도 일어나지 않았다. 문이 닫히는 소리가 났다. 이자벨은 라디오를 켰다. 몇미터 앞도 보이지 않게 하고 발자국을 금방 지워버리는 사막의 폭풍 등 주변 이야기를 생생하게 전하는 목소리가 들렸다. 그러나 무슨 일이 일어났는지 말해주지는 않았다. 설문조사는 제자리걸음이었고, 독일과 프랑스가 뭐라고 하든 상관없이 토니

블레어는 충실한 동맹 파트너로 남을 거라는 소식이었다. 그녀는 벌떡 일어나 창 쪽으로 달려가 몸을 앞으로 수그렸다. 지금 이웃집을 나서는 사람이 누구인지 보기 위해서였다. 여자 한명, 남자 한명, 그리고 소년 한명이었다. 이자벨이 큰 소리로 숨을 쉬자마자 유리창에 김이 서렸다. 바깥에서는 세 개의 희미한 형체가 움직였다. 소년은 윗도리나 목덜미를 꽉 움켜잡혀 있었고, 여위어 보이는 여자는 다가오는 사람이 아무도 없는데도 길거리를 멀리 올려다보며 어떤 몸짓을 했다. 그러나 그녀는 얼핏 보기에 뭔가를 기다리는 것 같았다. 이자벨은 유리창을 문질러 닦았지만 여자의 얼굴은 알아볼 수 없었다. 반면 남자는 이자벨 쪽으로 몸을 돌려 자신의 일그러진 얼굴을 드러내면서 소년에게 호통을 쳤다. 학생복 윗도리를 걸친 소년의 키는 남자의 귀에 닿을 정도였다. 소년은 집을 가리켰다. 그는 창문 너머로 누군가 엿보고 있다는 사실을 확인시켜주려고 애쓰는 것 같았다. 이자벨은 라디오를 끄고 귀를 기울였고, 여자는 갑자기 큰 소리를 질렀다. ─데이브, 그만두지 못해! 이자벨은 벽 쪽으로 갔다. 누구도 그녀의 행동을 관찰하거나 보지 못했다. 벽난로 뒤편에서 그녀는 귀를 벽에 바싹 갖다대었다가 벽 자체의 소리처럼 울리는 소리에 깜짝 놀랐다. 소음이라기보다는 자신만의 음향을 가진 물질처럼 느껴졌다. 소심해진 그녀는 벽에서 떨어졌다가 다시 한번 차가운 표면에 얼굴을 갖다대었다. 이번에는 어떤 목소리 같기도 하고, 대상도 없이 누군가를 향해 애절하게 호소하는 것 같기도 했다.

창 쪽으로 돌아온 그녀는 시동을 건 채 서 있는 낡은 녹색 포드 승용차를 보았다. 여자가 고개 한번 들지도 않으면서 차에 올라탔고, 뭔가를 제지하거나 결백을 단언하기라도 하듯 두 손을 들어올렸다. 그녀의 남편(만일 그녀의 남편이라면)도 소년을 거리 아래쪽으로 한참이나 밀쳐버리고는 차에 올라탔다. 자동차는 느릿느릿 소년 곁을 지나가더니 마침내 속도를 냈다. 그녀는 자동차를, 소년을 내려다보았다. 거리는 한결같은 햇빛 아래 끝도 없는 것처럼 보였고, 앞쪽 왼편으로 교회가 눈에 들어왔다. 옆집은 조용했다. 그녀는 창문과 벽 사이에 그리고 책상 앞에서 서 있었다. 책상에 놓인 컴퓨터 화면은 별들이 뒤엉켜 나타나고 달이 모습을 보이기 직전의 검은색이었다.

내일은 성(聖) 패트릭의 날(기독교의 축일 — 옮긴이)이었다. 앨리스테어는 그녀에게 야콥이 그들을 식사에 초대해야 한다고 말했다. 하지만 그 둘은 무엇 때문에 그래야 하는지, 성 패트릭의 날이 무엇을 기념하는 날인지 알지 못했다. 내일 폭탄이 처음으로 떨어질지도, 처음으로 사망자가 생길지도 모르는 일이었다. 날씨는 흠잡을 데 없었다.

23

짐은 그녀의 운동화가 더러워져 있고, 해가 나서 단추를
채우지 않은 반코트가 그녀의 허벅지를 스치는 것을 보았
다. 너무 길지 않고 튼튼한 허벅지였다. 옷감이 가볍게 스치
는 소리를 상상했다. 그녀는 앞서 걸어가고 있었다. 튼튼하
긴 하지만 귀엽기만 한 두 다리가 위아래로 이리저리로, 운
동화를 신고 무릎까지 오는 코트를 걸치고 장딴지를 드러낸
채 가지런히 움직이고 있었다. 태양은 이제 정말 봄인 것처
럼 세상을 비추었다. 그가 입주한 지도 이제 곧 일년이었다.
시간이 흐르지 않는 거리들도 있었다. 집들이 그 자리에 그
대로 있고, 개축되기도 하고, 세를 놓기도 하고, 주민들이 이
사를 들어오고 나가기도 하지만 모든 것이 옛날 그대로 조
용하고 평화로웠다. 그는 그때를 떠올렸다. 대미언의 열쇠
로 문을 열고 들어왔을 때, 이 집은 메이와 그에게 꼭 안성맞
춤으로 모든 것이 갖추어져 있지 않았던가. 그러나 그는 메
이를 벤과 함께 남겨두고 떠났다. 벤의 말대로 도망가는 동

안 그의 귓전에는 병원구급차의 싸이렌이 날카롭게 들려왔다. 메이는 그 거리와, 잔디밭 한 이랑 정도에 불과한 그 작은 정원을 마음에 들어했을 것이다. 그의 앞에 가던 젊은 여자가 멈추어서서 손을 뻗었다. 반점이 많은 짐승의 피부 같은 플라타너스 둥치 하나를 붙들기라도 하려는 것 같았다. 그러더니 그녀는 다시 움직이기 시작했고 오른편으로 길을 꺾었다. 그녀의 등은 숨을 참고 있는 듯 팽팽하게 긴장해 있었다. 짐은 잠시 콧노래를 흥얼거렸다. 그 순간 그는 그녀에게 말을 걸 수 있을 것 같았고, 그 어떤 저주에서 벗어나기라도 한 듯 갑자기 마음이 가벼워지고 희망으로 가득 차는 느낌이었다. 짐의 아버지는 짐에게 악담과 저주를 퍼부었다. 교회에서 나이든 사람들 앞에서 욕을 먹는 건 보통이고, 스스로의 행동이 자신에게 저주를 내린다고 생각하면서 짐은 콧노래를 불렀다. 사람들은 불의와 내려지지 않은 처벌은 기억하지 않았어. 결코 기억하지 않았어. 그는 그렇게 생각하면서 담배에 불을 붙이려고 멈추어섰다. 그들은 레이턴 로에 이르렀고 켄티시 타운 역 쪽으로 갔다. 여자는 코트 주머니에서 노란색 정기승차권을 꺼내 투입구에 밀어넣고 차단대를 통과했다. 쇼핑백을 든 뚱보 여자가 짐을 밀치듯이 지나갔다. 에스컬레이터가 운행되지 않아 왼편의 나선형 계단을 이용해야 했다. 뚱보 여자가 욕설을 퍼부었고, 유리창 너머 사무실에서 나온 푸른 제복을 입은 사람의 소매를 홱 끌어당겼다. 소매에서 껌 냄새와 싸구려 비누 냄새가 났다. 짐은 열려 있는 차단대를 차표도 없이 빠져나왔다. 나선형 계단의 중심인 수직갱에서 후텁지근한 바람이 불어왔다. 그는 아래로 내려가며 빙글빙글 회전하는 아래쪽의 평평한 계단과 닳아빠진 난간과 타일을 붙인 벽을 보았다. 땅속에서 불어오는 느릿느릿한 휘파람 소리 같은 바람소리를 빼고는 아무 소리도 들리지 않았다. 저만치 앞에서 젊은 여자가 운동화를 신고 소리없이 잽싸게 계단을 내려가고 있었다. 짐은 입술을 지긋하게 깨물었다. 머리가 어지러웠다. 그녀 쪽으로 손을 뻗어야 한다는 느낌뿐이었다. 나선형 계단 속으로, 희미한 황록색 불빛 속으로 달려내려갔다. 갑자기 가슴이 조이는 듯 갑갑해지면서 식은땀이 났다. 앨버트는 이렇게 주장했다. ─언젠가는 그들이 터널을 폭파시킬 거야. 터널이 무너지고 사람들이 어둠속에서 아우성치는 걸 보게 될 거야. 한 노인이 조심스럽게 난간을 더듬으면서 내려갔다. 짐은 그를 앞질렀고, 빨리 더 빨리 걸음을 옮겼다. 어느새 바닥이었다. 하지만 그녀가 시내로 남쪽으로 전철을 타고 가버렸을 거라는 확신이 들었다. 그가 승강장을 제대로 골랐더라도 그녀는 틀림없이 이미 차에 올라타 떠나버렸을 것이다. 그는 비틀거리다가 벽에 부딪힐 뻔했다. 이제 마지막으로 돌면 승강장까지 여섯 계단이었다. 그때 그는 더 세지는 바람을 느꼈다. 후미등들이 보이고, 디지털 계기들이 찰칵거리는 소리를 냈다. 그는 그녀의 얼굴을 정면에서 본 적이 한번도 없었다. 대기 중에 먼지가 일었고, 후텁지근한 열기와 질식할 듯한 냄새가 풍겼다. 그는 역한 나머지 입술을 일그러뜨렸다. 뚱보 여자가 다가왔고, 노인도 다가왔다. 디지

털 전광판은 뱅크 브랜치 행 열차의 도착을 알렸다.

　데이브는 금지령에도 불구하고 어느날 문 앞에 서 있었다. 몹시 크고 더러운 방한용 외투를 걸치고 있었고, 눈밑에는 멍이 들어 있었다. 그는 짐이 그에게 보낼 경멸을 각오하고 잘못을 느끼면서 거기 서 있었다. 짐은 눈짓으로 들어오라고 했고, 냉장고에서 맥주 두 병을 꺼내 화를 내면서 한 병을 소파 앞 테이블에 쾅 하고 내려놓고는 데이브에게 자리에 앉으라고 했다. 데이브는 그 자리에 쪼그리고 앉았다. 그를 보자 짐은 히샴이 생각났다. 데이브에게는 전쟁과 악에 반대하고 평화를 사랑하면서도 단호히 시위하는 수십만 사람들에게서 볼 수 있는 어떤 온화함이 있었다. 데이브도 선을 믿듯 그를 믿었다. 데이브는 쪼그리고 앉은 채 그들이, 학교 친구 몇명이 그를 유인하여 끌어들였던 아지트에 대해 이야기했고, 그들이 입회신청을 하고 싶어한다고도 말했다. 그리고 전쟁이 이라크 사람들의 책임도, 일반 국민들의 책임도 아니라는 것에 대해서, 그리고 그가 전쟁에 반대해서 벌였던 패싸움에 대해서도 살짝 언급했다. 짐은 씩 웃으며 그가 계속 말하게 내버려두었고, 그에게 두번째 맥주병을 가져다주었다. 그리고 잠시 기다렸다가 그가 졸기 시작하자 모포를 가져다주었다. 데이브는 감사한 마음으로 그를 바라보았다. 그러나 짐이 후다닥 모포를 다시 빼앗아 마치 개를 데리고 놀 때처럼 공중으로 들어올리자, 데이브의 얼굴은 불안하게 일그러졌고, 금세라도 울음을 터뜨릴 것 같았다. 그는 불안하게 왔다갔다했고 몸을 떨었다. 왜냐하면 그의

은신처도 그의 거짓말도 소용없었기 때문이었다. 어떤 아지
트도 오래가지는 않아. 마분지상자처럼 모서리가 터져버리
거든. 짐은 그렇게 생각했다. 그는 마치 새장에 들어간 듯
쪼그리고 있는 소년을 보고는 조금 역겨워졌다. —어이, 네
아버지가 네놈을 죽도록 팼지! 안 그래? 그는 데이브에게 다
가갔고, 그를 밟고 싶은 기분에 뼈가 불거진 그의 허리를 밟
았다. —네 아버지가 그랬지, 안 그래? 데이브가 몸을 돌렸
고 얼굴이 붉어졌다. 짐은 큰 소리로 웃으면서 담요를 아래
위로 흔들다가 전구에 부딪혀 유리가 깨졌고, 유리조각들이
소파와 테이블에 떨어졌다. 그는 데이브의 팔을 높이 잡아
챘다. —아지트가 아니라 네 아버지가 문제야. 그는 숨기고
있던 사실을 들켜 창피해하며 얼굴까지 붉히고 서 있는 데
이브의 모습을 관찰했다. —이 씨알만한 후레자식이 나를
속여! 집으로 들어가려니 너무 겁나는 거지. 아니야? 맥주병
이 넘어졌다. 짐은 기다렸으나, 데이브는 움직이지도 저항
하지도 않았다. 그는 데이브의 머리채를 움켜쥐고 바닥에
내동댕이쳤다. 아무 일도, 신음 한번 없었다. 짐은 그를 내
버려두고 정원으로 통하는 문을 열었다. 벽돌담 위에 지빠
귀 한마리가 앉아 지저귀고 있었다. 가느다란 가지들에서
피어난 연노란색의 뾰족한 것들이 담장 위에 걸려 있었다.
차츰 저녁이 되었고, 하루는 점차 끝나가고 있었다. 거리에
서인지 아니면 다른 집 정원에서인지 목소리들이 들려왔고,
또 그 어디에선가는 울부짖는 모터 소리와 음악 소리, 진공
청소기 소리가 들려왔다. 짐의 얼굴이 유리문에 비쳤다. 얼

굴은 환해 보였다. 환하고 아름답게. 그는 자기 얼굴을 유심히 쳐다보았다. 아름답고 환해. 메이는 그렇게 말했다. 한때 지금의 데이브처럼 귀여운 소년이었던 그의 얼굴은 예전과 마찬가지였다. 데이브 놈. 그래도 학교에 와야 하고, 견뎌야 한다고 선생들이 그에게 말했다지. 그놈의 아버지가 남긴 푸른 멍, 피멍이 들어 길게 부어오른 채 체육시간에 나타나자 선생 하나가 안되긴 했지만 그래도 학교에는 와야 한다고 했다지. 나도 데이브를 오지 말라고 해야 했어. 자기 일은 자기가 책임지는 거야. 그애도 그 정도는 알고 있어. 그애가 뭔가에 의존하게 된 거야. 나에게, 내 호의에 의존하게 된 거야. 이제 어떻게 하지? 짐은 몸을 돌렸다. ─일어나. 그가 말했다. 그러고는 부엌으로 가서 맥주 한병을 가져왔고, 서랍을 뒤져 작은 약봉지 하나를 끄집어내고는 생각했다. 희고 곱기도 하지. 제기랄, 곱고 순결하기도 하지. 그러고는 언제든 메이를 떠올리려고 했다. 안녕, 메이, 너 거기 있구나. 모포를 덮고 소파에 누워 있군. 나를 보고 있군. 젊은이들은 이라크에 가고 싶어해. 예전에 아버지가 바지춤에서 후다닥 허리띠를 꺼내 나를 마구 때린 바람에 내가 외인부대에 가고 싶어했던 것처럼 말이야. 나중에 앨버트를 위해 엉덩이를 깠을 때도 그랬지. 하지만 데이브는 거짓말을 했어. 그 누군가는 항상 구타를 당하기 때문에 구타를 당한 것뿐이야. 데이브라고 왜 아니겠어? 그는 조심스럽게 숨을 내쉬고는 코카인을 한줄 뿌리고 다시 숨을 깊이 들이마셨다. 데이브가 자리에서 일어나 팔을 늘어뜨린 채 그대로 서 있었다. 당돌하고 반항적으로. 그가 말했다. —그애들은 군에 입대하려고 해요. 상급생들 말이에요. 그리고 내 여동생이 문제예요. 아빠가 그애를 학교에 보내지 않으려고 하거든요. 아빠 말로는 당국이 우리를 찾지 못할 거래요. 우리가 아주머니 집에서 자랐으니까요. 게다가 그애는 성장이 늦고 자라지도 않고 치욕이기 때문이래요. 그러자 짐이 무덤덤하게 말했다. —그렇다면 밀고해버려. 학교 선생들한테 말해. 그러면 그 사람들이 금방 달려올 거야. 내 장담하지. 데이브가 말했다. —하지만 아빠가 그애를 때려요. 짐은 이제 더 또록또록하게 정신을 가다듬고 고개를 흔들었다. 그렇게 하면 머릿속으로 지나가는 것들을 떨쳐버릴 수 있기라도 하듯. 소년과 메이, 그리고 맨다리를 드러내고 운동화를 신고 있던 젊은 여자. 외투 자락을 날리며 민첩하게 계단을 내려가던 그 여자는 한껏 기대에 부푼 듯했다. 그는 아직 그녀의 얼굴은 보지 못했지만 그녀의 씰루엣과 허리와 가슴은 정확히 기억하고 있었다. 그리고 그는 이따금 메이가 죽었다는 생각이 들었다. 그녀가 자신을 놀리고 있다는 생각도 들었다. 목소리들. 죽은 사람들. 오직 속임수만 있을 뿐이다. 주변환경에 따라 색깔을 바꾸는 짐승들처럼. —맥주 닦아. 그가 데이브에게 말했다. —먹을 것 좀 갖다줄까? 데이브가 기대에 찬 눈길로 그를 쳐다보았다. —치우고 나면 먹을 걸 주실래요? —내 돈으로? 짐이 놀렸다. 데이브의 얼굴이 붉어졌다. —아녜요, 그런 말이 아니었어요. 그가 말했다.

두 시간 후 데이브는 소파에 누워 잠들었다. 두 손은 모포를 꼭 쥐고 있었고, 얼굴은 불그레하고 편안했다. 그러고는 짐이 텔레비전을 켰다가 다시 끄고, 밖으로 나가 문을 닫을 때까지 깨지 않았다. 그는 아침 무렵 돌아왔고, 데이브는 실제로 그가 없는 밤에 청소를 했다. 그리고 일곱시경에 집에서 나갔다.

49번지에 사는 남자가—데이브는 그들이 독일인이라고 했다—지나갔다. 붉은색이 도는 금발에다 세련되고 다부진 체격의 남자로, 물건을 구입한 후 지갑을 아무렇게나 쑤셔넣기 때문에 그것을 훔치는 데 아무런 스릴도 느끼지 못하게 하는 부류였다. 다부지고 세련되어 보였지만, 그에게도 걱정거리가 있다는 것은 금방 알아차릴 수 있었다. 지상군이 아니라 한밤중에 바그다드에 폭탄을 퍼부으면서 시작한 전쟁 때문이었을까. 하루 뒤에 지상군이 투입되었다. 때는 초봄이었다. 짐은 전쟁이 자신과는 아무 상관없는 일이어서 화가 나긴 했지만, 그래도 텔레비전은 켜두었다. 메이는 그가 아침에 일어나자마자 텔레비전을 켜는 것을 싫어했다. 그녀는 이른 아침에 텔레비전을 켜지 않는 것도 지켜야 할 원칙들 중 하나로 보았다. 함께 식사하는 것, 함께 식탁에 앉아 식사하는 것, 욕하지 않는 것과 마찬가지 원칙이었다. 그들은 아이들, 미래가 촉망되는 아이들을 둔 부모처럼 행동해야 했다. 그녀는 그가 원칙들을 우습게 보고 식사 때 담배를 피우는 걸 싫어했다. 그는 텔레비전 앞에 누워 담배를 피웠다. 라디에이터에서 물방울이 뚝뚝 떨어지는가 싶더니 텔레비전 화면이 흔들리기 시작했다. 명중탄들의 불빛이 승리를 자축하는 듯했다. 그것들을 명중탄이라 친다면. 출입문의 칠이 벗겨져 떨어졌다. 파괴된 도시의 모습들도, 백기들도 보이지 않았다. 싸담이 죽었다고도 하고, 아직 살아 있다고도 했다. 추정에 따르면 사망자는 거의 없었다. 넷 혹은 다섯? 메이는 참새들이 거의 사라졌다고 말했다. 사람들 가까이 오고 싶지 않았을 뿐인데도. 정원에는 노르스름한 빛깔의 작은 새들이 폴짝폴짝 뛰어다녔고, 저녁이면 담장 위에서 지빠귀 한마리가 노래를 불렀다. 잔디가 자랐고, 담장 근처에는 수선화들이 보였다. 그는 메이가 몸을 숙여 잔디를 짧게 깎고 꽃을 심는 모습을 떠올렸다. 새들은 걱정이 없었다. 메이가 몸을 돌려 그를 보고 웃었다. 그들의 집에 있는 물건들이 그동안 어떻게 되었는지 그는 몰랐다. 텔레비전은? 그들이 구입했던 접의자는? 브라이턴으로 가고 싶어서 그들이 마련했던 양산은?

위급상황에 대비한 연습은 한 순환선 역에서 시행되었다. 그동안 폐쇄되었다가 이번 연습에 이용된 그 역이 챈서리 레인 역이었던가? 전등이 나가자 승객들은 급작스러운 경악에 빠졌다. 의료장비가 사람들의 발에 밟혀 뭉개지고, 의사가 다치고, 전등은 다시 켜지지 않았다. 히샴이 짐에게 전화를 걸어 할러웨이에 있는 접선지의 주소를 알려주었다. 그가 말했다. 그놈들이 네가 가진 물건을 모조리 인수할 거야. 쎄르비아놈, 알바니아놈, 담배밀수꾼놈 들이 마약거래를 성사시키고 싶어 안달이야. 경쟁 패거리들한테 총 맞아 죽기 전에 말이야. 데이브가 얌전히 고개를 옆으로 돌린 채 지나갔다.

짐은 할러웨이까지 걸었다. 이십 분 거리였다. 약속된 길모퉁이에서 누군가 짐에게 말을 걸었고, 그들은 한 건물 현관으로 들어갔다. 거기서 남자 셋이 기다리고 있었다. 정중한 태도였다. 얇은 싸구려 방한외투를 걸치고 있는 그들의 시선은 냉정하면서도 탐욕적이었다. 거리에는 짙은 화장을 한 여자들이 지나갔다. 영국인들이 아니군. 짐은 생각했다. 헤드라인 기사들은 한 젊은 여성이 벽돌로 추정되는 것에 맞아 살해되었다고 알렸다. 아주 밝은 대낮에 공원에서 사건이 일어났는데도 아무도 알아차리지 못했다는 것이다. 그는 아치웨이에서 멀지 않은 곳에 있는 선술집에 들어가 바 앞에 선 채 콧노래를, 짤막하고 시원찮은 콧노래를 흥얼거렸고 술을 한모금 들이켰다. 웨이트리스는 곁눈질로 그를 유심히 살펴보았고, 술집 뒤편 구석에서는 슬롯머신이 찌르릉대고 있었다. 그러나 짐은 고개를 들지 않고 계속 흥얼거리기만 했다. 스물여덟의 나이에도 그는 아직 휘파람을 불지 못했다. 제대로 된 젊은이라면 휘파람 정도는 불어야 한다고 그의 아버지가 경멸하며 말했다. 웨이트리스가 바에 몸을 기대고 앉아 그에게 미소를 지었다. ─애송이 여자친구 생각하고 있는 거야? 짐은 그녀를 잠시 바라보았지만 아무 대꾸도 하지 않았다. 뒤쪽에서 다시 슬롯머신 소리가 울렸다. 그에게 돈을 건넨 남자는 마흔살이 훨씬 넘은 것 같았고, 거친 피부에 몸매가 육중했으며 시선이 불안정한 사내였다. 짐은 술잔을 이리저리 돌렸다. 그는 열세살 때부터 가출하려고 했다. 벌써 십삼년 전의 일이었다. 그는 런던을 믿었고, 그 믿음이 열여섯의 나이에 가출할 힘을 주었다. 그러나 상상을 끝낸 후 막상 런던에 도착해 역전에 서 있자니 그건 한마디로 충격이었다. 자유로우면서도 거친 삶이었다. 메이와 함께라면 그는 시골로 가고 싶었다. 그러기 위해서는 앨버트에게서 벗어나야 했고 메이를 찾아야 했으며 충분한 돈이 있어야 했다. 주방에서 음식 냄새가 났고, 노끈으로 막혀 있는 계단은 이층으로 통했다. 신경을 긁는 슬롯머신의 찌르릉대는 소리가 여전히 들려왔다. 짐은 몸을 돌려 뒤쪽 공간으로 달려가 슬롯머신 앞에 앉아 있는 젊은이를 밀쳐버리고는 무시무시한 눈길로 쳐다보았다. 너무나 강렬한 눈길이어서 젊은이는 뒤로 나자빠지고 말았다. ─그만두지 못해, 이 염병할 쥐새끼? ─지지, 얼른 꺼지지 못해! 웨이트리스가 이렇게 소리치고는 미소를 지으며 짐에게 다가갔다. 젊은이는 간신히 일어나 한마디 대꾸도 없이 어딘가로 사라졌다. 짐은 여자가 기대에 찬 눈길로 자신을 보고 있다는 걸 알아차렸다. 몸을 돌려보니 그의 타입은 아니었다. 갈색 머리에 포동포동하고, 짙게 화장했지만 어쨌든 믿음직해 보이는 얼굴이었다. 여긴 할러웨이야. 지독한 냄새를 풍기는 곳이지. 그는 생각했다. 그러나 샤워를 했는지 메이보다 훨씬 굵은 그녀의 머리카락에서는 신선한 향기가 풍겼다. 그는 머리카락을 움켜쥐었고, 그녀는 그가 하는 대로 내버려두었다. 그러고는 친근하면서도 거리낌없이 그의 어깨에 머리를 기대고는 그를 향해 빙그레 웃었다. 기름진 먹이나 쉽게 얻을 수 있는 안락함처럼 그녀는 편안했다. 그녀의 손이 그의 손을 더듬었고, 한순간 그의 손을 꽉 쥐었다가 다시 풀어주었다. 그에게 좀더 밀착해서 그를 조그마한 곁방으로, 청소용 양동이와 진공청소기 사이의 공간으로 부드럽게 밀고 가기 위해서였다. 먼지가 자욱한 작은 방이었고, 드러누울 만한 공간은 아니었다. 하지만 그녀는 익숙하면서도 섬세했다. 그래서 그는 모든 것을 잊어버리고 놀라며 그녀의 입술을, 부드러우면서도 친밀한 키스를 느꼈다. ─당신은 몽상가야. 그녀가 말했다. 거리는 밝았다. 이백 미터쯤 가서 그는 다시 소음을, 그를 훑어보는 의심의 눈초리를 느꼈다. 작은 아이를 데리고 가던 여자가 그를 피해갔다. 대기에는 여름 냄새가 가득했다. 그동안 비가 내렸던 것이다. 작은 나무의 가지에 맺힌 물방울들이 반짝거렸고, 아이 하나가 그에게 달려오는가 싶더니 마지막 순간에 피해갔다. 짐은 휙 지나가는 바람을 느꼈고, 땅딸막한 몸뚱이가 지닌 온기 같은 것을 느꼈다. 그는 멈칫거렸다. 길 한가운데 뭔가를 덮고 있는 비닐봉투를 발로 밀어 치워보았다. 한조각의 털가죽, 한마리의 쥐였다. 소란스럽고 경적 소리 요란하고 삭막하기만 한 길 한가운데서 그는 어쩔 줄 모르고 서 있었다. 차가운 바람이 불어왔고, 내리는 비에 그의 방한외투가 축축하게 젖어들었다.

그는 자신이 마지막으로 아팠던 게 언제였는지 기억나지 않았다. 술에 취하거나 알약 때문이 아니라, 아이들처럼 열이 나고 땀을 뻘뻘 흘리며 제대로 아팠던 적이 생각나지 않았다. 어디든 살짝 건드리기만 해도 고통스러웠다. 마치 피부가 투명해지고, 투과성이 있어 더이상 신경을 보호해주지 못하게 된 듯했다. 동시에 피부는 그를 감금해버린 갑옷처럼 느껴지기도 했다. 그는 자리에서 벌떡 일어나 차를 끓였다. 냉장고 안은 말 그대로 뒤죽박죽이었다. 대미언이 넣어놓았던 것들을 그는 일년 동안 손도 대지 않고 그대로 내버려두었다. 곰팡이가 낀 마멀레이드 한컵, 저장식품들, 더러운 식기들. 그는 담배를 피웠고 기침을 했다. 열이 올랐다. 마침내 그는 자리에 드러누웠고, 데이브가 그의 이름을 부르며 초인종을 눌러도 일어날 수 없었고, 데이브가 계단을 올라왔다가 돌아가는 소리를 어쩔 도리 없이 듣고만 있었다. 그러다가 잠이 들었고, 다시 깨어났다. 하지만 자리에서 일어나 뭘 먹을 힘조차 없었다. 냉장고에는 쌀도 약간 들어 있었다. 하지만 그는 일어날 수 없었고, 어떤 일도 할 수 없었다. 그의 눈에 비치는 것은 모두 조각조각 찢어진 듯했다. 거실도, 필드 가의 부엌도, 전자레인지 위에 놓인 튼튼한 사발들도. 메이의 모습도 보였다. 헛소리를 늘어놓고 진땀을 흘리며 고통스러워하는 그를 비웃는 메이의 모습도. 라디에이터 위쪽으로 검은 그림자들이 움직였다. 젊은 여자가 창 앞을 지나가면서 그를 찾았다. 정신만 집중한다면 그녀를 움직여 몸을 돌리게 해서 얼굴을 볼 수 있을 것 같았다. 정신이 들었을 때는 환한 대낮이었다. 휴대폰이 울리다가 끊어졌고, 다시 울렸다. 결국 그는 화면에 뜬 번호도 확인하지 않

고 전화기를 들었다. 히샴의 목소리였다. ─네가 어디 있었
는지 궁금했어. 진지한 목소리였다. ─할러웨이에 왔다간
후로 네 소식을 전혀 듣지 못했으니 말이야. 집에 있었던 거
니? ─너하고는 아무 상관없는 일이야. 짐은 그렇게 말하
면서 몸을 일으켰다. ─아무 일도 아니지. 하지만 목소리를
들으니 아픈 것 같군. 아픈 거야? 히샴이 부드럽게 물었다.
─이 빌어먹을 사기꾼! 짐은 소리를 지르고 전화를 끊었다.
저녁이 되어 그는 밖으로 나갔다. 배가 고팠기 때문이었다.
그는 팽 씨의 식당까지 걸어내려갔다. 노인이 녹색 테이블 앞
에 쪼그리고 앉아 수저로 홀짝홀짝 수프를 삼키고 있었고,
그의 팔꿈치는 방송중인 텔레비전 화면에 거의 맞닿아 있었
다. 부엌에서는 젊은 여자 두 명이 냄비를 박박 긁고 있었
다. 바 뒤쪽에서는 남자 세 명이 잡담을 나누며 바쁘게 일하
느라고 짐에게 신경쓰지 않았다. 흑인 두 명이 들어와 그를
보고는 귓속말을 나누었다. 그는 큰 소리로 웃으며 춘권 하
나를 주문했다. 맛이 썼다.

마침내 식당 밖으로 나왔을 때, 그는 맞은편 길에서 젊은
여자가 지나가는 것을 보았고, 그녀도 그를 쳐다보았다. 하
지만 그녀의 얼굴을 알아보기에는 날이 너무 어두웠다. 그
는 뭔가를, 어떤 노래의 시작 부분을 흥얼거렸다. 그녀는 여
전히 그가 있는 쪽을 쳐다보았다. 하지만 이내 걷기 시작했
다. 짐은 휘파람을 불 수 없었다.

24

결국 모든 소동은 가라앉았다. 시위자들은 거리에서, 전쟁은 헤드라인에서, 화학무기들은 사막에서 사라졌다. 아니, 원래부터 없었을 것이다. 전쟁은 멀리서이긴 하지만 계속되었다. 싸담 후쎄인이 체포되고 죽었다는 소문이 도는가 싶더니 찾지 못했다는 소문이 다시 돌았다. 첫번째 납품에 결함이 있었고, 두번째도 완벽하지 않아서 헤이와 핀치, 양초제조업자와 교회물품제조업 공급차가 세번째로 레이디 마거릿 로를 지나갔다. 이자벨은 문이 열리고 한 남자가 집 안을 비스듬히 가로질러 갈색 마분지 상자들을 가져가는 것을 보고 밀랍 냄새가 난다고 생각했다. 상자 맨 위에는 아주 길고 굵직한 흰색 양초가 놓여 있었다. 실제로 그곳에는 목사가 살고 있었다. BBC 방송의 목소리들은 바스라와 나싸리야라는 이름을 막힘없이 쏟아냈고, 포켓 레지스땅스(pocket resistance)라는 말도 사용했다. 그러고는 이어서 그것을 다른 용어로 바꾸어 설명하기도 했다.

전화벨이 울렸다. 이자벨은 수화기를 들지 않았다. 자동 응답기가 작동하자, 앨리스테어의 생기넘치는 목소리가 들려왔다. ─당신 남편은 지금 벤섬의 사무실에 쪼그리고 있어. 늦게까지 있을 모양이야. 우리 둘이라도 만나는 게 어때? 처음으로 이자벨은 자신이 계획을 짜는 일에 흥미가 있는지 확신이 가지 않았다. 모든 소망은 성취되는 것 같았지만 무언가가 결핍되어 있었다. 알렉사가 나흘간의 일정으로 찾아와 이자벨의 작업실에서 잠을 잤다. 그들은 함께 박물관을 다니고 차도 마셨다. 이자벨은 월리스 전시회에 전시된 바토(장 앙투안 바토, 16~17세기 프랑스의 화가 ─옮긴이)의 그림들이 가장 마음에 들었다. 그리고 이해하기 어려울 만큼 명랑한 축제와 음악가 들이 마음에 들었다. 그들은 그림 속 사람들이 뭔가 기대하며 빈둥거리고 앉아 있듯이 그렇게 무엇을 기다리는지 알지도 못하면서 무작정 기다렸다. 마지막 날 아침 그녀는 공항버스가 다니는 골더스 그린까지 알렉사를 데려다주고 집으로 와서는 침대 시트를 벗기고 세탁기를 돌렸다. 장갑처럼 손에 꼭 끼는 하루하루였다. 야콥은 이제 그녀에게 지겨운지 고독한지 묻지 않았다. 그녀는 그에게 어린이책에 실을 스케치들을 보여주었다. 그리고 스토리는 재미가 없다고, 어쨌든 제대로 된 이야기는 아니라고 설명했다. 소녀들에게도 그리고 그녀 자신이 그린 장면들에도 적합한 이야기가 아니라는 것이었다. 그가 의자 뒤에 서서 정신을 집중해 스케치들을 칭찬하는 것을 그녀는 좋아했다. 그는 그녀에게 옷을 벗도록 부탁했다. 커튼은 쳐져 있지 않왔다. 그는 옷을 입은 채 그녀 앞에 섰다가 손을 잡고는 침실로 이끌고 올라갔다. 그녀는 그렇게 흥분되지 않으면서도 기꺼이 그와 잤다. 자주 있는 일은 아니지만 그들이 집에서 식사를 할 때면 그는 사무실과 관련된 이야기를 했다. 앨리스테어에게 들어서 그녀가 이미 알고 있는 이야기들이었다. 야콥은 그리 유능한 관찰자가 아니었다. 한번은 그들이 다툰 적도 있었다. 야콥이 피니 고모에게 물려받은 접시를 깨뜨렸기 때문이었다. 가장자리가 장미무늬로 장식된 크고 평평한 접시였는데, 잘만 하면 접착제로 다시 붙일 수도 있었으나, 하여간 접시는 망가지고 말았다. 이자벨이 보기에 그것은 불운이었다. 그러나 야콥은 불운이라는 말에 의문을 보이면서 그리 엄청난 문제는 아니라고 생각했다. 이자벨은 그의 부주의함에 이제 정말 화가 치밀어올랐다. 어느날 아침 그녀가 까페에 앉아 있을 때 한 남자가 말을 걸었다. 레이디 마거릿 로에서 몇번인가 본 남자, 짐이었다. 그녀보다 젊고 얼굴이 여위고 어딘지 모르게 냉정하면서도 귀여운 입을 가진, 인상이 좋은 남자였다. 그는 양해도 구하지 않고 그녀의 테이블로 와 앉았고, 이름을 물었다. ─다시 만날 때 당신을 뭐라고 부를지 알고 싶을 뿐이오. 그는 그렇게 말하고 곧장 밖으로 나가버렸다.

그녀는 페터에게 사립 아동음악학교의 전경을 그린 설계도를 메일로 보냈다. 그가 메일로 답장을 보냈다. ─임신이라도 한 거야? 거의 아이들 것만 그리고 있잖아. 안드라스에게서는 며칠째 아무 연락도 없었다.

그녀가 머리가 긴 소녀에게 붉은색 치마를 입히고 칠하는 동안, 옆집에서 다시 소음이 들리기 시작했다. 무언가 벽을 두들기는 소리였다. 흥분한 목소리가 요란스럽게 들렸다. 잠시 후 그녀가 녹색으로 양말을 칠하는 동안 옆집은 쥐 죽은 듯 조용했다. 맞은편 집의 지붕에서 흔들거리며 연기가 피어올랐고, 그때 가느다랗게 흐느끼는 소리가 들려왔다. 그녀는 조심스럽게 펜을 옆으로 치우고는 살그머니 몸을 일으켰다. 함부로 일어날 수 없었다. 제 갈 길을 가야 할 일이 중도에 멈추어버릴까 싶어 자리에서 일어나는 게 망설여졌다. 다시 조용해졌다. 그녀의 집 문이 바람에 덜거덕거렸다. 그녀가 창문을 모두 닫아버렸지만 바람은 그런 식으로 지나갔다.

사흘 뒤 그녀는 햄프스테드 히스 방향으로 걸어가다가 짐을 만났다. 그는 그동안 디스코텍이 되어버린 옛 소방서 앞에 서서 그에게 구걸하는 듯한 소년을 나무라고 있었다. 어디로 가는지 물어보지도 않고 그는 그녀와 함께 걸었고, 팔까지 잡았으며, 매점에서 콜라 한병도 샀다. 그는 흰색 셔츠와 청바지를 입고 있었다. 공원에서 그는 그녀를 레이디의 연못 근처 숲속으로 데리고 갔고, 그녀의 상의를 벗겨 벤치 위에 펼쳐놓았다. 그녀에게 이것저것 캐묻는 그의 태도는 우악스러웠다. 그는 그녀더러 콜라를 병째 마시게 하고 자신도 마셨다. 그들은 꼭 붙어앉아 있었고, 그의 얼굴이 그녀의 얼굴 아주 가까이에 있었다. 속눈썹이 긴 그는 자신이 잘생겼다는 사실을 알고 있었다. 담배광고에 나오는 사람처럼 과장된 구석이 있군. 그녀가 생각했다. 그러자 그가 그녀의 손을 잡고 연못 근처 덤불숲으로 데려갔고, 잎이 아직 여린 나뭇가지들을 양옆으로 헤치고는, 셋 혹은 다섯 명 정도의 여자들이 아직 차가운 물속에서 벌거벗은 채로 킥킥거리며 더듬고 다니는 모습을 가리켰다. 그들은 살찐 팔로 축 처진 가슴을 감싸고 볼품없는 엉덩이를 내밀고 있었다. 그는 씩 웃으면서 이자벨을 관찰했고, 그녀는 눈길을 돌릴 수 없었다. 그녀는 그가 자신을 훑어보고 있다는 것을 느꼈다. 일순간 그녀는 그가 자기에게 옷을 벗으라고 할까봐 두려워졌다. 흥분되기도 하고 불안하기도 했다. 무심결에 그녀는 비틀거리며 한발자국 뒤로 물러섰다. 그는 웃음을 터뜨리며 몸을 돌렸고, 바지주머니에 손을 넣고 콧노래를 부르며 오던 길로 되돌아갔다. 그녀의 상의와 콜라는 집어들지도 않았다. 그는 서서 기다렸고, 상의를 팔에 걸치고 콜라를 손에 든 그녀는 부끄러워졌다. 그는 무표정하게 숲 그늘에 서 있었다. 마치 그녀를 하나의 밝은 반점 정도로 여기는 것 같았다. 그의 눈에는 차가운 뭔가가 들어 있었다. 그녀는 비틀거렸다. 땅바닥은 고르지 않고 두꺼운 뿌리와 움푹 팬 구멍뿐이었다. 그녀는 그에게 같이 있어달라고 해봤자 소용없다는 것을 알았다. 실제로 그는 고개 한번 돌리지 않고 앞서 걸어갔다. 숲을 나와보니 그는 어느새 공원 옆으로 학생들 사이를 지나가고 있었다. 학생들은 그에게 길을 비켜주었고, 한 아이만 그에게 말을 걸었다. 짐은 불안하게 두 손으로 스웨터를 문지르고 있는 굼뜬 아이를 함께 데리고 갔다. 그녀는 가슴이 쩡했다. 반쯤 남은 콜라를 휴지통에 버렸지만 그의 냄새, 짐의 냄새가 남아 있었고 떨쳐버리려고 해도 떨쳐지지 않았다.

다시 집으로 돌아온 그녀는 잠시 컴퓨터 앞에 앉아 자신의 스케치 몇점을 스캔했다. 두 자매가 겨울철 시장으로 달려가 소녀를 위해 줄무늬 사탕을 사고, 소녀는 집을 나와 지금 슈프레 강 거룻배의 선장 곁에서 사는데, 그 선장은 결국 소녀의 어머니와 결혼하게 된다는 스토리를 그린 것이었다. 하지만 소녀는 황혼 무렵 거룻배의 뱃전, 주방용 행주들이 펄럭거리며 걸려 있는 빨랫줄 아래 아직 혼자 서서 친구들이 다리에 나타나기를 기다리고 있었다. 야콥이 전화를 걸어 늦을 거라고 말했다. 페터가 전화를 걸어 도서안내 팸플릿의 제작비 견적서가 어떻게 됐는지 물었다. 알렉사에게서는 전화가 없었다. 안드라스는 짧고 사무적인 내용의 메일을 보냈다. 그도 제작비 견적서가 어디 있는지 몰랐다. 창 앞으로 까치 한마리가 날아올랐다. 옆집에서 남자가 고함을 질렀다. 남자가 아내와 아이에게 고함치는 소리 같았다.

어둑해지자 그녀는 야콥을 기다리지 않고 혼자 시내로 나가기로 마음먹었다. 그녀는 토트넘 코트 로를 따라 계속 내려가다가 왼편으로 꺾어 쎄인트 마틴스 레인 방향으로 갔다. 하늘은 희뿌연 오렌지색으로 뒤덮였고, 지붕 위로는 굴뚝이 서너 개씩 밀집하여 솟아 있었다. 피자가게에서 한무리의 학생이 쏟아져나왔다. 소녀들은 킥킥거리고 팔을 흔들거리며 걸어갔다. 이자벨은 아이들 뒤를 잠시 따라가다가,

그들 중 하나가 젊은 남자에게 키스하기 위해 뒤로 처지는 것을 보았다. 소녀보다 훨씬 나이가 많은 남자는 소녀의 허벅지 사이로 자기 무릎을 힘껏 밀어넣었다. 아직 집으로 가고 싶지 않았던 이자벨은 옥스퍼드 로를 따라 조금 더 내려가다가 작은 가게에서 붉은색, 밝은 버찌색 가죽장화를 발견하고 값을 지불했다. 그날 저녁도 그리고 그다음 저녁들도 왠지 만족스럽지 않았다. 버찌색 장화는 현관에 그대로 있었고, 이자벨은 다시 운동화에 발을 밀어넣었다. 그녀와 야콥의 대화는 거의 논쟁에 가까웠고 실망스러운 나머지 가능하면 피하는 게 좋겠다고 그녀는 생각했다. 적당한 화제도 없었다. 그러던 차에 앤서니가 다음날 저녁에 함께 「리어 왕」을 보러 가지 않겠느냐고 제안하자 두 사람은 고마워했다. 임시로 옮겨가 있긴 하지만 흥미진진한 공연을 하는 극장이었다. 그의 목소리는 마음놓고 열광에 빠져들게 했고, 런던의 삶, 뭔가 자극이 필요한 삶 전체에 어떤 활기를 띠게 했다. 그래서 이자벨은 극장 앞에서 티켓을 들고 손짓하는 그를 보고는 과장된 몸짓으로 달려갔던 것이다. 그녀는 객석을 보는 순간 낯선 느낌이 들었다. 좌석이 아주 조밀하게 다닥다닥 붙어 있는 반면 공간의 절반 정도는 비어 있고, 특히 무대 앞의 공간은 널따란 띠 모양으로 텅 비어 있었다. 야콥은 늦게 와서 그녀 옆에 앉으면서 하는 둥 마는 둥 키스를 했고, 그의 팔 윗부분이 그녀의 어깨를 살짝 스쳤다. 절반밖에 이해하지 못하겠어. 잠시 후 야콥이 속삭이며 그녀의 손을 더듬었다. 반면 그녀는 기지개를 펴며 사람들의 표정에

서 자신이 놓친 것을 읽어내려 했고, 파국이 왜 불가피했는지 이해하려고 했다. 유혈극은 절정에 달했고, 고통은 귀청을 찢는 참기 어려운 음향으로 전달되었다. ─광대의 연기가 최고야. 앨리스테어가 야콥에게 속삭였다. 그때 리어왕의 목소리가 들려왔다. 그는 울부짖으며 애원했다. ─불쌍한 내 바보가 죽었다. 없다, 없다, 생명이 없다! 개도 말도 쥐도 살아 있는데 왜 너는 숨을 쉬지 않느냐! 넌 다시 돌아오지 못하는구나! 그리고 몇줄이 더 지나간 뒤 벽이 무너졌다. 처음에는 투사된 영상에 불과한 듯 소리가 없었으나 갑자기 굉음이 들리며 우지끈 소리가 났다. 첫번째 열의 좌석에서인 듯 실감나게 무언가가 폭파되고 먼지가 소용돌이쳤다. 그야말로 실감나는 파괴의 순간이었다. 그러고 나서 다시 한번 죽은 리어왕의 목소리가 들려왔다. 넌 다시 돌아오지 못하는구나, 절대로, 절대로, 절대로, 절대로, 절대로. 다른 사람들보다 먼저 빠져나가려고 자리에서 잽싸게 일어났던 그녀도 그 소리를 들었다. 출구에서는 광대가 그녀를 기다리고 있었다. 끈질긴 눈초리를 가진 난쟁이 남자였다. 사람들을 헤치고 거리 쪽으로 나가려는 그녀를 뒤따라갔고, 그녀의 뒤에 바싹 붙어서서 뭐라고 중얼거렸다. 그녀는 나갈 수 없었다. 나가려 했지만, 잘되지 않았다. 저주의 목소리라도 들린 것 같았다. 다른 사람들, 키가 큰 남자 세 명이 나란히 기분좋게 밖으로 나왔다. 그들 중 유일하게 앨리스테어가 즉시 광대를 알아보고는 이자벨을 향해 조롱하듯 말했다. ─또다른 숭배자가 있었군! 그들은 아랍식 간이식당으로 들어갔고, 다시 집에 가려고 했을 때는 이미 마지막 전철이 떠난 뒤였다. 건물들의 출입구에는 이제 막 격자 창살들이 내려졌다. 다만 지붕이 있는 작은 광장에만 몇명의 낙오자와 밤의 환락을 좇는 자들이 어슬렁거리고 있었다. 심야버스 정류장이 위치가 바뀌어서 펜톤빌 로 쪽으로 가야 할지 캠던 쪽으로 가야 할지 아무도 몰랐다. 앨리스테어가 캠던 쪽으로 걸어가자고 제안했다. 거리는 모든 것이 차단된 듯 텅 비어 있었다. 그들은 불빛이 희미한 요크 웨이를 따라 걸었다. 이자벨은 다시 한번 리어왕의 목소리와 광대의 중얼거리는 소리를 들었다. 그녀는 앞서 걷다가 길 건너편 비계를 둘러친 집들 중 하나에서 다섯 명의 남자가 나타나 거리를 가로질러오는 것을 보았다. 한사람만 간신히 다닐 수 있게 임시로 좁은 보도를 만들어놓은 곳이 버스정류장이었는데, 그들은 그곳에 모여 그녀를 빤히 쳐다보았다. 검은색 방한외투 위로 얼굴들이 밝게 보였다. 그들 중 둘이 벽에 기대서서 비키지 않았기 때문에 이자벨은 뒤돌아보지 않고 비어 있는 차도 쪽으로 계속 걸었다. 그들은 제일 뒤에 가던 야콥의 외투를 말없이 잡아당겼다. 야콥은 가위눌린 듯한 고함을 질렀다. 그 때문에 이자벨은 몸을 홱 돌렸다. 남자들 중 셋은—결코 위협은 아니었다—칼을 보여주면서 앤서니와 앨리스테어를 붙잡았고, 둘은 야콥을 붙들었다. 그들은 이자벨을 중심으로 반원을 이루며 바짝 에워쌌다. 그녀의 등 뒤쪽은 담장이었다. 그녀는 별 의미도 없이 골똘히 생각했다. 이 거리 전체가 담장이잖아. 들어갈 데도 없고. 한 남자가 한뼘 정도로 가까이 그녀에게 다가섰다. 그녀는 그의 숨결과 땀냄새를 맡을 수 있었고, 몸의 열기도 느낄 수 있었다. 그는 말없이 그 자리에 서 있었다. 마치 그녀의 동행자들의 창백하면서도 놀라운 경악 위에 마음을 푹 놓고 몸을 기댄 듯한 자세였다. 앨리스테어조차 잠시 말문을 잃고 마비된 듯 꼼짝 않고 서 있었다. 그 순간 이자벨의 머릿속에는 이 모든 것이 희극적이라는 생각이 스쳐지나갔다. 이 습격의 순간이 연극작품 속의 결코!라는 외침보다 덜 경악스럽게 여겨졌다. ―자, 아가씨, 우리를 어떻게 생각해? 쓸모없는 이놈들 중에 누가 아가씨 애인이야? 그녀는 그의 눈을 들여다보면서 뭔가를 찾았다. 지난 며칠 동안 목표도 없이 길을 헤매던 일을 떠올렸고, 혹시 이 남자에게 그 무엇이 있지 않은지 살폈다. 그 순간 야콥이 풀썩 그 자리에 주저앉았다. 그러자 그녀는 웃기 시작했고, 남자에게 웃음을 보내면서 그를 향해 손을 뻗었다. 꼭 아이 같았어. 나중에 앨리스테어가 놀란 듯 고개를 절레절레 저으면서 말했다. 그는 그녀가 요크 웨이로 꺾어들어오던 경찰차를 보았으리라고는 생각지 않았다. 그러나 날은 거의 깜깜했고 가장 가까이에 있는 가로등조차 꽤 떨어진 곳에 있었으며, 건너편 집들은 비계를 둘러치고 창문을 널빤지들로 거칠게 못질해놓았기 때문에 주위가 어두웠고 그 때문에 경찰차의 써치라이트가 더 분명하게 보였다. 어쨌든 그녀는 경찰차를 보았다. 그녀는 아이처럼 두 손을 뻗어 그의 귀를 잡고 따뜻한 귓불을 감싸고는 키스라도 하려는 듯 그의 얼굴을 끌어당겼다. 그녀 말고는 누구도 경찰차가 팔 내지 십

미터 정도의 거리로 다가와 운전석에 앉은 경찰이 창문을 내리고 밖으로 고개를 내밀었다는 사실을 알아차리지 못했다. 이자벨은 다시 큰 소리로 웃고는 남자를 힘껏 밀어버렸다. 그리고 열린 틈새를 통해 경찰들에게 달려가 별안간 기겁하고 절망에 빠진 듯 손짓 발짓을 했다. 빛이 쏟아졌고, 남자들은 포로들을 놓아주고는 달렸다. 거리를 가로질러 건너가 건축공사장 뒤편 골목길로 사라졌다. 이자벨에게 다친 데는 없느냐고 경찰이 묻는 틈을 타 그들은 잽싸게 먼저 달아났다. 경찰차는 곧 그들의 뒤를 추격했다. 정적처럼 희미한 불빛이 다시 이자벨의 얼굴 위로 그리고 넋이 나간 표정으로 손목관절을 문지르고 있는 세 사람의 얼굴 위로 드리워졌다. 이자벨은 야콥이 죄스러운 듯 불안한 얼굴로 다가오자, 움찔하며 반걸음 뒤로 물러섰다. 그리고 앤서니가 경찰들 뒤를 쫓아가고, 앨리스테어가 주머니에서 휴대전화를 꺼내 전화를 거는 모습을 무심히 쳐다보았다. 주위에는 아무도 없었다. 앤서니가 다시 돌아왔다. 담장은 불그스레하고 거대해 보였다. 역이 나타났고, 그 뒤로 가스탑의 불빛과 쎄인트 팬크라스의 지붕 위로 솟은 기중기 불빛이 반짝거렸다. 어둡고 쇠락한 건물들의 벽에 아직 간판이 붙어 있는 것이 새삼스럽게 이자벨의 눈에 띄었다. 그 건물들은 수십년 혹은 더이상 된 낡은 까페, 작은 호텔, 사교클럽으로 지금은 비어 있었다. 창문들은 못을 박아 폐쇄했거나 깨져 있었다. 보도는 불규칙하게 제멋대로 포장되어 있었다. 앨리스테어는 택시를 부르는 데 성공했고, 야콥과 경찰을 기다려야 하는지를 놓고 말다툼을 벌였다. ―왜 망설이는 거야? 그놈들이 네 와이프한테 해꼬지를 했어. 그런데도 정식으로 신고하지 않겠다는 거야? 택시가 왔다. 그들은 차에 올라탔다. 분위기는 침울했고 남자들은 창피해서 어쩔 줄 몰랐다. 이자벨은 사물들의 일상적이고 평화로운 배열을 중단시키면서 순식간에 일어난 일의 정체가 무엇이었는지 알아내야 한다는 듯 집중하고 있었다. 택시는 북쪽으로 달렸다. 앤서니가 택시기사에게 한 클럽의 주소를 말하면서 그리로 가자고 했던 것이다. 앤서니는 자신이 연극을 보러 가자고 그들을 초대했기 때문에 모든 게 자기 책임이라고 우겼다. 그는 자기가 내겠다며 물어보지도 않고 위스키를 주문했고, 이자벨을 무대로 끌고 갔다. 그들은 춤을 추었다. 앤서니와 이자벨, 앨리스테어와 이자벨. 그러나 야콥은 흥이 나지 않았다. 그는 바의 높은 의자에 정자세로 앉아, 수그러질 때마다 몸을 곧추세웠다. 이자벨은 춤을 추었다. 그녀는 그 남자의 얼굴, 그녀의 얼굴에서 불과 한뼘 앞에 있던 그의 눈을 떠올리려고 애썼고, 그것을 짐의 얼굴과 비교해보았다. 그 남자는 취해 있었고 상처가 있었다. 앨리스테어가 그녀에게 두렵지 않았느냐고 묻자, 그녀는 그렇지 않았다고 대답했다. ―벌써 아무 느낌도 없는걸. 이제 겨우 두 시간이 지났고 다음날 아침이면 더는 실감도 나지 않을 것이다. 그런 일은 어차피 하루만 지나면 에피쏘드가 되어버리니까. 안드라스에게도 이야기해줄 수 있을 거야. 그녀는 생각했다. 그러나 이제 그들이 대화를 나누는 일은 아주 드물었다.

실제로 다음날 그녀는 전화를 걸었다. 쏘냐가 전화를 받았기 때문에 그녀는 어젯밤 일을 전부 쏘냐에게 얘기해주었고, 쏘냐는 야콥이 어떻게 행동했느냐고 물었다. 하지만 해줄 말은 별로 없었다. 그날 아침 그는 그녀가 일어날 때까지 기다렸다. 그는 여전히 풀이 죽어 있었다. 폭력을 얼마나 증오하는지 그는 거듭 말했다. 지금까지는 그가 그녀의 신경을 건드렸다면, 이제는 진절머리가 났다. 그녀는 그가 이웃집에서 아무런 낌새도 알아차리지 못했는지, 일층 그녀의 방에서 정말 아무 소리도 듣지 못했는지 의심스러웠다. 혹은 그가 폭력을 증오하고, 또 그의 영역 내에서 자기가 혐오하는 일이 일어나는 것을 원하지 않기 때문에 그것을 무시해버린 것은 아닐까 하는 의문도 들었다. 불안과 호기심 그리고 환멸을 야기한 작은 틈새, 이탈 현상 같은 것이 없었단 말인가? 사방은 조용했다. 그녀는 누구의 손때도 묻지 않은 자기 집 안을 서성거렸다. 일이 손에 잡히지 않아 전철역으로, 킹스 크로스로 갔다. 그리하여 사람들과 건축장비들과 번잡한 교통의 소음 속으로 들어갔다. 곳곳에 신문가판대가 있었고, 여행자들, 거지들, 서둘러 역을 빠져나가는 바쁜 사람들, 트렁크와 불안한 표정의 가족들이 있었다. 짧은 금발의 곱슬머리에 키가 큰 여자가 머리가 크고 키는 작은 한 남자를 향해 환한 표정으로 뛰어갔고, 두 사람은 서로 껴안았다. 그 남자를 보자 이자벨은 안드라스가 떠올랐다. 요크 웨이는 낮에도 조용했다. 버스 정류장에서 기다리는 사람은 아무도 없었다. 햇빛 아래서 보니 집들은 밤에 볼 때보다 더 낡은 것 같았다. 뭔가 번쩍이는가 했더니 유리창에 반사된 빛이었다. 장애아 같은 나무 한그루가 일렁이는 바람을 따라 움직였고, 아스팔트 위에 종이봉지가 떨어져 있었다. 그녀는 눈에 보이는 것을 있는 그대로 빨아들였다. 조금 떨어진 기중기 위에 있는 헬멧을 쓴 남자가 보였고, 붉은 담장도 보였다. 싸이렌이 두세 번 울리더니 멈추었다. 이자벨은 지난밤 남자들이 커다란 덮개를 젖히고 나타났던 그 자리에 서 있었다. 일어났던 일도 시간과 더불어 해체되기 마련이었다. 여기는 해체되고 다시 재건된 낡은 구역일 뿐, 그 이상은 아니었다. 그녀는 좁은 거리들을 이리저리 돌아다녔다. 아무 일도 일어나지 않았고, 그것이 불만스러웠다. 여름철의 따뜻한 날씨였다. 그녀는 치마 아래로 허벅지를, 발치에서 먼지를 느꼈다.

모퉁이를 도는 그녀를 짐은 즉시 알아보았다. 당황스럽기도 하고 화도 났다. 그녀가 그의 오랜 구역인 이곳에서 할일이 있을 리 만무했기 때문이었다. 그가 오랫동안 피해왔던 이 거리들은 메이가 걸어다녔고 그가 메이와 함께 가로질러 다니던 곳이었다. 거기에 그녀가 나타나 두 손으로 치마를 쓰다듬고 있었다. 그는 바지주머니에서 담배와 성냥을 더듬어 찾아서 담배를 피웠다. 하지만 그녀가 필드 가 모퉁이에 서서 누군가를 기다리는 듯해도, 자기를 몰래 염탐하는 것은 아니라고 생각했다. 오래된 주택은 황량하게 서 있었다. 뭘 물어볼 수 있는 사람은 아무도 없었다. 다만 건물의 뼈대와 덮개만 달랑 앞에 있을 뿐, 채소장수도 없었다. 건물 정면을 가리고 있는 덮개는 따뜻한 바람에 펄럭거리며 쇠파이프들을 두드리고 있었다. 기초공사를 위해 파놓은 구덩이들에서 마치 타악기를 두드리는 듯한 나지막한 소음이 번잡한 차 소리를 뚫고 이따금 들려왔다. 짐은 담배꽁초를 하수구에 던져버리고, 다음 피울 담배를 담뱃갑에서 만지작거리며 골랐다. 그녀가 다가왔다. 망설이듯 멍한 표정으로 다가와 그가 메이를 찼던 곳을 지나갔다. 그러다가 멈칫거리면서 고개를 옆으로 돌렸다가 위로 들었고, 짐을 알아보고는 흠칫하며 뒤로 물러섰다. 멍청이들과 망보는 놈들 그리고 살인자들은 그리 많지 않다고 앨버트는 주장했다. 테러 공격을 두려워하는 메이를 안심시키기 위해서였다. 죽음을 기다리는 곳에서는 결코 죽는 사람이 없는 법이라고도 말했다. 몽유병에 걸리기라도 한 듯 그녀는 그쪽으로 걸어갔다. 그는 씩 웃으면서 그녀의 팔을 붙들었고, 다시 허리를 아주 억세게 감싸안자 그녀는 끄응 하는 신음소리를 냈다. 그는 그녀에게 키스하려는 듯 포즈를 취했다. 그녀는 그의 눈을 들여다보고 그의 입을 쳐다보았다.

그는 격분한 듯 보였다. 그녀는 무언가 해명하려고 하면서, 그가 숨어서 자기를 기다렸음이 틀림없다고 말했다. 어제 여기 있지 않았느냐는 이해할 수 없는 질문도 했다. 그가 그녀를 놓아주고 한걸음 뒤로 물러서서 큰 소리로 웃자 그녀는 노골적으로 실망감을 보였다. 그는 꼭 끼는 티셔츠를 입고 서 있었다. 그녀는 티셔츠 아래의 건장한 상체와 옹골

찬 근육들을 보았다. 그는 빠른 걸음으로 그곳을 떠나기 전에 다시 몸을 돌려 그녀의 어깨 너머로 소리쳤다. —또 봐!
약속이자 위협이었다. 거리의 표지판에는 필드 가라고 적혀 있었다. 그녀는 당황스럽기도 하고 무감하기도 했다. 뭔가 잘못된 거야. 뒤로 가야 해. 뒤로 돌아가야 해. 지금까지 일어났던 일을 되돌려 아니라는 걸 확인하든가 아니면 사실이란 걸 확인해야 해. 그러나 지금은 텅 빈 거리, 밝으면서도 황량한 거리뿐이었다. 그래서 그녀는 뛰기 시작했다. 처음에는 천천히 그러다가 점점 더 빨리 뛰어 유스턴 로로 갔다가 다시 서쪽으로 방향을 틀었다. 그러고는 워렌 가로 뛰어가다가 한무리의 사람에게 막혀 멈추어섰다. 신문판매원, 벨트 장사, 직장인, 여행객 들이었다. 누군가 들고 있던 작은 꽃다발이 길에 떨어졌고, 사람들의 발에 짓밟혔다. 학생 넷이 잠시 그녀를 둘러쌌고, 구겨지고 흘러내린 옷깃 너머로 씩 웃으면서 그녀를 쳐다보았다. 한 남자가 콘트라베이스를 자기 쪽으로 끌어당기다가 실수로 이자벨을 세게 후려치고 말았다. 고통의 눈물, 모욕의 눈물이 왈칵 쏟아졌다. 허둥지둥 인파를 빠져나오자 꽃을 파는 여자가 보였다. 그녀는 양동이에서 마지막 꽃다발을 꺼내 포장하고 있었고, 그 뒤에서는 더 젊은 여자가 양동이를 두 손으로 잡고 길에다가 힘껏 물을 비우고 있었다. 이상하게도 이자벨은 그녀가 낯설지 않았다. 그녀는 말랐고 거의 뼈밖에 없었다. 그녀가 몸을 일으켜 옆으로 돌렸을 때, 이자벨은 그녀의 얼굴을 보았다. 관자놀이에서 턱까지 불꽃처럼 붉고 추한 상처로 일그러진 얼굴이었다. 상처가 너무 심해 흉터가 제대로 아물지 않은 것 같았다. 그 얼굴은 인간의 얼굴을 파괴하는 사악함 그 자체였다. 하지만 아마도 사고 때문일 거라고 이자벨은 생각했다. 놀란 나머지 그녀는 자기를 쳐다보다가 가까이 와서 화를 내고 경멸하는 얼굴로, 마치 멍하게 입 벌리고 있는 아이라도 내쫓듯 한마디 말도 없이 손으로 위협하며 몰아내는 나이 많은 여자를 알아차리지 못했다.

창피해서 달아오른 얼굴로 그녀는 계속 걸었다. 작은 가게들 앞을 지나갔고, 그 앞에 녹색 벤치가 놓여 있는 까페를, 커다란 맹인보육원 건물을 지나갔다. 마침내 야콥을 그녀와 떼어놓고 있는 마지막 건널목이 눈앞에 나타났고, 단조철제의 커다란 격자문이 보였다.

25

야콥은 서류철과 메모록과 복사물 더미를 조심스럽게 들고 균형을 잡으면서 벤섬의 방으로 가 어깨로 밀치며 문을 열었다. 벤섬은 책상 앞에 앉아 있다가 적당히 호기심을 보이며 몸을 일으켰는데, 손에는 작은 인물상 하나를 들고 있었다. ─이걸 한번 보시겠소? 아니, 우선 자료들부터 내려놓지요. 그는 그렇게 말하며 방 안을 가리켰다. ─이걸 한번 들어보시오, 여기. 그는 야콥에게 인물상을 내밀었다. 야콥은 불안한 자세로 겨우 균형을 잡으며 어쩔 줄 모르고 서 있었다. ─당신 뒤쪽의 궤짝 위에 자리가 있어요. 야콥이 몸을 돌리자, 제일 위에 있던 종이가 미끄러지면서 원을 그리며 바닥으로 떨어졌다. 부처를 새긴 목제 인물상은 손을 대지 않아도 따뜻하고 매끈해 보였다. 벤섬이 말했다. ─그래요, 그건 손으로 대충 만져서는 모릅니다. 몸의 섬세한 표현은 손가락으로 일일이 확인해야만 공감할 수 있지요. 엄정한 기법은 차츰 드러나는 법이지요. 그는 야콥에게서 인

물상을 도로 받아들고는 말했다. ─나는 그걸 이스라엘의
한 여성한테서 입수했어요. 그녀가 아버지에게서 물려받은
유일한 것이었답니다. 그녀의 아버지는 뮌헨에 있는 동아시
아박물관 관장을 지냈고, 자신이 설립한 커다란 개인박물관
을 소유하고 있었어요. 다행히 아리안 혈통의 여성과 재혼을
했기 때문에 그는 살아남을 수 있었던 거지요. 그는 1943년
에 심장마비로 죽었답니다. 그의 딸은 그때 이미 이스라엘
에 살고 있었고요. 나는 그녀를 위해 권리회복 소송을 했지
만 패소하고 말았습니다.

벤섬은 부처상을 다시 책상에 내려놓고는 야콥을 바라보
며 방 안에 마치 다른 사람이 있기라도 하듯 눈짓을 했다. 그
러고는 자리에서 일어나 서랍장 쪽으로 가서 서류들 위로
고개를 숙였다. ─아, 그렇군, 헬도르프 백작이군.

야콥이 말했다. ─그는 경찰청장이었습니다. 들리는 말
에 따르면 엄청난 액수의 뇌물을 받은 대가로 몇몇 부유층
가족을 출국시켜주었다는군요. 한 중개업자가 트렙토우에
있는 빌라의 구매계약에 서명해주었고요. 그래서 제가 지금
에서야 그 이름을 발견한 겁니다. 벤섬이 말했다. ─1931년
이래로 베를린-브란덴부르크의 친위대 대장이었지요? 안
그래요? 정말 불쾌한 인물이에요. 처형되었던가요, 아니면?

야콥이 고개를 끄덕였다. ─1944년 8월 플뢰첸제에서
처형되었습니다. 6월 20일에 체포되었고요. 그래서 일이 복
잡하게 꼬인 겁니다. 별다른 검증도 없이 그자가 저항운동
가로 여겨지고 있을 정도니까요. 게다가 중개업자 문제도

있고요. 적당한 금액의 구매계약서도 있습니다. 그러나 밀러 부친의 편지들을 보면 실제 구입금액은 십분의 일도 되지 않습니다. 전쟁 후에 중개업자의 상속인들이 저택을 물려받았지요. 그들의 이름이 크뤼거입니다. 크뤼거라는 사람은 법학을 공부한 것 같고, 그래서 이번 일에 주도권을 쥘 수 있다고 생각하는 모양입니다. 그는 전쟁중에 서류들이 소멸되어버렸다고 하며, 또 자기 할아버지가 그 빌라를 호의적으로 취득했다고 주장합니다. 달리 말하면, 그는 아무것도 모른다는 거지요.

— 헬도르프가 실제로 몇사람을 도와주었던 모양입니다.

벤섬이 말했다.

야콥의 설명은 이랬다. 밀러는 베를린에서 혼자 힘으로 살아왔다. 베를린에서, 그리고 가족 별장이 있는 슈테힐린 호수 근처에서. 그러나 그는 이곳에서도 저곳에서도 악의적인 대접을 받아왔다. 특히 트렙토우에 있는 건물이 황폐하게 방치된 것에 당혹스러워했다. 그 건물은 그동안 단독주택들로 나뉘어졌고, 일층과 지하는 컴퓨터오락과 즉흥연주를 위한 가게였다. 그래서 밀러가 야콥에게 크뤼거 자신이 쓴 편지의 복사본을 보내왔던 것이다. 독일어로 아무렇게나 쓴 뻔뻔한 내용이었다. 그 편지에서 크뤼거는 오로지 협박으로 이 문제를 해결할 거라는 생각을 노골적으로 밝히고 있었다. 그래서 이제 그는 불트라는 변호사를 고용하려고 한다는 것이었다. 이 변호사는 제호퍼-토지 문제로 이름이 알려졌는데, 시위자들, 아니 오히려 반(反)시위자들의 홍보

담당자 역할을 했다.

—제호퍼-토지 문제는 이스라엘의 경우와는 비교할 수 없는 것이겠지요? 이스라엘이 팔레스타인 사람들에게 한 짓, 그 짓을 돌아온 유대인들이 정착하고 있는 독일인들에게 했다고요?

야콥이 다시 고개를 끄덕였다. —트렙토우의 건물을 두고 크뤼거는 무엇보다 투자우선권이라는 논거를 제시하고 있어요. 황폐한 건물의 상태를 감안하면 정말 가소로운 주장이지요. 불트가 크뤼거에게 패배를 승복하게 할 건 분명합니다.

—하지만. 벤섬이 어깨를 으쓱하며 말했다. 결국 로마인들이 만든 오래된 원칙이 아직도 영향을 미치고 있다는 걸 알아야 해요. 그들이 말하듯이 호의적으로 취득했다는 것은 천년제국의 시대에 만들어진 논리지요.

—그래도 제가 가봐야 할 테지요. 야콥이 말했다. 벤섬이 그를 찬찬히 쳐다보았다. —생각만 해도 흥분되지 않나요? 우리와 함께 일할 건가요? 그렇다면 소송을 진행하세요. 철저하게 대비해서. 그 편이 더 낫고 교훈도 얻을 테니까.

그는 몸을 수그리고 서랍에서 뭔가를 찾았다. 야콥의 존재는 잊어버린 것 같았다. 모드 부인이 노크를 하자 그제야 그가 고개를 들었다. 하지만 그녀가 찾는 것은 야콥이었다. —부인이 아래에 와 있어요. 그녀가 환하게 웃으며 말했다. 이런 메씬저 역할이 정말 마음에 든다는 듯이. —당신이 금방 내려올 거라고 했어요. 그녀는 벤섬을 쳐다보며 단정적으로 말했고, 벤섬도 고개를 끄덕이며 다시 한번 야콥을 보았다. ─자, 어서 가서 산책이라도 좀 하시지. 산책이 최고야. 그가 말했다.

이자벨은 계단난간을 꼭 붙든 채 현관에 서 있었다. 그녀의 불안한 표정에 야콥의 마음도 편치 않았다. 그는 그녀를 밖으로 데리고 나갔고, 그녀의 허리를 꼭 감싸안았다. 길거리에 나와서야 비로소 그는 그녀에게 키스를 했고, 그녀의 부드럽고 상큼한 피부와 주근깨를 보았다. 주근깨는 적응력이 뛰어나 언제라도 지하동굴로 사라질 준비가 된 작은 동물처럼 자신만의 생명을 가진 것처럼 보였다. ─이자벨. 야콥이 말했다. 그녀는 그를 올려다보고 당황해서 미소를 지으며 말했다. ─당신한테 방해가 되고 싶지는 않았어. 정말 별난 오전이었어.

─방해라니 말도 안돼.

─연락도 없이 사무실로 온 거 말이야. 그녀가 대답했다. 어제 일 때문에. 당신이 걱정됐거든.

─내가? 왜 내가 걱정됐는데?

─야콥? 집으로 안 갈래? 그녀가 말했다.

그는 나직하면서도 환하게 울리는 그녀의 목소리를 들었다. 집으로 안 갈래? 그는 자기 몸이 이성보다 더 빨리 반응하는 것을 느꼈다. 그녀는 집으로 가서 그와 함께 침대에 눕고 싶었다. 그는 그녀의 말이 옳고, 그 말을 실행하는 것이 얼마나 쉬운지 알았다. 그래야만 벤섬과 이야기를 나누느라 잊고 있었던 위협과 패배의 느낌이 사라질 수 있을 터였다.

갈망이나 열정 없이도 부드럽게 섹스를 나누기란 너무 쉬운 일이라고 야콥은 생각했다. 그들은 결혼을 했고, 그것이 그들의 사랑이고, 그래야만 잊고 싶은 부끄러움을 함께 웃어 넘길 수 있기 때문이었다. —아무것도 아니었어. 멍청한 녀석들이었지. 그가 희미한 목소리로 말했다. 그녀는 머뭇거리면서 고개를 끄덕였다. —그래, 오늘저녁 외식하는 게 어때? 처리할 일이 아직 좀 남아 있거든. 혹시 혼자 있는 게 불안한 거야?

거리의 끝에서 그녀는 다시 몸을 돌려 그에게 눈짓을 보냈다. 야콥은 위로 올라갔으나 벤섬의 방문은 닫혀 있었다. 살짝 열려 있는 것이 아니라 꼭 닫혀 있었다. 그것이 그 뭔가에 대한 처벌이기라도 한 것처럼 야콥은 가슴이 뜨끔했다. 철도회사 사건은 복잡하면서도 흥미로웠다. —철도회사? 그 건으로 수임료를 얼마나 받을 건데? 통화를 하던 한스가 유쾌하게 말했다. 야콥도 따라 웃으며 말했다. 의뢰인을 만났더니, 자신은 독일인으로 거대사업을 운영하게 되면 기차를 정시에 도착시키고 선로에 머물러 있게 하지 않을 것이며, 낙엽이나 십 센티미터의 눈이 선로를 덮더라도 탈선하지 않게 할 자신이 있다는 것이다. 의뢰인은 덩치가 크고 우둔하게 생긴 남자였다. 앨리스테어와 앤서니는 헐떡거리며 안으로 들어온 남자의 선량하면서도 조금은 위협적인 모습에 웃음을 참지 못했다. 야콥은 하루의 가장 많은 시간을 독서로 보냈다. 야콥은 크레이폴 씨에게 일련의 역사책 씨리즈를 전부 가져다달라고 주문했고, 크레이폴은 더 많은 책을 추가로 가져왔다. —바요르, 바요르도 읽어야 해요. 프리트랜드의 책도요. 1권만 나왔지만 가장 좋은 책들 중 하나이지요. 그러면서 야콥이 쓸 수 있게 서가 하나를 비워주었다. 책들과 라이프치히 가의 베르트하임 토지에 관한 건, 그동안 바이스하임이 차지하여 건물을 세운 것을 둘러싼 소유권 문제와 연관된 모든 것을 한데 모아놓기 위해서였다. 야콥은 제호퍼 토지 소유자의 편지들과 베를린 행정재판소의 기록들도 읽었다. —나는 지금까지 독일 관련 사건은 별로 다루어보지 않았어. 야콥이 전화로 한스에게 말했다. —베를린과 관련된 이 책들을 모두 읽어야 할지 나도 의문스러워. —왜 그런 거야? 한스가 예민하게 반응했다. 야콥은 그에게 프리트랜드의 책 『제3제국과 유대인들』 중에서 몇줄을 읽어주었다. 1938년 6월 아이들이 보석가게를 습격해 약탈하고 한 아이가 유대인 주인의 얼굴에 침을 뱉는 장면이었다.

　이른 오후부터 야콥은 창밖으로 하늘을 거듭 관찰하기 시작했다. 구름의 속도와 그 사이로 푸른 하늘이 얼마나 보이는지, 태양이 아름다운 저녁을 보장해줄지 가늠해보았다. 이른 저녁은 벤섬이 산책하자고 택한 시간이었다. 벤섬 자신도 날씨에는 별로 관심이 없었다. 다만 야콥에게 날씨 좋은 날, 잠시 산책을 나가서 리젠트 공원을 지나 동물원까지 갔다오자고 제안했을 뿐이다. 그가 그렇게 하여 야콥에게 호의를 베풀려는 것인지 아니면 사귀려는 것인지 분간하기는 불가능했다. 야콥은 반걸음 뒤에서 벤섬을 따라갔다. 벤섬은 차분하게 앞서 걸어갔고, 이따금 좌우로 고개를 돌렸다. 그럴 때면 야콥은 그의 옆얼굴을 볼 수 있었다. 심하게 휘어진 속눈썹, 코, 그 나이의 남자치고는 놀랄 만큼 두툼한 입. 그 모든 게 사실 그리 조화롭지 않고 답답한 느낌도 주었지만, 다른 한편으로는 우아해 보이고 마음을 움직이는 구석도 있었다. 야콥이 애틋하게 쳐다보는 시선을 벤섬이 알아차리지 못할 리 없었지만, 아무 내색도 하지 않았다. 대신 그는 꽃과 행인과 나무 들에 관해 언급했으며, 자기를 보고 달려와 존경의 뜻으로 꼬리를 흔들며 따라오는 개들을 가리켰다. 야콥은 벤섬이 그에게 보여주는 모든 것에 미소에 미소를 보냈다. 오리들, 잔디에 누워 키스하는 연인들, 울타리 안에서 긴 다리로 불안하게 이리저리 돌아다니는 늑대들. 마치 아이처럼 야콥은 자신에 대해 생각하면서 어쩔 줄 몰라했다. 그는 실제로 공원을 사랑했다. 그러나 가랑비가 내리거나 주말이라 벤섬이 사무실에 오지 않아 혼자 산책을 가야 할 때면 혹시 길에서라도 벤섬을 만나지 않을까 해서 주위를 끊임없이 살폈고, 두리번거리며 벤섬이 요새 주로 입는 밝은색 상의를 찾았다. 어깨를 억지로 밀어넣을 정도로 꼭 끼어서 날씬한 허리를 돋보이게 하는 상의였다. 우아하면서도 육중한 몸뚱이는 댄스스텝과 춤추는 곰의 스텝으로 예상보다 빠른 속도로 걸어갔고, 생각에 잠겨 걸으면서도 편안하거나 재미있어 보이는 온갖 것을 빠뜨리지 않고 관찰했다.

앨리스테어는 사층에 있는 야콥의 방에 들르거나 야콥과

함께 식사하러 갈 때면 이따금 뼈있는 말을 던졌다. 밀러의 일이라든지 야콥이 무슨 책을 읽고 있는지 물었지만, 실은 자신의 머릿속을 스쳐지나가는 뭔가를 확인하려고 온 것이 분명했다. 앨리스테어는 야콥이 미끼를 물 거라고 확신하며 낚싯대를 던지듯 말을 던졌다. 같은 층에 벤섬이 근무하고 있었지만 그의 존재를 꺼려하지 않았고, 애써 목소리를 낮추려고도 하지 않았다. 야콥이 느끼기에 앨리스테어는 악의적이지 않았고, 부드러우면서도 심술궂게 벤섬에 대한 자신의 사랑을 속속들이 확인하려는 것 같았다. 앨리스테어는 벤섬을 두고 깃털이 빠지고 날개가 마비된 새 같은 인간이라고 말했고, 못 본 척 넘어가기 힘들 정도로 확고부동한 허영심의 인간이며, 그럼에도 이따금은 이성의 날카로움, 심지어 법률가의 날카로움을 보이는 사람이라고 방문을 나서면서 말했다. 벤섬이 젊은 남자를 혼란스럽게 만드는 것을 즐기기까지 한다는 말도 덧붙였다. 또한 혼란은 젊은 남자들뿐만 아니라 일반적인 경우에도 아주 바람직하다는 말도 했다. 법학과 역사의 관계에 대한 너무나 큰 확신에도 불구하고, 법률적인 결정이 사물들의 질서를 어떻게 뒤집어버리려고 했는지, 그리고 피해보상이라는 것이 능란한 술수의 연속을 의미한다는 것을 생각해보면 그 점은 이해가 된다는 것이다. 앨리스테어는 이렇게 말하기도 했다. 피해보상 요구라는 것은 대체로 기묘한 데가 있어. 야콥, 잘 생각해봐. 어떻게 해서 손실계산과 그것에 대한 지급도가 나이에 따라 영향을 받을까? 예컨대 연인의 아름다움과 그 연인의 죽음에 대해 장황하게 이야기한다는 게 말이 될까. 가망이 없으면 입을 다물어버리는 게 현명한 처신이지. 이 마지막 말이 무슨 뜻인지 야콥은 얼른 알아차리지 못했다. 다만 모드 부인이 수년 동안 변함없이 벤섬을 배려하고 관심을 기울이는 것과 연관되어 있을 거라고 어렴풋이 짐작할 뿐이었다.

야콥은 로프에 매달려 삐걱거리며 신음소리를 내는 승강기를 한번도 사용하지 않고, 두껍게 덧칠한 난간을 단단히 잡고 계단을 오르락내리락했다. 창문을 통해 밀려들어오거나 스탠드에서 새어나온 어둑어둑한 빛 아래 닳아빠진 양탄자가 희미하게 보였다. 하지만 실오라기를 하나하나 구분할 수는 있을 정도였다. 야콥은 배후의 정보제공자인 앨리스테어에게 들어서 벤섬의 사무실 공간이 곧 사십년이 되어가며, 당시에는 젊고 게다가 이주민이었던 변호사의 주소지가 유별난 주목을 받을 수밖에 없었다는 사실을 알고 있었다. 증여와 관련된 이야기도 있었는데, 여기에서는 훨씬 더 공정한 이야기꾼인 모드 부인의 말을 앨리스테어가 인용했다. 그녀는 1967년으로 연도를 교정했고, 당시 서른두살의 젊고 잘생긴 청년이었던 미스터 벤섬의 어떤 후원자가 — 이 말을 하면서 앨리스테어는 킥킥거리며 웃었다 — 사무실 공간을 마음대로 쓰게 해주었고, 벤섬의 사무실은 얼마 지나지 않아 시내에서 가장 잘나가는 사무실 중 하나가 되었기 때문에 그 사무실 공간도 곧 구입할 수 있었다는 것이다. 벤섬이 홀로 런던에 와서 아무것도 없이 목에 마분지 명패 하나만 달랑 걸고 채용되었다가 이렇게 성공한 것은 참으로 드문 일이었다. 마침내 그의 부모도 뒤따라 들어와 살해를 면할 수 있었지만, 그들이 도착하고 얼마지 않아 채 기반을 잡기도 전에 둘째아들이 죽고 말았다. ─어쩌면 그런 운명이 다 있을까요! 그녀가 나중에 아이를 안타깝게 애도하며 덧붙였다. 그러나 운명이란 잘못된 말이라고 야콥은 생각했다. 하지만 그도 그 이야기를 들으면서 운명과 정해진 운명의 잔혹성과 피할 도리가 없는 것에 대해 생각했다. 재통일은 그에게 불의라는 작은 부분을 법에 종속시킬 수 있는 기회로 보였다. 그러나 그는 이제야 나치시대를 인간이 주도한 것으로, 정치와 행위와 의지로 파악하기 시작했을 뿐이었다.

벤섬의 어린시절에 대한 동정 때문에 모드 부인이 그에게 세심한 주의를 기울이는 것은 아니라는 사실을 야콥이 알게 되었다. 벤섬이 저녁마다 언제나 확신 없는 걸음으로 사무실을 나갈 때, 그녀가 온갖 선하고 사랑스러운 정령들에게 그를 보호해달라고 하는 제스처를 취한 이유를, 야콥은 어느날 저녁 콜로세움 극장과 멀지 않은 곳에서 우연히 엿보게 되었던 것이다. 그의 심장은 기쁜 나머지 박동을 멈추었지만, 바로 다음 순간 경련을 일으킬 지경이었다. 벤섬은 우아하고 완벽한 자세로 고독하게 누군가를 기다리고 있었지만 바람을 맞았음이 분명했기 때문이었다. 행인들은 그를 이상하다는 듯 쳐다보면서 스쳐지나갔다. 야콥은 흰색 상의에 검은색 나비넥타이를 매고 흠잡을 데 없는 구두를 신은 사나이를 향해 내뱉는 모멸적인 말이 귀에 들리지 않는 거리에 있는 것이 기뻤다. 그는 벤섬의 눈에 띄지 않았다고 확신했다. 벤섬에게는 자기가 기다리는 사람만 보일 것이 분명했기 때문이다. 야콥은 이자벨과의 약속을 지키기 위해 계속 걸었고, 그녀 쪽으로 달아나면서 자기가 마음이 상했다는 것을 깨달았다. 벤섬의 인생에서 결정적인 역할을 하는 누군가가 있었던 것이다.

다음날 앨리스테어가 방문을 열고 들어오자 야콥은 자신이 앨리스테어의 고양이처럼 장난기가 심한 착상들과 그의 유연한 몸뚱이와 자기를 거침없이 조롱하는 듯 보이며 늘 뭔가를 꾸미는 그의 손에 유혹당한 한마리 생쥐처럼 느껴졌다. ―벤섬은 오늘 틀림없이 일찍 나갈 거야. 나는 이자벨과 국립영화극장에서 「썬셋 대로」를 보기로 약속했어. ―벤섬이 뭐 때문에 일찍 집으로 간다는 거지? 야콥이 자신의 약점을 드러내며 화가 나서 물었다. 앨리스테어가 대답했다. ―아마 오늘이 그의 반려자의 생일일 거야. 자, 같이 가는 게 어때? 한 시간 후 여기로 데리러 올게. 이자벨은 국립영화극장에서 우리를 기다리기로 했거든. 우리는 내 베스파를 타고 가면 돼. 아니면 걸어올래? 야콥은 제안에 찬성했다. 하지만 걸어가겠다고 말하고, 눈짓을 보내고는 자리를 떴다. 처마의 홈통에 비둘기들이 깃털을 세운 채 나란히 앉아 있었다. 야콥은 비둘기들이 꾸꾸 우는 소리를 듣고는 창가로 갔다. 이전에 살던 사람 아니면 방문객이 처마의 구리 홈통에 손가락으로 튕겨넣은 담배꽁초가 그대로 있었다. 창밖으로 몸을 멀찍이 내밀고 담배를 피우라고 모드 부인이 처음 근무하던 날부터 말했다. 그는 바로 그 자리에서 오랫동안 끊었던 담배를 다시 피웠고, 거리를 내다보면서 목소리와 자동차 소리와 싸이렌 소리에 귀를 기울였다. 건물 안은 이미 조용했다. 벤섬은 벌써 출발한 것 같았다. 그의 나직한 기침 소리도 전화 소리도 들리지 않았다. 나중에 야콥은 워털루 다리의 보행자 통로를 지나갔다. 바로 옆에서는 대륙에서 돌아오는 길이라 속도와 힘이 빠진 듯 보이는 기차들이 리듬에 맞추어 꽝꽝거리며 지나갔다. 그때 한 젊은이가, 반짝거리고 꼭 끼는 재킷을 입고 숱 많은 곱슬머리의 멋진 젊은이가 군중을 헤치고 그를 향해 곧바로 걸어오더니 야콥 앞에 멈추어서서 미소를 보냈고, 심지어 손까지 뻗었으며, 야콥이 말없이 거부의 몸짓을 하자, 잠시 그의 어깨를 스치고는 다시 걸어갔다. 혼란스러우면서도 아쉬움이 진하게 남아 야콥은 그 장면을 이자벨과 앨리스테어에게 얘기해주었다. 귀엽고 젊은 남자애가 모종의 거래를 제안한 것 같아. 그걸 어떻게 해석해야 하지? 이자벨이 바 쪽으로 가버리자, 야콥이 웃고 있는 앨리스테어에게 물었고, 앨리스테어는 이미 오래전부터 알고 있는 일이라고 대답했다. ─너라고 해서 다른 남자 마음에 들지 말라는 법은 없는 거 아니겠어? 야콥은 잔 세 개와 포도주 한 병을 들고 다가오는 이자벨을 쳐다보았다. 그녀는 앨리스테어를 향해 미소를 지었다. 질투를 느낄 수도 있겠어. 야콥은 그렇게 생각했지만, 실제로는 그렇지 않았다. 베를린으로 그를 따라갈 생각이 없느냐고 묻자, 그녀는 아니라고 답했다.

베를린에서의 야콥의 일처리에 대해 논의한 뒤 벤섬은 자리에서 일어나 야콥에게 앉아 있어달라고 했다. ─ 어쨌든 천천히 합시다. 게다가 다음주에는 며칠간 사무실에 나오지 않을 겁니다.

그는 이번에는 밝은 색 상의에다가 검은 점들이 있는 흰 나비넥타이를 매고 있었다.

─ 저는 내일 다시 한번 밀러를 만날 겁니다. 자기 할아버지의 편지들을 또 발견했다는군요.

─ 그 사람 뭔가를 자꾸 새로 끄집어내는군. 벤섬이 중얼거렸다. 언젠가는 끝날 때가 있겠지. 누가 알겠소? 어제 밀러를 만났는데, 열을 올리며 건물 얘기를 하더군요. 집이 그에게 영생을 보장하기라도 하듯 말이오. 그래요, 우리에게는 과거가 있고, 우리의 미래는 거기서 오는 거지요.

─ 하지만 실제로 미래는 그의 것입니다. 야콥이 반박했다. 그건 절도였어요. 무관심한 사이에 은폐되어버린 절도 말입니다. 폰 도르프는 무서울 게 없었으니까요.

─ 그래요, 절도지요. 하지만 사람들이 도둑맞았던 것을 도로 갖고 싶어할까요? 예전에는 나도 그랬어요. 예전에 ─ 그는 책상 위에 있는 부처상을 가리켰다 ─ 핑쿠스 부인을 변론했을 때 말입니다. 우리가 진리를 적지 않게 되살리고 복구하는 단호한 조치를 할 수 있다고 생각했지요. 마치 독일이 우리를 위하고 세계 전체를 위하는 진리와 정의라는 게 있다고 우리 유대인에게 입증할 수 있기라도 한 것처럼 말이지요. 하지만 믿을 수 없는 처지라면 ─ 지금 상황은 얼

마나 어처구니가 없습니까!—당연히 의심할 수밖에 없고, 또 거기엔 일말의 근거가 있습니다. 냉소적이 아니라 있는 그대로 말하자면 고통이 우선이고, 정의를 다시 세우는 것은 그다음 일이지요. 많은 일이 정당하다고 해서 언제나 사태의 핵심을 꿰뚫어보는 것은 아니라고 봅니다. 내 생각에 마음의 충동이야말로 정당한 것이었어요. 결국 우리 가족들은 죽임을 당했어요. 그들의 손에 죽지 않은 많은 사람들도 결국엔 살아남지 못했고요. 그런데 내가 그 소송을 맡게 되었고, 또 판사는 예전에 아리아 인종문제에 관여했던 그 판사였던 거지요. 하나의 소극이었어요.

—하지만 그 때문에 우리는 포기할 수 없는 겁니다.

—나는 차라리 아직 시작되지도 않았다고 말하고 싶소.

야콥은 혼란스러워 고개를 숙였고, 벤섬은 이리저리 서성거렸다. —참, 조부모님의 가구를 여기로 가져오게 했던가요? 나도 옛 가구들을 사들여 모았어요. 그렇게 해서 내 과거를 만들어낼 수 있기라도 한 것처럼 말이지요. 물려받을 거라고는 아무것도 없었으니까요. 그동안 나는 그것들을 다른 것으로 바꾸어버리고 싶었소. 하지만 너무 게을렀고, 감상적인 면도 있어서 그러지 못했어요. 가구들이 내 집에 있은 지 이제 삼십년이 지났답니다. 일종의 거주권을 얻은 셈입니다. 어떻게 보면 내 기억 속에서 그들의 자리를 호의적으로 취득한 것이지요. 하지만 정말로 나이가 들어버린 지금 나는 그 모든 것이 도대체 무슨 의미가 있는지 자문해봅니다. 과거, 작은 상자와 궤짝들, 편지와 사진들. 이 모두는 우리가 나이와 죽음에서 도망칠 수 있다고 믿기 위해 원한 것이 아닐까요. 밀러도 나와 마찬가지로 자식도 다른 친척들도 없어요. 하지만 우리가 우리의 진리를 포기할 리는 만무하지요. 우리는 옛날의 것이든 오늘날의 것이든 부당한 요구에 대항해 우리의 권리개념과 삶을 옹호합니다. 결국 우리가, 나와 밀러가, 다른 많은 사람들이 죽임을 당했기 때문에 그 일을 할 수 있는 겁니다. 물론 독일은 책임이 있습니다. ─그것이 최소한의 것이겠지요? 야콥이 물었다. 벤섬은 몸을 돌려 야콥의 책상 위에 있는 서류와 책 들을 오른쪽에서 왼쪽으로 밀쳐버렸고, 종이 한장을 집어들고는 거기에 쓰인 것을 호기심어린 시선으로 들여다보았다. ─그렇소. 그게 최소한이오. 그가 동의했고 야콥을 보며 말했다. ─당신이 여기 있어서 정말 좋군요. 앨리스테어와 서로 잘 통하지요. 최소한 작은 바퀴라도 다시 거꾸로 돌리다보면 실제로 분위기가 뜨는 거지요. 안 그래요?

야콥은 런던 씨티 공항을 출발했다. 그는 바다를 내려다보았고, 앨리스테어와 이자벨과 함께 보았던 영화 「디 아워스」(The Hours)를 생각했으며, 메릴 스트립의 얼굴을 떠올려보려고 애썼다. 하지만 바다가 움직이며 그 앞을 가로막았다. 일종의 눈에 띄지 않는 파괴작용이었다. 그는 언젠가 버지니아 울프의 책을 읽어야겠다고 생각했다. 앨리스테어는 『제이콥의 방』을 읽어보라고 추천했다. 게이트에서 기다리던 승객 대부분은 관광객이나 만족한 여행객들로 지껄이고 뽐내면서 자신들이 함께 보고 들은 것들에 대해 이런저런 말을 늘어놓았다. 키가 크고 마른 남자가 작고 뚱뚱한 여자를 포옹하자, 여자는 행복에 말을 잊고 눈을 감았다. 여자가 부르는 콧노래를 들은 야콥은 여자가 정말 행복해하는구나 하고 생각했다.

야콥은 테겔에서 차를 타고 즉시 마우어 가로 갔다. 그곳에서 슈라이버가 그를 기다리고 있었다. 시간이 촉박해 허둥지둥 서둘러야 했다. 야콥이 트렙토우에 도착했을 때 상대방 변호사는 면담을 거절했다. 그래서 그는 정원에서 두 마리 개가 짖는 빌라 근처를 서성거렸다. 마침내 한 남자가 악의적이고 위협적으로 그에게 소리쳤고, 목띠를 두른 개들을 정원 출입구 쪽으로 데려왔다. 야콥을 물라고 부추기는 듯했다. 그는 공원 방향으로 가서 쏘비에뜨 기념탑 쪽으로 계속 걸었다. 거기서 멀지 않은 곳에 유치원이 있었다. 그는 아직 연초록색인 덤불 가운데서 알록달록한 반점들을 보았고, 그것들이 내는 목소리를 들었다. 너무 밝고 이기적이어서, 나 여기 있다고 행복하게 소리치는 것 같았다. 새들은 지저귀고 쨱쨱거렸다. 야콥은 놀라면서 먼지 속에 무리진 참새들을 관찰했다. 날은 매우 건조했고, 여름이 코앞이었다. 그는 슈프레 강에 도착했고, 정박시설을 보고는 한 시간 동안 보트를 빌려 탈까 생각했다. 작은 섬들, 리베스인젤과 갈라진 습지들이 보였고, 오른쪽으로는 황량한 유원지가 있었다. 그곳에는 공룡들이 쓰러져 있고, 커다란 백조들과 칠이 벗겨진 회전목마 지지대 같은 것도 있었다. 한 부랑자가 벤치에 쪼그리고 앉아 그를 무례하게 쳐다보며 씩 웃었고, 울어서 퉁퉁 부은 얼굴로 유모차를 끌고 오는 젊은 여자를 향해 외설적인 몸짓을 했다. 곧장 강가를 따라가자 길은 점점 좁아졌고, 오른쪽으로는 숲이 좁다란 띠 모양으로 펼쳐져 있었다. 건너편 강가에는 공장이 있었고, 야콥에게는 들리지 않았지만 화물차들이 그곳에서 짐을 실어나르고 있었다. 좁다란 판자다리가 물속으로 연결되어 있었지만 나룻배는 보이지 않고, 거룻배만 지나가고 있었다. 배 이름은 브로클라우였다. 뱃전에는 아무도 보이지 않았지만, 빨랫줄이 있었고, 알록달록하게 염색된 천조각들이 걸려 있었다. 그리고 자전거 한 대가 난간에 기대서 있었다. 판자다리는 따뜻한 나무향과 여름 냄새를 내뿜었고, 새털구름은 미끄러지듯 지나갔다. 잃어버린 것을 애통해하듯 야콥은 벤섬을 생각했다. 그는 폰타네의 소설 『슈테힐린』을 떠올렸고, 뱃놀이와 양계장 산책과 싹트는 사랑을 기억했다. 구체적인 장소가 아니라, 잃어버리고 빼앗겨버렸던 삶의 시간과 기억의 시간이 문제가 된다면 배상(나치 때의 불법적인 몰수에 대한 배상—옮긴이)은 결국 한 편의 광대극에 지나지 않는다. 그는 물속으로 뛰어들고 싶었다. 머리를 거꾸로 하고 눈을 감은 채 다른 피부 속으로 미끄러져 들어갔다가 예전 그 어느 때보다도 더 분명하고 더 신선하고 더 생생하게 다시 떠오르고 싶었다. 그는 놀라며 자신이 지금까지 뭔가 잃은 게 있었는지 자문했다—그는 어머니를 잃었다. 하지만 어린시절을 애석해하지는 않았다. 부모님의 집은 그에게 별다른 의미가 없었고, 어머니에 대한 기억은 소중했다. 그러므로 이 둘은 함께 그 사이에 뭔가를 채워넣어야 하는 테두리 같았다. 테두리 안의 한 부분을 그는 스스로 채워넣었다. 이자벨과 벤섬도 거기에 속했다.

다시 전철역에 가까워졌을 때 그는 휴대전화를 꺼내 안드라스의 번호를 눌렀다. 안드라스는 조금 의아해하는 듯했지만 목소리에는 반가움이 묻어났다. 그들은 저녁에 만나기로 약속했다.

안드라스가 삼십분 늦게—오후 산책에 꼭 어울릴 만큼 시간은 아주 천천히 지나갔다—렌치히 까페 문을 들어서는 순간 야콥은 깜짝 놀랐다. 안드라스는 더 크고 더 강해진 느낌이었으며, 야콥이 자신과 무슨 이야기를 나누려고 하는지 이미 잘 아는 듯했다.

—벤섬이 옳지 않을까? 안드라스가 말했다. 일종의 정의 같은 것을 되살려야 한다고 너는 실제로 믿었지. 그러려면 어떻든 유대인이 필요한데, 여기 사람들은 유대인 손해배상회의 따위는 차라리 지옥으로 꺼져버렸으면 하고 바라기 일쑤야. 그리고 과거라는 유령들과 어쨌든 유령을 닮은 그 후손들은 국가에 입증 책임을 슬쩍 넘겨버리려 해. 독일연방공화국에서는 모든 것이 잘 진행되고 있고 책임을 면제받았고, 다만 동독의 경우에는 공공연하게 무죄주장을 하고 있다는 식으로 말이야. 정치는 사라져버린 법(동독의 법을 가리키는 듯하다—옮긴이)을 과거의 법(나치시대의 법을 가리키는 듯하다—옮긴이)과 반목시켜 어부지리를 얻는 거야. 진리라는

이름으로 말이야.

— 그게 무슨 말이야? 야콥이 물었다.

— 연방공화국의 행동이 정당화되는 방식을 말하는 거야. 많은 사람들은 아마도 여기 유대인들이 사는 것을 원치 않을 거야. 하지만 유대인이 독일에 사는 것은 스스로 법치국가임을 주장할 수 있기 위해 치러야 하는 비용인 셈이네. 나치시대의 다른 일들은 가만히 방치되거나 이제 다른 모습으로 새로이 조명을 받고 있어. 반면에 독일인 희생자들, 폭격전의 문제는 한발짝 한발짝 전면으로 대두되고 있지. 내 말을 곡해하지 말게. 물론 나는 강탈된 재산을 되돌려주는 데 찬성이야. 배상이 아니라 소유권으로 말이야. 하지만 그것을 이상하게 여기는 것도 이해할 수 있네. 쫓겨나거나 살해된 사람들의 후손들은 조상들의 지워진 과거를 회복하려는 거네. 하지만 그렇다고 해서 독일인과 유대인의 공동생활이 가능할까? 나는 결코 확신할 수 없네.

— 하지만 자네는 여기 살고 있지 않나? 그게 독일인과 유대인의 공동생활이 아니고 무엇인가? 그리고 배상이라고 해서 꼭 여기 살아야 된다는 말은 아니네.

— 아니지, 여기 살아서는 안돼. 그렇다면 자네가 얻으려고 애쓰는 것도 결국은 배상이 아닌가. 그렇지 않은가? 임대료 수입이나 기타 등등 말이야. 목숨걸고 지키려고 한 것을 파괴해놓고는 가소롭기 짝이 없는 배상이라니. 나는, 나는 여기서 헝가리인으로, 그리고 자네가 바라듯이 독일인으로 살고 있어. 내가 유대인이라는 걸 누가 알겠어? 페터도 이자

벨도 몰라. 아무도 물어보지 않고, 나도 속시원하게 털어놓은 적이 없지. 내가 왜 그래야 한단 말인가? 그것이 나한테 무슨 의미인지 나 자신도 정확하게 모르겠어. 나는 유대인인가? 그래, 물론이지. 하지만 그보다 먼저 추방된 헝가리인이네. 이국적이라는 건 다른 요소들을 감추어버리는 거네. 그리고 이스라엘이 있기 때문에 나는 여기서 좀더 마음놓고 살 수 있고.

— 이스라엘에는 가본 적 있어?

— 여러 번 갔었지. 텔아비브 근처에 친척이 몇명 살아. 부다페스트만큼 많지는 않지만. 안드라스가 몸을 뒤로 기대며 계속 말을 이었다. 그들이 자기들 이야기를 할 필요는 없어. 그들과 하루를 보내기만 하면 돼. 끝없이 서 있는 행렬과도 조금 비슷하지. 가게들 앞에 줄을 서듯이 배상을 받으려고 다른 친척들과 함께 줄지어 서 있는 거야. 이 모든 것이 나이든 사람들만 기억하고 있는 것들을 끊임없이 일깨우는 거네. 우리한테 그런 일은 몸속에 녹아 있네. 내 누이동생과 매제는 자네나 이자벨과는 다른 방식으로 살고 있다고 나는 생각하네. 내가 그곳에 간다면, 부모님은 다시 한번 모든 것을 털어놓을 거네. 나를 보내버려서 나한테 말하지 않았던 걸 말이야. 그들은 나와 함께 보냈던 어린시절을 상상할 테지. 나는 오랫동안 거기에 없었어. 그 때문에 떠나버린 사람들에 대한 이야기와 머물러 있는 사람들에 대한 이야기가 그대로 내 마음속에 붙어 있는 거네. 그들의 동경, 그들의 명예심, 그들의 실패한 사랑과 간통과 거짓도 말이야.

야콥은 창밖으로 눈길을 던졌다. 변하지 않고 그대로인 것을 확인한 자기 집을 올려다볼 수 있기라도 한 것처럼.

— 런던으로 간 것이 잘한 짓인지 모르겠어. 그가 말했다. 그곳에서는 무언가 탈선할 것 같은 느낌이야. 그게 뭔지는 모르지만.

— 그래서 나를 보자고 했던 거야? 안드라스가 다정하게, 거의 애틋한 표정을 지으며 물었다.

— 오늘 오후에 그런 생각이 들더군. 삶의 둘레에는 그 어떤 테두리 같은 것이 존재한다고 말이야. 그리고 그것으로 충분하다고— 하지만 그게 무슨 의미인지는 모르겠어. 상황은 늘 변하는 법이니까.

— 상황이라고?

야콥은 아무 대꾸도 하지 않았다. 그러자 안드라스가 말했다. — 왜 우리는 두 곳에서 살 수 없을까? 소위 그런 결단을 왜 내려야 하는 걸까? 사람들은 언젠가는 자기가 자신만의 테두리 안으로 들어가 있는 것을 발견할 테지. 그리고 그것으로 충분하다고, 충분한 것 이상이라고 생각할 거네.

다음날 야콥은 행정재판소에서 약속이 있었다. 한스가 그를 데리러 와서 함께 식사를 하러 갔다. 두 사람은 조심스러워했고 또 실망했다. 야콥은 한스에게 할말을 찾았으나 허사였다. 런던으로 한번 놀러 오라고 말하려다가 그만두었다. 한스가 그를 테겔 공항으로 데려갔다. 헤어지면서 그들은 오래도록 포옹했다. 그는 한스가 미소짓는 것을 보았고,

씩씩하면서도 우울하고 그러면서도 사랑스럽다고 느끼면서 그의 팔을 쓰다듬었다.

비행기는 히드로 공항에 접근했고, 도시 위로 만곡선을 그렸다. 리젠트 공원과 그레이트 포틀랜드 가가 눈에 들어왔다. 야콥은 몸을 일으켜 데본셔 가를 찾으려고 했지만, 안전띠를 매고 있는데다가 스튜어디스의 엄격한 눈초리에 질려 그만두고 말았다.

그뒤 며칠 동안 벤섬은 사무실에 나오지 않았다. 그리고 아무도 그가 어디 있는지 말해주지 않았다.

26

마그다는 결국 그를 떠나고 말았다. 그녀는 이별의 불쾌함을 조금이나마 덜기 위해 당분간이라고 말했다. 너무 오래 기다리기만 하고, 무엇을 기다리는지 무엇을 기대하는지도 더는 정확하게 모를 경우에 오고야 마는 이별이었다. 안드라스는 우리는 기다리다가 좌절하고 마는 거라고 생각했고, 이별의 첫 순간에 느꼈던 약간의 쓰라림이 순식간에 사라져버려 놀랐다. 지금까지보다 더 자주 그는 눈에 띄지 않고 반복해서 원을 그리며 도시를 돌아다녔고, 같은 거리와 광장을 거듭 지나갔다. 이따금 멀리 바이센제나 마르찬까지 가기도 했다. 마르찬에서 북동쪽 방향으로는 조립식 건물들이 줄지어 서 있었고, 그 너머는 들판이었다. 실제로 불행한 기분에 빠져드는 일은 없었다. 그는 어디로 갈지 특별히 생각지도 않고 그저 걷고 또 걸었다. 그러다보면 마음이 편안해졌다. 모든 일에는 휴식의 순간이 있는 법이고, 이자벨를 그리워하는 순간도 마찬가지였다. 두 달 전 그녀가 보낸 자세한 내용의 메일에 대해서도 이제는 화가 풀렸다. 전쟁 때문에 흥분했으면서도 익살스러움을 유지하려고 애쓴 메일에 그녀는 자기들이 양초와 배터리를 비축해야 할지도 모르는 상황이라고 썼던 것이다. 그는 그녀의 어리석은 반응이 곤혹스러웠다. 침대 밑의 비축품에 대한 그녀의 묘사는 멋모르고 순진한 듯하면서도 믿음이 가지 않는 빈정거리는 어투였다. 그녀는 결국 손해를 입지 않고 사는 유형이라고 그는 생각했다. 그녀는 뭔가 실제로 들이닥쳐도 손해를 입지 않을 수 있는 탁월한 재능을 가지고 있었다. 알렉사가 이사했을 때도, 한나가 죽었을 때도, 그녀가 결혼했을 때도 그랬다. 정체를 알 수 없는 고양이라기보다는, 너무 귀여워서 손해를 보려야 볼 수 없기 때문에 아무 일도 겪지 않는 새끼짐승 같았다. 그는 이자벨도 마그다도 그립지 않았다. 하지만 그녀들은 그가 사는 공간을 채우고 있었다. 산책하는 동안에도, 열린 창가에 서 있는 밤에도, 코리너 가의 아래 방향 끝 부분을 알렉산더 광장의 가로등 불빛과 분리시키는 도시의 어둠속에 있을 때도 그녀들은 그를 따라다녔다. 그는 다시 담배를 피우기 시작했다. 처음에는 기침도 나고 맛도 좋지 않아 억지로 피웠다. 그러나 어느날 저녁 계단 통로에서 만난 슈미트 씨가 담배 한대를 권했을 때부터 안드라스는 붉은 광점(光點)을 좋아하게 되었고, 타오르면서 사라지는 시간 속으로 빠져들었다. 창가에 서 있으면 뒤에서 먼지 냄새가 났다. 찾아오는 사람이 아무도 없어 집은 썰렁했다. 이자벨과 같이 앉아 있었던 붉은색 소파, 마그다와 같이 잤던 침대. 매우 달랐던 그녀들의 몸뚱이가 서로 섞여들었다. 마그다의 건조한 메마름, 이자벨의 부드러운 몸, 충족된 것, 충족되지 않은 것이 서로 섞였다. 그는 둘 사이에 아주 큰 차이가 있었는지 확신이 서지 않았다. 그는 이따금 너무 늦게 일어나 제시간에 프로덕션 사무실로 출근할 수 없었다. 그러면 페터가 전화를 걸어 화를 내며 재촉했다. 안드라스는 의무감에 사로잡혀 서둘렀고, 뉘우치는 얼굴로 디르켄 가에 나타나 즉시 일을 시작했다. 모든 것이 제시간에 잘 돌아가면 그는 거리에서 들려오는 소음들, 발소리, 울려서 올라오는 여자들의 목소리에 귀를 기울였고, 그러다가 창가로 다가가 느릿느릿 걸어가는 소녀들을 보았다. 그는 멋진 옷, 허리의 움직임, 날씬한 팔과 발목, 자신의 시선을 끌었다가 멀어져가는 모든 것에 찬탄을 보냈고, 그러면서도 그게 자신과 무슨 상관이냐는 생각에 빠져들었다. 물론 포기의 심정은 아니었다. 문제는 모욕감이었다. 그는 어떤 여자의 시선이 자신을 훑어보는지, 마음에 드는 여자가 자신의 시선에 화답하는지, 다른 남자와 테이블에 앉아 있는 여자의 시선을 돌릴 수 있는지, 극장매표소나 사람들이 밀집한 곳에서 우연히 스치게 되었을 때 상대방의 기분에 들었는지 재어보았다. 서른살의 클레어를 알게 되었을 때 그녀의 희망과 열광적이면서도 수줍은 애무 때문에 그는 행복했다. 하지만 이후 그는 그녀를 영원히 떠나고 말았다. 어느정도 불신하면서 그는 자신의 결단이 필연적이었는지 생각해보았다. 그에게 남은 클레어에 대한 기억은 부드러운, 정말 노루 같은 갈색 눈이었다. 그 눈에는 무게가 없는 듯한, 자포자기에 이를 만큼 가벼워 정체를 알 수 없는 뭔가가 들어 있었다. 그는 그러한 것이 마음에 들었다. 왜냐하면 그가 경험했던 것, 그에게 의미가 있었던 모든 것은 가볍게 움직이면서 표면 속으로 걸어들어갔고, 대기의 결을 따라 나뭇잎처럼, 가볍게 흩날려 사라지는 포플러의 솜털 씨앗처럼 미끄러져 갔기 때문이었다. 한번은 산책을 하다가 서쪽으로 발트프리트호프 쪽으로 간 적이 있었다. 5월말경의 환하게 빛나는 날이었다. 검은 상복을 입은 조문객들이 보푸라기를 잔뜩 묻힌 채 묘지에서 나와 입구 쪽으로 몰려가고 있었다. 그는 장례식 뒤로 한나의 무덤을 한번도 찾지 않았고, 페터가 한주도 빠뜨리지 않고 풀을 베거나 초목을 심고 땅을 평평하게 골라주는 것이 얼마나 예의바른 행동인지 이제야 알게 되었다. 사암 비석에 새겨진 한나의 이름은 이미 희미하게 지워져 있었고, 연초록 이끼가 비석의 비 맞는 면을 덮고 있었는데, 그 점이 오히려 위안으로 느껴졌다. 저녁 무렵 두번째 방문했을 때 안드라스는 생울타리 아래서 달아나는 멧돼지 한마리를 보았다. 헤어 가의 정원들에서 샤를로텐부르크 궁 안에 이르는 구역에는 아마도 여우와 다른 동물들도 있을 것이다. 그는 이자벨에게 보낸 메일에서 아카시아와 보리수나무의 향기, 환한 거리에 어른거리는 나뭇잎들의 그림자, 한편으로는 과장되게 한편으로는 어이없을 정도로 기울어진 채 거리에서 토지와 집들을 분리시키고 있는 나무 울타리들, 유령이라도 나올 것처럼 넓은 슈판다우 방향의 거리, 마지막으로 올림픽 주경기장으로 통하는 진입로를 세세히 묘사했다. 그는 계속해서 이렇게 썼다. ―너 기억하니? 아무것도 어제 그대로인 것은 없다는 부시의 격언 말이야. 헤어 가는 삼십년 전부터 지금까지 하나도 변하지 않은 듯 보여. 발트프리트호프도 마찬가지고. 모든 것이 변하지 않은 그대로야. 하지만 모든 것은 변하고 말기도 해. 한나는 죽었고, 너는 결혼해서 런던에 살고, 나는 어쩌면 부다페스트로 떠날지도 몰라. 아마 거기서 몇달쯤 머물 거야. 그래도 어쨌든 내 집은 그대로 둘 거야. 슈미트 씨가 아직 거기 있어, 다락방에 살림을 차려놓고 말이야. 관리사무소가 살 사람을 구하고 있지만 아직 찾지는 못했어. 그래서 우리 둘은 그대로 있는 거야. 임시지만 현재 상태에 아주 만족한 채로.

그는 프로덕션 사무실이 곧 이사한다는 것을 페터가 그녀에게 말해주었으리라 생각했다. 디르켄 가의 사무실은 계약기간이 끝나 새로 계약하려면 임대료를 올려주어야 했다. 그래서 페터는 임대료를 협상하는 대신 중심가에서 떠나자고 제안했던 것이다. ―옮기기로 하지. 그가 너무 격하게 말하는 바람에 안드라스는 깜짝 놀랐다. 그리고 두 사람은 말문을 닫았다. 둘 다 한나가 생각났기 때문이었다. 안드라스는 사무실을 포츠담 가로 옮기는 문제를 본격적으로 고려해보기로 했고, 또 협업에 관심있는 인쇄업자 둘도 알게 되었는데, 그들은 뒷골목의 건물에 입주해 있었다. 그들을 만나고서 포츠담 가를 내려가면서 안드라스는 아무것도 변하지 않았다는 생각이 들었다. 이십년 전 혹은 이십오년 전으로 되돌아가 집으로 돌아가면 쏘피 고모가 피아노 앞에 앉아 아주 경쾌하게 틀린 데 없이 연주하고, 그동안 야노스 고모부와 안드라스는 소파에 말없이 앉아 있고, 야노스 고모부는 눈물을 흘릴 것만 같았다. 야노스 고모부가 안드라스에게 말했다. — 여기 있는 것 말고 존재하는 것은 없어. 넌 이해 못해. 내가 기다린 만큼 너도 기다려야 해. 고모부는 웃으면서 말했다. — 너도 너무 늦지 않게 그걸 깨달아야 할 텐데. 안드라스는 환영을 쫓으려고 고개를 좌우로 흔들었다. 과일장수들이 과일을, 올해 처음 나온 수박들을 다시 상자에 챙겨넣고는 높다란 철제수레에 실은 뒤 덜커덩 소리를 내며 그곳을 떠났고, 하루종일 외쳤던 소리를 멈추지 않고 외쳐댔다. 토마토, 멜론, 값싼 가지 사려! 사과 1킬로에 39센트! 그들은 땅바닥에 떨어져 있는 과일들을 주우려고 몸을 수그리지는 않았다. 한 노파가 조금 떨어진 곳에서 그것들을 주워모을 수 있을 때까지 참을성있게 기다리고 있었다. 안드라스는 5유로를 주려고 했지만 그녀는 그를 쳐다보지도 않고 고개를 저으며 거절했다. 맞은편 빙과점에서 소년 둘이 달려나왔고, 성난 주인이 그 뒤를 쫓았으며, 까페 앞에 앉아 있는 다른 젊은 남자들은 주인을 흉내내며 놀려댔다. 순찰차 한 대가 다가왔다가 경적을 울려대면서 앞으로 나아갔다. 보행자들은 이제 더 천천히 굴곡이 없는 속도로 걸어 저물어가는 저녁 속으로 사라져갔다. 찻집 앞에 말없이 앉아 있던 몇명의 남자들이 안드라스를 훑어보았고, 그는 계속 걸어 쏘피 고모와 야노스 고모부와 함께 살았던 집 앞을 지나갔다. 그러고는 너무 늦게야 뒤돌아보았지만 걸음을 멈추지는 않았다. 그는 이자벨에게서 소식을, 그가 보낸 메일에 대한 답장을, 최소한의 인사말을, 멀리 떨어져 있음을 알리는 신호를, 시간의 그토록 가벼운 표면에 새겨진 어떤 표시를 기다렸다. 그는 감상적인 기분에 젖어 있는 자신의 꼴을 생각하니 웃음이 나왔다. 한나가 없는 것이 애석했다. 정말 그에게는 한나가 있어야 했다. 그랬더라면 이자벨 문제에 대해 정신을 차릴 수 있었을 것이다. 그는 이제 이자벨을 그리워하지는 않았지만, 그래도 알 수 없는 방식으로 그녀에게 매달리고 있었다. 그래서 마그다를 잃고 말았던 것이다. 아직도 그는 처음 알게 되었을 때의 그녀, 우유부단하면서도 종잡을 수 없는 소녀였던 이자벨에게 매달리고 있었다. 우유부단한 것이 자신의 인생이고 그녀의 인생도 마찬가지라고 그는 생각했다. 우리는 원인과 결과라는 것이 있음을 안다. 하지만 그럼에도 그것이 우리에게 실제로는 아무 의미도 없어 보인다. 그렇다면 우리는 뭔가가 변했다 혹은 변하지 않았다고 어떻게 말할 수 있단 말인가? 그리고 미래는 관여하지 않고, 끊임없이 현재로 변환되어갈 뿐이며, 그것이 전부다. 포츠담 가로 이사를 가고, 이전의 사무실을 포기하려는 계획은 더는 그림을 그리지 않겠다는 결정과 마찬가지로 쉽게 바뀔 수 있었다. 이자벨은 다시 나타날 수도 그러지 않을 수도 있었다. 그는 고모부가 거짓말을 한 것도(그는 의사라고 말했지만 실은 간호사였을 뿐이다), 고모가 대단히 헌신적이었음에도 불구하고 좌절한 것도 별로 이상하지 않았다. 부다페스트는 이러저런 핑계를 댄다 하더라도 색이 바랜 곳이었고, 나름대로 생기가 있긴 해도 전체적인 윤곽은 흐릿했다. 그리고 그의 부모도 해야 할 일을 했을 뿐이었다. 왜냐하면 그들은 자신이 죽을 수도 있는 곳에서 아이를 내보내 최소한 아이라도 구해야 한다고 생각했기 때문이다. 어리석지만 진지한 결단이었다. 그의 인생에서 중대한 결정의 순간이었다. 실수로 그 비중이 커져버린 달갑지 않은 손님처럼 과거는 확대되었고, 늙은 고양이처럼 몸을 쭉 뻗은 채 테이블과 침대에 누워 있었다. 발톱은 부러졌지만 여전히 털가죽과 살은 그대로여서 사람을 겁주어 어디론가 내쫓을 수 있는 고양이였다. —내 사랑, 이쯤에서 벗어나는 게 어때? 부다페스트로 가든 베를린에 머물든 마찬가지야. 자기는 이 개구멍에 틀어박혀 썩고 있는 거야. 마그다는 그에게 그렇게 말했다. 마음만 먹었다면 그녀의 집으로 이사가는 것은 쉬운 일이었다. 그녀가 그의 답을 기다리고 있음이 분명했다. 방 두 개와 욕실 하나도 따로 마련되어 있었고, 사생활을 간섭하지 않고, 그에게 집 뒤쪽 출입문의 열쇠를 건네줄 거라는 사실도 알고 있었다. —네가 새로 불꽃을 피울 수도 있는 기회야. 라즐로가 그렇게 충고도 했다. 그러고 나서 마그다는 떠나버렸다. 라즐로는 다시 한번 부다페스트로 그를 데려가려고 시도했고, 스포츠클럽에 다닌 뒤 몸무게가 5킬로그램이나 빠져서 베를린으로 왔다. —바로 강위에 있어서 경치가 그만이야. 거기서 파워워킹도 할 수 있고. 라즐로는 씩 웃으며 말했고, 안드라스가 셔츠를 새로 사야 한다는 말도 덧붙였다. —가죽재킷 한벌 사입어. 네 꼴이 부랑자처럼 끔찍해. 하지만 안드라스와 계획을 세운다는 것은 불가능했다. —도대체 뭘 기다리는 거야? 어디에 관심이 있는 거야? 마침내 라즐로가 절망해서 물었다. 아무것에도 관심없어. 그 처음의, 따뜻한 온기가 있었던 저녁들을 빼고는. 안드라스는 생각했다. 아카시아 나무들도 떠올랐고, 이자벨에게서 아무 답이 없다는 생각도 들었다. 과거는 그의 관심사가 아니었다. 과거는 거대한 고양이, 동유럽과 유대인의 거대한 고양이일 뿐이다. 그것은 요청받지 않았는데도 덩치를 부풀렸고 자기 자리를 요구했다. 그는 눈에 띄지 않게 살금살금 그 옆을 지나감으로써 과거를 피해갈 수 있었다.

그러다가 그는 이자벨에게서 편지를 받았다. 짧고 간단한 내용으로 스케치가 곁들여져 있었다. 붉은색 외투를 입고 공포에 질린 듯 급히 달려가는 소녀를 그린 것이었다. 그녀의 설명이 덧붙여져 있었다. 이웃집 아이를 모델로 한 거야. 거리에서는 한번도 본 적이 없었어. 아마 집 밖으로 나오지 못해 몹시 창백할 거야. 그녀는 새 사무실에 대해서는 전혀 언급하지 않았고, 다만 페터에게 전권을 위임했으며, 한스가 계약을 맡았다. 안드라스는 라즐로에게 삼주간 부다페스트를 방문할 거라고 연락했다. 그러자 페터가 화가 나서 말했다. —그래, 가. 한 사람만 남아서 모든 걸 처리하면 되니까. 네가 부다페스트에서 고객 몇명을 구해올 수도 있을 테고. 여기서 고객을 구할 수 없으면 부다페스트나 런던에서라도 수입해와야지. 그래, 어떻게 생각해? 결국 우리 셋 모두 이 프로덕션 일로 먹고사는 게 아니겠어!

그들은 그날 새벽 두시까지 일했고, 다음날 다시 만나 창가에 나란히 기대섰을 때 페터가 말했다. 그게 우리가 원하는 거 아니었어? 그래픽 프로덕션? 쏘냐가 손에 무선전화기 두 대를 들고 문 쪽으로 다가왔고, 세번째 전화기가 울리자 그녀는 절망적이라는 몸짓을 했다. 그러나 두 남자는 그녀를 무시하고 햇볕 드는 창가에 그대로 기대서 있었다. 그들은 기분좋은 시간을 보냈다. 페터가 말했다. ─이자벨이 온다고 해도 일이 더 수월해지지는 않을 거야. 하지만 자네는 그녀가 보고 싶은 거지.

─전혀 아니야. 정말이야. 너도 알다시피 나는 얼마 전에 한나의 묘지에 갔다랬어. 마그다한테서도 아무 연락이 없고. 하지만 낙담하지는 않아. 우리 할일만 계속하면 잘될 거야. 우리는 나이가 좀더 들고 아마도 좀더 빨리 지치게 되겠지. 그게 전부야. 언젠가는 결단을 내릴 시점이 온다는 걸 나는 염두에 두고 있어. 그런 날이 오지 않을지도 모르지만. 내가 야콥을 만났을 때 그런 걱정이 들었지. 그가 뭔가를 맹목적으로 찾고 있고, 이자벨도 붉은색 외투를 입은 소녀처럼 어딘가로 달려갈 거라고 말이야.

─한나가 죽은 뒤로 나한테는 아무것도 의미가 없어. 페터가 천천히 말했다. 그녀의 죽음 탓이라고 생각했지. 일은 계속되었고, 집도 거의 변하지 않았어. 그러다가 쏘냐가 내 집으로 이사를 왔어. 벌써부터 자네한테 말하려고 했었지. 그는 웃으면서 짧은 잿빛 머리카락을 쓸어넘겼다. ─결국

엔 자네가 이자벨을 얻을 거야. 자네가 그걸 원하는지는 전혀 모르겠지만. 마그다는 자네와 성격이 맞지 않아.

쏘냐가 쪽지를 들고 방으로 들어왔고, 페터는 그녀에게 가서 손에 키스를 했다. —안드라스한테 얘기했어. 자, 이제 우리를 축하해줘, 안드라스!

며칠 후 밤에 그는 놀라서 잠이 깼고, 떨리는 손으로 불을 켜고는 시계를 보았다. 네시가 다 된 시간이었다. 마그다에게 전화하기에는 너무 늦었다. 마그다가 아니라 이자벨이 꿈에 보였다. 그녀는 네온 불빛이 비치는 텅 빈 방에 서 있었다. 벌거벗고 있었고 실제보다 더 늙어 보였다. 아이 같은 몸에다가 어쩔 줄 모르고 멍한 표정을 짓고 있는 노파의 모습이었다. 안드라스는 자리에서 일어나 욕실로 갔다. 거울이 흐릿한 얼룩으로 가득한 것을 보고 처음으로 당황했다. 그는 허리에 수건을 두르고 창가로 갔고, 담배에 불을 붙인 뒤 기침을 했다. 꿈에서 본 영상이 지워지지 않았다. 그는 사랑했던 이자벨의 얼굴을 떠올리려 했지만, 그가 본 것은 낯설고 짓눌린 얼굴이었다. 그녀의 본래 얼굴이기라도 한 듯 불안하고 차가운 얼굴이었다. 그러나 그녀가 방 안에 홀로 있지는 않았어. 그는 생각했다. 닳고 얼룩진 잿빛 양탄자를 떠올렸다. 꿈속에서도 그녀는 다시 옷을 입고 나가야 마땅했고, 언제나 그녀 곁에 있던 사람이 그 자리에 있어야 했다. 여섯시에 안드라스는 샤워를 하고 옷을 입고 밖으로 나갔다. 길에서 마주친 신문배달부가 그의 앞에 침을 뱉었다.

아침은 먼지 냄새를 풍겼고, 차차 밝아오는 하루 가운데 위안이 될 만한 것은 아무것도 없었다. 잡지장수가 트럭에서 상자들을 끌어내렸고, 마침내 교통이 번잡해졌다. 경찰 둘이 무심한 듯 그를 훑어보았고 기차 한대가 지나갔다. 그는 정말이지 이자벨이 그가 사랑하는 그 상태로 온전하게, 투명하게 있어주기를 바랐다. 특별한 소망도, 낯설거나 역겨운 기분도 들지 않았고, 현재에서 벗어나 혼란스러운 희망이나 갈망이나 야심의 상태로 빠져들기도 바라지 않았다. 그녀가 사는 방식은 대체로 구식이라고, 하지만 때로는 천박하다고 그는 생각했다.

라즐로는 적어도 삼주 동안은 부다페스트에서 지내보라고 그를 설득했다. ─자네 여동생, 자네 부모님을 위한 일이야. 내일 비행기를 타.

사무실에서 그는 이자벨이 보낸 메일을 읽었다. 내가 말한 이웃집 아이를 오늘 처음 길에서 보았어. 아버지가 밧줄로 매어 끌고 가고 있었어. 켄 로치 영화의 한 장면 같았어. 땋은 머리에 얼굴은 아주 창백하고. 아버지는 아이를 길에 서 있게 하고는 불같이 화를 내며 계속 달려가더군. 알아듣지도 못할 소리를 지르면서. 그는 소리를 질렀고, 나는 네가 종종 그러는 것처럼 열린 창가에 서 있었지. 여기는 런던이야. 게다가 내 곁에는 야콥이 있고, 우리가 앨리스테어와 함께 꾸려나가는 모든 게 있어. 갑자기 디르켄 가가 보고 싶어졌어. 페터가 보낸 편지를 보니 사무실을 옮긴다더군. 한스가 계약서를 팩스로 보내왔고, 페터도 네가 부다페스트로 간다고 썼더군. 즐거운 여행이 되길. 이자벨.

저녁에 그는 집 현관문 앞에서 슈미트 씨를 만났다. 똑바로 서서 뭔가 기다리고 있었던 그는 몹시 당황했다. ─저, 당신 여자친구가 여기 왔었어요. 마치 비밀이라도 말하는 듯 그가 안드라스에게 아주 낮은 목소리로 말했다. 붉은 머리의 여자분이던데. 이미 알고 있으시죠? 그러고 나서 가볍게 고개를 숙이고는 안드라스가 뭐라고 대꾸하기도 전에 계단을 올라갔다.

마그다는 아무런 쪽지도 남기지 않았다. 그는 천천히 셔츠와 속옷가지와 바지를 트렁크에 꾸려넣었다. 그리고 잠자리에 들기 전에 자명종을 맞추어놓았다. 여덟시에 라즐로가 그를 데리러 올 예정이었다.

27

피아니스트가 연주를 거부했기 때문에 다른 사람이 대역
을 맡게 되었노라고, 한 남자가 출입구에서 말해주었다. 단
정치 못한 인상을 주는 늙수그레한 남자로 근처 공공주택단
지에 살면서 값싼 연주회와 한잔의 차에 즐거워하는 노인들
중 하나였다. ─차가 영 형편없잖아. 야콥이 플라스틱잔을
손바닥에 올려놓고 조심스럽게 균형을 잡으면서 이자벨의
귀에다 대고 속삭였다. 그들은 홀의 가장자리에 자리를 잡
고 낡아빠진 벽과 닳고 해진 바닥, 이리저리 휩쓸려다니는
관객들을 관찰했다. 대부분 고정관객처럼 보였다. 그들은
목발과 휠체어들 사이에서 미소짓고 고개를 끄덕이고 있었
는데, 그 가운데 연분홍색 원피스를 입고 자주색 부채를 든
한 여자가 두드러져 보였다. 가장 젊은 축에 든 야콥과 이자
벨은 사람들에게 호감을 샀다. 그들은 어른들의 모임에 몰
래 숨어들어 재미를 보고 있는 아이들처럼 서로 바싹 붙어
서 있었다. 주위 사람들은 그들이 여기 콘웨이 홀에 있다는

사실을 높이 산다는 듯 미소를 띤 채 고개를 끄덕이며 인사를 보냈다. 특히 한 남자가 젊은 사람들이 음악에 흥미를 다 가지다니 하고 뿌듯함을 표현하기 위해 보다 격렬하게 고개를 끄덕였다. 실제로도 두 사람은 초라한 옷으로 감싼 축 늘어진 몸들, 검버섯으로 가득한 팔들, 듬성듬성한 머리카락, 살찌거나 고슴도치처럼 비쩍 마른 다리들 사이에서 단연 빛나 보였다. ―펠리니 영화의 한 장면 같아. 야콥이 이렇게 속삭이며 샌들 속에서 푸르스름한 빛으로 불룩하게 부어오른 한 쌍의 발을 가리켰다. 그날 오후 콘웨이 홀로 출발하기 전에 그들은 함께 잤고, 그래서 이자벨은 집을 나오며 야콥의 팔짱을 끼었던 것이다. 일요일 오후였다. 그들은 워렌 거리까지 차를 타고 가 거기서 내렸다. 조용한 거리를 통과해 레드 라이언 광장까지 걷기 위해서였다. 이자벨이 야콥에게 말했다. ―참 조용한 일요일이야. 모두들 낮잠을 자나봐. 도시 전체가 평온하잖아. 야콥이 고개를 끄덕였다. 그들은 감시카메라 앞을 지나갔다. 야콥은 생각했다. 여기가 바로 뉴유럽 구역이었지. 감시하고 준비하고 하루하루를 긴장 속에서 보내는. 그는 팔을 올려 이자벨을 감싸안았다. 그들은 안전지대에 있었던가? 그래, 그들은 안전했다. 일요일 오후, 외진 곳에 있는 레드 라이언 광장으로 가는 길이었다. 레드 라이언 가를 지나 인적이 끊어진 거리들을 이리저리 헤매었다. 길을 물어볼 사람이 아무도 없었다. 하지만 시간은 충분했다. 위협이나 전함에 승선한 부시 대통령이나 전쟁의 종말은 모두 가장무도회 같은 것이라고 그는 이자벨에게 말하

려고 했다. 그것은 우리가 머릿속으로만 기억하게 될 무언
가이고, 또 비현실적이고 무미건조한 것이지만 언젠가는 현
실이 되어 우리를 위협하게 된다고. 그들은 손을 잡고 걸었
다. 콘웨이 홀에 대해 이야기한 것은 벤섬이었다. 삼십년 전
혹은 더 이전부터 매주 일요일 실내악 연주회가 열린다는
것이다. 어쨌든 1929년에 개관된 콘웨이 홀은 신심 깊은 미
국인 콘웨이를 기념하기 위해 세워진 것이다. 물론 그가 세
상을 개선하고자 설립 비용을 기부했다. 그리하여 입장료
삼 파운드짜리 연주회가 열리게 되었고, 차도 제공할 수 있
게 된 것이었다. 하지만 완전히 공짜는 아니라고 야콥이 혼
잣말로 중얼거렸다. 사람들이 플라스틱잔으로 차를 마시면
서 오십 센트를 별도로 지불했기 때문이었다. 곳곳에 먼지
가 자욱했다. 사람들은 서로 인사를 나누었고, 몇몇은 자리
를 잡았다. 이제 긴 드레스를 입은 우아한 여자들, 밝은 정장
을 걸친 남자들이 등장했다. 야콥은 벤섬을 찾기 위해 불안
하게 이리저리 눈을 굴렸다. 벤섬은 오겠다는 말은 하지 않
았다. 하지만 야콥은 출입문 쪽을 지켜보았다. 음악이 시작
되기까지는 아직 시간이 있었기 때문이었다. 이윽고 문들이
닫혔다. 희미한 조명이 열을 이룬 좌석들과 일반석과 목재
단상을 비추었다. 벽은 금이 가고 누렇게 변색되어 있었다.
목재바닥은 닳을 대로 닳아 있었고, 야콥이 발을 움직일 때
마다 신발 아래서 삐거덕거렸다. 그 모든 것이 얼마나 누추
하고 기괴하고 가소로웠던가. 그의 오른쪽에 앉은 늙은 남
자가 무의식중에 실수로 그의 옆구리를 찔러댔다. 축 처지

고 늙은 고깃덩어리. 야콥은 그렇게 생각하면서 시선을 무대에 고정시켰다. 그곳에서 노란색 숄을 걸치고, 꼭 끼는 흰색 바지를 입은 여자가 선 채로 뭔가를 통보하자 의자들이 옮겨졌고, 다시 한번 연주회의 시작이 연기되었다. 그리고 남자 세 명이 그랜드피아노에 붙어 작업을 했다. 이자벨이 그의 뺨에 키스를 하고는 차를 마시러 다시 밖으로 나가려고 자리에서 일어났다. 이 여자는 정말 지치지도 않는군. 그렇게 생각하면서 야콥도 자리에서 일어나 미지근한 초여름 대기 속으로 걸어나갔다. 공사장 울타리에 반쯤 가려진 채 자그마한 빈터가 파헤쳐져 있었다. 늦게 도착한 사람이, 파헤쳐진 아스팔트와 수도관과 배수관을 덮고 있는 두꺼운 널빤지 위를 서둘러 걸어갔다. 그녀가 저기 있군. 야콥은 생각했다. 그는 자기가 그녀를 보기 전에 이자벨이 자기 쪽으로 걸어오고 있음을 알아차렸다. 몸을 돌려 그녀를 보는 순간, 부끄러운 생각이 들었다. 두세 시간 전 그들은 침대에 같이 누워 있었다. 그는 그녀의 배와 허리를, 부드럽고 따뜻한 살갗을 쓰다듬었다. 그에게 이보다 더 안락한 것은 있을 수 없음을 알고 있었다. 하지만 그는 불만스러웠다. 어떻게 보면 배은망덕했다. 벤섬을 보고 싶다는 그의 은밀하고 도대체 부당하다고 할 수밖에 없는 희망이 이루어지지 않았기 때문이다. 벨소리가 고막을 두드렸다. 들어가기 전에 그는 이자벨에게 키스했다. 노란색 숄을 걸친 여성이 연단 앞에 서서 손짓을 했다. 그랜드피아노가 자취를 감췄고, 그 자리에 쳄발로가 들어섰으며, 면도도 제대로 하지 않은 한 남자가 그 앞에서 연주를 시작하기 위해 초조하게 기다리고 있었다. —피아노곡이 아닙니다! 그가 청중을 향해 큰 소리로 말하고는 갈색 반점이 있는 기다란 두 손을 들어올렸다. 연주가 시작되자 야콥은 깜짝 놀랐다. 하지만 모든 것이 제대로 돌아가는 것 같았다. 예사롭지 않은 쳄발로 소리에 귀를 기울였다. 그는 연주자의 발과 그 생김새를 쳐다보았다. 모든 음향이 날카로우면서도 차가운 빗방울처럼 또렷하게 울려왔다. 그의 연주는 잔인하면서도 복수에 불타올랐다. 청중은 미동도 하지 않고 위축된 채 앉아 있었다. 어떤 소리도, 바스락거리거나 속삭이는 소리도 들리지 않았다. 야콥은 이자벨의 몸을 느끼지 못하고, 다만 소름이 돋지 않고 매끈한 오른쪽 맨팔을 바라보기만 했다. 그녀는 가만히 앉아 그의 존재를 잊고 있었다.

비가 추적추적 내리는 6월의 어느날이었다. 공원은 거의 텅 비어 있었다. 다만 아래쪽 연못에서 아이 둘이 목재 모형 배를 가지고 놀고 있었고, 한 여자가 불그스레하게 긴장된 얼굴로 조깅을 하며 지나갔다. 야콥은 눈길로 그녀를 좇으며, 네 명의 여자를 벽돌로, 아니면 뭉툭한 흉기로 쳐죽였던 살인자를 생각했다. 그중 한 여자는 이 살인자를 보았음이 분명했다. 공격을 받았을 때 그녀는 노르웨이에 있는 어머니와 통화중이었고, 신문기사에 따르면, 그 어머니는 통화가 끊어지기 전에 애원조의 제발, 하는 짧막한 고통의 고함소리를 들었다고 한다. 그리고 베터필드 공원에서는 오늘 두번째 살인에 대한 추적수사가 진행되었고, 모든 목격자들, 이주일 전 그날 낮에 산책을 하거나 조깅을 하거나 개를 산책시키기 위해 그곳에 있었던 모든 사람들이 출두 요청을 받았다는 것이다. 살해된 여자는 세시경 숲속에서 발견되었다고 한다.

다시 보슬비가 내리기 시작했다. 야콥은 언덕길을 올라 오래된 나무들이 있는 곳으로 걸어갔다. 이자벨은 같이 가려고 하지 않았다. 일요일은 그들 두 사람이 뭔가를 시도할 일이 별로 없는 날이었다. 그들은 포토벨로 시장, 이스트 엔드, 그리니치, 더럼 컬렉션, 그리고 지난 일요일에는 콘웨이 홀에 갔다. 다가오는 주말 중 하루에는 만병초 꽃들이 지기 전에 큐 가든에 갈 예정이었다.

그는 운수조직, 철도망, 다양한 철도회사들 간의 조정에 관한 일을 다루었다. 밀러를 통해 그는 오년 전 동베를린의 한 주택을 다시 소유하게 되어 그곳에 사는 한 남자를 알게 되었다. 그가 야콥에게 말했다. ―그곳이 내가 요즘 살고 싶은 유일한 곳이오! 유럽에서 가장 넉넉하고 생기가 도는 곳이지요! 다시 고향으로 오거든 방문해주시오! 야콥은 잠시 향수 비슷한 것을 느꼈다. 그러나 그는 런던이 좋았다. 런던과 비교하면 베를린은 사람이 없어 텅 빈 듯 느껴졌다. 그는 이자벨이 킹스 크로스 습격사건 후에도 두려워하지 않는 것이 기뻤다. 자신은 더 불안해졌는데도 말이다. 사람들은 모든 일에 익숙해지기 마련이어서, 보도에 비스듬히 누워 있어서 그 위를 타고 넘어가야 하는 노숙자들에게도 익숙해졌다. 습격사건들의 증인을 찾는 플래카드에도 익숙해졌다. 뒤따라오면서 물건을 사라고 속삭이는 마약 밀매업자들도 예사로 느껴졌다. 그는, 이웃 중 한 사람, 몇집 떨어져 살고 있는 젊은 남자를 그곳에서 본 듯싶었다. 언젠가는 그가 레이턴 가를 따라 그들을 뒤쫓아온 적도 있었다. 야콥은 이자벨이 그 남자를 알고 있다는 느낌을 받았지만, 그녀에게 묻지는 않았다. 그럴 권리가 그에게는 없었다. 그들은 베를린에서도 여기서보다 더 많은 시간을 함께한 것은 아니었다. 하지만 베를린에서는 둘 사이에 최소한 비밀은 없었다. 야콥은 멈칫거렸다. 길 오른쪽에 짙고 어두운 관목숲 때문에 깜짝 놀랐다. 어느새 그는 공원의 동쪽 가장자리에 도착했다. 짙고 무성한 오른쪽 생울타리 너머로 작은 별장들이 솟아 있었다. 먹을 감을 수 있는 연못들 중 하나로 통하는 길이 분명했다. 몇미터 더 가자 켄우드 레이디스 연못이라는 표지판이 나왔다. 비가 내리고 서늘한 일요일이어서 그곳에는 아무도 없었다. 어쨌거나 아무 소리도 들리지 않았다. 조용히 그리고 집중해서 귀를 기울이며 몇걸음 더 가자 열려 있는 작은 문이 보였다. 여기서부터 출입금지. 그럼에도 멈칫거리다가 그 안으로 들어가자, 오른쪽으로 편편한 풀밭이 나타났고, 십 미터쯤 더 가자 가느다란 나무등치 사이로 수면이 보였다. 오리 한마리가 꽥꽥 울었다. 오리는 덤불 사이로 뒤뚱뒤뚱 걸어서 탁 트인 연못 쪽으로 갔다. 이제 야콥의 눈에 연못의 전체 모습이 들어왔다. 납덩이처럼 묵직하고 가물거리고 미풍에 가볍게 흔들리면서, 자욱하게 물과 대기

사이의 경계가 사라졌다. 야콥은 얼마 전에 손본 울타리 위에 몸을 수그리고 나뭇결을 손으로 쓰다듬었고 잠시 거기에 몸을 기댔다. 그러고 나서는 울타리를 넘어갔다. 발에 밟히는 잔디는 나긋나긋하고 축축했다. 건너편 연못가에 있는 목재 부교(浮橋)와 연결된 흰색 사다리가 물속으로 뻗어 있었다. 야콥은 귀를 기울였다. 오리는 조용했고, 수면에 떨어지는 빗방울 소리만 나직이 들려왔다. 야콥은 비를 피할 곳을 찾았고, 밤나무의 빽빽한 나뭇잎 아래서 흔들거리는 작은 벤치를 발견했다. 연못가에서 오 미터쯤 떨어진 곳이었다. 그가 자리에 앉자마자 오리가 경보라도 울리듯 꽥꽥거리기 시작했다. 갈대숲 속이라 보이지는 않았지만, 물속 더 깊은 곳으로 달아났음이 분명했다. 그때 나뭇가지들이 딱딱 부서지는 소리, 연못 맞은편에서 숲속을 걷는 발소리가 들려왔다. 참느라고 킥킥거리는 웃음소리도 이어졌다. 여자의 목소리는 아니었다. 야콥은 향기가 나는 관목 뒤로 조심스럽게 몸을 숨겼다. 관목의 하얀 꽃들이 그의 얼굴에 닿았다. 젊은 남자가 나타났다. 팬티를 제외하고 벌거벗은 그는 웅골차면서도 매력적인 몸을 나뭇잎과 가지에 가려 보이지 않는 누군가에게 장난스럽게 과시하고 있었다. 갈색으로 그을린 젊은 남자의 피부와는 달리 새하얀 팔이 보이더니 이윽고 땅딸막한 몸집, 짧은 다리와 무겁고 털이 무성한 상체가 모습을 드러냈다. 볼품없는 모습이 원숭이 같았고 얼굴은 여전히 빽빽한 나뭇가지에 가려 보이지 않았다. 반면 젊은 이는 자랑스럽게 몸매를 과시하며 팔을 쭉 뻗었고 큰 소리로 웃으면서 허리를 좌우로 흔들고 손가락 두 개를 팬티 안으로 집어넣어 탁탁 소리나게 고무줄을 튕겼다. 그리고 아랫배에 힘을 주어 복근을 팽팽하게 했다. 그러다가 갑자기 동작을 멈추었다. 젊은이가 발견한 것은 야콥이 아니라 오리였다. 그는 몇걸음 물속으로 들어가 오리를 쫓아버렸다. 그러고는 관객을 잊어버린 채 더욱 음탕하게 몸을 틀면서 다시 물가로 걸어나와 아주 천천히 익살스럽게 자신의 늙수그레한 친구 혹은 구혼자를 부드러운 눈길로 보며 팬티를 벗어내렸다. 그는 말없이 헌신적인 자세를 취했다. 조금 전에 연장자를 놀려댔다면 이번에는 나긋나긋하게 순종적으로 자신을 바치려는 듯 손으로 페니스를 쥔 채 몸을 돌렸다. 순간 야콥은 소외감을 느꼈다. 그 젊은이와 이자벨, 앨리스테어, 벤섬에 대해 애정을, 심지어 사랑을 느끼긴 했지만 그 순간의 소외감은 어쩔 수 없었다. 그의 두 손은 지금 축축한 재스민 가지들 사이에서 쓸모도 없고 차갑기만 했다. 젊은이는 첨벙거리며 물속으로 들어가더니 가쁜 숨을 몰아쉬면서 머리카락이 흠뻑 젖은 채 다시 물 위로 올라왔고 노를 젓듯 앞으로 나아가더니 이내 균형을 잃었다. 연못 바닥도 어지럽게 헝클어진 수면도 그를 지탱해주지 못했기 때문에 비틀거리면서 물가로 걸어나왔다. 그곳에서 속옷 바람으로 기다리고 있던 연장자가 커다란 푸른색 수건을 펼쳐 젊은이를 감싸주었고, 몸이 따뜻해지도록 힘차고 숙달된 동작으로 문질러주었다. 야콥은 두 사내의 얼굴을 알아볼 수 없었다. 그는 손가락으로 두 눈을 문질러 살을 에는 듯한 통증을 한자리에나마 모으려는 것 같았다. 하지만 소용없다는 것을 금방 깨달았다. 두 사람의 모든 동작이 일으키는 메아리라도 되는 듯 통증은 더 심해졌고 더 넓게 퍼져갔다. 두 사람은 서로 애무하느라 정신이 팔려 야콥이 몸을 돌리고 비틀거리는 소리를 듣지 못했다. 야콥은 다시 몸을 돌렸다. 연장자가 수건을 들어올리고 잠시 오른손을 젊은이의 어깨에 얹을 때 야콥은 마침내 벤섬을 알아보았다. 옆모습이고 반라의 상태이고 얼굴은 가려 있었지만 야콥은 특이할 정도로 작은 손을 분명히 보았다. 힘차고 하얀 팔에 비해 너무 작은 손이 선물로 바쳐진 어깨와 목덜미를 부드럽게 어루만지고 있었다. 야콥은 소리를 내면 들키지 않을까 하는 조바심도 없이 풀밭을 가로질러 큰길로 되돌아갔다. 그들이 그의 존재를 알아볼 리 없다고 생각했기 때문이었다. 뒤에서 그를 부르는 사람은 아무도 없었다. 그리고 몇미터 채 가지 않아서 그가 정말 벤섬이었을까 하는 의문이 들기 시작했고, 운동장과 학교 쪽으로 걸어가는 동안 의문은 더욱 커졌다. 눈물이 어른거려 다시 비틀거렸고 도로변에 도착해서는 차에 치이지 않도록 주의해야 했다. 그러고 나서 우회로를 택했다. 그 상태로는 곧장 집으로 갈 수 없었다. 한편으로는 허탈하고 또 한편으로는 흥분되기도 했다. 그의 마음을 흔들어놓았던 그 무엇에서 이야깃거리를 만들어내어 이자벨에게 전해주고 자기도 즐길 수 있는 말을 찾아보려고 애썼다. 공원에서 벌거벗고 있던 두 남자. 여자들을 위한 관목숲 속에 숨어 엿보던 자신. 그녀에게 그 사람이 벤섬이었다는 사실은 말하지 않을 생각이었다. 확신도 서지 않았다. 그가 생각하기에 벌거벗은 장면은 식별 불가능하게 바뀌어버렸다. 그들 각각이 두 개의 몸을 가지고 있기라도 한 것처럼. 하지만 이러한 생각은 조금도 만족스럽지 않았다. 이자벨의 눈에 비친 자신의 벌거벗은 모습은 두 남자의 알몸과는 또다를 게 분명했기 때문이었다. 어쨌든 젊은이의 어깨를 손으로 감싸는 제스처와 동작은 벤섬의 것이었다. 야콥은 자신이 그들을 보았다는 것은 의식하고 있었으나, 이 비밀을 앨리스테어에게 말해서는 안된다는 사실은 전혀 생각지 못했다. 그는 집으로 가는 길, 이자벨이 그를 기다리고 있는 집으로 가는 길을 찾지 못했으면 하는 마음에 이런저런 생각을 떠올렸다. 갑자기 그녀에게 아무 말도 하지 말아야겠다는 확신이 들었다. 그 사람이 벤섬이었는지 아니었는지는 비밀에 부칠 수도 있었다. 그리고 더 세세하게 설명해서는 안되는 어떤 비밀이 진실인지, 현실인지는 중요치 않은 것 같았다. 벌거벗은 채 거리낌없이 즐기던 두 남자. 그가 세상을 너무 몰랐던가? 늙수그레한 남자의 입장에서 볼 때 야콥의 산책은 엄청난 체면손상을 의미하는 것이었을까? 6월의 냉기 속에 여기 레이디스 연못가에서, 아무것도 찾을 것 없고 누군가가 당신을 발견한다면 비웃음을 감수하며 쫓겨나게 될 이곳에서 벌거벗다니? 하지만 그들을 목격한 것은 야콥뿐이었고, 소리를 지르기에 그는 너무 소심하고 수줍거나 흥분한 상태였다. 그가 그의 이름을, 벤섬의 이름을 불러야 했는지도 몰랐다. 하지만 당연하게도 불가능한 일이었다. 그는 자신이 다시는 내일도 모레도 묻지 않을 것임을 알고 있었다. 그가 본 것은 다만 즐거운 장면이었을 것이다. 사랑과 자유분방함과 유희의 장면. 아마도 그는 늙어가는 남자가 어떤 식으로 굴욕을 당하는지 본 목격자일 것이다. 늙은 몸은 역겹거나 마음을 놓게 하는 것이라고 야콥은 다시 생각했다. 늙은 남자의 팬티. 그러나 그는 이내 깨달았다. 그의 머릿속을 떠나지 않는 것은 늙은이의 나이가 아니라—그는 이미 그것에 익숙하다—그 젊은이가 참으로 싱싱했다는 점이다. 젊은이는 자신을 선물로 여겼고, 물속에서 우스꽝스러울 수밖에 없는 포즈를 취하며 자신의 몸을 드러냈다. 이자벨에게는 어떻게 할까. 레이디 마거릿 가로 접어들면서 야콥은 스스로에게 물었다. 걱정할 필요가 없는지도 모른다. 그녀는 집에 없었으니까. 책상 위에는 수채화 물감으로 그린 스케치가 있었다. 소녀가 나무를 기어오르고 그 아래 노인이 서서 위쪽을 올려다보는 그림이었다. 이자벨도 변했다고 느꼈다. 그들 각각이 미지의 영역으로 들어가는 것 같았으며, 그것이 어떤 결과를 초래할지 두려웠다. 그는 그녀의 방에 앉아 그녀를 기다렸다.

이번 주 내내 벤섬이 법률사무실로 출근하지 않았기 때문에 오히려 그의 마음은 편했다. 목요일에 야콥은 위층에 혼자 남아 있다가—길먼 부인이 도서실에서 진공청소기를 돌리는 소리가 들려왔다—빈 방으로 들어가서 불도 켜지 않고 문 옆에 서 있었다. 길먼 부인이 계단을 걸어올라올 때까지 그곳에 그대로 있었다. 여덟시 반에 마침내 그는 사무실을 나와 집까지 걸어가기로 마음먹었다. 리젠트 공원은 아직 열려 있었다. 포근한 저녁이었다. 남녀가 쌍쌍이 풀밭에 누워 있거나 껴안은 채 손에 손을 잡고 느릿느릿 걸어다녔다. 야콥은 어려운 과제를 해결한 듯 편안하고 만족스러웠다. 공원은 널따랗게 펼쳐져 있어서 프림로즈 힐까지 막힘없이 올려다보였고, 도시 한가운데 친근하면서도 호의적인 전원풍경을 제공함으로써 도시생활을 쉽게 해주고 긴장도 풀어주었다. 정장을 입고 넥타이를 풀어 주머니에 쑤셔넣은 또래의 남자들과 꼭 마찬가지로 그는 일을 마치고 집으로 돌아가고 있었다. 그의 몸은 쓸 만했다. 호흡과 다리의 근육을 느끼고 있자니 안락한 기분이 들었다. 신발은 새로 구입한 수제품이었다. 여름날 저녁이라 그런 착각에 빠진 걸까? 그렇다면 그 이유는? 그는 벤섬, 이자벨, 앨리스테어, 한스를 생각했고, 새삼스레 친밀감을 느꼈다. 간격이란 축소해서도, 그렇다고 다리를 놓아버려서도 안되는 것이다.

어느새 북서쪽 출구였다. 공원을 떠나야 하는 것이 유감이었지만 관리인은 이미 문을 닫을 준비를 하고 있었다. 신호등 옆에 서 있는 모드 부인을 보고 그는 반가운 마음에 그녀의 이름을 불렀다. 그녀는 놀라서 뒤돌아보고는 그가 있는 쪽으로 재빨리 다가왔다. 그녀에게서 한물간 향수 냄새를 맡으면서 그는 고모를 떠올렸다. 고모는 옅은 청색 원피스를 입고 그 위에 흰색 여름 외투를 걸쳤다. ─극장에서 여자친구를 만나기로 했어요. 그의 시선을 느끼며 그녀가 말했다. ─하지만 무슨 영화를 볼지는 정하지 못했어요.

─그렇다면 친구분이 잘 골라야겠네요. 야콥은 다정하게 말했고, 자동차가 오는 줄도 모르고 도로에 발을 내딛는 모드 부인의 팔을 단단히 붙들었다. 그녀가 말했다. ─허튼소리인지 모르겠지만 저는 벤섬 씨가 사무실에 출근하지 않으면 늘 걱정이 된답니다. 그녀가 머뭇거리다가 말했다. ─그분을 좋아하시지요, 안 그래요? 일생의 반려자가 죽은 후로 수년 동안 그분은 늘 그랬어요. 며칠씩 호텔에 처박혀 젊은 남자를 만나는 거예요. 이미 알고 계시잖아요.

─그분의 친구가 죽었다는 걸 전 몰랐어요. 야콥이 당황하며 말했다.

─십오년 전 오토바이 사고를 당했어요. 벤섬 씨는 멀쩡했지만, 그래이엄은 그 자리에서 즉사했지요. 이제 나이가 들어 그분은 고독을 견디지 못하는 거예요.

─그분이 그렇게 하는 건 괜찮겠죠? 자기가 하는 일을 분명히 알고 있을 테니 말입니다. 모드 부인은 그를 뚫어져라 쳐다보더니 화난 목소리로 따져물었다. ─괜찮다고요? 어떤 부류인지도 모르는 젊은 남자들과 말인가요?

─그레이엄도 그분과 나이가 비슷했나요?

─스무살 아래였어요. 아무 말도 말았어야 하는 건데. 하지만 그분이 걱정돼요. 돌아올 때까지 무슨 일이 있을지 아무도 모르잖아요. 물론 돌아오더라도 묻지 않을 테지만.

─그분은 앨리스테어한테도 어디로 갔는지 알리지 않았나요? 모드 부인의 기분이 상한 걸 보고 야콥은 그 질문을 후회했다.

─나한테도 말하지 않는데 앨리스테어한테 알리겠어요?

그동안 그들은 거의 극장 앞까지 왔다. 모드 부인과 비슷한 나이의 부인이 그녀에게 손짓했다. 입구 앞에 사람들이 빽빽하게 줄지어 서 있었고, 거지가 그 사이를 비집고 다녔다. 교차로에는 교통이 꽉 막혀 있었다. 야콥은 서둘러 작별 인사를 하고 켄티시 타운 가 쪽으로 올라갔다. 작은 아이 셋을 데리고 있던 부인이 그의 길을 막아섰다. 아이들 중 하나는 눈가리개를 하고 있었다. 부인은 종이쪽지를 내밀면서 애원조로 그의 팔을 붙들었다. 그는 초조하게 멈칫거렸고, 부인은 공손하게 옆으로 물러나면서 혼잣말로 나직하게 중얼거렸다. ─이라크, 우리는 이라크에서 왔어요. 그 말을 듣고 야콥은 지갑을 꽉 움켜쥐고는 더 빨리 걸었다. 그러나 몇미터 못 가서 야콥은 멈춰서야 했다. 사람들이 길을 막고 있었는데, 몇사람은 소리를 지르고 큰 소리로 노래를 부르고 있었다. 게다가 설교자처럼 보이는 사람의 목소리가 울려왔지만 웃음소리와 중간중간 터져나오는 야유가 너무 소란스러워 야콥은 알아들을 수 없었다. 이윽고 좀더 조용해졌고, 모두들 설교자의 목소리에 귀를 기울였다. 야콥은 설교자 옆에 서 있는 젊은 여자를 발견하고는, 그 둥그렇고 짙은 얼굴을 자세히 관찰했다. 두 줄의 부드러운 선, 양쪽 눈썹이 코 위에서 맞닿아 있었다. 그는 몸을 뒤로 젖혀 그녀가 눈치채지 못하게 계속 관찰하려 했지만, 그녀는 고개를 뒤로 돌려 갸름한 아몬드형 눈으로 그를 바라보았다. 거의 새카만 눈동자가 흠집 없는 흰색에 둘러싸여 있었다. 잠시 후 그녀의 눈 속에서 뭔가가 풀어졌고 의심의 기운이 사라졌다. 야콥은 자기 얼굴이 붉어졌다는 것을 깨닫고 화가 났다. 하지만 뿌리칠 수 없었다. 야콥은 의심과 따뜻한 마음 사이의 사소한 변화도 눈의 위치, 눈썹의 곡선에서 읽어낼 수 있다고 생각했다. 그것은 언어라기보다는 암호 비슷한 뉘앙스 같았다. 그는 다시 소외감을 느꼈다. 그녀는 곧 다른 쪽으로 몸을 돌릴 것이다. 설교자가 소리치는 말들의 파편이 그의 귓전을 파고들었다. 대담하게 생긴 당당한 사내로, 숱 많은 머리카락은 헝클어져 있었다. 여자가 몸을 돌렸다. 그가 그녀의 눈길에서 마지막으로 읽은 것은 무엇이었던가? 기만당한 호기심. 동정.

—그대들은 예수를, 무하마드를 기다리는가? 재택근무의 날을 기다리는가? 설교자가 반쯤 몸을 돌려 이제 야콥 쪽을 향했다. —학살당한 자들의 절망감이 그대들을 덮치리라. 전쟁과 불안이라는 복수가 당신들을 덮치리라. 그대들은 먼지를, 뱀의 먼지가 아니라 땅밑 갱도의 검은 먼지를 삼키리라. 자갈 더미 위로, 레일 위로 그대들은 지친 몸을 끌며 기도하리라. 공포는 그대들의 얼굴을 일그러뜨려, 이미 그대들이 알고 있는 가면이 되게 하리라. 헤아릴 수 없이 많은 탐조등이 그대들을 비추겠지만 빛도 아무 도움이 되지 못하리라. 그대들은 어둠속에 쪼그리고 앉아 있고, 밤이면 무서운 예감이 그대를 덮치리라. 믿지 못하겠는가? 공포의 물결이 높이 차오르면 그대 범죄자들은 홍수가 닥쳐오는데도 서

로를 사슬로 묶고 템스 강변의 모래톱 위에 앉은 꼴이 되리라. 그대들의 눈에서 잔학함이 불타오르고 있는 것이 보이지 않는가? 고통의 비명을 아직 듣지 못했는가?

그는 고개를 들어 하늘을 올려다보며 잠시 쉬었다가, 불안해하기 시작하는 군중 쪽을 다시 쳐다보았다. ─이 사람들, 도대체 뭘 보고 웃었던 거야? 야콥이 자문했다. 일부는 자리를 뜨고 일부는 다시 모여들었다. 야콥은 앞으로 밀리면서, 코앞에서 날씬한 목덜미를 드러내고 있는 여자와 부딪치지 않기 위해 두 다리로 땅을 딛고 버텼다. 목덜미가 너무 가까이 있어서 털 하나하나를 다 구분할 수 있을 정도였다. 그녀의 머리카락보다 더 밝은 빛의 솜털도 보였고, 단추처럼 도드라진 추골(椎骨)도 연약하지만 부드러워 보였다. 그는 두 손을 바지주머니에 집어넣고는 목덜미를 쓰다듬고, 여자의 머리를 자기 쪽으로 슬며시 끌어당기고 싶은 욕망과 싸웠다.

─그대들은 참고 견딘다. 끈기있게 맹목적으로. 그러고는 마침내 아무것도 기억하지 못하노라. 거리가 보이는가? 거지들이 보이는가? 죽은 자들이 보이는가? 아무것도 기억하지 못하는가? 아무것도 모르는가? 그대들이 예수를 잊은 것은 옳다. 그가 십자가에 매달려 죽은 것은 그대들을 위해서가 아니다. 그대들은 죽은 자들에게 묻는다. 누구를 위해서냐고. 그러나 그대들은 차라리 이렇게 물어라. 그대들은 누구를 위해 살고 있으며 누구를 위해 호흡하고 누구를 위해 여름이 오며 누구를 위해 모든 것이 꽃피고 참을 수 없을

정도까지 긴장이 고조되는가 하고. 아름다움을 보라. 바로 여기서 얼마나 오래 땅거미가 지며, 그대들을 포위하기 위해 어떻게 어둠이 머뭇거리면서도 살금살금 다가오는지 보라. 그동안에도 싸이렌 소리는 귀청을 찢고 어떤 자는 자신의 똥 속에서 뒹굴고 몇미터만 더 가면 몇시간만 더 지나면 어떤 자가 총에 맞고 칼에 찔려 목숨을 잃는다. 그대들이 눈을 감아버렸기 때문이고 아무것도 보지 않으려 했기 때문이며 황천길의 노잣돈을 그대들의 강도질로 벌써 지불했기 때문이다. 여기 살고 있는 우리는 그 자체로 도둑이다. 우리의 나날은 고개를 숙인 채 은신처를 찾고, 사형집행 연기를 갈망하는 사람들의 잔등에 올라타 있노라. 그대들은 말한다. 불행이 우리를 덮치는 일은 없을 거라고. 그러나 불행은 우리를, 우리의 무자비함을 응징할 것이다. 우리는 살아남을 권리가 없도다. 우리는 벌거벗은 채 그저 살고 있을 뿐이며 그것이 전부다.

　—그래서 어쩌란 말이야? 야콥은 이렇게 중얼거리면서 몸을 앞으로 좀더 수그렸다. 그의 숨결이 앞에 있는 매끈한 피부에 가닿게 하기 위해서였다. 그녀가 몸을 일으켜 그의 말을 들었다는 표시로 고개를 살짝 돌렸다. 하지만 어깨를 움직이지는 않았다. —설교는 곧 끝날 거예요. 그녀는 이렇게만 말했다.

　—위생병이 들것에 실어 날랐던 자는 아직 살아 있으리라. 유리파편에 얼굴이 산산이 찢긴 자, 팔이 떨어진 자, 다리가 떨어진 자도 살아 있으리라. 우리가 세금을 지불하는

감옥들 중 하나에 갇혀 징징대며 울고 있는 자는 죽음을 바라리라. 우리가 가진 것은 무엇이며 손에 쥐고 있는 것은 무엇인가? 그대들은 묻는다. 우리에게 아무 일도 일어나지 않았다고 해서 우리가 감사해야 하는가 하고. 하지만 나는 분명히 아니라고 답한다. 고마운 것이 아니라 굴욕스러운 것이다. 일어나라, 겸손하라, 참을 수 없는 것을 보고 참지 마라. 전쟁은 지나갔는가? 전쟁이 지나갔다고 그대들은 소리친다. 하지만 그대들은 알고 있다. 그대들이 속이고 있다는 것을. 그대들은 장차 죽을 사람들이 이마에 그 표식을 이미 달고 있다는 것을 안다. 그대들은 밤새 사람들이 흐느끼며 두려워한다는 걸 안다. 그대들은 자식이 죽는 것을, 가장 사랑하는 사람들이 죽는 것을 본다. 그대들은 가라앉지 않으려는 먼지를 본다. 왜냐하면 우리가 그 먼지를 불러일으키는 때문이다.

─젠장. 야콥이 말했다. 야콥의 말을 듣기라도 한 듯 설교자가 열을 올리며 야콥을 보고 소리쳤다. ─그대는 곧 알게 되리라. 그대는 알게 되리라. 오늘, 오늘, 그리고 언젠가 그대는 행복해지리라. ─도대체 이 사람은 무슨 소리를 하는 거야? 야콥이 다시 한번 말했다. 사람들은 무덤덤하게 흩어졌다. 인내심을 가지고 듣긴 했지만 아무 느낌도 없는 것 같았다. 이제 날은 거의 어두워졌다. 야콥은 몇사람의 눈이 호기심에 차 자신을 살피고 있음을 느꼈다. 그때 바로 앞에 있던 여자가 마침내 몸을 돌려 그를 향해 빙그레 웃었다.

─미리엄이라고 해요. 그녀가 말했다. 마치 신호에 따르

기라도 한 듯 사람들이 그에게서 시선을 거두고는 지하철 방향으로 사라졌다. 오른편으로 왼편으로 사라졌다. 설교자도 작은 자루 같은 침낭을 집어들고는 사라졌다. ─춥지 않아요? 미리엄이 어린아이의 손을 잡듯이 야콥의 손을 잡았다. ─차 한잔 드릴게요. 마치 당연하다는 듯 그녀가 말했다. ─오세요. 여기서 멀지 않아요. 그러고 나서 그녀는 야콥 옆에 나란히 서서 그의 손을 잡고 빠른 걸음으로 걸어갔다. 얼이 빠진 야콥이 생각하기에도 너무 다정하고 믿음직스러웠다. 방으로 들어서는 순간 야콥은 몸을 떨었다. 방에는 탁자 하나와 소파 하나만 덩그러니 놓여 있었고 나지막한 서가 위로 사진 몇개가 걸려 있어서 어떻게 보면 마음이 끌리기도 하고 또 어떻게 보면 슬프기도 했다. ─신을 벗겨드릴까요? 소파에 앉은 그에게 그녀가 물었다. 그러고는 외투를 벗고 청바지를 벗어내리고 반라의 상태로 그 앞에 꿇어앉아 미소를 지으며 신발끈을 풀고는 신발을 벗겨내었다. 그러고는 그의 오른발을 두 손으로 감쌌다. ─그 설교자는 요나라고 해요. 안 지는 몇년 돼요. 그는 한때 내 선생이었죠. 어느날 길거리에서 그를 만났어요. 당시엔 난폭하고 절망에 빠진 상태였어요. 그가 연설을 시작했을 때 나는 그가 미쳤다고 생각했어요. 그건 정말 설교도 아니었어요! 그가 청중 한 사람을 지목하면서 나더러 집으로 데려가라고 하더군요. 사람은 자신이 사랑할 수 있는 사람을 언제나 다시 만난다고 그는 주장했어요. 목숨을 희생하더라도 말이에요. 그가 말하길, 헌신할 수 있는 사람들에 대해서 우리가 눈을 감지 않는 것은 순전히 우연이라는 거예요. 그래서 나는 실제로 그의 말을 따랐어요. 이유도 모르면서 말이에요. 쎅스하고는 아무 상관없어요. 미리엄은 나직하게 미소지으면서 그의 오른발을 바닥에 내려놓고 왼발을 자기 가슴 쪽으로 들어올렸다. ─금방 차 한잔 끓여올게요.

정신이 맑기도 하고 졸리기도 한 상태로 그는 소파에 앉아 서가와 사진들, 사진들 속의 명랑한 삶을 바라보았고, 아기를 가슴에 지긋이 안은 채 사진사를 향해 환하게 미소짓고, 그러면서도 아기를 어르는 미리엄의 모습을 보았다. 그녀보다 더 환해 보이는 아기는 눈동자가 푸른색이었고 마찬가지로 행복해 보였다. 기가 질린 야콥은 그들의 모습이 너무나 자유분방하고 행복해 보여, 이 방 어딘가에 이러한 행복이 계속되지 못하게 하는 무엇이 있지 않을까 하는 생각이 저절로 들었다. ─사진 속 저 아기는 누구죠? 미리엄이 찻주전자와 잔 두 개를 들고 방으로 들어오자 그가 물었다. 그러고는 그녀가 찻주전자와 잔 두 개를 등받이 없는 의자 위에 내려놓는 것을 살폈다. 그녀는 짧은 치마를 입고 있었다. ─내 아들 팀이에요. 우리의 아들, 요나와 내 아들이지요. 우리는 결혼했어요. 하지만 몇달 뒤 그가 사라졌어요. 걱정이 돼서 나는 미칠 뻔했어요. 그러고는 달랑 편지 한통을 보내왔는데 그가 잉크에 물을 쏟았기 때문에 읽을 수도 없었어요. 편지의 그림자만으로 자기가 살아 있다는 신호를 보낸 셈이죠. 그뒤 나는 클래펌의 집에서 나와 여기로 이사했답니다. 팀이 세상에 태어났고요. 부모님이 생활비를 대주어서 대학에서 다시 공부할 수도 있었어요. 그녀는 가냘 픈 손으로 초조하게 치마를 잡아당겼다. ―내 말을 듣지 않 는군요. 그녀가 말했다. 그럼에도 야콥은 그녀의 말에 귀를 기울이지 않았다. 그녀는 소파 앞에 쪼그리고 앉았다. 그의 손이 다시 떨렸다. 그녀가 그의 두 발을 가슴 쪽으로 끌어당 겨 쓰다듬었다. 이자벨은 결코 이렇게 하지 않을 거라고 그 는 생각했다. 그녀는 왠지 꺼려했고 그녀의 부드러운 애무 에는 언제나 어떤 임시적인 것, 심지어 은밀한 것이 들어 있 었다. 서로에게 혹은 자신에게 부끄러운 걸 참지 못하고 또 감춰야 할 것이 드러나는 것을 두려워하는 듯 보였다. 그는 눈을 감았다. 그리고 미리엄이 자신의 양말을 벗기고 발가 락 하나하나를 조심스럽게 만지다가 이윽고 부드럽게 쓰다 듬는 것을 느꼈다. 그는 일어나려고 했지만 가슴을 쥐어짜 게 하고 눈물을 쏟아지게 하는 뭔가가 그를 소파에 주저앉 혔다. 그는 그 사진, 튼튼한 아기의 몸이 미리엄의 팔에서 벗 어나 초조하게 버둥대다가 마침내 달려가고 있다고 생각했 다. 아기는 달리고 또 달렸다. 너무나 행복하고 흥분되었다. 비에 젖은 거리를 달렸고, 저녁 불빛에 아스팔트가 번쩍거 렸다. 팀이 고개를 돌려 손짓했으나 운전자는 보지 못했다. 운전자는 팀을 보지 않고 다만 번쩍이는 빛을 보았으며 쾅 하는 충돌을 느꼈을 뿐이었다. 그때 운전자는 브레이크를 밟았다. 야콥은 오싹 소름이 끼쳤다. 뭔가 파괴되었고 그의 몸이 반항하듯 일어섰다. 그는 믿을 수 없다는 듯 미리엄을 뚫어지게 보고 그리움과 근심으로 혼란스러워하면서 그녀를 향해 두 팔을 뻗었다. 그녀는 무엇 때문에, 어떻게 해서 그런 일을 감수하는가? 그는 생각하고 또 생각했다. 이게 현실이었단 말인가? 그는 자신에게 물었다. 그러고는 그녀를 껴안았다. 이제 떨림은 아까와는 달리 눈에 띄지 않게 은밀하여 마치 그의 사랑과 걱정을 감싸고 있는 엷은 천과도 같았다. 기억들이 미리엄의 체취, 햄프스테드의 6월의 비 냄새와 뒤섞였다. 그는 두 남자의 모습을, 젊은이가 과시하면서 조롱하는 장면을 떠올렸다. 하지만 거기에도 늙은이가 젊은이를 세심하게 닦아주던 동작 못지않은 애정이 깃들어 있었다. 그는 미리엄을 끌어안고 있는 동안, 그 늙은이가 부디 벤 섬이었으면 하고 바랐다. 그는 그녀를 안고 부드럽게 흔들다가 이제 곧 가야 한다는 걸 깨달았다. 그녀가 그러기를 원하기 때문이었다. 얼떨결에 그는 그녀의 신호를 순순히 받아들였다. 집을 나오면서도 그는 자기가 있었던 곳이 어딘지 확인하지 않았고 무작정 걸어가다 아는 길로 접어들었으며 이윽고 수로에 이르렀다. 수로의 검은 물은 썩은 냄새를 풍기면서 느릿느릿 공원 쪽으로, 대형 새장 쪽으로 흘러갔다. 새장 안의 새들이 잎으로 몸을 가린 채 나뭇가지 위에서 잠든 것은 이미 오래전이었다. 야콥은 마치 담요에 익숙해지듯 어둠에 익숙해졌다. 하지만 그의 심장은 격렬하게 뛰었다. 그는 젖은 손으로 지갑을 움켜쥐었으며 넋나간 듯 여러 생각들이 스쳐지나갔지만 온전한 제정신으로 캠던 록을 지나 오른쪽으로 꺾어들면서 그를 향해 걸어오는 남자에게 주목했고 왼쪽에서 다가오는 자동차에도 주의를 기울였다.

닫힌 창 뒤로 쿵쿵거리는 저음이 들려왔다. 유리창 뒤에는 한 여자가 앉아 담배를 피우고 있었다. 그녀는 브레이크를 밟으면서 백미러로 그를 관찰했고 다시 가속도를 내어 재빨리 그를 앞질러갔다. 오직 발동작 하나가 유리창을 내려 누군가에게 말을 걸까 말까를 결정하는 짧은 순간이었으며 설명하기 어려운 방식으로 눈길과 근육이 결합하는 순간이었다. 그 여자는 그런 식으로 그를 재보고는 아주 가볍게 차버렸다. 그는 모든 것을 너무나 분명하게 알아차렸다. 신발 속의, 양말 속에 있는 자신의 발을, 그리고 친숙한 애무를 느낀 그는 다시 멈추어서서 미리엄의 두 손, 자신의 발가락 사이를 주무르던 그녀의 손가락을 떠올렸다. 알아들을 수 없는 말을 중얼거리면서 발톱을 쓰다듬던 엄지손가락 끝 부분도 기억났다. 다시 펼쳐나갈 준비를 하고서 그들 사이로 밀치고 들어왔던 짧은 시간이었다. 갑자기 그는 양복 상의 소매 끝에서 흔들거리는 시계가 음악시계인 듯 느껴졌다. 작은 인물들, 미리엄과 그 자신, 이자벨, 벤섬이 그 위에서 궤도를 따라 회전하고 있고, 그 인물들 가운데 낫을 가진 죽음의 신이 자리잡고 있는 음악시계. ─아니요. 우리는 다시 만날 수 없어요. 요나가 원한다면 모르겠지만. 미리엄이 그에게 이별의 눈짓을 하면서 명랑하게, 아니 사랑스럽게 말했다. 무엇이 그의 앞날을 기다리고 있는지 알기 때문에 용기를 불어넣어주기라도 하려는 듯이.

벤섬은 이렇게 말했다. 소유란 상실의 또다른 얼굴일 따름이다. 우리는 소유가 안정과 지속성을 부여하는 듯 살아

간다. 우리는 욕실의 거울을 보듯 흔들림 없는 시선으로 무상(無常)의 거울을 응시한다. 그러나 결국 우리가 두 거울에서 확인하는 것은 우리가 늙고 죽어간다는 사실뿐이다. 물론 아름다움의 순간들도 존재하는 법이다. 그렇지 않은가? 야콥은 열시 반을 가리키는 시계를 쓰다듬었다. 유리 아래에서는 시곗바늘들이 각각 자기 리듬에 따라 때로는 보일 듯 때로는 눈에 띄지 않게 움직이고 있었다. 그는 열린 창으로 목소리들이 울려나오는 어느 집 앞에서 귀를 기울였다. 그는 이자벨과 함께 보았던 바토의 그림들을 생각했다. 그 그림들에서 죽음은 눈에 보이지는 않으나 현존하면서 우아하게 움직이고 있었다. 무상함과 상실을 품고 있는 헤아리기 불가능한 순간 동안 시간을 포착하면서. 어느새 레이디 마거릿 가였다. 주차되어 있는 차 아래서 튀어나온 흰여우가 담벼락 위로 뛰어올라 균형을 잡으며 잠시 걸어가다가 카운티스 가의 어느 정원으로 사라졌다. 이자벨은 일층 창가에 움직이지 않는 윤곽선으로 서 있었다. 아마도 그를 기다리고 있었을 것이고 그 여우도 보았을 것이다. 야콥이 그녀에게 손짓했다. 그는 너무 행복했다. 그러나 그녀는 그를 보지도 않고 몸을 돌려 방으로 들어갔다. 불빛에 드러난 그녀의 씰루엣은 여위고 긴장에 차 있었다.

28

데이브가 여동생에게 이야기해주었다. 도시에 살지 않고 시골에 사는 사람들도 있어. 시골사람들은 누구나 사과나무가 있는 드넓은 정원을 가지고 있고, 폴리 같은 고양이뿐만 아니라 개나 양, 심지어 조랑말 같은 짐승을 키우기도 해. 원한다면 조랑말을 타고 달리기도 하지. 자그마한 마차에 말을 매어 시골길로 달리고 개울가를 지나고 들판을 달리기도 하거든. 그러다가 배가 고파지면 집으로 돌아오지. 모두들 기다란 식탁에 앉아 물릴 때까지 식사를 해. 아이들은 매일 아침 함께 학교에 가지. 정원을 지나고 대문까지 가서는 다른 아이들이 올 때까지 기다리기도 하고. 그애들은 너도 기다려주고 함께 학교로 갈 거야. 책가방과 버터 바른 빵, 음료수도 들고 가지. 낮에 쉬는 시간에 함께 먹으려고 말이야. 수프와 푸딩도 있어. 그러고는 종이 울릴 때까지 노는 거지. 데이브가 동생에게 계속 설명했다. 그곳에서는 아이들이 읽기와 쓰기를 바람처럼 빨리 배워. 그러고는 동생에게 공책

한권과 아버지의 가방에서 떨어진 연필 한자루를 주었고, 글자를 서투르게 그려 보였다. 그가 말했다. 뱀(Schlange)자에 들어 있는 S, 쎄러의 S. 연필은 녹색이고 뱀도 녹색이야. 쎄러는 손가락에 묻은 얼룩을 숨겼다. 두 손을 주머니에 넣고 있었고 연필은, 아빠의 연필은 매트리스 아래 숨겼다. 아빠는 연필을 찾고 또 찾았다. 그러고 나서 데이브는 며칠 동안 나타나지 않았고 누구도 그에 대해 말하지 않았다. 마치 그의 존재가 이 세상에 없는 듯했다. 엄마는 울지 않았고 아빠는 소파에 누워 잠을 잤다. 반나절 동안 그리고 밤새도록. 엄마는 부엌에서 아이에게 먹을 것을 주었다. 데이브가 싫어하는 빵과 치즈였다. 데이브는 오지 않았다.

아이는 엄마와 아빠가 나가고 없는 동안 탁구대 위 유리창에 손가락으로 S자를 그렸다. 그들이 슈퍼마켓에 일자리를 얻었다고 엄마가 말해주었다. 쎄러는 유리창에 입김을 불고는 S자를 그렸다. S자는 곧 사라졌다. 바깥은 따뜻했고 푸른 잎사귀들, 가느다란 가지들과 함께 나무들은 곧장 대기 속으로 혹은 하늘로 자라났다. 하늘은 오랫동안 환했기 때문에 다른 아이들은 점점 더 자주 정원에 와서 담벼락을 기어올랐다. 그러나 아이들은 문을 두드리지도 공을 던지지도 않았다. 누군가를 찾거나 몸을 숨겼고 또 바로 옆 정원으로 기어오르느라 바빴기 때문이었다. 데이브는 오지 않았다. 다음날 아침 엄마가 쎄러를 깨워 포클랜드 가의 아래쪽에 있는 가게로 보냈다. 길모퉁이에서 곧장 오른쪽으로 몇 미터 더 간 곳이었다. 거기 있는 채소 상자들에 주의를 기울이는 사람은 아무도 없었다. 어두운 가게에 한 남자가 서 있다가 한숨을 쉬면서 아이를 바라보고는 쪽지에 쓰인 물건들을 다 사려면 돈이 부족하다고 말했다. 아이가 종이쪽지 뒷면에 S자를 그렸다. 그 남자가 아이에게 이름을 물었기 때문이었다. 남자는 학교에 다니는지도 물었다. 데이브라면 그런 경우에 그렇다고 말하기 싫었을 것이다. 그러나 데이브는 거기 없었다. 아빠가 와서 아이의 팔을 움켜쥐고는 거리로 끌고 갔다. 아이는 대형 쓰레기통 위에 쪼그리고 앉았다. 아빠가 가둬버리겠다고 했기 때문이었다. 창유리 너머 안쪽으로 폴리가 보였다. 폴리는 한쪽 창문턱에 나타났다가 다시 다른 창문턱에 나타나더니 결국 소파 등받이에 비스듬히 기대 잠들어버렸다. 이웃집에서 처음에는 한 남자가 나왔고 이어서 여자가 나왔다. 남자는 여자 쪽을 보지 않았다. 여자가 아이를 향해 미소지었다. 그러나 여자가 돌아왔을 때 여자는 혼자가 아니었다. 다른 남자가 옆에 있었고 그녀는 그에게 작별인사를 했다. 그녀는 쎄러가 아예 없는 듯 행동했다. 저녁에 집 앞에 자동차 한대가 멈추어섰다. 아빠가 내려 아이의 팔을 잡았다. 아이의 엄마는 식탁을 차렸다. 아빠와 같이 온 두 남자가 아이의 머리를 쓰다듬어주었다. 그러고 나서 아이는 침대로 보내졌다. 아이에게 배고프냐고 묻는 사람은 아무도 없었다. 아이는 데이브의 침대에 누웠다. 비록 그가 없었지만 아이는 그에게 조금도 배고프지 않고 사과나무로 가득한 커다란 정원에 자기도 가고 싶다고 말했다. 데이브는 언제나 귀기울여 들어주었다. 베개에서 그의 냄새가 났다. 그러나 아침에 베개는 젖어 있었다. 아이는 부끄러웠다. 침대에 오줌을 지린 것이 두려웠다.

아이는 문가에 서서 무슨 소리가 들리는지 귀를 기울였다. 그러나 폴리가 야옹거리면서 아이의 다리 주위를 어슬렁거렸고 밖으로 나가고 싶어 문에 몸을 비벼댔다. 그러나 아이들이 쎄러에게 돌을 던지며 비웃을 것 같았다. 너무 짧은 옷을 입거나 아니면 예전에 데이브가 걸쳤던 너무 긴 옷을 입고 있었으며 여전히 학교에 다니지 않았고 머리를 자르는 데 돈을 쓰지 않으려고 아빠가 머리카락을 싹둑 잘라버렸기 때문이었다. 아이는 자기가 영원히 그 상태일 거라는 말을 데이브에게 한번도 한 적이 없었다. 지금처럼 아이로 계속 머물면서 자라지도 않고 꼬마인 채로 바지나 침대에 오줌을 지릴까봐 두렵다는 말도 결코 하지 않았다. 이 아이는 발육부진이야. 아빠가 말했다. 아이는 그게 무슨 뜻인지 정확히 몰랐지만 정상 상태로 돌아갈 수 없다는 말이라는 것은 알았다. 엄마가 시키는 대로 하고 침대에 누워 있으면 다시 나을 수 있는 병이 아니었다. 엄마도 아이에게 어떻게 하라고 말하지 않았다. 다시 나을 수 없고 지독하게 악성이어서 누구도 거기에 대해서 말하지 않는 병들 중 하나인 것 같았다. 혹은 질병이 아니라 아이의 행동이나 말과 연관된 것일지도 모른다. 그래서 아이들이 그 점을 알아차리고 비웃으면서 유리창에 돌을 던지고, 아이가 아무것도 배우지 않고 키도 크지 않는다고 놀리며 손가락질한 것인지도 몰랐다.

아이는 유리창에 귀를 바싹 갖다댔다. 폴리가 야옹 울었다. 문을 열고 밖으로 나갈 용기만 낸다면, 아이는 도시에 살지 않고, 양과 개와 심지어 조랑말을 키우며 시골에 사는 사람들과 거의 다를 바 없었을 것이다. 어쨌든 아이에게는 폴리가 있었다. 그리고 아이는 잔디밭을 지나 벽돌담 가의 나무까지 달려갈 수 있고, 또 그 나무가 사과들이 가득 열린 사과나무라고 생각할 수도 있었을 것이다. 또 데이브가 와서 아이의 손을 잡고 숲속으로 달리고 노 젖는 보트가 있는 연못까지 가서 아이를 태우고 연못을 건너는 것을 상상할 수도 있었을 것이다. 그는 아이를 공원으로 데려가겠다고 약속했다. 하지만 그는 며칠째 집에 들어오지 않았다. 아이는 문에 꽂혀 있는 열쇠를 만지작거렸다. 그러다가 열쇠를 꼭 잡고 돌려 자물쇠를 열려고 했다. 자물쇠는 꼼짝도 하지 않았다. 아이는 다시 온힘을 다해 두 손으로 열쇠를 돌리려고 했으나 손이 뜨거워지며 아프고 자꾸 미끄러질 뿐이었다. 하지만 문을 열고 정원으로 나가려는 바람은 오히려 더해갔다. 잡동사니로 가득한 베란다를 벗어나 잔디밭을 건너고, 나무 사이로 햇빛이 널따랗게 비치는 벽돌담까지 달려가고 싶었다. 그러다가 갑자기 열쇠가 움직였고, 바람이 밀려들어왔다. 공기는 향기롭고 따뜻했고, 집 안보다 따뜻했다. 폴리는 열린 문틈을 비집고 나가 두 계단 내려가다 멈추어서서 쎄러 쪽을 뒤돌아보았다. 테라스에는 작은 탁자가 뒤집혀 있었다. 정원이 있으므로 그 바깥에 앉아서 식사를 하려고 마련한 것이었다. 마르타 아주머니가 죽은 뒤 네 식구 모두 그곳에 앉아 함께 식사를 할 수 있다는 약속과도 같은 것이었다. 아빠는 쎄러를 목말을 태워 정원으로 나가기도 했다. 그리고 그들이 여기 살게 될 거라고 말했다. 모든 것이 희망찬 약속으로 가득했다. 아빠는 쎄러가 옷만 갈아입으면 유치원으로 갈 거라고 말했다. 그런데 왜인지 모든 게 예전 그대로 주저앉고 말았던 것이다. 아이가 자라지 않았기 때문이고, 모든 것이 아이의 책임인지도 모른다. 데이브는 더는 집에 오지 않았다. 탁자 옆에는 다리가 셋인 의자가 있고, 아이의 오래된 곰인형 토트도 보였다. 그 인형이 어느날 사라져버리자 데이브는 아이를 달래려고 토트가 기차여행을 떠났다고 말해주었다. 그런데 토트가 이제 탁자 아래, 반쯤은 의자에 가려 퉁퉁 부은 모습으로 있었다. 심지어 배는 터져 있었다. 아이는 뒤돌아보았다. 아이는 한걸음 가다가 팔을 활짝 펴 문을 잡았고, 다시 한걸음을 더 가고 또 한걸음을 더 갔으며, 어느새 첫번째 계단 그리고 두번째 계단에 서 있었다. 그동안 폴리는 벌써 잔디밭을 지나가 뭔가에 코를 대고 냄새를 맡고 있었다. 볕이 잘 드는 담장 가까이에 자라고 있는 식물의 냄새였다. 잔디는 축축했고, 양말을 통해 그것이 느껴졌다. 신발을 신지 않고 양말만 신고 나가서는 안된다. 아이는 양말을 버리지 않으려고 발을 조심스럽게 들었다. 플라스틱 통이 있었고, 작은 녹색 삽도 있었다. 아이는 축축해지고 더럽히지 않으려면 양말을 벗어야겠다고 생각했다. 통 옆에 뭔가가 반짝거리고 있었다. 꽃병 바닥이었던 커다란 원반 모양의 유리였다. 그리고 유리조각 옆에는 작은 말이 하나 있었다. 갈색 말로 머리에는 하얀 얼룩이 있고 등에는 검은 안장이 있었다. 아이는 그것을 집으려고 조심스럽게 손을 뻗었다. 그것은 정말로 말이었다. 아이는 그것을 손으로 꼭 쥐고 감쌌다가 갑자기 손가락을 쫙 펼쳐 기어다니는 풍뎅이라도 되는 듯 들여다보았다. 말은 아직도 멀쩡했고 여전히 다리가 네 개였다. 아이는 말을 일으켜세웠고, 말은 아이의 손바닥에서 달렸다. 내려놓아도 계속 달릴 것 같았다. 언덕을 넘어 평야를 뒤로하고, 따뜻하고 향기로운 바람을 맞으며, 나무처럼 커다란 꽃 옆을 지나 풀밭 사이를, 끝도 없는 초원지대를 달리고 또 달릴 것 같았다. 유리조각은 말이 물을 마시는 호수였다. 쎄러는 그것을 고삐 가까이 갖다대고는 말이 실컷 마실 때까지 기다렸다. 그러고는 말에 올라타고 말과 함께 달렸고, 점점 더 속도를 내어 뜨거운 태양이 있는 곳에 이르렀다. 그곳에는 거대한 괴물이 도사리고 있었다. 발톱과 긴 꼬리를 가진 괴물이 그들을 죽이려고 덤벼들었다. 하지만 그들은 괴물의 공격을 피했고, 날렵하고 능숙한 동작으로 방어한 후 언덕 뒤에 숨어 거대한 동물을 지켜보았다. 그것은 용이었다. 그들을 속이려고 용은 움직이지 않았다. 다만 푸우— 하고 냄새를 풍기는 호흡으로 잠들지 않았음을 알 수 있었다. 옆구리가 부풀어올랐다가 다시 꺼졌다. 용은 겁도 없이 그 자리에 누워 있었다. 용을 물리치고 몸에 상처를 입힐 수 있는 검(劍)을 찾아야 했으며, 겁먹지 않고 용감해야 했다. —토트가 오면 우리는 겁낼 필요가 없을 거야. 쎄러가 속삭였다. 아이는 공포에 떠는 말의 잔등을 쓰다듬으며 용기를 주었고, 나지막하게 노래도 불러주었다. 이제 괴물은 정말로 잠들었다. 풀밭에 쭉 뻗은 채로 조금의 의심도 없이 잠들었다. ─우리는 지옥으로 가는 거야. 쎄러가 속삭였다. 우리는 아래로 가고 너도 우리와 함께 가는 거야. 아이는 손가락으로 공포에 떨고 있는 말의 잔등을 쓰다듬어주고 안심하라고 속삭여주었다. ─항복해서는 안돼. 항복하지 않으면 그 대가는 자유였고, 황금의 보물이었다. 모든 소원은 이루어졌다. 보석들 그리고 그 발치에 괴물이 있는 마법의 나무. 그 나무에 몸을 기울이고 만지면 소원이 이루어졌다. 그 나무의 발치에는 괴물이 누워 있었다. 나쁜 것은 그 괴물이 아직 살아 있다는 사실이었다. ─우리는 괴물을 단숨에 처치해야 해. 아이가 말의 귀에 대고 속삭였다. 그러자 말은 머리를 쳐들고 갈기를 좌우로 흔들며 동의한다는 듯 히힝 하고 울었다. 하지만 괴물은 아직 잠들어 있었다. 그놈이 깨어나면 모든 게 끝장이었다. ─단숨에. 쎄러가 반복해서 말하면서 주변을 살폈다. 왜냐하면 모든 전투에는 무기가 있어야 한다고 아빠와 데이브가 말했기 때문이다. 마침 아이를 위해 곤봉 하나가 거기 있었다. 두껍고 그리 길지 않은 나뭇가지였다. 쎄러는 그것을 집어들고 두 손으로 꼭 거머쥔 채 들어올려 허공에 휘둘렀다. 폴리의 콧수염이 바르르 떨렸고, 작지만 만족스러운 소리를 내지르면서 눈을 치켜떴다. ─저게 괴물이야. 말이 몸서리를 치면서 속삭였다. 마법을 깨려면 저놈을 때려죽여야 해. 저 눈 보이지? 그 눈이 너와 마주치면 너는 결코 자라지도 커지지도 않을 거야. 괴물이 눈을, 두 눈을 떴다. 짙은 녹색의 졸리는 눈이었다. 네가 다른 아이들처럼 학교에 가려고 할 때 졸리게 만드는 눈이야. 폴리가 무슨 말을 하려는 듯 작고 졸리는 소리를 냈다. 하지만 말이 쎄러에게 애원했고, 아이는 적을 때려눕히려고 팔을 높이, 공중 높이 들어올렸다. 적은 공격할 태세를 갖추고 머리를 들었으며, 쎄러도 몸을 쭉 일으켰다. 그리고 앞으로 한걸음 더 나아가 적을 갈겼다.

폴리의 비명이 적막을 찢었다. 털을 곤두세운 채 폴리는 화가 나서 푸우— 소리를 내며 나무 위로 달려올라갔다. 맨 밑에 있는 가지로 올라갔지만 지탱할 데가 없어 다친 뒷발이 미끄러졌다. 그래서 힘겹게 담장 쪽으로 기어가 담장과 나뭇가지 사이에 벌어진 좁은 틈을 뛰어넘어야 했다. 폴리는 반동을 주어 껑충 뛰려고 하다가 고통스러워 다시 한번 비명을 질렀다. 그러고는 담장 쪽으로 풀쩍 뛰어넘었다. 담장 위에서 폴리는 좀더 안전하다고 느끼는 것 같았다. 폴리는 뒷발과 앞발을 핥았고, 여전히 몸을 쭉 뻗고 굳은 채 서 있는 쎄러에게서 눈길을 떼지 않았다. 폴리의 눈에서 눈물이 흘렀다. 폴리는 그저 놀랄 뿐이었다. 차갑고 살을 에는 듯한 고통이었다. 반면에 쎄러는 웅크리고 앉아 씩씩거리는 폴리를 보았다. 쎄러는 두 팔을 아래로 내렸다. 팔이 차가웠다. 누가 아이에게 흰색 염료를 부었을 때처럼. 그때 번쩍거리는 흰색 염료는 아이의 숨을 멎게 하면서 아이에게 표식을 남겼다. 아이의 아빠도 재미삼아 아이의 팔을 어깨까지 염료 통으로 밀어넣고는, 다른 사람들이 아이를 더 쉽게 찾고 더 잘 알아볼 수 있게 한 적도 있었다. 멍하게 서 있던 아이는 갈색 말 위로 몸을 굽혀 그것을 손에 쥐고는 담장 너머로 던져버렸다. 하지만 이미 때는 늦었다. 폴리는 움찔하면서 일 미터 더 기어가다가 쎄러에게서 멀어져갔다. 가능한 한 멀리. 그제야 쎄러는 이웃집 창이 하나 열려 있고 어떤 여자가 자기를 바라보고 있다는 것을 깨달았다. 그녀는 아무 신호도 하지 않고 말없이 보기만 했다. 그녀가 더 잘 보려고 창밖으로 다시 몸을 뻗기까지 끝없는 시간이 흐른 것 같았다. 그러고는 마침내 그녀가 큰 소리로 말했다. ─무슨 일이니? 도와줄까? 쎄러는 잔디밭에 쪼그리고 앉아 두 팔로 어깨를 감싸고 있었다. 그동안 해는 구름 뒤로 숨었다. 잔디는 축축하고 차가운 냄새를 풍겼다. 아이는 고개를 흔들고 또 흔들었지만 그 자리에서 움직이지는 않았다. 그때 폴리가 나타났다. 아이는 폴리에게 무슨 말을 하려고 했고 잘못했다고 말하려고 했다. 폴리를 자기한테로 불러 달래주기 위해서였다. 하지만 폴리의 입에서는 오로지 비탄의 소리만이 나직하게 흘러나왔다. 균일하면서도 지속적인 음조였다. 그 소리를 들은 쎄러는 고개를 숙이고 토했다. 한번, 다시 한번. 노란색의 쓴 점액이 잔디밭의 일부를 노랗게 만들고 쓰디쓴 냄새를 풍겼다. 아이는 위가 아파 두 손으로 배를 눌렀다. 아이는 흐느끼지도 않고 눈물을 삼켰으며, 토한 곳에서 조금 떨어져 쪼그리고 앉아 더는 고개를 들지 않았다. 곧 부끄러움의 순간이 올 것이다. 데이브가 오면 무슨 일이 있었

는지 금방 알 것이다. 그러면 자기를 보지도 않고 가버릴 것
이다. 그리고 다시 돌아오지 않을 것이다. 폴리는 어디 있는
지 알 수 없었다. 사방이 조용했다. 지금쯤 죽었을지도 모른
다. 아마 자기도, 쎄러도 죽을 것이다. 날씨가 차가워졌다.
이윽고 빗방울이 하나둘 떨어졌다. 빗방울은 굵고 얼음처럼
차가웠다. 아이는 움직이지 않았다. 아이는 곧 흠뻑 젖었고,
쪼그리고 앉은 채 아무것도 느끼지 않았다. 하지만 소나기
는 곧 지나갔다. 이웃집 창문이 덜거덕거리는 소리와 함께
닫혔다. 그리고 곧이어 옆집 정원으로 통하는 격자창살 유
리문이 열렸다.

29

그들은 정원을 어떤 용도로도 쓰지 않고 내버려두고 있었다. 좁고 기다란 잔디밭이 있고, 그동안 풀을 뽑지 않아 웃자란 풀밭이 그 사이에 있을 뿐이었다. 붉은 산사나무 한 그루가 담장 가까이에 자라 있었는데, 이자벨이 생각했던 것보다는 키가 더 컸다. 그녀가 두 팔을 뻗어 담장의 장식 테두리를 잡았지만, 손가락을 지탱할 수 있는 것은 아무것도 없었다. 그래서 그녀는 잠시 서 있다가 담장을 잡고 풀쩍 뛰어올랐지만 다시 미끄러졌다. 그녀는 다시 안으로 들어가 의자를 가져왔다. 의자 다리들이 땅속에 빠졌지만 그게 더 좋았다. 풀쩍 뛰어오르기를 세 번 시도한 끝에 그녀는 오른발을 디딜 수 있는 틈과 손을 짚을 수 있는 자리를 찾았다. 그러고는 몸을 위로 쭉 뻗어올려 성공했다고 생각하는 순간 미끄러지면서 처음에는 턱이, 이어서 팔꿈치가 담장에 부딪혔다. 의자는 옆으로 쓰러졌고 그녀는 축축한 잔디밭 위에 떨어졌다. 갈라진 틈새로 다시 발을 밀어넣었을 때에야 비로소 고통을 느꼈다. 그러나 디딜 자리는 충분하지 않았고 모르타르 가루가 줄줄 쏟아져내렸다. 그녀는 신발 끝으로 구멍을 후볐고 마침내 반동을 주어 뛰어올라 왼발을 담장의 장식 테두리에 걸칠 수 있었다. 살갗이 벗겨진 팔꿈치가 찌르는 듯이 아팠다. 고통이 갈빗대 사이를 파고들어 폐까지 이르러 거의 숨이 멎을 지경이었다. 그러나 고통 때문에 오히려 정신이 번쩍 났다. 바로 직전까지 흩어져 있던 것들, 눈이 성긴 그물에 걸려 있던 것 같은 막연한 놀라움과 희망과 실망감을 순간적으로 끌어모아 거의 유용한 무언가가 되게 했다. 모든 것이 느슨하고 듬성듬성했다. 중개프로덕션, 그녀의 결혼, 그녀의 스케치들, 런던, 앨리스테어와 짐, 그리고 이웃집에서 나는 소음. 처음부터 다시 시작해야 할 것 같은 생각이 들었고, 스케치 작품들만이 그녀가 남긴 유일한 흔적이었다. 그녀는 무릎을 꿇고 두 손으로 버티면서 자신의 집 쪽을 뒤돌아보았다. 그리고 안드라스가 마지막 메일에서 썼던 말을 떠올렸다. 붉은색 외투의 소녀는 영화 「곤돌라는 슬픔을 싣고」(영국 영화 'Don't look now'(1973)로 붉은 외투 입은 소녀가 등장 ─옮긴이)를 연상시켜. 그 소녀는 속에 어떤 천박한 것을 가지고 있어. 어린시절이라는 것도 그 안에서 또다른 은신처를 기다리는 하나의 은신처라는 것을 말해줄 뿐이야. 고통이 썰물처럼 사라졌다. 붙들어두려고 애썼지만 산만하게 흩어졌다. 웅크린 소녀의 모습이 눈에 들어왔다. 소녀는 운동복 바지 같은 것을 입고 있었고, 그 위에 아주 작고 그리 깨끗해 보이지 않는 티셔츠를 걸치고 있었다. 이자벨은 아무런 친근함도 느끼지 않으면서 한움큼쯤 되는 아이의 몸뚱이를 관찰했다. 정원에는 쓰레기와 낡은 장난감들이 널려 있었고, 테라스에는 맥주병들과 주방기구가 있었으며, 프라이팬과 청소통도 보였다. 배설물과 쓰레기로 가득한 봉지들도 있었다. 아이는 죽은 동물 같은 자세를 하고 있었다. 막대기도 아이 옆의 잔디밭에 그대로 있었다. 보슬비가 그치지 않고 내렸고 한기가 들었다. —일어나! 큰 소리로 불렀던 것일까? 어쨌든 소녀는 고개를 돌려 이자벨을 보았고, 그녀 얼굴의 움직임 하나하나와 세세한 표정을 긴장하고 집중해서 바라보았다. 이자벨은 단숨에 풀쩍 뛰어내렸지만 화가 났다. 어떻게 담장을 뛰어올라 그녀의 정원으로 다시 돌아갈 수 있을지 몰랐기 때문이었다. 정말 멍청한 짓이야. 그녀는 역겹다고 생각하며 잠시 머뭇거렸지만 곧 소녀에게 몸을 기울였다. 그러고는 소녀의 어깨를 잡고 일으켜세웠다. —일어나! 소녀의 티셔츠가 축축했다. 그녀는 팔꿈치 부분이 찢어진 니트 재킷을 벗어 아이를 감싸주었다. 또 무엇을 할 것인가? 소녀는 그녀에게서 눈을 떼지 않았고, 이자벨은 여전히 소녀의 어깨를 붙들고는 집요한 눈길을 피하려고 했다. 그건 무승부로 끝나는 전투였다. 그건 전투였다. —이름이 뭐니? 이자벨이 무뚝뚝하게 물었다. 아이의 대답을 기다리고 있자니 나무 쪽에서 고양이가 나타났다. 아직도 미심쩍은 듯 한발짝 한발짝 조심스럽게 내딛다가 두 사람 앞에 멈추어 앉았다. —폴리. 쎄러가 고양이를 불렀다. 그리고 아이는 이자벨에게서 눈길을 떼지 않고 쎄러라고 말했다. 그러지 않으면 땅으로 꺼질까봐 더욱 단단히 이자벨에게 달라붙었다. 그 모든 것에도 불구하고 싱싱한 잔디가 자라고 있고, 심지어 장미 한떨기도 인내심있게 담장 한쪽으로 기어올라가고 있는 정원은 말하자면 이제 감옥인 셈이었다. 이쪽 편에서는 담장이 더 높았다. 땅이 더 깊이 꺼져 있거나 아니면 흙을 한번도 돋우지 않은 듯했다. 이자벨은 이런 우스꽝스런 상황에 자발적으로 뛰어들었던 것이다. 담장 위로 올라가려면 쓰레기라도 끌어모아야 할 판이었고, 아니면 알지도 못하는 폭력적인 이웃의 낯선 집을 통해 길거리로 나가 열쇠도 없이 자기 집앞에 서 있어야 했다. 고양이는 뭔가를 주시하고 기다리면서 앉아 있었다. 고양이는 움직이지 않았고, 아이는 몸을 떨었으며, 이자벨은 몸이 점점 굳었다. 그녀는 얼굴이 굳어 감각이 없어지는 느낌이었다. 그러나 출구는 없었다. 그래서 그녀는 아이 쪽으로 고개를 돌려 눈을 마주쳤다. 입에서 구토물의 쓰디쓴 맛이 느껴졌고, 머릿속에서 불안과 책임감이 교차하는 순간, 그녀와 아이의 간격이 해소된 느낌이었다. 고양이는 비통해하는 듯한 소리를 냈고, 코피를 약간 흘리면서 재채기를 했다. 이제 어떻게 하지? 이자벨은 생각했다. 그녀는 아이의 어깨를 다시 거칠게 붙잡고는 집 쪽으로 몸을 돌렸다. 야콥은 집에 없었다. 그녀는 짐을 생각했지만, 그가 어디 사는지 몰랐다. 43번지인지 아니면 더 아래쪽인지 몰랐다. 아이더러 짐을 불러보라고 시킬까 그녀는 생각했다. 그녀는 아이의 얼굴을 더 자세히 살펴보려고 한걸음 뒤로 물러섰다. 코는 조금 뭉툭하고, 이

마는 불룩했으며, 땋은 머리는 잿빛이 도는 금발이었다. 입술이 얇은 입은 벌어져 있었지만 아무 소리도 내지 않았다. 이자벨이 어깨를 잡고 흔들자 비로소 쎄러는 축축한 잔디밭에 어정쩡하게 무릎을 꿇었고 알아들을 수 없는 외침 비슷한 것을 두어 번 내뱉었다. 이 가느다란 목소리가 정원의 담장을 넘어갈 수 있다고 생각하는 것은 가소로운 일이다. 아이다운 구석이라고는 거의 없는 목소리였다. 인간이 내는 목소리가 아니라 고양이가 울기 시작할 때 내는 것과 거의 비슷했다. 이자벨은 몸을 기울여 폴리를 안아올렸다. 그 동물은 고분고분하게 그녀의 팔에 안겼다. 따뜻하면서도 붙임성이 있었다. 이자벨의 세심한 동작은 여전히 무릎을 꿇은 채 떨고 있는 쎄러에게는 논리적 역순의 방향으로 전이되는 것 같았다. 이자벨의 손이 폴리의 털을 쓰다듬을 때마다 쎄러는 마치 전기충격이라도 받은 듯 몸을 떨었다. ─하지만 난 너를 도와주고 싶어. 이자벨이 화를 내며 말했다. 그러자 쎄러가 울음을 터뜨렸고, 이자벨은 당황해서 아이를 바라보았다. 소리도 없는 돌발적인 울음이었다. 이자벨은 조심스럽게 폴리를 내려놓고는 주위를 살폈다. 뒤집혀서 다리가 허공을 향해 수직으로 솟은 탁자가 테라스에 있었다. 돌보지 않고 내버려진 정원은 더이상 필요하지 않은 것, 망가진 것을 선별하는 역할만 하고 있을 뿐이었다. 지빠귀가 담장에 앉아 깃털을 떨며 지저귀었다. 어디선가 썩는 냄새가 났다. 몇미터 근처에서 그녀의 작업실, 그녀의 컴퓨터, 그녀의 아름답고 깨끗한 집이 기다리고 있었다. 아이는 울었고, 고양이는 그르렁거리며 자기 다리를 쓰다듬었다. ―고양이 한테 무슨 짓을 한 거니? 이자벨이 물었다. 상처를 입었기 때문이다.

겉으로 보기에는 그저 찢어진 상처였다. 피는 이미 말라 있었다. ―자, 이리 와. 이자벨이 안달하면서 말했다. 그녀는 테라스와 정원을 다시 한번 눈여겨보았다. 이런 일은 어디에나 있는 거야. 보스니아에도 바그다드에도. 그녀는 생각했다. 이런 일은 언제나 그녀 자신의 삶의 바로 뒷면이었다. 고통의 양은 정해져 있고 다만 그 분배만 미정일 뿐이었다. 쪼그리고 앉아 있던 쎄러는 수줍은 듯 일어났고 폴리 쪽으로 손을 뻗어 쓰다듬어주려 했지만 고양이는 옆으로 펄쩍 뛰며 피했다. ―네가 고양이를 때렸지? 왜 그랬니? 이자벨이 차갑게 물었다. 소녀는 고개를 들어 이자벨을 쳐다보았다. 아이의 눈은 이제 잿빛이고 도전적이었다. ―그건 제고양이예요. 아이가 고집스럽게 말했다. 아이는 일어나 이자벨 바로 앞에 섰다. 죄의식을 가지고 있으면서도 어쨌든 변명하려는 모순적인 태도라고 이자벨은 생각했고, 강요당해 억지로 밀쳐나는 듯한 느낌을 받았다. 그녀는 담장 쪽으로 걸어갔다. 지빠귀가 날아올랐고 쎄러와 고양이는 제자리에서 움직이지 않았다. 아이를 구해내기는 쉬운 일이었을 것이다. 아이는 이미 그녀 바로 옆에서 호흡하고 쉰냄새를 풍기며 구해달라는 듯 두 팔을 위로 치켜올리고 있었다. 그러나 이자벨은 고양이를 들어올려 담장 위에 내려놓았다. 그러고는 자기가 지탱할 곳을 찾기 시작했다. 발을 디딜 빈

틈이나 튀어나온 곳을 찾았다. 이쪽 면의 담장은 더 부실하
게 지어졌거나 한번도 수리하지 않았기 때문에 그녀는 원하
는 곳을 쉽게 찾을 수 있었다. 그래서 두 손으로 축축한 벽돌
을 잡았지만 번번이 미끄러지다가 마침내 나무등치를 지탱
해 기어올랐다. 그녀의 블라우스가 찢어졌다. 위에서, 담장
의 장식에 걸터앉아 그녀는 아이를 내려다보았다. 아이는
그녀를 따라오려고 하지 않았다. 말없이 놀라면서 아이는
이자벨을 뚫어져라 쳐다보았다. 아이의 얼굴에서 아이다움
은 찾아볼 수 없고, 절망과 고통의 빛만 역력했다. 이자벨은
웃어야 했다. 몇마디 말로 쎄러를 달랠 수도 있었을 것이다.
아이에게 손을 내밀어 그르렁대는 고양이 쪽으로 끌어올릴
수도 있었을 것이다. 하지만 참견하는 것은 정말 멍청한 연
극이고 어리석은 짓이라고 생각했다. 그녀는 단호하게 자기
집 정원으로 뛰어내렸고, 두 손으로 고양이를 들어 더 푸릇
푸릇해 보이고 좋은 냄새가 나는 이쪽 편 잔디밭에 내려놓
았다. 그녀의 거실과 작업실로 통하는 문은 열려 있었다. 밖
에서 볼 때 그녀의 삶은 정돈되고 매력적이고 손때가 묻지
않아 순결한 듯 보였다. 얼핏 보면 어느 누구도 열어보고 싶
지 않은 생일날의 선물상자와도 같았다. 그러나 그것은 이
미 주어져 있었다. 고양이는 이자벨의 장딴지에 머리를 비
비면서 야옹 하고 울었다. 이자벨은 고양이의 머리를 쓰다
듬었다. 마음만 먹으면 고양이를 다시 담장 위에 올려놓고
건너편으로 밀어버릴 수도 있었을 것이다. 모든 것이 모호
했다. 그녀는 원래 의도했던 대로 아이를 도왔던 걸까? 나중

에 그녀는 너무 얇은 벽을 통해 이웃집에서 나는 소음들에 귀기울이게 되고 거기서 일어난 일을 마치 현장에 있었던 것처럼 알게 될 것이다. 그녀는 쎄러가 혼자서는 집으로 다시 들어가지 못할 거라고 확신했다. 문은 잠겨 있었고, 또 자동으로 잠기는 자물쇠가 달려 있음이 분명했다. 쎄러의 부모가 오기까지는 두세 시간이 걸릴 거라고 이자벨은 생각했다. 야콥도 그때쯤 올 예정이었다. 그녀는 고양이를 안아올렸다. 볼품없는 녀석이었다. 방금 낯선 정원으로 날라져온 터에 앞으로 무슨 일이 일어날지 몰라 어리둥절해하고 있었다. ─건너편에 도로 갖다놓을까? 내가 무슨 짓을 한 거야? 이자벨이 반문했다. 거의 알아차릴 수 없을 정도의 긴장된 순간이었음에도 불구하고 그 동물은 그녀의 생각을 어렵지 않게 읽어낸 것 같았다. 고양이는 발과 머리의 위치를 슬쩍 바꾸면서 내던져질 순간에 이미 대비하고 있었다. 그러나 따뜻한 몸뚱이는 다시 긴장을 풀면서 축 늘어졌다. 그런 취급을 받더라도 겁을 내서는 안된다는 결론이라도 내린 듯했다. 고양이는 나직하게 앓는 소리를 내면서 편안한 자세를 취했다. 두 계단 위로 올라가는 동안 유리문에 비친 둘의 모습을 보고 이자벨은 이건 그야말로 전형적인 고양이라고 생각했다.

그녀는 살짝 닫혀 있는 테라스 문을 발로 밀어 열었고, 폴리를 거실 바닥에 내려놓았다. 고양이는 기분이 좋지 않을 게 뻔했다. 문이 바로 닫혀버려 할 수 없이 자리에 앉았을 뿐이다. 달라진 냄새와 움직임 때문에 마비되었을 수도 있었다. 말로 표현할 수만 있었다면 고양이는 소녀가 있는 쪽으로 가고 싶다고 했을지도 몰랐다. 소녀는 담장 뒤편에서 큰 소리로 울거나 토악질을 하고, 벌을 받거나 어둠이 오는 것이 두려워 닫힌 문을 잡고 흔들고 있을 듯했다. 전화벨이 울린 것이 이자벨에게는 다행이었다. 페터의 목소리는 이어지는 주문에 대해 무덤덤하게 이야기했다. 오디오북 출판사가 독창적이지만 비싸지 않은 — 이건 시도 때도 없이 반복되는 똑같은 소리라고 페터가 말했다 — 커버를 주문했고, 자기는 이사 준비를 하고 있으며, 안드라스는 부다페스트로 여행갈 준비를 하고 있다는 소식이었다. 페터가 계속 말했다. — 안드라스가 돌아올 때까지 너도 책임지고 날 도와줘야 해. 라즐로가 그에게 남아 있으라고 설득하고 있지만 성공은 못할 거야. 페터의 지친 목소리는 친근한 것도 친근하지 않은 것도 아니었다. 그리고 그녀가 어떻게 지내는지는 묻지도 않았다. 폴리는 나직하게 신음소리를 냈고, 이자벨을 따라 계단을 올라가 부엌으로 갔다. 그리고 그녀가 자기를 위해 작은 주발에 담아 내려놓은 우유 냄새를 맡았다. 이어서 잘게 썬 차가운 고기 한접시도 나왔다. 이자벨은 고양이에게 먹이를 주는 것이 재미있었다. 그러면서 지금 정원에 쪼그리고 앉아 울고 있을 쎄러를 생각했다. 어떻게 보면 고양이를 키우고 있으니까 그 아이는 비교적 행복한 아이라는 생각도 들었다. 배불리 먹은 폴리는 한바퀴 순찰을 돌았다. 마치 비밀경찰처럼 계단을 올라가 나머지 방 둘을 점검했다. 침실과 한번도 사용하지 않은 야콥의 작업실이었다. 법률사무소는 어떠한 질문도 허용치 않는 강박관념 같은 것이었고, 이 자벨도 자신이 하루하루를 어떻게 보내는지 그에게 설명하고 싶지 않았다. 그들 두 사람의 침묵은 어떻게 보면 이제야 첫 할부금을 지급한 것 같다고 이자벨은 생각했다. 앞으로 무슨 일이 벌어질지는 두고봐야 할 것이다. 그녀는 고양이를 그대로 둔 채 일층으로 내려와 거리로 나 있는 창문을 열었다. 이미 날은 저물었고 하늘은 더 짙은 구름으로 덮여 있었으며, 별안간 차가운 바람이 불어왔다. 거리에는 거대한 터번을 두른 뚱뚱한 남자가 지나갔고, 교복을 입은 아이 둘이 늙수그레한 여인네처럼 조신하게 걸어갔다. 언제든 야콥이 거리를 따라올라와 그녀를 보고 눈짓할 시간이었다. 폴리가 창문턱으로 풀쩍 뛰어올라 그녀를 깜짝 놀라게 했고, 그녀는 창밖으로 떨어지지 않게 고양이를 두 손으로 꼭 붙들었다. 고양이는 이자벨의 손에서 벗어나려고 몸을 뒤틀었다. 이자벨은 고양이를 놓아주었다. 고양이는 놀란 듯 잠시 무릎이 꺾였다. 뛰어내리기에는 나이가 너무 많은 것 같았다. 하지만 고양이는 다시 몸을 일으켰고 작은 문의 격자창살 사이로 비집고 나가 주차되어 있는 자동차 아래로 사라졌다.

부엌에는 적포도주가 세 병 있었고, 그중 하나는 반쯤 차 있었다. 야콥이 초밥을 가져왔고 앨리스테어는 삼십분쯤 늦게 왔다. 그들은 초밥에는 거의 손대지 않았고, 이자벨이 포도주 대부분을 마셨다. 앨리스테어가 그녀를 들어올려 사방으로 빙빙 돌렸다. —자네 부인은 정말 날렵해! 그녀는 앨리스테어에게 기분나쁜 일이 있었지만 이미 지난 일이었다. 야콥은 그녀의 건강을 위해 건배하자고 제의했고 그녀는 잔을 비웠다. 앨리스테어는 곧바로 잔을 채웠다. 두 사람은 자리에서 일어났고, 몸을 반듯이 세우고 기대에 넘치는 제스처를 하며 그녀에게로 다가갔다. 야콥은 앨리스테어 쪽으로 고개를 돌렸다. 그녀는 등뒤에 와닿는 눈길을 느꼈고, 또 야콥의 두 손을 느꼈다. 야콥의 한 손은 그녀의 머리카락과 이마를 쓰다듬다가 눈앞으로 미끄러지듯 내려왔고, 장난스럽게 두 눈을 가렸다. 다른 한 손은 그녀의 엉덩이를 더듬거리며 볼록한 부분을 쓰다듬었고, 손가락으로 천 바지의 갈라진 틈을 끝까지 더듬어 내려갔다. 그녀는 손길이 다시 위로 미끄러져 올라가 허리춤에서 과감하게 앞으로 전진해주기를 바랐다. 손가락이 단추와 지퍼를 만지작거리자 그녀는 신음소리를 멈추었다. 그녀의 입이 벌어졌다. 이어서 손을 잡고 그녀를 사방으로 빙빙 돌린 것은 앨리스테어가 분명했다. 그녀는 어지럽지 않았고 의식이 또렷했다. 누가 그녀의 입으로 엄지손가락을 부드럽게 밀어넣었다. 그녀는 이제 눈을 감아야 했다. 누군가의 숨결이 그녀의 귀를 간질이다가 부드럽게 입김을 불어넣었다. 야콥이 틀림없었다. 이 순간에 그녀가 눈을 뜨면 세 사람 모두 동작을 멈추게 될 게 뻔했다. 지금 눈을 뜨기에는 너무 일렀다. 몇분 후쯤이 자연스러웠다. 야콥의 것인 듯한 혀가 귓바퀴를 애무하자 그녀는 숨이 턱 멎었다. 야콥이 맞다면 그녀 앞에 꿇어앉아 두 다리를 잡고 허벅지 사이로 머리를 들이밀고 있는 것은 앨리스테어 였다. 그녀는 무슨 소리를 들었고, 바로 가까이에서 어떤 움 직임을 느꼈다. 아마도 야콥의 손이 앨리스테어의 머리카락 과 목덜미를 쓰다듬는 것 같았다. 그녀는 곧 벌거벗은 두 남 자를 보게 될지도 모른다. 이들은 결국 옷을 벗겠지. 이자벨 은 조바심을 내며 생각했다. 야콥은 앨리스테어를 두 팔로 껴안고 있고, 앨리스테어는 그녀를 두 팔로 부둥켜안고 있 었다. 하지만 어떤 손도 그녀의 가슴을 만지지는 않았고, 혀 도 그녀의 귀에서 물러났다. 다만 손 하나가 그녀의 목덜미 를 가볍게 쓰다듬을 뿐이었다. 그들 중 누군가가 분위기를 망치고 배신해버렸다. 하지만 그녀는 그렇게 생각하고 싶지 않았고, 자기 몸을 다시 한번 바치겠다는 듯 쭉 폈으며, 욕망 이 썰물처럼 빠져나가는 것을 느꼈다. 하지만 그녀는 반사 적으로 슬립을 잡았고, 앨리스테어의 것이 분명한 손을 그 쪽으로 끌어당겼다. 그의 손길은 부드럽지 않았고 싫은 내 색이 역력했다. 그녀가 그의 손을 더듬자 벌컥 화를 내는 기 색이 느껴졌다. 그의 손톱이 그녀의 팔을 파고들었다. 그는 그녀의 손을 강제로 슬립 안으로 깊숙이 밀어넣어 그녀의 손가락이 축축한 음부에 닿게 했다. 그녀는 그가 힘을 주어 꽉 쥐고 있다는 것도 그의 분노도 잊어버렸다. 그녀의 손가 락들은 부드러운 살갗을 더듬었다. 가늘면서도 끝없이 늙어 보이는 무언가를 더듬었다. 그것은 그녀 자신이 아니라 한 늙은 여자였고, 더이상 욕망이 아니라 동정심을 불러일으키 는 몸뚱이였다. 그녀의 손이 다시 빠져나왔다. 그녀는 모든 것을 끝낸 것이 야콥이라고 생각했다. 그는 그녀를 무방비로 부끄러움에 노출시켰고, 그녀는 앨리스테어의 불쾌감을 눈치챘지만 아무런 대책이 없었다. 야콥은 그녀를 들어올려 팔에 안고 계단을 올라갔다. 사실 그녀 혼자서는 걸을 수 없는 상황이었다. 그는 침실로 가서 그녀를 침대에 내려놓고는 이불을 덮어주었다. 그녀의 옷을 벗기지는 않았다. 그녀의 손은 아직도 음부 위에 놓여 있었고, 그녀는 계속 눈을 감고 있었다. 그녀는 발소리와 나직한 목소리를 들었다. 아마도 그들은 키스를 하는 것 같았다. 이자벨은 가만히 누워 있었고, 굴욕감에 휩싸였다.

잠시 후 그녀는 구토를 했다. 그녀의 어머니가 그럴 경우에는 약간 참았다가 욕실에 가서 토하라고 충고했고, 그녀는 그대로 했다. 야콥은 몰랐을 것이다. 깊이 잠들어서가 아니라 아래층, 그녀의 작업실에 드러누워 잠들었기 때문이다. 아침에 그는 다시 위로 올라왔고 침대 옆에 무릎을 꿇고는 그녀를 쓰다듬었다. 그녀는 자는 척했다. 아무 일도 일어나지 않았다고 그가 믿을 수 있게 잠든 체했다. 그것은 그녀가 스스로 자기 목에 두른 올가미였다. 그녀는 손을 뻗어 그를 끌어당겨, 위안을 얻기 위해 그와 잠을 잘 수도 있었다. 그가 가고 나서도 그녀는 그 자리에 가만히 누워 빗소리에 귀를 기울였고, 닫힌 창문을 통해 날씨가 차가워졌다는 것을 알아차렸다. 열한시쯤 이자벨은 빈 병 두 개와 반쯤 찬 병한 개를 쓰레기통에 버렸다. 날씨는 여전히 차가웠다. 조수석 문이 닫히는 소리가 났을 때에야 비로소 그녀는 이웃집 앞에 자동차 한 대가 멈추어섰다는 것을 알아차렸다. 무뚝뚝한 남자가 대문 쪽으로 뚜벅뚜벅 걸어갔고, 그녀는 말없이 차에서 내리는 금발의 여자를 지켜보았다. 여자는 쉰 목소리로 뭐라고 소리를 질렀다. 여자는 녹색 운동복 바지와 분홍색 스웨터셔츠를 입고 있었다. 예전에는 아마도 귀여웠을 것이고, 나이는 이자벨과 비슷해 보였다. 남자가 다시 한 번 문 앞으로 다가갔고, 화를 내며 열쇠를 자물쇠에서 뺐다. ─이 빌어먹을 계집애는 왜 문을 열지 않는 거야?

─이 멍청한 얼간이. 여자가 대꾸하며 문을 꽝 닫았다.

아직 축축한 거리는 새로 씻은 듯 반짝거렸다. 이자벨은 샤워도 하지 않고 어제 입은 옷을 그대로 입고 있었다. 앨리스테어는 언젠가 집을 나갔을 것이고, 야콥처럼 이미 사무실에 출근해 다른 사람들과 함께 일하고 있을 것이고, 그것은 전혀 새로운 일이 아니었다. 새로운 것은 아무것도 없었다. 그들이 원했던 것이 바로 그것이고 또 그것이 좋은 게 아닐까? 그녀는 불현듯 베를린이 그리워졌다. 생각하지 않으려고 아무리 애를 써도 지난밤의 굴욕감은 그대로 남아 있었다. 쎄러의 부모가 어제저녁이 아니라 이제야 돌아온 게 아닐까 하는 생각도 들었다.

거리는 베를린의 거리보다 어둡지 않았다. 하지만 불이 켜져 있는 창문은 거의 없었고, 싼스크리트어로 된 거리 표지판들에 그녀는 불안해졌다. 집집마다 난민들과 노예 같은 여직공들이 숨어 있을 가능성이 있었다. 남자들이 그녀를 훑어보았고, 사춘기 아이들이 그녀를 수도 없이 많은 인도 식당 혹은 벵골식당으로 끌어들이려고 말을 걸었다. 그녀가 이스트엔드 쪽으로 처음 산책을 나온 것은 아니었지만, 혼 자서 산책하는 것은 처음이었다. 그녀는 두 군데의 단조로 운 옷가게(품이 크고 수를 놓은 덧옷, 후드 재킷, 현란한 색 깔의 장화 들) 사이를 어슬렁어슬렁 지나갔고, 인도인 슈퍼 마켓에서 작은 나무절구를 구입했으며, 책방 그리고 카세트 와 씨디로 가득한 쇼윈도 들을 바깥에서 구경했다. 일부는 개선되었고 일부는 쇠락한 거의 시골집 같은 주택들이 있는 데도 어떻게 이 구역이 유명해졌는지 궁금했다. 이곳은 황 량하기도 하고 어느정도 적대적이기도 했다. 몸집이 거대한 한 남자가 그녀를 집요하게 따라오자 그녀는 브릭 레인에 있는 베이글 가게 두 군데 중 한 곳으로 피신했다. 그녀는 계 산대 맞은편의 거울처럼 비치는 벽 앞에 서서 베이글 하나 를 먹고 아주 뜨겁고 진한 차 두 잔을 마셨다. 아까 그 남자 가 바깥에서 그녀를 아주 부럽다는 눈으로 보고 있었기 때 문에 하마터면 남자를 안으로 들여서 차 한잔을 대접할 뻔 했다. 쏘시지와 거대한 구운 고깃덩어리, 그리고 돈께 사이 에서 번개처럼 왔다갔다하는 여자가 그녀를 힐끔힐끔 쳐다 보았다. —그 사람 갔어요. 걱정 마요. 결국엔 모든 게 해결 되죠. 이자벨은 고개를 끄덕였지만, 그녀의 말을 제대로 알 아들었는지는 확실치 않았다. —그 사람 당신 친구, 당신 남자친구 아니죠? 그녀는 한덩이의 고기를 베어내고 그것을 잘게 썰었다. —한꺼번에 먹는 것보다는 잘게 써는 게 좋아요. 남편, 애인, 친구, 친한 사람. 이렇게 나누는 게 모든 사람한테 더 좋아요. 아주 어처구니가 없다는 표정을 짓는군요. 이자벨은 머뭇거리면서 계산대 쪽으로 다가갔다. — 여기로 이사온 지 몇달 됐어요.

— 그래요, 그렇군요. 독일, 어디에서?

— 베를린에서요.

— 들어봐요. 나도 당신 또래의 딸이 하나 있어요. 당신처럼 귀여워요. 좋은 애죠. 수줍으면서도 까다로워요. 모든 일에 언제나 약간의 거리를 두죠. 다만 전쟁만은 반대하면서 반나절 동안 거리를 돌아다니더군요. 그건 근본적으로 원칙 문제인 거죠. 안 그래요? 그애는 이렇게 말해요. 엄마, 엄마 꼴을 봐. 첫번째 남자한테는 얻어맞고, 두번째 남자한테는 버림받고, 이제 여기서 내내 죽도록 일만 하는 엄마 꼴을 좀 봐. 그래. 나는 그렇게 대답하죠. 하지만 나는 두 남자를 사랑했어요. 별다른 도움이 되지는 않았지만. 한 남자한테는 내가 울며불며 따라갔어요, 원 참. 나는 딸아이한테 말하죠. 하지만 나한테는 네가 있지 않니. 나처럼 불행해지고 싶지는 않은 거지? 하지만 결국 너한테는 뭐가 있니?

— 나만한 나이라면 그녀도 아이를 가질 수 있을 테죠?

— 하지만 그애는 원하지 않을 겁니다. 원하더라도 크게 바뀔 건 없어요. 당신을 보니 내 딸애가 생각나서 하는 말이에요. 그렇게 하더라도 행복하진 않을 거예요. 어디쯤에선가는 무슨 일이 일어나기 마련이니까요. 난 상관없지만 말입니다. 나는 그저 어떤 불행이 도사리고 있는 법이라고 생

각할 뿐이에요.

이자벨은 거리 쪽을 보았다. 거리는 텅 비어 있었다. 여자가 말했다. —끼어들고 싶진 않지만, 어쨌든 당신 애인은 가버렸어요. 여자는 6월의 서늘한 어느날 충분히 차를 마시고 몸이 따뜻해졌고 수다를 떨었으면 그걸로 충분하다는 듯 고개를 끄덕였다. 그러고는 가게 뒤편, 거대한 양철판 위에 차곡차곡 쌓인 채 오븐으로 밀려들어가기를 기다리고 있는 베이글 쪽으로 들어갔다.

이자벨은 작은 절구를 깜박 잊고 놔두고 왔지만, 백오십 미터를 다시 돌아가고 싶지는 않았다. 플러시 거리, 플럼버스 거리를 지나 그녀는 탁 트인 커브길을 지나갔다. 그곳에는 작은 화랑과 인쇄소가 있었다. 걸음을 겨우 걸을 정도로 통이 좁은 치마를 입은 젊은 여자 둘이 다가오며 길을 비키지 않아 그녀는 보도에서 밀려났다. 그녀는 골목길에서 방향을 완전히 잃어버렸고, 공중전화로 가서 사무실에 전화를 걸었다. 야콥은 벤섬과 산책을 나갔고, 앨리스테어는 자리에 있다고 모드 부인이 대답했다. 그는 플럼버스 거리에 있는 어느 레스또랑을 소개하면서 한 시간 안에 그들 셋이 그곳에서 만날 수 있다고 말했다. —화이트 채플 갤러리로 되돌아가서 길을 물어. 아니면 내가 데리러 갈까?

그러나 그녀가 처음 본 것은 야콥이었다. 그가 그녀를 구원해주기라도 한 것처럼, 그가 그녀를 관대하게 보호해주는 기사라도 되는 것처럼 그녀는 야콥에게 달려갔다. 그는 그녀를 껴안았고, 가장 가까운 길로 그녀를 벵골의 비밀이라는

338

식당에 데려갔다. 앨리스테어는 그곳에서 이미 줄을 서서 기다리고 있었다. 그가 그들을 보고 소리쳤다. —여기는 언제나 이래. 하지만 여기는 너희가 만날 만한 장소야. 그들이 자리를 배정받자 식탁은 앨리스테어가 주문한 고기와 채소와 쌀로 채워졌고, 물주전자들이 계속 새로 날라져왔다. 앨리스테어가 진지하게 설명했다. —런던은 먹고마시는 동네야. 너희는 너무 적게 먹어. 야콥이 말했다. —우리 한잔하러 가는 게 어때? 그는 기분이 아주 좋은 것 같았다. 하지만 앨리스테어는 초조하게 머리를 자꾸 쓰다듬었고 창백한 얼굴로 되도록 빨리 집에 가야 한다고 말했다. 그는 두 사람을 껴안고 작별인사를 하고는 그곳을 떠났다. 야콥과 이자벨은 다시 걸었다. 그들은 손을 잡고 이리저리 거리를 돌아다니다 택시를 잡았다.

다음날 아침 이자벨은 평온하고 상쾌한 기분으로 깨어났다. 하루가 다음 하루를 지워버리는 거라고 이자벨은 생각했다. 이웃집은 조용했다. 그러나 망각은 그 반대자와 적대자가 있는 법이었다. 이자벨이 창가로 가거나 문앞으로 갈 때면 언제나 폴리가 거리에 나타났다. 한번은 고양이가 일층 창문턱으로 뛰어올랐고, 이자벨이 쳐다볼 때까지 야옹거리다가 사라졌다.

며칠 동안 이자벨은 쉬지 않고 작업했다. 물건을 사러 갈때만 외출했으며 페터, 어린이책 출판사의 여자 편집자, 오디오북 출판사를 개업하고 그녀의 스케치에 감격했던 사람들과 통화를 했다. 그녀는 안드라스와도 얘기를 나누었다.

그는 부다페스트에서 돌아왔는데, 자신의 결단으로 결국 패배한 사람처럼 우울해했다. 이자벨은 그의 음성을 듣고 그의 우울함에 또다른 원인이 있음을 알았지만 더는 묻고 싶지 않았다. 그의 대답이 그녀 자신의 확실한 결별을 무효로 만들어버릴지도 모르기 때문이었다. 안드라스는 덜 머뭇거렸다. ─어떻게 지냈어? 네 상냥하고 귀여운 유치원생 같은 목소리는 어디로 가버린 거니? 혹시 너 변한 거 아니니?

이자벨은 잘 지내고 있다고 주장했고 그건 사실이었다. 하지만 그럼에도 안드라스의 말이 옳았다. 그녀는 변했다. 그녀는 어떻게 그렇게 되었는지, 그게 무슨 의미인지 몰랐다. ─네 목소리는 지금까지의 생활을 네가 정말 지겨워한다는 것을 말해주고 있어. 안드라스는 그렇게 주장했다. 야콥은 어떻게 지내느냐고 그가 물었지만, 그녀는 아무 대답도 하지 않았다.

야콥은 아홉시경 집으로 왔다. 그들은 저녁을 같이 먹었으며, 야콥은 일찍 잠자리에 들었다. 그는 그녀가 왜 갑자기 가정적이 되었는지 묻지 않았다. 아마도 그게 마음에 들었을 것이다. 그들은 서로 다정하게 껴안고 잠시 그대로 있었다. 그때 폴리가 나타났다. 자정이 다 되어가는 시간이었다. 이자벨이 자리에서 일어나 작업실에 앉았을 때 바깥에서 어떤 목소리가 들려왔다. ─쎄러, 쎄러, 어디 있니? 그리고 나서 사방은 다시 조용해졌고, 삼십분 후 폴리가 득의만면해서는 창문턱으로 뛰어올랐다. 이자벨은 고양이를 아래로 거칠게 밀어버렸다.

다음날 그녀는 캠던 타운에서 전철을 타고 왔고, 짐은 그
녀를 기다리기라도 한 듯 켄티시 타운 역 출구에 서 있었다.
─당신 왔구나. 씩 웃으면서 그가 말했다.

30

　모든 것은 계획대로 진행되는 거야. 그는 혼잣말을 중얼
거렸다. 하지만 그건 허튼 생각이었다. 일은 하나하나 어긋
났다. 그는 정말로 편지를 받았다. 그가 수신인으로 되어 있
고, 정식으로 봉투에 든 편지가 청구서 몇장, 광고전단지들
과 함께 문틈으로 밀어넣어졌는데, 우연히 그 편지가 맨 위
에 있었다. 그의 이름이 보였다. 일년도 더 지난 뒤 대미언
이 보낸 편지였다. 퍽도 사려깊으시군. 짐은 발신인을 알아
보고는 속으로 빈정거렸다. 대미언이었다. 그의 이름만 쓰
여 있고 주소는 없었다. 다른 우편물은 부엌의 마분지상자
에 들어 있었다. 어디선가 금액이 인출된 청구서들도 있었
고, 짐이 지불한 청구서들도 있었다. 그리고 이제 짐의 이름
이 대문자 활자체로 쓰인 봉투가 도착했다. 아무나 알아보
라고 이름을 써놓다니. 짐은 화가 나서 편지를 그대로 내버
려두었다. 그러나 다음날 편지봉투를 뜯고 편지지를 만지작
거려 꺼냈다. 대미언은 그로 하여금 무슨 내용인지 궁금해

서 편지를 열고 다음 네 줄을 읽어보지 않을 수 없게 했다. 정말 잘 지내고 있기 때문에 훨씬 더 오래, 계획보다도 몇달 더 머물렀다는 소식이었다. 하지만 어디란 말인가? 짐은 자문하면서 편지지를 뒤집었다. 거기에는 이제 돌아온다는 말이 적혀 있었다. 그래서 나는 자네가, 사랑하는 나의 벗이 다른 숙소를 구했으면 하네. 삼주 뒤에 나는 돌아갈 거네.

그것은 내쫓는 것 그 이상도 그 이하도 아니었다. 짐은 편지를 갈기갈기 찢어버리고 소파 쪽으로 갔다. 난감한 일이었다. 그는 어디로 가야 할지 알 수 없었다. 대미언은 붙임성이 있으면서도 역겨운 녀석이었다. 그에게는 돈이 있기 때문이고, 돈 많은 부모가 있기 때문이며, 짐은 여기 살았던 몇달 동안 한푼도 내지 않았던 것을 고맙게 여겨야 했다. 방을 이리저리 살펴보니 메이의 마음에 들 정도로 잘 치워져 있었다. 언젠가 그녀를 여기로 데려와 이곳이 네 집이라고 말할 생각이었다. 말쑥한 골목길에 자리잡은 말쑥한 소형주택. 하나의 보금자리. 언젠가는 그것을 발견하리라고 그는 생각했다. 그녀를 찾는 포스터들은 오래전에 다른 사람들의 것, 다른 얼굴들로 바뀌었다. 짐은 언젠가 그 앞에 서서 무슨 말을 중얼거리는 미친 남자 둘을 본 적도 있었다.

그는 할러웨이 로의 주점으로 갔지만 갈색 머리 아가씨가 없어서 다른 소녀를 데리고 나왔다. 그러나 그들이 레이디 마거릿 로로 꺾어들기 전에 그는 지폐 한장을 쥐여주면서 여자를 도로 돌려보냈다. 그는 당장 여자와 자지 않으면 돌아버릴 것 같다고 생각했지만, 동시에 그런 생각에 역겨워졌다. 데이브는 아버지와 한바탕 소동을 벌인 후 이틀 동안 짐의 집에 머물렀는데, 그것이 그동안의 유일한 기분전환이었다. 데이브는 여동생이 밤새도록 바깥에 있어야 했고, 아버지가 결국 자기를 내팽개치려 한다며 서럽게 울었다. 여동생이 학교에 가지 않는 것을 학교에다 일러바치면 불쾌한 일을 당할 사람이 누구겠느냐고 데이브가 협박했기 때문이라는 것이다. ─나는 그 사람을 증오해요. 데이브는 그렇게 말하면서 아이가 아니라 어른으로 울기 시작했다. 차분하고 어른스러운 울음이었다. 데이브는 자기를 데려가 달라고 애걸했지만, 화를 자초할 생각은 전혀 없었다. 짐은 침실의 더블베드보다는 소파에서 자는 걸 더 좋아했지만, 데이브에게 소파를 내주었다. 한번은 데이브가 여동생을 데리고 팽 씨의 식당으로 왔고, 아이는 감자튀김을 천천히 먹으면서 생각에 잠겨 짐을 쳐다보았다. 그가 감자튀김과 콜라 한병을 사주었기 때문이다. 그는 고집스러운 눈을 가진 추하고 자그마한 아이를 보면서 나가야겠다고 생각했다. 아이는 부엌 위 천장문에서 머리에 리본을 달고 요란하게 꾸민 한 소녀가 사다리에 가까운 좁은 계단을 타고 균형을 잡으며 내려오는 것을 유심히 쳐다보았다. 히샴의 아이들이 눈에 띄자 짐은 침을 뱉었다. 잘 차려입은 아이들은 떠들면서 실내를 돌아다녔다. 반면에 남루하고 수심에 가득 차 보이는, 진짜 영국인인 두 아이는 놀란 눈으로 사랑하는 신이라도 되는 양 그를 쳐다보았다. 그가 그들에게 감자튀김과 콜라 한병을 사주었기 때문이다. 작은 아이가 그를 짜증나게 만들었다. 아이가 깍듯하게 예의를 갖춰 그의 얼굴을 쳐다보면서 손을 내밀고는 — 정말 고맙습니다, 하고 말했기 때문이었다. 아이는 고집스러워 보이면서도 붙임성이 있고 그러면서도 죄책감을 가지고 있는 것 같았다. 데이브는 그를 대신해 일을 처리하겠다고 말했지만 짐은 거절했다. 마치 가족처럼 셋이서 나란히 걸어가는군. 짐은 생각했다. 나란히 걸어가는 그들 셋을 다른 사람이 본다면 당연히 그렇게 생각할 것이다. 그는 메이와 두 아이를 데리고 시골로 가서 같이 사는 상상을 했다. 왜냐하면 이곳에는 삶이 없기 때문이다. 마침내 대미언이 돌아왔고 그를 집에서 내쫓았다.

어느날 정오 벨이 울리자 짐은 칼을 들고 문을 열어젖혔다. 하지만 나타난 사람은 대미언이 아니라 히샴이었다. 마음이 놓이기도 했지만 화가 나서 짐은 침착을 잃고 말했다. — 나쁜 새끼, 내 주소를 어떻게 알았어? 그는 길길이 날뛰었고, 히샴은 한마디 말도 없이 그의 옆을 지나 방으로 들어갔다. 짐은 접시를 집어들고 그에게 던졌고, 의자도 있는 힘껏 집어던졌다. 그 때문에 히샴은 쓰러지지 않기 위해 애써야 했고, 의자는 부서졌다. 짐에게는 대미언의 집을 엉망진창으로 만들어놓고 떠나는 게 당연했다. 그의 머릿속에는 어떤 명료하고 분명한 생각이 있었다. 히샴은 차분하면서도 조금은 걱정스러운 얼굴로 몸을 숙여 파편들을 주워모았다. 팔에서 고무호스를 빼내버린 환자를 본 간호사 같은 모습이었다. 짐은 웃고 또 웃었다. 자기가 허락만 한다면 히샴도 화끈하게 정리하는 일을 도와야 마땅할 것이다. 그런 생각에 더 자극받은 짐은 히샴이 마지막까지 꼭 붙들고 있는 텔레비전 쪽으로 다가갔고, 또 부엌으로 달려가 그동안 익숙해진 찬장들을 열어젖혔다. 그 안에는 대미언의 어머니가 꼼꼼히 골라서 구입한 멋진 주방기구들이 있었다. 그녀는 지금쯤 운하의 섬이나 스위스 어디쯤에서 평소처럼 썬글라스를 낀 채 방석에 앉아 기지개를 쭉 펴고 있을 것이 분명했다. 그녀는 아들을 부끄러워했기 때문에 언제나 돈을 지불할 만반의 준비를 하고 있었다. 그래야만 편히 지낼 수 있기 때문이다. 대미언은 어머니에게 전화를 걸어 침입자 운운하며 헛소리를 늘어놓을 것이고 경찰을 부를 것이다. 그러면 엄마는 수리비를, 새 삶을 위한 비용을 물어줄 것이다. 그러지 않을까? 새로운 삶이란 언제나 있고, 사람들은 새로 오물을 치우고 처음부터 시작해야 하며, 겁먹지 않고, 착한 사람이 되어야 하고 히샴처럼 착하게 살아야 했다. 히샴은 슬픔으로 금방이라도 울음을 터뜨릴 것 같았고, 알라신에게 짐을 구해달라고 기도를 드리는 것 같았다. 왜냐하면 빌어먹을 기독교의 하나님은 다른 일을 돌보느라 바쁘기 때문이다. 절단된 다리의 남은 부분으로 바그다드나 뉴욕을 비틀거리며 걷고 있는, 그의 경쟁자(기독교 신의 경쟁자, 즉 알라신을 가리킨다 — 옮긴이)의 희생자를 돌보느라 바쁘기 때문이다. 그것으로 족했다. 어디엔가 불행을 당한 자들과 박해받은 자들을 위한 정착지가 있는 것 같았다. 왜냐하면 주 하나님의 손길이 그대들을 지켜주기 때문이다. 그렇지 않은가? 그는 찬장에서 유리잔들을 손으로 쓰다듬으며 끄집어내 마구 밟았다. 맨발로 마구 짓밟았다. 환했기 때문이었고, 히샴의 얼굴에서 그가 알지 못하고 그가 두려워하는 것을 보았기 때문이었다. 히샴의 얼굴에는 그가 두려워하는 것, 그를 차지해버리는 낯선 것, 천사가 있었다. 천사는 그의 어깨에 날개를 달아주었고, 그가 눈앞에 맞닥뜨린 것을 보지 못하게 하기 위해 눈을 감겼다. 그의 정원, 가운데 벚꽃이 있고 둘레에 담장이 있는 정원, 그곳에서 메이는 그를 기다렸다. 왜냐하면 메이는 살려고 했고, 그들 두 사람 또한 삶의 권리를 가지고 있기 때문이다. 그녀가 그에게 만족스러워하며 건강한 미소를 보냈다. 그녀는 두 손을 뻗었지만, 그 사이에 언제나 다른 누군가가 끼어들었다. 그들이 사는 것을, 행복해지는 것을 허락지 않는 그 누군가. 그녀는 자발적으로 그를 떠난 것은 결코 아니었을 것이다. 그러므로 그녀를 기다리는 것이 옳고, 자기도 앨버트나 이자벨 때문에 헤매지 않는 것이 옳았다. 이자벨은 아이처럼 애타는 눈으로 키스해달라고 요구했다. 그녀가 그런 식으로 몸을 내맡겼으므로, 그가 한마디만 했다면 그녀가 그의 목에 매달렸을 것이다. 메이는 그를 사랑했다. 어떤 환한 것이, 그에게서 한뼘쯤 떨어진 곳에 있었다. 그는 너무 늦기 전에, 대미언이 그를 내쫓기 전에 그 환한 것을 붙들어야 했다. 그는 의기양양하게 왼손으로 프라이팬을 휘둘렀고, 점점 더 속도를 내어 휘둘렀다. 왜냐하면 히샴이 또다른 천사처럼—또다른 천사, 죽음의 천사는 그를 보호하지 않고 배반했을 뿐이었다—창백한 얼굴을 하고 그의 뒤에 있었기 때문이다. 하지만 그는 천사가 끼어들려고 해도 막았을 것이다. 짐은 메이가 가까이에, 단 한 걸음 거리에 있다고 느꼈다. 그는 집중하려고 애썼다. 단 한 걸음이면 그녀 곁으로 갈 수 있을 것 같았다. 그의 머릿속에서 뭔가가 쪼개지는 것 같았다. 그 순간 그는 팔을 쳐들었고 메이와 함께 있을 때처럼 환해졌다. 그러나 머리가 쪼개지는 것 같았고, 히샴을 죽이기라도 할 것 같았다. 그들은 서로를 바라보았다. 그러고 나서 히샴은 책임을 지지 않고 싶다는 듯, 목격자가 되고 싶지 않다는 듯 눈을 감고 몸을 돌렸다. 그는 짐에게 뒷머리를 맡겼고, 자기를 지키려는 생각도 없이 기다렸다. 그러고는 짐이 알아들을까 말까 한 나직한 목소리로 말하기 시작했다. — 재수없는 놈. 짐이 말했다. 이제는 환하지도 어둡지도 않았다. 다만 부엌과 파편들, 피를 흘리는 짐의 두 발만 보였다. — 재수없는 놈. 잠시 사방은 조용했다. 공기가 다른 무엇과 섞여 숨을 못 쉬게 하는 무엇으로 가득 차 있다고 짐은 생각했다. — 그런대로 다행이군. 네가 한번 둘러봐. 히샴이 천천히 말했다. 그러고는 서랍을 열었고, 두번째 서랍을 열어 뭔가를 찾았지만 찾지 못했다. — 제기랄, 없으면 화장지라도 가져와. 그가 짐에게 말했다.

그는 멍한 상태여서 히샴의 말을 알아듣지 못했다. 히샴은 몸을 숙여 조심스럽게 두드려 털어내면서 그의 발을 잡았다. — 상태가 안 좋아. 자리에 앉아. 소파가 제일 좋겠지. 그의 목소리에는 아무런 감정도 들어 있지 않았다. 그들은 거실로 갔다. 아무것도 파괴되지는 않아. 결국엔 모든 게 낫

게 되지. 짐은 생각했다. 그는 피가 흐르는 발을 들여다보았
다. 히샴은 조심스럽게 발을 들어올려 쿠션에 놓고는 다시
두드려서 털어내기 시작했다. ─앨버트하고는 어떤 관계
야? 짐이 물었다. 히샴이 대답했다. ─아무 관계도 아니야.
돈. 돈이 필요했을 뿐이야. 내가 주소 몇개를 가지고 있다는
걸 그가 알고는 나를 협박했지. 히샴은 위로 올려다보고 어
깨를 으쓱하며 다시 말하기 시작했다. ─네가 가족 때문에
돈이 필요하다면. ─나는 가족 같은 건 없어. 짐이 반항적
인 목소리로 말하며 발을 빼냈다. ─그런데 내 주소는 어디
서 알아낸 거야?

히샴은 피 묻은 화장지를 탁자 위로 던졌다. ─정말 그
렇게 생각해? 너를 찾아내고, 너나 네 가족을 찾아내는 게
어려울 거라고 생각하는 거야?

─나는 너한테 도와달라고 사정한 적 없어. 보모 역할을
해달라고 사정한 적 없어.

─아가리 닥쳐. 히샴이 자리에서 일어났다. ─일이 이
렇게 될 줄 알았으면, 나는 그렇게 하지 않았을 거야.

짐은 뒤로 털썩 기대 두 팔을 머리 뒤로 두르고는 차분히
사태를 파악하려고 했다. 그는 불안해졌다. 그에게 좋은 소
식은 하나도 없었고, 히샴도 그녀의 소식을 전해주지는 않
을 것 같았다.

─내 마누라의 남동생이 둘이나 사라졌어, 알겠어? 누군
가를 찾는데, 그가 아직 살아 있는지 모른다는 게 어떤 의미
인지 나는 알아.

―그게 나하고 무슨 상관이야? 그래서 네놈이 내 일에
끼어들었단 말이지? 짐의 눈길이 방을 더듬었다. 탁자가 있
었고, 접시들의 절반이 나와 있었다. ―도대체 여기서 무슨
일이 벌어진 거야? 그가 중얼거렸다. 그가 히샴에게 문을 열
어준 뒤 흐른 삼십분이 연기처럼 풀어지면서 희미하게 사라
졌다. 그러나 이 방의 대기는 그가 이해하지 못하는 무언가
로 짙게 차 있었다. 이게 뭘까? 그가 생각했다. 그것은 일종
의 고통 같은 것이었다. 왜 히샴은 나를 고통스럽게 만드는
가? ―그만둬. 그가 말했다. 나한테 아무 말도 하지 마.

―나는 그 여자를 봤어. 히샴이 차분하게 말했다. 메이
를 봤다고. 메이를.

―그만둬. 짐이 다시 한번 말했다. 그러나 때는 이미 늦
었다. 그는 자리에서 일어나 아이처럼 순순히 두 손을 무릎
위에 놓았고, 베인 상처들은 쿡쿡 쑤시는 것 같았다. 양탄자
는 얼룩으로 가득한 것 같았다. 이건 아무것도 아니라고 그
는 생각했다. 그의 머리는 텅 비어 있었다. 이자벨이 그의
앞에 서서 뭔가를 기다리던 모습이 떠올랐다. 아마도 히샴
은 그를 도와 방을 찾아줄 것이고, 물론 자동차도 가지고 있
으므로 그를 여기에서 데려가 런던 교외에 집을 구하고 이
사하는 것을 도와줄 수 있을 듯했다. 이제 히샴은 자신이 주
인이고 짐이 손님인 것처럼 부엌으로 가서 냉장고를 열었고
맥주 두 병을 들고 돌아왔다. 그러고는 형제처럼 자상하게
맥주 한 병을 그에게 내밀었고, 짐은 그것을 받아 꿀꺽꿀꺽
들이켰다.

그가 깨어난 것은 날이 막 환해질 무렵이었다. 그는 이불을 덮고 소파에 누워 있었다. 신발은 그 앞에 나란히 있었고 방은 치워져 있었다. 탁자에는 물 한잔이 놓여 있었지만 그 용도는 알 수 없었다. 물잔 옆에는 편지봉투가 있었다. 그는 잔을 들고 냄새를 맡았지만 아무 냄새도 나지 않았다. 그냥 물인 것 같았다. 발이 욱신거렸다. 다시 한번 그는 투명한 액체에 코를 갖다대고 냄새를 맡았다. 그는 히샴이 가기 전에 잠들었음이 분명했다. 그는 햇볕을 쬐고 싶었다. 자리에서 일어나 조심스럽게 신발에 발을 밀어넣고, 가능한 한 살짝 디디면서 정원으로 통하는 문 쪽으로 갔다. 정원이랄 것도 없다고 생각했다. 황폐해진 잔디밭 한뼘과 쓰레기장이었고, 자기가 함부로 버렸던 봉지 두세 개만 나뒹굴고 있었다. 잔디는 이슬 혹은 비로 젖어 있었다. 밤사이 비가 내렸는지는 알 수 없었다. 히샴은 다시 못 만날 것 같았다. 담장 뒤 나무에서 다람쥐 한마리가 바쁘게 움직이고 있었다. 짐은 머릿속이 텅 비면서도 맑았다. 빈 하늘에 비행기가 남긴 기다란 구름처럼 몇가닥 가느다란 선만 있을 뿐이었다. 히샴이 의미있는 것을 남기지 않은 것처럼 아무 의미도 없는 선들이었다. 그의 행동이나 결단 어느 것도 의미가 없었다. 어쨌든 그에게는 아무 의미도 없었다. 복수심도 증오도 아니었다. 짐이 어제 믿고 싶었던 것은 일종의 형제애 같은 것이었다. 짐에게는 돌아갈 곳도 아내도 조카들도 레스또랑도 없다는 것을 모르긴 해도 히샴이 그를 어디론가 데려다줄 거라는 막연한 기대감이었다. 그러나 히샴을 믿을 수는 없었다. 결국엔 히샴이 앨버트나 벤보다 더 나빴다. 속을 알 수 없는데다가 잔인하기까지 했다.

짐은 부엌으로 가서 찬장을 열고 먹을 것을 찾았고, 차를 끓일 물을 불에 올려놓고는 티백을 꺼내고 기다렸다. 그러고는 개수대 아래서 빗자루와 쓰레받기를 꺼내 파편들을 쓸어모았다. 찻주전자가 휘파람 소리를 냈다. 사람도 열이 나면 저럴 거라고 그는 생각했다. 생각이 있기는 하지만 기능하지 않고 뒤집혀 있는 꼴일 거야. 거실 탁자에 봉투가 있었다. 어제 히샴이 그에게 맥주를 건네주고 나서 내민 봉투였다. ―내 생각에는 앨버트가 배후에 있는 것 같아. 내 생각에는 그가 메이를 빼돌린 것 같아.

짐의 손이 격렬하게 움직였고, 차가 잔에서 찰랑찰랑 넘쳤다. 그는 봉투를 건드리지 않았고, 히샴도 포기하지 않았다. ―자신을 속이려는 가련한 짓은 그만둬. 네가 직접 봐. 내가 그 여자 사진을 찍었어. 네가 침대 위에 걸어놓고 보도록 말이야.

그는 육체적 고통에 어떻게 대비하고, 고통을 참기 위해 무엇을 해야 하는지 알고 있었다. 하지만 이번만은 경우가 달랐다. 잠시 그는 희망을 품었다. 다를 수만 있다면―아마 그래도 착각일 테지? 히샴이 사진 한장을 꺼내고 나서 말했다. ―그 여자를 알아보겠어? 네 행방을 알고 있다는 걸 그 여자한테는 말하지 않았어. 하지만 뭔가 이상하다고, 늘 뭔가 부족하다고 짐은 생각했다. 그리고 그는 잠이 들었다.

그렇지 않았던가? 히샴은 내가 잠들었기 때문에 갔고, 봉투를 탁자에 내버려두었다. —처음에는 너를 죽이려고 생각했어. 히샴은 말하고 또 말했기 때문에 그의 목소리가 짐의 머릿속에 마치 선처럼 혹은 점점 더 어두워지고 짙어지는 음영처럼 남아 있었다. 나는 잠을 잤어. 짐은 그렇게 생각했다. 아무것도 아냐. 그는 그렇게 말하고 싶었다. 그동안 해가 떠올랐고 다람쥐는 사라졌다. 그는 안으로 들어가 멈칫거리며 탁자에서 봉투를 집어들었다. 가야겠어. 해가 방 안으로 비쳐들었고, 그는 불안했다.

다름아닌 작은 계단에서였다. 쓰레기 컨테이너들이 있는 작은 계단 위에서 그는 비틀거리다가 등을 둥그렇게 구부린 채 폭 쓰러졌다. 턱이 깨지고 코피가 흘렀다. 그는 기운을 차리고 다시 일어나 자신을 완전히 가려주는 컨테이너들 뒤에 쪼그리고 앉았다. 그러고는 얼굴에 흐르는 피를 닦았다. 하지만 피가 많이, 너무 많이 흘렀다. 옆문 위 등이 꺼졌고, 창문들에서 새어나오는 빛만 좁다랗게 마당을 비추었다. 그들은 2인조야. 젊은 놈 둘이야. 문지기인 페트가 말했다. 그 놈들이 거기 있었다. 한놈은 어깨에 작은 배낭을 메고 있었고, 둘은 아무도 그들을 방해하지 않을 거라고 확신하고 거리낌없이 이야기를 나누고 있었다. 음악소리는 더 커졌다. 이익의 삼분의 일이야. 가능한 한 더 줄게. 그는 페트에게 약속했다. 새파랗게 어린 마약밀매업자 몇놈을 처치하고 잠적했다가, 일단 글래스고로 가서 나머지를 팔아치우고 때를 기다린다는 계획이었다. 누가 그의 얼굴을 알아보지 않도록 며칠 만에 해치워야 했다. —겁나지 않아? 페트가 씩 웃으면서 말했다. 그놈들이 널 죽일 거야. 아닐까?

앨버트에게서는 더이상 전화가 없었다. 아마도 히샴이 정보를 전해주었기 때문이리라. 짐이 전화를 걸어도 받지 않았다. 짐이라는 존재가 이 세상에 없는 듯 아무 일도 맡기지 않았다. 벤에게서도 전화가 없었다. 그는 조심스럽게 고개를 들었고, 피를 닦으려고 재킷에서 손수건을 찾았다. 측면입구 앞의 마당에서 기다리는 것은 페트의 아이디어였다. 그는 그 두 놈이 현관 뒤에서 일을 처리할 거라고 확신했고, 짐이 클럽 안에 있으면 금방 눈에 띌 거라고 말했다. —이봐, 넌 나이가 너무 많아. 그러니 넌 미국인 관광객 행세를 해야 할 거야. 그리고 특히 아가리를 닥치고 있어야 해. 왜냐고? 네가 입만 열면 대마초에 취한 놈이든 아니든 간에 어떤 놈도 네가 미군이라는 걸 믿지 않을 테니까. 짐은 다시 여기로 올 필요가 있는 경우라면 페트에게 삼분의 일은 줘야 할 거라고 생각했다. 브로큰 나이트. 클럽 이름치고는 빌어먹을 이름이었다. 밴드 두 팀이 있고 디제이 둘, 혹은 그 비슷한 놈들이 있었다. 그리고 엑스터시나 대마초, 코카인이나 헤로인을 원하는 놈은 언제나 몇놈 있었다. —언제나 있지. 페트가 그에게 확언했다. 그리고 씩 웃으면서 물었다. —그런데 돈은? 무슨 일로 돈을 날려버린 거야? 코카인을 사려고? 아니면 늘 그렇듯 집에 가다가 잃어버렸나?

피를 씻어내려면 물을 찾아야 했다. 뒤쪽에 휴게실이 있

354

으니, 거기에 화장실도 있을 것 같았다. 바로 측면입구에. 그는 티셔츠를 버리지 않으려고 조심스럽게 몸을 일으켰다. 이제 피는 멎었다. 그는 마약밀매업자 둘이 사라진 측면입구 쪽으로 갔다. 실제로 한 명은 현관에 있었다. 열여덟살도 안돼 보였다. 그는 화장실 쪽을 보고 있는 짐을 신경질적으로 훑어보면서 뭐라고 중얼거렸다. ─낯짝을 물로 씻어도 소용없을걸. 짐은 그렇게 들었다. 짐은 문을 발견하고는 어깨를 으쓱했다. 그는 문을 쾅 닫고 세면대 쪽으로 갔다. 거울은 얼룩덜룩하고, 금속은 잔뜩 녹슬어 있고, 전구는 알몸으로 벽에 매달려 깜박이고 있었다. 그가 중얼거렸다. ─제기랄, 이게 무슨 꼴이람. 그는 울기 시작했다. 그는 아무 일도 아니라고 생각했다. 이제 피는 오른쪽 관자놀이부터 턱까지 널따랗게 말라붙어 있었다. 짐은 수도꼭지를 틀어놓고 거울에 비친 얼굴을 응시했다. 사진들에는 실제로 메이의 모습이 찍혀 있었다. 그는 오른쪽에서 찍은 그녀의 옆얼굴을 즉시 알아보았다. 그녀는 피곤해 보였는데, 그가 기억하는 것과는 다른 식으로 피곤해 보였다. 그녀는 차분하고 슬퍼 보였다. 그녀를 금방 알아보았지만 비현실적이고 낯선 느낌이 들었다. 혹시 컴퓨터 조작은 아닐까 하는 생각도 조금 들었다. 그녀는 미소도 짓지 않고 서 있었다. 마치 얼굴을 경찰관 사진사에게 내맡기고 있는 듯한 모습이었다. 그 사진사가 이제 두번째로 왼쪽에서 찍겠다고 말하기라도 한 것 같았다. 하지만 결국 만족스럽지 않아서 다시 컴퓨터로 작업한 것 같았다. 하지만 그건 아무 문제도 아니었다. 컴퓨터로 사진을 변형하는 건 아무 문제도 아니었다. 사진은 아무것도 말하지 않고 있었다. 그렇다면 이제 달리 생각해보자고 상상했다. 사진을 찍은 것은 히샴이라는 생각이 떠올랐다. 몸을 돌려. 사진을 찍을 거야. 바로 그거야. 부끄러워할 필요없어. 네 책임이 아니니까. 그는 그렇게 말했을지도 모른다. 물론 그럼에도 그녀는 오른쪽 얼굴을 들이대기를 부끄러워하고 망설였을 것이다. 하지만 오른쪽 뺨과 왼쪽 뺨이라는 건 원래 그런 게 아니었던가. 한쪽 뺨을 맞으면 다른 쪽 뺨을 내밀어야 하지 않던가? 그러나 이번은 칼이 문제였다. 칼에 베인 상처로 근육이나 신경이 상했음이 틀림없었다. 발작이나 안면경련을 일으킨 것처럼 입언저리가 올라가 있었고, 흉터가 오른쪽 눈에서 턱까지 이어져 있었다. 기다랗게 휘어진 칼자국이었다. 제대로 치료하지 않아 흉터는 울퉁불퉁했다. 정면사진이 그걸 보여주었다.

그의 뒤쪽에서 문이 벌컥 열렸고, 한 사내녀석이 그의 옆을 급하게 지나 화장실로 들어가 토하기 시작했다. 짐은 솟구쳐 올라오는 물에 몸을 기울여 얼굴을 씻었다. 그는 구토 소리를 듣고는 소년에게 가서 말했다. ―망할 자식, 물 한 모금 마시고 여기서 안 꺼질 거야? 소년은 몸을 일으켰고, 불안해서 고개를 끄덕이며 얌전하게 변소에서 나와 벌컥벌컥 물을 들이켰다. ―여기서 나가. 짐은 그렇게 말하면서 그의 팔을 잡았다. ―바람을 쐬는 게 더 좋아. 그는 측면입구를 통해 마당으로 나가 소년을 거리로 데려갔다. ―얼른 꺼져. 저 안쪽은 별로야. 그는 되도록 허술하게 보이려고 애쓰며 어슬렁어슬렁 걸어가다가 다시 한번 뒤돌아보는 소년을 지켜보았다. 짐은 측면입구 옆에 자리를 잡고 안쪽의 두 놈을 기다렸다. 아마도 두 놈이 나올 때쯤이면 거의 대부분을 팔았을 거라고 생각했다. 한 놈이 나왔다. 잠시 기다리다 그를 보지 못하고 서둘러 자리를 뜨려고 했다. 급습을 당하자 놈은 소리도 지르지 못하고 쓰러졌다. 짐은 그를 붙잡아 쓰레기 컨테이너들 뒤로 끌고 갔다. 그는 한 손에 칼을 쥐고, 다른 손으로 주머니를 뒤져 수백 파운드의 돈과 알약들과 코카인 다섯 봉지를 찾아냈다. 두번째 놈이 나오더니 잠시 주변을 살펴보고는 뛰어갔다. 짐은 무덤덤하게 뒤에서 그놈을 보다가 다시 자기 앞에 쓰러진 놈을 보았다. 얼굴은 보지 않고 생기없는 몸뚱이만 보았다. 그 순간 젊은 놈이 신음소리를 냈고, 조금 움직이더니 뭐라고 중얼거렸다. 짐은 손에 칼을 든 채 그놈 옆에 무릎을 꿇었다. 젊은 놈이 무언가를, 어떤 이름을 말하려 했지만 제대로 말하지 못하는 듯했다. 목소리는 불완전했고 중간에 끊어졌다. 누군가 창문을 열어젖혔고, 음악이 마치 액체처럼 넘실거리며 들려왔다. 그는 갑자기 욕지기가 났다. 몇분 지나면 이놈이 깨어나거나 다른 놈이 돌아올 수도 있다고 생각하면서 짐은 다시 한번 칼로 찔렀다.

팽 씨의 식당에서 그는 감자튀김 한봉지와 춘권 하나를 주문해 나무상자에 앉아 먹었다. 코는 부어 있었지만 턱의 찢어진 상처는 깊지 않았다. 혹시 데이브가 지나가지 않나 해서 그는 거리 쪽을 쳐다보았다. 그러나 킥킥거리며 들어오는 여자들뿐이었다. 그중 하나는 자그마한 코흘리개 소녀를 데리고 왔다. 소녀는 놀라며 그의 얼굴을 보았다. 그는 메이를 다시 만난다 해도 알아보지 못할 것 같았다. 미리 본다고 해도 마찬가지일 것 같았다. 멀리서 그녀의 몸이나 머리가 움직이는 모습은 알아볼 수 있을지 몰라도 얼굴은 알아보지 못할 것이다. 그녀는 짐을 비방했다. 대미언의 집에서 기다렸지만 끝내 그녀가 오지 않았던 몇달 동안 내내. 대신 히샴이 왔다. 앨버트의 명령에 따라 그를 두들겨팼다가 그를 초대했던 히샴이 왔다. 히샴은 그럼에도 불구하고 짐이 자신을 믿는다는 걸 알았기 때문이었다. 그는 짐의 주소를 어렵게 알아냈고 메이도 찾아냈다. 데이브는 그 주소를 알고, 이자벨도 그 주소를 아는 것 같았다. 그녀는 그에게 매달리기도 했다. 그녀는 남편과 함께 온전한 집에 살면서도 그에게 매달렸다. 그녀는 그가 원하기만 했다면 같이 자려고 했다. 하지만 그는 원하지 않았다. 그는 자리에서 일어나면서 엄마 옆에 말없이 붙어앉아 있던 작은 소녀를 툭 쳤다. 아이는 그를 올려다보았다. 아이는 가쁘게 숨을 몰아쉬면서 녹색 콧물을 작은 분홍빛 손으로 문질렀다. 구역질이 났다. 그는 그곳을 나왔다. 바람이 불었지만 공기는 청명하지 않고 답답했다. 그는 이자벨을 보기 위해 길을 돌아서 갔다. 아직 불이 켜져 있었다. 그는 벨을 누르고 싶었다. 거의 자정 무렵이었다. 이자벨의 남편은 이층에 있는 게 보였지만 그녀는 보이지 않았다. 남편은 뭔가 치우고 있는 것 같았다. 그는 꽃병을 들고 일층으로 내려가 창가에서 밖을 내다보았다. 그러고는 모습을 감추었다. 마침내 그녀가 나타났다. 아마 방 안쪽에 앉아 있었던 것 같았다. 그녀는 창가로 걸어와 창문을 밀어올리고는 창문턱에 몸을 기댔다. 짐은 주차된 자동차 뒤로 황급히 고개를 숙였다. 그는 그녀의 매끈하고 환한 얼굴을 알아볼 수 있었다. 그러나 그때 데이브의 여동생이 키우는 살찐 흑백무늬 고양이가 작은 격자창살 사이로 의기양양하게 걸어들어가 창문턱으로 뛰어올랐다. 그러고는 환영받을 거라고 예상한 듯 야옹 하고 울었다. 하지만 이자벨은 고양이를 아래로 내던지려고 두 손으로 붙들었다. 격분한, 혐오스러운 듯한 동작이었다. 짐은 씩 웃었고, 고양이와 여자, 그 둘이 만나는 불쾌한 장면에 전율을 느꼈다. 고양이는 떨어지면서 발이 꺾였고 화가 나서 푸우 소리를 내며 그가 숨어 있는 자동차 쪽으로 똑바로 달려와 함정에 빠지고 말았다. 고양이는 그의 발에 부닥치다시피 했고, 그는 두 손으로 고양이를 움켜쥐었다. 이자벨은 고양이 문제는 해결되었다는 듯 창문을 거칠게 내려닫고는 몸을 돌렸다. 하지만 고양이는 그의 손에 있었다. 그는 자리에서 일어나 그를 할퀴려고 하는 고양이를 꼭 붙들고 아샴 가 모퉁이까지 걸어가서는 온힘을 다해 담장 너머로 고양이를 도로 던져버렸다. 그러나 너무 짧게 던지는 바람에 고양이의 머리가 담장 모서리에 부딪혔고, 고양이는 돌멩이가 바닥에 떨어지듯이 담장 이쪽에 떨어졌다. 고양이는 둥그런 가로등 불빛을 받으며 그대로 뻗어 있었다. 짐은 몸을 돌렸고, 이자벨은 이제 거기 없었다. 그녀가 그를 보았더라도 사실을 사실대로 인정하지 않을 거라고 짐은 생각했다. 화가 났다. 목이 부러진 채 뻗어 있는 고양이가 그녀를 만족스럽게 해주었다는 사실을 그녀는 결코 인정하지 않을 것 같았다. 그는 고양이 옆에 꿇어앉아 뚱뚱하게 살찐 몸을 살펴보았다. 아니었다. 목은 멀쩡했고, 두개골이 깨져 피가 새어나오고 있었다. 그는 조심스럽게 털을 건드렸고, 아직 살아 있는지 확인하려고 고양이를 옆으로 돌려보았다. 몸이 오싹했다. 고양이들은 거만하고, 영혼을 가지고 있으며, 실제로 일곱 개의 목숨을 가지고 있다고들 했다. 아니었다. 고양이는 더이상 숨이 붙어 있지 않았다. 이제 그는 고통스러웠다. 그동안 저 너머는 완전히 어두워졌다. 그러나 이자벨은 조금도 개의치 않을 거라고 짐은 생각했다. 그녀는 증오에 차서 고양이를 창문턱에서 밀어버렸고, 그에 개의치 않기 때문에 내일이면 그 사실을 잊어버릴 것 같았다. 하지만 그는 이자벨을 찾을 것이고, 내일 그녀에게 고양이를 상기시킬 작정이었다. 내일 아니면 모레쯤 기회를 엿보아 그럴 생각이었다. 그녀는 그보다 나은 존재가 아니었다.

31

잔디밭은 이미 누르스름하게 변했지만 볕이 드는 곳은 아주 온화하고 안락했기 때문에 그들은 연못가에 앉아 차를 마셨다. 벤섬이 말했다. ─여기서 파는 커피나 차는 좋은 게 없어요. 야콥의 머핀을 절반이나 먹은 그는 만족스러워 보였다. ─차를 곁들인 제대로 된 식사시간을 돌이켜보면 이건 정말 가소로울 정도지요. 노를 실컷 젓고 나서 집으로 가면 가정부가 이미 식탁을 차려놓고 기다리고 있었는데, 과자도 있고 잼도 있고, 물론 토스트도 있었어요. 그녀는 우리더러 과일을 먹으라고 권했고, 그러면서 자기는 정말 건강하고 한번도 앓은 적이 없다고 자랑했지요. 실제로 그녀는 감기 한번 걸리지 않았어요. 하지만 알고 보니 종양이 자라고 있었고, 그걸 알게 된 그녀는 이상해졌어요.

─악성종양이었던가요? 야콥이 물었다.

─아니요. 머릿속 종양도 아니었어요. 하지만 그녀는 이상한 증세를 보이더군요. 어느날 그녀가 소파와 안락의자를

찢어발길 때까지 우리는 가능한 한 오랫동안 모른 척하려고
했어요. 그녀 자신이 다음날 그것을 보고는 자기를 찾지 말
라는 내용의 편지를 남겼더군요. 그레이엄은 절망했고 나도
마찬가지였죠. 그녀는 찬장에다 홈집을 내어 자기 생각을
새겨놓았고, 우리는 찬장을 원래대로 돌려놓아야 하나 말아
야 하나 오래 망설였지요.

그는 다시 머핀 한조각을 떼어 오리에게 던졌다. ─참새
가 거의 남아 있지 않은 게 유감이에요. 누군가가 내게 말하
기를 참새는 히브리어로 드로르라고 하더군요. 자유라는 말
이지요. 참새들은 멀리 이주해버린 것 같소. 내가 그 이름
을, 히브리어 이름을 알게 된 후 참새들이 더 사랑스럽게 생
각되오.

─그런데 당신들은 그 여자, 가정부를 찾지 않았나요?

─찾지 않았소. 그레이엄이 방법을 찾아 우리는 그 여자
를 우회적으로 지원했지요. 찬장도 그대로 내버려두었소.
과거라는 건 언제나 그것을 읽어내도록 하는 대상들이 있는
법이니까요.

─그러니까 당신이 벤스하임(독일의 소도시 ─옮긴이)이
라고 불리는 것도 마찬가지인가요? 야콥이 물었다.

─그렇소. 부모님이 그 이름을 영어식으로 바꿔 벤섬이
라고 지어주신 거지요. 심지어 나는 몇년 전 독일에 가서 그
소도시를 직접 보기도 했어요. 아기자기한 마을이더군요.

바람이 좀더 세졌다. 한 소년이 돛단배를 조심스럽게 물
가에 내려놓았다. 하얀 돛들이 위태로울 정도로 기울어졌지

만 용골(龍骨)이 중심을 잡아주었다. 그의 어머니가 그쪽으로 달려갔지만 이미 늦었다. 배는 출발했고 중심을 바로잡더니 속도를 냈다. 소년은 그 배가 이미 손에 닿을 수 없는 곳으로 벗어났음을 모른 채 어머니를 향해 자신만만하게 웃어 보였다. 그들은 손을 맞잡고 있었다. 배가 건너편 강가에 도달하면 그곳 뭍으로 접근해 다시 찾아올 수는 있었다. 야콥은 어머니에게서 눈을 뗄 수 없었다. 미리엄을 연상시켰기 때문이다. 그녀는 그곳에 똑바로 서 있었고, 사태의 결말이 눈물이더라도 아들을 잘 달랠 수 있을 듯 보였다. 그는 자신과 마찬가지로 벤섬도 그 장면을 마음에 들어하는 것을 보고 행복해졌다. 일순간 그는 자신의 팔에 닿은 벤섬의 손을 느꼈다.

—그곳의 봄 풍경은 감동스럽지요. 너무나 우아하고 친근해서 봄마다 베르크 가에서 지내던 때를 선명하게 떠올릴 수 있답니다. 해마다 새롭게 경탄하게 되는 거지요. 경탄 그 자체라고나 할까요. 모든 종류의 아름다움에 대한 경탄, 그것은 최고가 분명합니다. 그것이 일시적이고 또 돈을 주고 사는 것이라도 말입니다. 나는 그 점을 진지하게 고려해보았지요. 내가 환영받는 세입자로 살 수 있었던 작은 집, 작은 빌라가 있었답니다.

—당신의 반려자는요?

—그는 전적으로 동의했지요. 나보다 더 거리낌없이 말입니다. 그런데 그가 그만 불행을 당하고 말았지 뭡니까. 나는 우리 둘로부터 나만 떨어져 살아남는다는 생각은 결코

해보지 않았어요.

벤섬은 잠시 침묵을 지켰다. ─떨어져 살아남는다는 건 나의 특징인 것 같아요. 누군가를 사랑한다면 그 사랑에 대한 전적인 믿음으로 함께 죽기를 생각하는 건 당연하겠지요.

─어머니 말고는 누군가를 잃은 적은 한번도 없습니다. 야콥이 말했다.

─당신 나이에는 그것으로도 충분하다는 생각이 드는데요? 파괴적인 것은 고통이라기보다는, 고통이 가져오는 맹목성입니다. 눈을 뜨려고도 하지 않고, 사랑하는 사람의 모습에서 멀어지게 하는 것이라면 아무것도 보지 않으려는 맹목적인 소망이 더욱 파괴적이지요. 그러한 맹목성은 아무리 강제로 다가가려 해도 과거라는 것이 다시 닿을 수도 변할 수도 없다는 사실을 깨달을 때까지 계속됩니다. 지나가버린 것을 받아들이지 못하면 결국 모든 것을 잃어버리지요. 인정사정없는 그 간격을 받아들여야 합니다. 그리고 그 간격은 무엇보다 우리와 사물들의 간격이기 때문에 우리를 괴롭히고요.

─살아 있는 사람들과의 간격도 포함될 테지요?

벤섬이 웃었다. ─당신은 그 점이 더 중요하다고 보지요? 그 점에서는 당신 말이 옳아요. 그러나 나 같은 사람은 존재하지도 않는 지역이나 고향과 함께 자랐어요. 사진으로 주소로 이름으로만 존재하면서 도달할 수 없는 것들 말입니다. 나는 프랑크푸르트에 있는 우리집 층계난간의 구부러진 모양을 기억이 아니라 사진으로 알고 있었지요. 그 위에 거울이 달린, 이층에 있던 서랍장도 마찬가지랍니다. 나에게 그것들은 언제나 의미있는 배치, 잘 균형잡힌 사진이었지요. 그와 같은 것이 영국에는 없어요. 사람들은 되돌아가고 뭔가 새로운 것을 발견하려면 우선 배워야 합니다. 죽은 자들과의 대화, 잃어버린 것과의 대화가 의미하는 것입니다.

야콥의 눈은 젊은 여자와 아이를 찾았다. 그들은 맞은편 강가에 서 있었다. 소년은 막대기를 발견하고 몸을 숙이고 있었고, 그의 어머니는 최대한 앞으로 몸을 기울여 손으로 그를 꼭 붙들고 있었다.

— 여기서 영원히 살 거라고는 상상도 할 수 없어요. 야콥이 불안하게 말했다. 하지만 그럴 수 있을지도 몰라요. 여기가 좋거든요.

— 뭐 때문에 당신도 여기 머물러야 하는 겁니까?

— 태어난 곳에 의해 사람의 운명이 결정되도록 내버려두는 것은 아주 부조리하다는 생각이 듭니다.

벤섬이 웃으며 말했다. — 그러는 사람은 아주 드물지요. 이것저것 시도하기 마련이니까요. 벤섬은 자리에서 일어났다. — 우리 이제 조금 걷기로 합시다. 내 끝도 없는 언설의 결론을 당신에게 말해버리는 것만은 피하고 싶군요. 결론이라는 게 없을지도 모르지만 말입니다. 더욱이 솔직히 말하자면 나는 이 공원을 좋아해요. 저기 보이네요. 두 사람은 아직도 꼬마 돛단배가 도착하기를 기다리고 서 있군요. 이제 위스키 한잔 마시는 것도 좋을 것 같네요. 괜찮은 습관이지요.

그들은 남동쪽으로 가서 데본셔 가를 가로질러갔다. 벤섬은 반걸음 앞서 걸었고, 야콥은 그들이 술집에 도착할 때까지 아무 말도 하지 않았다. 나이든 웨이터가 살짝 고개를 숙이며 벤섬에게 인사하고 위스키 두 잔을 가져왔다.

—모드 부인이 알면 싫어할 거요. 벤섬이 말했다. 위스키 한잔 때문이 아니라, 한잔에 이어 또 한잔이 따를 거라는 걸 알기 때문이지요. 이렇게 참을성있게 동행해주어서 참 고맙소. 그러고 보니 당신과 당신 부인의 안부도 아직 묻지 않았군요.

—우리는 물론 잘 지냅니다. 야콥이 말했다. 그러고는 머뭇거리자, 벤섬이 미소를 지었다. —나는 정말 잘 지냅니다. 벤섬은 손에 잔을 든 채 만족스럽게 앉아 있었다. 조금 멍한 것 같았다. 나는 행복합니다. 야콥은 그렇게 말하려 했지만 그 말은 조심스럽게 세워놓으면 잠시 뒤 곧 기울어져버리는 나무인형과도 같았다. 그렇게 나쁘지는 않아. 야콥은 생각했다. 어쨌든 균형을 잡을 수 있어. 손가락 하나로 아주 살짝 도와주기만 하면 되니까. —하지만 나는 혼란스러워요. 우리의 생이 정말로 변할 수 있다는 그런 생각이 말입니다.

—우리는 변한다는 말을 사용하긴 하지만 사실은 무엇이 그리고 어떻게 변하는지는 모릅니다.

야콥은 불확실한 영역으로 빠져드는 느낌이 들어 입을 다물었다. 나중에 더 잘 기억할 수 있도록 손가락으로 아주 가볍게 벤섬의 손이나 얼굴, 무거운 눈꺼풀과 속눈썹을 쓰다듬는 것, 그것이 지금 그가 원하는 것이다. 그것은 일종의 갈망이었지만, 이자벨의 얼굴을 만질 때 그녀에게서 느끼는 그런 것은 아니었다. 더욱이 지금은 모든 접촉이 눈의 보조 수단처럼 느껴졌다. 그는 술을 마시면서 알코올이 어떻게 작용하고, 생각이 어떻게 그 무게를 변화시키는지 느꼈다. 생각은 그에게 고통을 주지는 않지만 너무나 분명하게 그를 놀라게 했다. 그는 받지도 주지도 않는 어떤 존재였고, 그의 관심 자체는 순수했지만 그의 직접적인 참여는 착각일 뿐이었다. 그는 검버섯이 난 피부를 만지기 위해 손을 뻗고 싶지는 않았다. 그는 벤섬이 자신에게 기대하는 것이 아무것도 없다는 것을 느꼈고, 과감하게 용기를 내어 그런 상황을 확 바꾸어버리지 못하는 것이 슬펐다. 그의 잔은 비어 있었다. 그는 아무 걱정도 하지 않았지만, 나중에는 놀랄 일이 일어나리라는 것을 알고 있었다.

— 서로 바라보는 것만으로도 사람들은 정말 편안해지지요. 벤섬이 말했다. 그러고는 웨이터에게 손짓해 잔들을 채우게 했다. — 사랑하는 사람을 제외하고. 벤섬은 그렇게 덧붙이고 나서 술을 들이켰다.

— 며칠 동안 사무실에 안 나올 때는 뭘 하시죠? 야콥이 물었다.

벤섬은 놀라서 그를 쳐다보았다. 야콥은 얼굴이 붉어지는 것을 느꼈다.

— 얼굴이 붉어지는군요. 좋아요. 질문에 답하겠소. 나는 작은 호텔로 갑니다. 늘 같은 호텔은 아니지만 대개의 경우

는 그래요. 아주 세련되고 관리상태가 좋고, 좋은 방과 좋은 써비스가 있는 곳이 아니면 대충 얼버무려 작은 호텔이라고 부르지요. 몇몇 젊은 남자들이 돈을 벌기 위해 그곳을 들락거리지요. 나는 사랑의 봉사에 대해 돈을 지불하는 것에 반대하지 않아요. ─그것은 나이의 문제일 따름이죠. 그곳에 출입하는 젊은 남자들은 선택받은 부류이고 대개 대학생으로 교양도 있고 행실도 반듯해요. 끔찍할 정도로 어린 건 아니고, 그저 젊은 정도예요. 로비에서 만나 저녁식사나 오페라 관람을 약속하고 저녁시간은 이런저런 방식으로 마무리하지요. 대단히 의미있는 제도지요. 거기 끼어들기에 당신은 어쩌면 너무 젊고 어쩌면 너무 나이가 많군요. 당신한테도 권할 수 있었으면 하는데.

─나는 결혼한 몸입니다. 야콥이 멍청하게 대답했다.

─이 일에는 우선 양심적이어야 합니다. 당신 말이 전적으로 옳아요. 하지만 너무 경직되게 생각할 필요는 없어요. 내 집의 공허함에서 벗어나기 위해 나는 이따금 그곳에서 며칠을 보낸답니다. 과거를 읽어낼 수 있는 대상들─그것들을 우리가 언제나 참아낼 수 있는 건 아니지요. 두 남자가 술집으로 들어서면서 벤섬에게 인사하고 바에 기대섰다.

─동료들이지요. 벤섬이 토를 달았다. 그는 무게를 달아보기라도 하려는 듯 머리를 이리저리 흔들었다. 자기가 하는 말의 성격을 곰곰이 생각해보고 또 그것이 나한테 어떤 의미를 가지는지 알아보려는 거야. 야콥은 그렇게 생각했다. 그리고 그것이 이별에 대비하는 첫번째 할부금 납입이

라는 것을 알기에 슬퍼졌다. 그는 자신의 한계에 갇혔고 그
것을 물리적으로 느꼈으며 자기가 모든 한계를 넘어설 수
있음을 보여주는 증명서도 능력도 없다는 것을 알았다. 벤
섬이 말했다. ─사람들이 그것을 뭐라고 부르는지는 중요
하지 않아요. 성격이라 해도 좋고 무능함, 운명이라고 불러
도 상관없어요. 한계란 언제나 있지요. 다만, 당신은 그것들
로 무엇을 원하고 무엇을 만들려고 하죠? 당신의 삶은 변함
없이 그대로예요. 벤섬이 웃었다. 그레이엄은 내가 너무 멜
랑꼴리하다고 생각했고, 그는 내게 유쾌한 만족이란 계몽의
결과라는 점을 상기시켰지요. 그는 야콥의 생각을 속속들이
꿰뚫고 있는 것 같았다. 그는 관용을 암시하는 어떤 말을 중
얼거렸다. ─어쨌든 나하고는 다툴 필요없소. 나는 천사가
아니요. 그의 두 팔은 꼭 끼는 재킷 소매 밖으로 나와 있었
고, 몽땅하면서도 생기있는 두 손은 그들 사이에 있는 탁자
에 차분하게 놓여 있었다. 야콥은 고맙다는 표시로 고개를
끄덕였고 마침내 고개를 들어 그의 눈을 들여다보았다. 일
초 일초가 느리게 지나가는 느낌이었다. 자신의 가슴에 초
침이 있기라도 한 것 같았다. 일초 일초가 앞쪽으로 당겨진
기억, 마침내 오해받을 수 있다는 두려움 없이 현재의 것으
로 보관된 기억의 미세한 움직임이었다. 그는 다시 한번 얼
굴이 붉어지는 것을 느꼈고, 이번에는 벤섬이 거기에 대해
아무 말도 하지 않으리라는 것을 알았다. 그리고 또 자제할
수 없을 정도로 떨기 시작했고, 자신이 마치 안과 밖이 뒤집
힌 장갑이 되어버린 느낌이었다. 하지만 이제 앞으로 어떻

게 할 것인가. 그것을 어떻게 견딜 것인가. 그는 생각했다. 그리고 미리 정해진 운명의 걸음이 사랑의 고백을 대체했던 이자벨과의 관계는 너무 가볍다는 생각이 들었다.

사무실까지는 오분 이상 걸리지 않았다. 모드 부인이 문을 열어주고, 이자벨과 앨리스테어의 소식을 전해주었다. 그는 열쇠와 외투를 가지러 잠시 사무실로 올라갔다. 그러고는 전해들은 주소로 직접 찾아갈 수가 없어 택시를 잡았다. 그는 차에서 내려 몇걸음 가지 않아 이자벨을 보았고, 그녀를 냉정하게 대하게 할지도 모른다는 우려가 뒤집히는 것을 알아차렸다. 그녀가 뛰어와 그의 품에 안겼고, 그는 그녀를 꼭 껴안았다. 앨리스테어가 그들을 기다렸던 레스또랑 벵골의 비밀은 멀지 않은 곳에 있었다. 그리고 고맙게도 앨리스테어가 도맡아 주문해주었고 야콥에게 이것저것 물어보지 않고 식사를 할 수 있게 해주었다. 그가 보기에 앨리스테어도 지쳐 있었다.

그녀는 집 밖으로 거의 나오지 않았고 대부분의 시간을 작업에 쏟고 있는 것 같았다. 앨리스테어와도 약속을 하지 않았고, 저녁에도 외출하고 싶어하지 않았다. 어떻게 보면 야콥을 배려하는 것 같기도 했다. 그는 일찍 잠자리에 들었고, 오랫동안 잠을 이루지 못할 때면 이따금 아래쪽에서 문을 여닫는 소리, 위나 아래를 밀어 여는 창문 소리를 들었다. 그는 이자벨이 옆에 없는 것이 기뻤고, 혼자 있을 수 있어 기뻤다. 비겁하게도 그는 앨리스테어가 이자벨 앞에 무릎을 꿇고 그녀의 허벅지 사이에 머리를 묻고 있었을 때, 그에게 가라고 신호했다. 그들은 문간에서 단 한 번 키스하고 헤어졌고, 앨리스테어는 야콥의 머리를 부드럽게 쓰다듬으며 그를 안심시켰다. 야콥은 그를 보내버렸던 것이 이제야 후회스러웠다. 그날 낮에 앨리스테어는 다시 그의 사무실로 와 궤짝 위에 앉았고, 재킷에서 손거울을 꺼내 유심히 들여다보았다. 그러고는 책상 앞에 앉아 있는 야콥에게 와 그의 머리를 쓰다듬으며 포옹했다. ─이제 우리 둘은 그리 잘 어울리지 않아. 그가 벤섬의 흉내를 내며 낮게 중얼거렸고, 야콥의 관자놀이를 쓰다듬은 뒤에 나가버렸다. 벤섬은 사무실에 나오지 않았다. 모드 부인이 지금까지처럼 상세하게 논평했지만, 이번에는 벤섬을 그다지 걱정하는 것 같지 않았다. 그러나 야콥에게는 이따금 케이크 한조각이나 과일 혹은 차를 방으로 가져다주었다. 낮동안에는 이것저것 곰곰이 생각하기에 너무 할일이 많았다. 영국의 한 투자회사가 플렌츠라우어 베르크의 북쪽 구역에 있는 몇몇 주택단지를 구입하는 데 관심을 가지고 있었다. 팔려고 내놓은 철도회사의 선로들은 황폐한 상태였다. 밀러 건은 잘 진행되고 있었다. 밀러씨는 점쟁이 여성 자하르를 방문했고, 그녀의 예언에 따르면 그가 물과 관계된 어떤 것, 즉 호숫가의 토지를 잃어버린다고 해서, 그 자신이 보상액을 제안했고, 그 금액을 상대방도 받아들이는 것 같았으며, 또 그 금액은 트렙토우의 빌라를 개축하는 데 충분한 액수였다. ─벤섬은 그것을 의미없는 일이라고 생각해요. 밀러가 말했다. 베를린으로 가기에 나는 너무 나이가 많아요. 그래서 그 집을 개축해서 팔려고 해요. 아이들이 없으면 그럴 수밖에요. ─하지만 벤섬도 아이가 없어요. 야콥이 이의를 제기했다. ─물론 그렇지요. 하지만 그는 여기에 그의 동료들이 있어요. 게다가 나보다 배짱도 좋고. 혼자 있는 사람에게 시간의 흐름이란 결국 부조리하지요. 시간에 따라 아이들이 성장하고 다시 그들이 아이를 가지게 되지요 ─벌거벗은 사실 그대로 말하자면 하루하루와 시간은 존재하고 사람은 죽는 것이지요.

한스가 사무실로 두 번 전화를 했고, 그들은 가을에 도보 여행을 같이 떠나는 것에 대해 의논했다. 야콥은 여행을 못할 거라고 생각했다. 한스가 말했다. ─네가 필요해. 나는 네가 결혼한 게 점점 더 샘이 나.

야콥은 밤마다 깍지낀 두 손으로 머리를 받치고 쭉 뻗은 채 누워 아직은 이자벨이 자러 오지 않았으면 하고 바랐다. 시간은 너무나 빨리 지나갔다. 그는 몸이 해야 할 일을 그가 설득하여 몸으로 하여금 포기하게 할 수 있기라도 한 듯이 벌거벗은 채 꼼짝도 않고 이불 아래 누워 있었다. 그는 아침이면 땀으로 흥건히 젖은 채 놀라 잠에서 깨었고, 이자벨이 옆에 있는 것을 확인하고는 마음을 놓았다. 최근에 그녀가 잠꼬대를 했는데, 무슨 말인지 그는 이해할 수 없었다. 하지만 그녀는 고양이에 대한 꿈을 종종 꾸는 것 같았다. 그녀가 깊이 잠든 걸 확인하면 그는 자리에서 일어나 이 방 저 방 돌아다니다가 식당이나 아래층, 이자벨의 작업실 창가에 서서 거리 쪽을 내려다보았다. 그러다가 햄프스테드 히스 쪽으로 가는 길에서 쓰레기통을 뒤지고 있는 흰 여우를 보면 기분이 좋아졌다. 그는 그 동물이 제가 있을 곳이 아닌 곳에서 당연하다는 듯 길을 가로질러가는 것이 마음에 들었다. 한번은 여우가 뭔가를 포획한 것 같았다. 여우는 고양이처럼 보이는 것을 찢어발기고는 한조각을 보도를 따라 끌고 가다가 버려두었다. 야콥은 더 잘 보려고 창문을 열었지만 아무것도 알아볼 수 없었다. 그때 벽 뒤쪽에서 남자들의 목소리가 요란하게 들려와 그는 깜짝 놀랐다. 무슨 말인지 알아들을 수는 없었지만 화가 났다는 것은 알 수 있었고, 또 그 직후에 뭔가가 뚫고 들어오기라도 할 듯이 벽에 부딪혔다. 이어서 더 젊고 여자의 것으로 생각되는 목소리가 들려왔다. 야콥은 아주 불쾌했지만 그 기분에서 좀체 벗어날 수 없었다. 그는 궁금해졌다. 예외적인 경우였을까, 아니면 이자벨은 이웃집의 소동을 날마다 들으면서 내게 아무 말도 하지 않았을까? 그렇다면 왜 그랬을까? 그는 완전히 정신이 말짱해졌고, 들뜬 기분조차 들었으며 또 그 점이 창피하기도 했다. 그때 쾅 하고 문소리가 났고, 그는 위층으로 올라갔다. 다시 침대에 누운 그는 창문이 제대로 닫히지 않았을까봐 걱정됐고, 소음이 들릴 때마다 깜짝깜짝 놀랐다. 침입자가 들어와 폭력사태가 벌어지고 있다고 생각했다. 다시 일어난 그는 아무 일도 없는 걸 확인하고는 마음을 놓았다.

도시 전체가 졸고 있었다. 무더운 날이 계속되었다. 벤섬은 유쾌한 기분으로 돌아왔고, 야콥에게도 새로운 의뢰인을 데려왔다. 런던의 호텔리어인 의뢰인은 보르쿰에 있는 큰 호텔 두 채를 구입하려고 했다. 벤섬의 설명에 따르면, 이 젊은 의뢰인은 '유대인으로부터 자유로운'이라는 모욕적인 이름을 달고 있었던 섬에서 역사기행을, 대체로 분명 둔감할 고객들을 위한 역사기행을 시도하는 첫번째 유대인이 되는 것을 기쁜 마음으로 기다린다는 것이었다. 앨리스테어는 지역순회를 시도한다는 아이디어에 열광했다. ─그래, 그 섬은 어디 있는 거야? ─북쪽 아주 먼 곳이야. 야콥이 대답했다. 그러나 그는 보르쿰에 가본 적이 없어 지도를 참조해야 했다. ─내일 그 사람이 당신한테 올 거요. 벤섬이 말했다. 이름은 존 필거요. ─필거라고요? 야콥이 물었다. ─왜 이상한가요? 벤섬이 즐거운 듯 두 사람을 쳐다보았다. 앨리스테어가 야콥의 소매를 끌어당겼다. ─우리 밥 먹으러 가서 모든 걸 의논하지. 앤서니와 폴이 계단으로 올라왔다. ─당신들은 따라오면 안돼. 앨리스테어가 그들에게 말했다. 우리는 바다표범이 가득한 북해의 섬으로 가서 이틀 동안 게하고 고래만 먹는 거야. 앤서니가 야콥을 주먹으로 두들기며 구석으로 몰았다. 야콥은 입을 조금 벌리고 서서 그 지역 참사회의 매수시도나 살해협박을 예상하는 다른 사람들의 이야기를 듣는 둥 마는 둥 했다. 그는 벤섬을 보지 않기 위해 눈을 내리깔았다. 행복했다. 앨리스테어는 그의 어깨에 팔을 둘렀다. ─멋질 거야. 앨리스테어가 말했다.

그가 집으로 돌아왔을 때 이자벨은 국수 수플레를 준비해놓고 있었다. 전화벨이 울리자 그녀는 달걀 두 개를 깨서 그 위에 얹어달라고 부탁했다. 하지만 그는 달걀을 휘저어

섞어 넣는 것을 깜박했고, 십오분 뒤 국수 위에 동그란 달걀이 원형 그대로 막 타들어가는 것을 보고 웃음을 터뜨렸다. 이자벨도 따라 웃는 듯하더니 화를 냈다. 그녀의 목소리가 차갑고 너무 냉정해서 그는 깜짝 놀랐다. 사소한 돌발사건일 뿐이라고 생각했지만 그는 혐오감과 불안감을 느꼈다. 식사 뒤에 그들은 잠시 산책을 했다. 그녀는 그의 손을 잡고 페터와 안드라스가 다음주에 사무실을 옮긴다는 이야기를 해주었다. ─그럼 베를린으로 갈 거야? 야콥이 물었지만, 그녀는 아니라며 고개를 저었다. 집으로 돌아왔을 때 그는 서랍장 위 접시에다가 돈을 놓았고, 그가 일주일 전 그녀에게 가져다주었던 장미화환이 시들어 있는 것을 보고 모욕감을 느꼈다. 싸운 뒤 화해하기는 쉬웠지만 그들은 싸우지도 않았다. 침묵만 있는 곳에는 화해도 없었다. 그는 왜 서로 서먹서먹해졌는지 그녀에게 묻고 싶었다. 하지만 그들이 베를린에 있을 때 지금보다 더 가까웠는지는 확신할 수 없었다. 거리만 달라졌다뿐 둘의 관계는 예전이나 지금이나 마찬가지인지도 모른다. 게다가 그녀는 설명도 없이 어떤 일에 몰두하고 있는 것 같았다. 그는 지난밤 들었던 이웃집의 소음을 떠올렸다. 그는 말없이 그녀 가까이에 있었고, 앞으로 어떻게 해야 할지 얼굴에서 읽어낼 수 있기라도 한 듯 그녀를 바라보았다. 그는 약간의 신호만 주어도 그녀에게 미리엄에 대해서 말하고 싶었고, 그가 소홀했던 것을 만회하고 싶었다. 이자벨은 책상 앞에 앉아 포츠담 가로 옮길 미래의 사무실 설계도 위로 몸을 숙이고 있었다. ─바르트부르크 가에서는 십분 거리야, 자전거로. 그녀가 말했다. 그리고 고개를 들어 미소지었다. 기대감과 불신을 섞지 않고 맨눈만으로 상대의 얼굴을 읽을 수는 없다고 그는 생각했다. 사람들은 보이는 그대로에 결코 만족하지 않고, 언제나 중심점으로 다가가려고 하지만 그것이 올바른 방향 같지는 않았다. 절로 웃음이 나왔다. 바늘 머리보다 작은 점, 중심점이 고자 하는 이 작은 점을 둘러싸고 피터지게 싸우는 꼴이 우스웠다. 이자벨이 이상하다는 듯 그를 쳐다보았다.

─중심점이라는 생각은 참으로 엉뚱해. 가장 중심이 되는 중심점은 길이를 가질 필요가 없다는 생각 말이야.

─네가 혹은 내가 중심점이 되고 싶어하는 건가? 이자벨이 물었다.

─물론 너도 나도, 베를린도 런던도 아니야. 야콥이 말했다.

─지금까지 사정이 달랐던 적이 있었나? 이자벨은 차갑게 말하고는 스케치 쪽으로 다시 몸을 돌렸다.

그는 이미 침대에 누웠고, 달리 보면 중심점이 없을 경우 궤도도 있을 수 없다고 생각했다. 그는 이자벨이 있는 일층 쪽으로 귀를 기울였다. 그들 사이에는 하나의 층이 가로놓여 있었고, 문이 열려 있었지만 아무 소리도 들을 수 없었다. 거의 잠들었을 즈음 그는 쾅 하는 소리를 희미하게 들은 것 같았다. 아무 일도 아닐 거야. 그가 자신에게 말했다. 사방이 고요했고, 그는 잠들었다.

32

그들은 한 까페로 들어갔다. 하지만 거기가 아니었다. 그들은 수로 방향으로 가서 수로를 따라 걷다가 대형 새장 쪽으로 갔다. 짐은 젖은 두 손으로 그녀에게 키스하려 했다. 그녀는 마치 십대가 된 것 같았다. 그들이 대형 새장에 도착했을 때 그는 울음을 터뜨렸다. 너무 불쾌하고 우스웠기 때문에 그녀는 도움을 구하려고 주위를 둘러보았고, 야콥이 별안간에 나타나 도와주었으면 했다. 그러나 짐은 여전히 눈물을 글썽이면서 그녀의 어깨를 움켜쥐고는 그녀를 비웃었고, 그녀를 자기 쪽으로 끌어당겼으며 그녀는 순순히 따랐다. ─당신은 그들을, 약자들을 좋아하지 않지? 그녀를 뒤로 약간 밀친 그는 그녀의 팔을 꽉 붙들고는 뭔가를 설명하기 시작했다. 이야기, 진실된 이야기, 꽃 파는 아가씨와 아가씨를 배신하는 왕자의 이야기였다. 하지만 그녀는 거의 알아들을 수 없었고, 그것을 알아챈 그는 더 빨리 이야기했다. 그녀는 그것이 런던의 하층민들이 사용하는 사투리인지 구분할 수가 없었다. 그는 화를 내며 그녀의 머리카락을 잡아당겼다. 그러고는 그녀를 높이 들었고, 두 다리를 버둥대는 그녀를 수로로 데려가 금방이라도 빠뜨릴 듯이 물 위로 들어올렸다. ─나하고 집으로 갈 거지? 그가 묻고 또 물었다. 그리고 웃었다. 그는 그녀를 조심스럽게 내려놓고 관자놀이에 부드럽게 키스를 했다. 그리고 갑자기 진지해져서 말했다. ─잘 들어. 나는 당신을 기다렸어, 평생. 그는 그녀의 손을 잡아 자기 가슴 위로 가져갔다. 그러고는 티셔츠를 머리 위로 벗어버리고, 상반신을 벌거벗은 채 그녀 앞에 섰다. 그의 매끈하고 튼튼한 흉곽은 창백했고, 밝은 여름 햇살 아래 근육들은 선명하게 두드러져 보였으며, 짐도 그것을 보았다. 그가 미동도 하지 않고 말했다. ─나는 겨울이고, 죽음이야. 당신이 키스를 해서 나를 살려야 해. 그의 벌거벗은 몸에 그녀는 질렸다. 동물원에서 수로를 건너 대형 새장으로 가는 다리 위에는 사람들이 서 있었다. 갑자기 짐이 그녀 앞에 털썩 무릎을 꿇자 그녀는 사람들이 박수갈채라도 보내겠군 하는 생각이 들었다. ─부끄럽다는 말은 하지 마. 그가 낮은 소리로 속삭였다. ─자, 키스해. 여기, 모두들 보는 앞에서. 그녀는 어쩔 줄 몰라 하면서 몸을 숙였다. 날은 무더웠고 바람은 아주 따뜻했다. 그녀는 자신이 몸무게가 없는 듯 느껴졌지만, 그녀의 뇌는 결코 지치지 않는 눈처럼 모든 움직임을 보고 있었다. 그녀는 몸을 일으키려 했지만 그가 그러지 못하게 했다. 그는 그녀를 사랑하지 않았다. 그가 속이는 것이었다. 그녀의 입술이 반짝거리자 그가 미소

378

지었다. —키스해. 그가 다시 말했다. 일분 더 주겠어.

두 시간 후 그들은 여전히 그의 집에 있지 않았다. 그녀는 피곤해졌고, 길을 잃은 지 오래였다. 동쪽으로 가고 있다는 것만 알고 있었고, 해의 위치를 보아 곧 여섯시가 된다는 것을 알 수 있었다. 그녀는 오후 내내 아무것도 마시지 않았지만 짐에게 쉬어가자고 말할 엄두가 나지 않았다. 그는 앞으로 계속 걸어갔고, 그녀의 손을 꼭 쥔 채 조금 앞에서 그녀를 끌다시피 하며 걸었다. 마침내 그가 멈추어섰을 때 그녀는 어느 거리인지 알고 싶었다. 하지만 모르는 거리였다. 그녀는 비틀거렸다. 짐은 호주머니에 손을 넣은 채 그녀 앞에 섰다. —내가 당신을 믿을 수 있다는 걸 어떻게 알 수 있지? 갑자기 그가 물었다. 그러고 나서 그는 몸을 돌려 그곳을 떠났다. 그녀는 놀라움도 분노도 없이 그의 뒷모습을 뚫어져라 쳐다보았다. 그녀는 너무 피곤했고, 지금 있는 곳이 어딘지 그리고 어떻게 집으로 갈 수 있는지 알고 싶었다. 집들은 70년대의 집단주택 같았다. 이어서 더 작고 외따로 떨어져 있는 집들이 나타났다. 분홍색, 노란색 그리고 밝은 청색으로 칠해진 집들이었다. 그녀는 더 큰 거리나 전철역을 찾기 위해 기계적으로 터벅터벅 걸어갔다. 작은 집들 중 한 집의 열린 창으로 부엌에 서 있는 한 여자가 보였다. 부르기만 하면 쳐다볼 것 같았다. 또다른 창에서는 개 한마리가 그녀를 보고 짖어댔다. 이제 길은 멀지 않았다. 짐과 그녀가 길을 빙 둘러서 다시 켄티시 타운 쪽으로 걸어갔다는 것을 그제야 알게 되었다. 몇시간 전 짐이 기다리고 서 있다가 그녀를 붙들었던 전철역에 도착하자 멈추어섰다. 그곳에 가판대를 가지고 있는 채소장수가 막 짐을 꾸리다가 그녀를 보고 소리쳐 인사했다. 그녀는 뭔가를 사야겠다는 생각이 들었다. 야콥을 위해서, 가정을 위해서, 그리고 무미건조하기도 하고 위안이 되기도 하는 앞으로의 저녁식사를 위해서. 텔레비전도 없는 공허한 저녁이었다. 그들 둘 다 런던에서 텔레비전 앞에 앉아 있을 기분이 아니었기 때문이었다. 그들은 마치 시간을 아끼는 방문객 같았다. 그러나 시간은 그렇게 값비싼 것이 아니었다. 여기에서도 런던에서도 그 점은 마찬가지였다. 그녀는 감자와 파슬리와 파를 샀다. 채소장수는 오른쪽 눈밑에 흉터가 있었다. 그 흉터가 그녀에게 뭔가를 연상시켰지만, 무엇인지는 떠오르지 않았다. 그녀는 혹시 짐이 오지 않나 해서 불안하게 좌우를 번갈아 보았다. 채소장수가 그녀의 눈길을 알아차리고 뭐라고 말했다. 그녀의 뒤쪽 전철역에서 나온 사람들이 밀고 밀리면서 몰려왔다. 그녀는 그가 무슨 말을 했는지 이해하지 못했고, 짐의 의도가 무엇이었는지, 그가 왜 그녀를 믿지 못하는지, 그녀가 그에게 무엇을 증명해야 했는지 몰랐다. 채소장수가 갑자기 펄쩍 뛰어서 그녀 옆으로 와 욕을 하면서 누군가를 옆으로 밀쳐버렸다. 그녀는 손에 십 파운드짜리 지폐를 들고 있었고, 그는 뻔뻔하게 씩 웃고 그녀의 가슴을 힐끔힐끔 쳐다보며 잔돈을 천천히 세었다. 그는 그녀가 그림처럼 예뻐서 아보카도 하나를 덤으로 준다면서 씩 웃었다.

그녀는 집 앞에 서 있다가 희미한 전등빛이 흘러나오는 창 쪽으로 다가갔다. 그러나 그녀는 창문을 통해 자신의 모습을 보았다. 집 앞에서 자신의 얼굴을 보았다. 그 얼굴은 오른손 왼손으로 빛을 가리면서 유리창 쪽으로 접근했다. 그녀는 자신의 모습을 냉정하게 보면서 자기가 꿈을 꾸고 있다는 사실을 비로소 알아차렸다. 벨을 눌렀지만 아무도 문을 열지 않았다. 그녀는 스스로 싸구려 여자라는 느낌이 들었다. 자기가 체면도 없이 그를 쫓아갔다는 것을 알았다. 하지만 그가 너무 그리웠다. 그래서 그녀는 집 앞에 머물러 있었고, 위층 어딘가에서 들려온 목소리에 놀라서 그 거리들 중 하나로 달아났던 것이다. 그러나 그 거리들은 아주 완만하게 굽어져 있어서 나중에야 굽은 것을 알아채는 거리들이었다. 그녀는 위풍당당한 잿빛 건물들 앞을 서둘러 지나갔다. 가다보니 리젠트 가라는 생각이 들었다. 이어서 공원이 나타났다. 드넓은 잔디밭은 들어가지 못하게 되어 있었다. 손에 비둘기를 들고 있는 늙은 남자가 방금 씨앗을 뿌렸기 때문이라고 설명해주었다. 그러나 그녀는 잔디가 빽빽하고 높이 자라 있는 것을 분명히 보았다. 잔디밭 가운데로 고양이가 다가왔고, 이자벨은 고양이를 속일 수 있기라도 하듯이 천천히 그곳을 떠났다. 그녀는 자신이 환한 방에서 벌거벗은 채 꿈에서 깨어나리라는 것을 알고 있었다. 그녀는 두 손으로 음부를 가렸다. 깨어나서 보니 그녀는 침대에서 몸을 일으키고 있었고, 러닝셔츠는 땀으로 축축하게 젖어 있었다. 야콥은 오래전에 가고 없었다. 앞쪽 창가로 가자 거리에서 소음이 들려왔고, 며칠 전 파헤쳐진 도로에서 아스팔트를 까는 소형차량이 이리저리 왔다갔다하는 게 보였다. 그 옆에서는 레미콘 한대가 빙글빙글 돌아가고 있었다. 방 안으로 햇살이 환하게 비쳐들어왔다. 그녀가 걸치고 있는 것은 야콥의 러닝셔츠였다. 그녀는 애무라도 하듯이 그것을 쓰다듬었다. 그러고 나서 샤워를 하고 옷을 입었다.

그녀는 커피잔을 들고 다시 일층으로 내려가 창을 들어 올렸다. 남자 두 명이 차량 앞에 서 있었다. 소형굴삭기였다. 그들은 웃고 있었다. 갈색으로 그을린 상체를 서로 부딪치면서 그들은 몸을 굽혀 발아래 구덩이를 내려다보고 웃었다. 한 남자가 구덩이로 뛰어들었고, 상체까지 구덩이 속으로 사라졌다. 그는 몸을 쭉 뻗으면서 삽을 위로 쳐들었다. 다른 남자가 뭐라고 소리치고 엉덩이를 앞으로 밀치는 몸짓을 했다. 그러고는 두 주먹을 머리 위에 올려놓고 하나를 다른 하나 위에 올려 서로 문지르며 돌렸다. 노골적이고 상스러운 동작이었다. 그는 만족스러워하며 다시 허벅지를 두드렸고, 두 손으로 벌거벗은 상체를 두드리며 만족스러운 표정을 지었다. 그들이 레미콘을 끄고 단조로운 회전이 멈추자 그제야 찰싹찰싹 두드리는 소리가 바로 귓가에서 들리는 듯 선명하게 들려왔다. 그녀는 커피를 벌컥벌컥 들이켜고는 몸을 돌려 책상에 놓여 있는 사무실 설계도를 보았다. 서랍장 위에는 열쇠, 하나의 열쇠가 있었다. 그녀가 베를린으로 돌아가더라고 이제 더는 맞지 않는 열쇠였다. ─ 책과 자료들은 다 꾸렸고 서가는 떼놓았어. 이제 네 서랍을 정리해야 하는데, 네 생각은 어때? 안드라스가 화를 내며 물었다. 이사를 하는데도 그녀가 베를린으로 오지 않자 실망한 안드라스가 그렇게 말했다. —며칠만 시간 내서 새 사무실을 구경하는 게 안된다고! 그녀는 페터가 팩스로 보낸 임대차계약서에 서명했다. 임대차계약의 삼분의 일, 보증금의 삼분의 일, 비용의 삼분의 일로 그녀의 지분을 명시한 계약서였다. —안드라스는 자기한테 위임하는 게 어떻겠느냐고 제안했었지만 이자벨은 직접 서명하고 싶어했다. 결국 바르트부르크 가의 일을 걱정하면서 임대차계약서를 잘 살펴보고 모든 것을 꼼꼼히 챙긴 것은 한스였다. —충직한 한스. 앨리스테어가 억센 어조로 말했다. 그녀의 서랍에서 안드라스는 오래된 사진들, 알렉사가 찍은 사진들을 발견했다. —봉투에 넣어 어딘가 책들 사이에 놓아두었어. —알렉사가 찍은 사진들 말이니? —아니면 누가 그런 사진을 찍겠어? 이자벨이 초조하게 대답했다. 열쇠. 사진들. 사진들을 런던으로 보내달라고 부탁하지는 않을 거라고 생각하면서 그녀는 허공을 더듬었다. 야콥은 사무실에 있었다. 샤워를 했지만 그녀의 몸에서는 아직도 땀냄새가 풍겼다. 밤의 땀, 불안의 땀이었다. 그녀는 작정한 듯 열쇠꾸러미를 집어들고 거리로 나섰다. 짐이 저 앞에, 건설인부 두 명 앞에 서 있었다. 그들은 명령을 기다리듯 그를 주목하고 있었다. 둘 중 덩치가 작은 인부가 한발 한발 다가오는 이자벨을 보았다. 그러자 짐은 등뒤에서 무슨 일이 일어나고 있는지 확인하려고 몸을 돌렸다. 이자벨은 플라타너스 그늘 속으로 들어갔다가 다시 나왔다. 그녀 자신의 움직임이 아스팔트 위에 펼쳐지는 빛과 그림자의 유희, 바람이 훅 불어올 때마다 새로운 모습을 만들어내며 이전의 것은 사라지게 하는 유희의 일부인 듯했다. 그동안 짐은 그녀 쪽으로 완전히 몸을 돌렸고, 두 발을 넓게 벌린 채 서서 씩 웃으며 두 인부에게 뭐라고 말했고, 두 인부는 크게 웃어댔다. 되감는 영화장면에서처럼 그녀는 계속 걸어갔고, 그의 말에 순종하고 그의 포옹과 키스를 허락할 것임을 알았다. 그녀의 치마는 너무 짧았고, 바람이 그 아래로 지나가면서 치맛자락을 들어올렸다. 남자들이 다시 웃었고, 덩치가 작은 인부가 고개를 비스듬히 하고 몸을 숙이면서 치마 아래를 곁눈질했다. 마치 손으로 그녀를 만지는 느낌이었다. 분노가 치민 그녀는 당황해서 인부 쪽으로 두 걸음 빠르게 다가가 뺨을 갈겼고, 그 소리에 그녀도 깜짝 놀랐다. 그때 짐이 나는 듯이 다가와 뒤에서 그녀를 껴안았고, 다른 인부는 포복절도하며 웃었다. 따귀를 맞은 인부는 멍청하게 서서 따라 웃어야 할지 아니면 따져야 할지 몰라 머뭇거리고 있었다. ─좋아, 당신은 키스를 받아야 해! 짐은 그렇게 선언하며 이자벨의 입에서 신음소리가 새어나올 만큼 세게 그녀를 붙들었다. 그러고는 그녀의 허벅지 사이로 그의 오른쪽 다리를 밀어넣었다. 뺨을 맞은 인부가 다가오면서 만족한 듯 씩 웃었다. 그녀는 다시 분노가 치밀어 있는 힘을 다해 인부 쪽으로 다가가려 했지만, 짐이 그녀를 꽉 붙들고 있었다. ─그만둬. 그 여자는 네 깔치잖아. 다른 인부가 손짓하며 말했다. 짐은 잡았던 손을 느슨하게 풀면서 그녀의 가슴 위에 왼손을 얹었다. ─하지만 이 여자는 내가 시키는 대로 해야 돼. 짐은 그렇게 말하고 힘을 주어 그녀의 가슴을 주물렀다. 그러고는 그녀를 앞으로 살짝 밀어 구덩이의 가장자리에 서 있게 했다. 두 남자는 삽과 셔츠를 집어 들었고, 봉지에서 맥주 두 병을 꺼내 천천히 사라졌다. 짐은 그녀를 놓아주지 않고 그녀의 엉덩이를 주물렀다. 그녀는 아래를 내려다보고 있었다. 얕은 물에는 죽은 쥐 세 마리가 뻗어 있었다. 쥐들은 물만큼이나 더러웠고, 그 옆에는 배에서 창자가 쏟아져나온 고양이가 냄새를 풍기며 널브러져 있었다. 어두운 바닥에서 오로지 털만 반짝였다. 짐이 옆으로 다가가 그녀의 얼굴을 살폈다. 그러고는 기다란 막대기를 집어들고 고양이의 목덜미 아래로 밀어넣어 수면 위 십 센티미터 정도로 들어올렸다. 한쪽 눈에는 스며나온 피가 말라 있었다. 쥐들이 고양이의 배를 파먹기 시작했던 듯하다. 하지만 두개골이 으스러져 있는 게 선명하게 보였다. 그리고 누군가가 고양이를 파놓은 구덩이로, 얕은 물속으로 던져버린 게 분명했다. ─그들이 모래를 던져 모든 걸 덮어버릴 거야. 짐이 말했다. ─고양이에게 기도할 생각이 있다면 지금 해. 그는 운동화의 뾰족한 끝으로 쌓인 모래를 지겹다는 듯 천천히 후벼팠다. ─머리가 보여? 꽤 맞았어. 다른 곳에 며칠 동안 버려져 있었던 게 분명해. 안 그러면 쥐들이 놈을 오래전에 파먹었겠지. 바람이 혹 불자 그녀의 얼굴로 냄새가 밀려왔다. 나무에서 집비둘기 한마리가 날카롭고 공격적인 외마디소리를 내며 그들 옆의 아스팔트 위에 살짝 내려앉았다가 다시 날아올랐고, 기동훈련을 다시 반복했다. 그리고 이번에는 더 빨리 내려와 불운한 착륙을 했다. 짐이 막대기로 때리자 비둘기는 후다닥 다시 날아올랐다. 이번에는 거의 수직상승이었다. 이자벨은 구역질이 났다. 그는 그녀의 손에서 그녀의 손바닥처럼 따뜻하고 축축한 열쇠꾸러미를 빼앗아들었고, 열쇠고리에 손가락을 끼워 그녀의 얼굴 앞에 들이대고 절렁거렸다. ─며칠 후면 나는 사라져. 그녀는 구역질을 꾹 참으며 창백한 얼굴로 그 앞에 서 있었다. ─내가 꺼져버린다고. 알겠어? 그는 몸을 돌려 그녀의 집 출입문 쪽으로 걸어갔고, 제 열쇠를 찾아 문을 열었다. ─이리 와. 그는 무덤덤하게 말하고 문지방 쪽으로 걸어가다가 그녀가 오기를 기다렸다. 그는 야콥이 집에 없다는 걸 알고 있는 것 같았다. 설사 있더라도 야콥이 질 거라고 그녀는 생각했다. 안전하게만 살아왔던 그가 저항하지 않을 게 분명했다. 짐은 그들 뒤로 문이 저절로 닫히게 내버려두었다가 문을 잠그고는 열쇠를 주머니에 집어넣었다. 층계난간에는 야콥의 러닝셔츠가 하얀 깃발처럼 걸려 있었다. 이자벨은 두 손으로 난간을 꼭 붙들었다. ─겁쟁이 같은 놈. 짐은 별다른 이유도 없이 말했다. 전화벨이 울렸다. 짐은 받지 말고 그대로 있으라는 몸짓을 했다. 자동응답기가 돌아가기 시작했다. 그들 둘은 이자벨의 녹음된 목소리와 전화 건 사람의 숨소리에 귀를 기울였다. 안드라스라고 생각하고 그녀는 몸을 일으켰다. 그가 맞았다. 그는 자기 이름을 밝히고는 머뭇거렸다. ─쏘냐가 임신했어. 너한테 말하려고 했었는데. 그가 말했다. 이자벨의 눈에 눈물이 고였다. 짐은 호기심어린 눈으로 그녀를 살펴보다가 몸을 돌려 계단으로 올라갔다. 그리고 가장 위층 침실부터 아래로 내려오며 가구를 하나하나 훑어보았다. 아무것도 건드리지 않았다는 것을 보여주기라도 하듯 두 손을 바지주머니에 찔러넣은 채였다. 낯선 집을 방문한 부모님을 얌전하게 따라왔다가 지겹기도 하고 다른 사람들의 생활이 궁금하기도 해서 이리저리 살피는 아이 같았다. 그는 쓸데없는 일을 했다는 듯 언짢아 보였다. 그는 주머니에서 열쇠를 다시 꺼내 만지작거렸다.

그녀는 눈을 감았고 벽에 몸을 기대고는 그가 자기 쪽으로 오기를 기다렸다. 하지만 아무 일도 일어나지 않았다. 그녀의 눈앞에서 보라색 얼룩이 빙빙 돌다가 다시 사라졌다. 그러고 나서는 희미한 형상만 남았다. 빛의 흔적일 수는 있어도 더이상 빛은 아니었다. 몇분 동안만 나타나는 죽은 자의 영역, 망막에 비친 은밀한 지하세계였다. 죽은 쥐 세 마리, 죽은 고양이 한마리, 그리고 입속에서 느껴지는 털의 맛. 너무도 조용했다. 숨소리도 발소리도 들리지 않아 그녀는 짐을 보려고 눈을 떠야 했다.

—그건 당신 책임이야. 알아? 그가 말했다. 고양이 말이야. 그건 당신 책임이야. 그는 방들 사이에 있는 미닫이문 앞에 서 있었다. 그는 그녀를 보지도 않고 말을 이었다. —당신이 고양이를 창문턱에서 밀어버렸어. 기억나? 그는 어떤 소음도 가소롭다는 듯 조심스럽게 열쇠를 서랍장 위에 놓았다. —밤이라 보는 사람이 아무도 없을 거라고 생각했겠

지? 그는 갑자기 그녀에게로 눈길을 돌렸고, 증오심 반 호기심 반으로, 그녀의 위치와 입장을 자기가 정해야 한다는 듯 그녀를 빤히 쳐다보았다. —그래, 당신이 고양이를 아래로 밀어버리고는 창문을 닫았어. 당신은 아무것도 이해 못해. 당신은 세상일이 실제로 벌어지고 만다는 걸 몰라. 그건 흉터처럼 화끈거리는 거야. 우리가 아무것도 용서하지 않고, 결코 무엇인가를 용서하지 않는 것은, 그래봤자 변하는 게 아무것도 없기 때문이야. 우리가 딴 데로 몸을 돌려버리든 바로 쳐다보든 아무것도 변하지 않기 때문이야. 하지만 모든 것은 기록에 남아 있어. 본인이 알든 말든 상관없이 말이야. 내가 당신을 봤잖아.

—짐? 이자벨이 가느다란 목소리로 그를 불렀다. —당신 얼굴을 본 건 다행이야. 짐이 계속 말했다. 당신한테는 아무 일도 일어나지 않았고, 앞으로도 일어나지 않으리라고 사람들은 늘 생각하겠지. —짐? 그녀는 목소리를 가다듬으려고 애썼지만 소용없는 일이었다.

—좋아, 진정해. 그는 나가려고 몸을 돌리다가 문을 잠가놓았다는 생각이 났다. 그는 그녀를 다시 보면서 얼굴을 찌푸렸다. —당신 정말 예뻐. 그 여자 같아. 사람들은 당신 얼굴에서 아무것도 보지 못해. 모든 게 매끈하고 섬세해. —누구를 닮았다고, 짐? 내가 누구를 닮았다는 거야? 그는 대답하지 않았다. —짐? 나는 고양이한테 아무 짓도 하지 않았어. 그건 사고였어. 사고였을 뿐이야.

—그래, 고양이한테 아무 짓도 하지 않았어. 절대 아무

짓도 하지 않았어. 안 그래? 내가 원한다면 지금 당장 나랑 할 거지. 이유가 뭐야? 내가 멋있어서? 아니면 당신 남편이 당신한테 썹을 안해주는 거야? 당신은 남편을 속일 테지. 그러고는 아무 짓도 하지 않았다고 우길 거고. 안 그래? 나는 하고 싶은 생각이 털끝만큼도 없어. 그는 열쇠를 손에 쥐었다. —백 파운드만 내놓지.

그녀가 뚫어져라 그를 쳐다보았다. —그래. 짐이 씩 웃었다. 저기 돈이 있군. 하지만 직접 주지그래. 알았어? 작은 선물로.

전화벨이 울렸다. 그녀가 전화기 쪽으로 손을 뻗으려 하자 짐이 고개를 가로저었다. —안돼, 내 귀염둥이. 전화는 내버려두고 이리 와서 돈이나 줘. 그들은 다시 그녀의 녹음된 목소리를, 그리고 앨리스테어의 목소리를 들었다. —집에 들어오면 전화줘. 나중에 저녁이나 먹게. 그녀는 짐에게서 가능한 한 거리를 유지하려고 애쓰면서 서랍장 쪽으로 갔다. 이십 파운드짜리 지폐들이었다. 그녀는 전부 집어들었다. —세어봐. 짐이 명령했다. 나는 꼭 백이 필요해.

그녀는 세고 나서 그에게 돈을 내밀었다. 그는 기다리다가 돈을 받아들였다. —이별의 키스도 살짝 해주시지그래. 그의 입술은 차가웠다. 그가 손을 들어 그녀의 턱을 잡자, 그녀는 주춤 뒤로 물러났다. 하지만 그는 그녀의 뺨을 부드럽게 어루만지고, 주근깨가 있는 곳에서 잠시 멈추었다가 그 부분을 살짝 찔렀다. 그러고는 그녀를 놓아주었다. —당신한테 가르쳐주는 거야. 뭔가를 잊지 않는 법을 배웠다는 걸 알게 될 거야. 그러고 나서 그는 열쇠를 그대로 꽂아놓은 채 집에서 나갔다.

33

폴리는 돌아오지 않았다. —식충이 녀석. 아버지가 무덤덤하게 말했다. 없어지니 훨씬 낫군. 쎄러는 소파에 몸을 바싹 붙이고 얼굴을 덮개에 기댄 채 호랑이에게 속삭였다. —그만 낑낑거려! 아이는 불시에 얻어맞았지만, 쿠션이 충격을 흡수했기 때문에 많이 아프지는 않았다. —빌어먹을 것들, 둘 다 종일 통곡이야! 아이의 엄마는 아빠가 그렇게 말하자 자리에서 일어나 부엌으로 갔다. 그녀는 이따금 집 밖으로 나갔고, 그러면 그도 뒤따라나갔다. 뒤따라 달려나가면서 고래고래 소리를 질렀다. 그러고는 둘 다 돌아오지 않았고, 다음날 혹은 이틀이 지나서야 돌아왔다. 엄마는 데이브가 돌아오지 않았는지부터 물었다. 그러자 쎄러는 거짓말을 했다. 오빠는 그동안에 왔다갔어요. 폴리를 찾으면 다시 올 거라고 했어요. 그러자 아빠는 빈정거리며 웃었고, 폴리가 그사이에 왔었는지 그리고 데이브가 찾을 것 같느냐고 물었다. —내 덕택에 둘 다 학교에 가지 않아도 되는 거야.

그가 말했고, 엄마는 부엌으로 가서 울었다. 그리고 쎄러는 소파 뒤로 기어갔다.

아이는 다시 밤마다 오줌을 지렸다. 하지만 데이브가 오지 않았기 때문에 누구도 알아차리지 못했다. 엄마는 냄새가 난다며 창문을 활짝 열고는 욕을 하기 시작했다. 젠장, 매트리스를 던져버려야겠어. 엄마가 그렇게 불평을 늘어놓으면 아빠는 당황해하며 엄마를 빤히 쳐다보았다. ─새 매트리스라고? 아이를 위해서? 얘가 자라지 않는다는 걸 몰라? 애는 자라지 않아. 그는 고래고래 소리 지르면서 쎄러를 소파 뒤에서 끌어냈다. ─이걸 봐. 그는 아이의 팔을 당겨 꽉 잡았다. ─그래도 자란다고 우길 거야? 알아, 애가 내 새끼인지 점점 더 의심이 들어. 네 눈깔로 똑똑히 봐. 쥐덫에 미끼로나 쓸 수 있을까. 새 매트리스라니! 나는 내 인생이 이럴 줄 몰랐어. 이년은 침대에 오줌이나 싸대지. 그게 전부야. 그리고 너희가 엄청 처먹인 고양이는 어디 있는 거야? 심근경색이라도 걸려 뒈졌나, 아니야?

이따금 그는 말없이 서서 재떨이 말고는 아무것도 없는, 깨끗이 청소된 탁자를 멍하니 바라보았다. 반들반들하게 닦인 갈색 나무는 결이 선명했다. 직선들과 만곡선들이 뿔뿔이 흩어지는가 하면 다시 서로 겹쳤고, 그 사이사이에 옹이구멍들이 있었다. 쎄러가 탁자를 닦아냈고, 옹이구멍 하나하나를 손수건으로 문질러 닦았지만, 그는 그것을 보지 않고 빈 탁자만 보았다. 그 탁자를 앞에 두고 엄마와 그 그리고 데이브와 쎄러가 앉았고, 폴리도 그르렁거리고 떼를 쓰면서 그들의 발에 몸을 비벼댔다. ─지옥행이야. 그는 종종 그 말을 내뱉었다. 쎄러는 그 말이 무슨 뜻인지 데이브에게 물어보려고 했으나 데이브는 돌아오지 않았다. ─우리가 이 년 전에 어떻게 이사왔는지 알기는 하니? 엄마가 부엌에서 물었다. 그녀는 담배를 피웠다. 그녀는 재를 바닥에 떨었다. 사방에 작은 먼지들이 낙하산이라도 멘 것처럼 둥둥 떠다녔다. 왕자들을 찾는 공주들이었다. ─네 인형들과 마찬가지야. 더 작긴 하지만. 데이브가 그렇게 설명해주었었다. 그것들은 사뿐하게 내려앉아. 거대하고 푸른 하늘에서 떨어지는 것처럼. 알겠어? 하지만 쎄러의 눈에는 이제 그것들이 보이지 않았다. 담뱃재가 바닥에 떨어졌다. 아이는 담배에서 올라오는 연기를 쳐다보았다. ─폴리는 어디 있니? 엄마가 물었다.

그 여자는 아이에게 재킷을 걸쳐주고는 다시 가져가지 않았다. 쎄러가 알고 있는 그 어떤 옷보다 부드러운 청색 털 재킷이었다. 아이는 소파 뒤에 숨어 있었다. 소파 뒤에 그리고 호피무늬가 있는 덮개 아래. 아무도 찾지 않는 곳이었다. ─쎄러! 엄마가 불렀다. 폴리는 돌아오지 않았니? 그 여자가 고양이를 정원 건너편으로 데려간 다음에 폴리는 두 번인가 세 번인가 돌아왔다. 그러고는 다시 돌아오지 않았다. 아빠는 고개를 설레설레 흔들었고, 빈 탁자를 보고 있었다. 그와 엄마와 데이브와 쎄러, 그리고 탁자 아래의 고양이. ─빌어먹을. 그가 소리를 지르면서 탁자를 내리쳤다. 밥벌이할 게 이제 더 없단 말이야?

―잘 봐. 데이브가 아이에게 말했다. 아빠가 저 표정을 지으면 곧 이 말 저 말 늘어놓기 시작하는 거야. 오분 동안이나 계속 그러다가 자제력을 잃고 마는 거야. 알겠어? 그러고 나서 데이브는 아이의 손을 잡고 침실로 데려다주었다. 그러나 이제 그는 없었다. 아이는 소파 뒤로 비집고 들어가 재킷을 더듬어 찾았다. 폴리를 돌아오게 하려면 재킷을 그 여자에게 돌려주어야 할 것 같았다. 재킷은 그 여자 것이고, 또 대개 뭔가를 주면 다른 것을 얻기 마련이다. 데이브가 말해준 대로, 아이가 아빠를 화나게 했으면 뭔가 보상해주어야 하는 것처럼 보상해주면 될 일이다. 그러나 폴리의 경우는 다르다는 걸 아이는 알고 있었다. 자기 책임이었다. 책임. 왜냐하면 자기가 폴리를 때렸기 때문이었다. 자기가 착하지 않고 자라지 않기 때문이었다. 소파 아래 구겨서 숨겨놓은 재킷도 더러워져 있었다. 자기가 그것을 빨고 씹었기 때문이다. 그 여자가 자기를, 정원에서 말과 기다란 창과 꼬챙이를 가지고 노는 자기를 보았기 때문이었다. 이전에는 데이브와 함께 놀면서 호랑이를 창으로 죽이기도 했다. ―정확하게 눈을 찔러. 그래야 죽어. 데이브가 아이에게 말했다. ―나는 용만 죽이려고 했어. 아이가 속삭였다. 아이는 데이브에게 사실을 말해야 했고, 그 여자에게 사실을 말하고 재킷을 돌려주어야 했다. ―얘가 또 소파 뒤에 있어! 아빠가 고래고래 소리를 질렀다. 제발 애 좀 잘 보면 안되겠어? 뼈빠지게 힘든데도 애를 원한 건 당신이잖아. 아빠가 고함을 질렀다. 그리고 아이를 소파 뒤에서 끌어냈다. ―꺼져버려.

알겠어? 아이는 방으로 뛰어들어갔다. 데이브가 폴리를 살려서 데려올 거라고 아이는 생각했다. 고양이는 죽었어. 그래서 돌아오지 않는 거야. 하지만 데이브가 폴리를 살려낼 거야. ─그놈은 자기 꼴을 알아야 해. 아이는 아버지의 말을 들었다. 우리한테 빌붙어 살았잖아. 충분히 거들어줄 나이가 됐는데도 말이야. 그러고도 도망을 가?

이리 와, 작은 고양이. 데이브가 아이에게 속삭였다. 아이는 그의 베개에 얼굴을 묻었다. 이리 와! 그러나 그는 폴리를 보고도 고개를 돌리고 가버렸다.

다음날 아침 아이는 고개를 돌리고 귀를 기울였다. 침대가 젖어 있었다. 아이는 젖은 부분 위로 모포를 끌어당겨 몸을 감쌌다. 지금은 거기에 아무도 없었다. 거리에서 종소리가 들려왔다. 손수레를 끄는 남자가 집 앞을 지나가면서 소리쳤다. 아이는 재빨리 창가로 달려가 그가 종을 찌릉찌릉 울리는 것을 보았다. 하지만 그는 아이를 향해 소리치지 않았다. 수레는 비어 있었고, 그는 아이에게 눈짓을 보내지도 않았고, 아이를 올려다보지도 않았다. 아이가 방으로 돌아가 이제는 가지고 놀지 않는 인형을 가지고 와서, 뒤꿈치를 힘껏 들어올려 창에다 올려놓고, 자기가 여기 있다는 것을 그에게 알리려고 인형을 잡고 흔들었는데도 그는 올려다보지 않았다. 그가 울타리에다 찔러놓았던 인형을 흔들어, 자신이 폴리를 찾고 있다는 것을 알리려 했지만 허사였다. 그는 아이 쪽을 보지 않았고, 몸을 숙여 두 손으로 수레의 손잡이를 잡고 밀면서 문제의 현장으로 거의 다가갔다. 그때 버스 한대가 다가왔다. 운전수가 발판을 내리고 노인들을 태웠다. 그리고 건너편을 향해 벨을 울렸다. 건너편에 있던 한 남자가 나이 많은 여자를 재빨리 데리고 와 버스로 끌어올렸다. 버스는 다시 출발했다. 종소리는 이제 훨씬 먼 곳에서 나직하게 찌르렁거리며 들려왔다.

오후에 아이들이 담장을 기어올라 정원으로 들어왔다. 아이들은 베란다 문 앞으로 와서 얼굴을 유리창에 갖다대고는 인상을 찡그렸다. 쎄러는 의자 뒤로 머리를 숙였다. 아이들은 정원에서 뭔가를 찾았고, 한 아이는 물통을 머리 위에 얹고는 균형을 잡았다. 다른 아이들은 동그랗게 원을 그리고 서서 박수를 쳤다. 그러고는 담장 쪽으로 달려가 기어올라, 폴리를 데려갔던 여자가 사는 옆집 정원으로 넘어갔다.

다음날, 빵도 다 먹어버렸고 우유도 다 마시고 없었다. 쎄러는 아직도 바닥에서 잠들어 있었다. 마침내 깨어난 아이는 눈을 깜박이며 베란다 문을 통해 비치는 해를 쳐다보았다. 다시 먼지가 보였다. 먼지는 햇살 속에서 천천히 미끄러지며 아래로 아래로 내려갔다. 소리도 없이 둥실둥실 떠다녔다. 더는 춤추지 않고 바닥으로 미끄러져내렸다. 먼지들은 마치 죽은 것 같았다. 왕자가 오지 않아 공주들이 죽은 것 같았다. 아이는 소파 아래서 재킷을 꺼내 이리저리 흔들어 털고는 바닥에 펼쳤다. 소매도 쭉 펼쳐놓았다. 반짝이는 청색. 아이는 그 위를 조심스럽게 쓰다듬었다. ─중요한 것들은 사라지지 않는다고, 그것들은 다시 나타난다고 데이브가 말했다. 하지만 그렇게 말하는 그는 슬퍼 보였다. 아이는 재킷을 들어올려 걸어나갔다. 재킷이 바닥에 끌려서 아이는 손을 더 높이 들어야 했다.

아이가 나가자 문이 철커덕 잠겼다. 아이는 머뭇거리며 작은 문을 통과한 후 보도 위에 멈추어서서 두 손으로 재킷을 받쳐든 채 이웃집 쪽을 쳐다보았다. 노란 배낭을 멘 남자가 지나가면서 아이에게 미소를 보냈다. 길모퉁이에서 아이들이 놀고 있었고, 아이들이 외치는 소리가 들리자 쎄러는 자동차 쪽으로 몸을 바싹 붙였다. 그 순간 아이는 이층 창문 뒤에서 폴리의 모습을 보았다고 생각했다. 하지만 그건 흰색 물건이었다. 아이가 아무리 올려다보아도 그것은 움직이지 않았다. 자세히 보니 흰 꽃이었다. ─뭘 그리 쳐다보는 거니? 한 남자가 친절하게 물었다. 쎄러는 재킷을 자기 쪽으로 바싹 당기면서 말했다. ─오빠를, 오빠를 기다리고 있어요. 나를 데리러 온다고 했거든요.

나중에 한 사람이 지나가자 아이는 자동차와 나무둥치 사이에 몸을 숨겼다. 이윽고 밤이 되었다. 다른 집들은 모두 환하게 불을 켰지만, 아이의 집과 폴리를 데려갔던 여자의 집만은 어두웠다. 아이는 아빠 엄마가 집으로 돌아와 불을 켜주었으면 하고 바랐다. 그래야만 그 집에서 네 사람이 다시는 함께 살지 못하는 것처럼 보이지 않을 것이기 때문이었다. 아이는 창문들을 바라보았다. 마르타 아주머니가 살다가 돌아가신 곳이었다. 그러고 나서 엄마와 아빠, 데이브와 폴리가 이사를 왔고, 또 데이브는 떠나고 없었다. 데이브가 아이에게 설명해주었다. 어른들은 죽지만, 아이들은 죽지 않는다고. 그리고 중요한 것들은 다시 발견되고 다시 나타난다고. 하지만 이제는 너무 늦었다. 아이는 쎄러, 하고 자기 이름을 나직하게 불렀고, 이어서 나직하게 폴리, 하고 불렀다. 폴리와 쎄러. 아이는 뱀처럼 얼룩덜룩한 나무등치 옆에 쪼그리고 앉았다. 아이는 추웠지만 재킷을 입지 않았다. 그 여자가 올지도 모르기 때문이다. 아이는 잠이 들어 그 여자를 놓칠까봐 두려웠다. 아이는 번갈아가며 쎄러, 폴리 하고 이름을 중얼거렸다. 폴리는 가버렸기 때문에 다시는 볼 수 없을 것 같았다. 추웠다. 아이는 일어나서 소리치기 시작했다. 그때 뒤에서 두 손이 아이의 어깨를 붙들었고, 아이는 비명을 질렀다.

그는 친절했다. 아이와 데이브에게 감자튀김 큰 봉지를 사주었다. 데이브가 아이에게 짐은 자기 친구라고 했었다. 여기서 뭐 하냐고 그가 물었고 또 겁낼 필요없다고 말했다. 그는 모든 것을 알고 있었다. 그는 데이브가 다시 돌아오지 않았고, 폴리가 사라졌으며, 그 여자가 폴리를 데려간 것을 알고 있었다. 그는 고개를 끄덕이며 재킷을 받아들고는 도와주겠다고 말했다. 그는 재킷을 한참 바라보다가 냄새를 맡고는 씩 웃었다. 그러고는 아이의 손을 꼭 잡고 집과는 반대방향으로 거리를 따라 내려갔다. ─그런데 폴리는요, 폴리는 저기 안에 있어요. 아이가 말했다. 그는 아이를 데리고 계속 걸어갔다. 아스햄 로를 지나 거리를 따라 아래쪽으로 내려갔다. 아이는 그를 속였기 때문에 불안했다. 아이는 자기가 막대기를 들고 정원에 있었다는 이야기를 하려 했지만 그럴 수 없었다. 그는 아무것도 알지 못했고, 아이는 그가 물어보기를 간절하게 바랐다. ―작은 고양이. 데이브가 말했다. 네가 사실대로 말하지 않으면 나는 언제나 눈치채거든. 하지만 짐은 아무것도 알아차리지 못했다. 어쩌면 그도 사실대로 말하지 않았는지도 모른다. 그는 아이를 꼭 붙들었다. 그는 아이를 어떤 집으로 데려갔고, 몇계단 내려가 문을 열었다. ―네 오빠가 틀림없이 여기로 올 거야. 가끔 자려고 여기로 오거든. 그가 말했다. 어쩌면 나중에 올지도 몰라. 그러고는 아이를 어두운 방으로 밀어넣고, 안으로 들어오며 문을 닫았다.

34

　그녀가 벨을 울리기도 전에 기다리고 있었다는 듯 앨리스테어가 사무실 문을 열어주었다. ─모든 것은 우리의 조그마한 머릿속 관념일 뿐이야. 그가 뜬금없이 말했다. 우리의 작은 삶은 잠으로 둘러싸여 있어. 그는 이자벨과 함께 밖으로 나가 끝이 뾰족한 철봉들에 몸을 기대고 섰다. 안에는 자전거 한대가 묶여 있었다. ─벤섬이 오늘 나보고 같이 산책하자고 했어. 최근에는 대개 야콥이랑 했는데 말이야. 그는 우울했어. 드문 일은 아니지. 그는 야콥한테만은 늘 명랑했어. 그를 아끼기라도 하듯이 말이야. 누가 알겠어. 우리는 리젠트 공원으로 갔어. 보통 가는 길이지. 길에 사람이 그리 많지는 않았어. 날씨가 차고 구름도 끼고 공원도 끔찍해 보였기 때문이야. 정말 바싹 말라 있더군. 작은 원형화단에서 멀지 않은 잔디밭에서 한 여자가 슬로모션으로 달리고 있었어. 두 손은 기이하면서도 상당히 우아하게 움직였는데, 한걸음 한걸음 딛기 전에 허공을 더듬더군. 인간들이 하는 짓이 너무 빠르다는 걸 암시하듯이 말이야. 보고 있자니 쌍둥이 탑을 찍은 사진들에 나오는 슬로모션이 생각나더군. 너도 기억하지? 사람들이 창에서 추락하는 장면 말이야.

이자벨은 얇은 가죽재킷을 더 단단히 여미면서 팔짱을 끼었다. ─추워? 앨리스테어가 물었다. 야콥은 곧 내려올 거야. 무슨 일 있어? 그는 놀라서 정색하고 그녀를 살폈다. 네 얼굴이 완전히 변했어. 그는 고개를 숙여 그녀의 입에 키스했고, 그녀의 어깨를 붙들고는 계속 키스를 했다. 그때 야콥이 나타났다. 그는 후다닥 그녀에게서 떨어졌고, 야콥 쪽으로 고개를 돌렸다. ─네 허락을 받은 거라고 생각했어. 그의 눈에 조롱이 감돌았다. 이자벨은 그의 눈길에 마음속이 써늘해지는 느낌이었다. 자신과 짐에 관한 일을 전부 알고 있고, 그녀에게 심판을 내린 것처럼 느껴졌다. 그는 그녀를 한번 쳐다보고는 야콥 쪽으로 밀었다. 그녀는 다시 자신의 어깨를 잡는 두 손을 느꼈고, 입술에는 이제 다른 입술이 포개졌다. 하지만 그녀는 아무 느낌도 없었다. 그녀는 뒤로 한걸음 물러서서 두 사람을 살피며 얼굴을 훔쳤다. 앨리스테어가 씩 웃으면서 야콥 옆에 서서 그에게 몸을 기댔다. 그들은 서로 더 밀착했다. 혼자 된 이자벨은 그 순간 길모퉁이에서 오토바이가 미친 듯이 달려오자 깜짝 놀랐다. 오토바이는 굉음을 지르며 더 속도를 내 달렸다. 그 뒤로 경찰차가 쫓아오고 있었고, 무기 같은 것을 든 경찰이 조수석 차창 밖으로 몸을 내밀고 있었다. 앨리스테어는 팔로 야콥을 감싸 안고 있었다. 검은색 리무진이 급정거를 했다가 다시 출발했다. 마치 명령이라도 받은 듯 두 남자가 이자벨 쪽으로 눈길을 돌렸다. 뭔가를 기다리고 탐색하는 듯한 눈초리였다. 그녀는 건물 쪽을 보면서 벤섬이나 모드 부인을 보았으면 했다. 무슨 일이 일어나고 있는지 그녀에게 신호를 보내고 설명해줄 누군가가 필요했다. 그러나 건물은 텅 비어 있는 것 같았고, 대개 크레이폴 씨가 열어놓고 있는 창문들조차 닫혀 있었다. 다시 싸이렌 소리가 윙윙거렸다. 이번에는 더 먼 곳이었다. 그리고 다시 두번째로 들렸다가, 세번째 싸이렌이 이어졌다. —젠장, 무슨 일이야? 앨리스테어가 일어나면서 팔을 내렸다. 싸이렌 소리가 다시 윙윙거렸다. —그레이트 포틀랜드 가 근처인 것 같아. 앨리스테어가 말했다. 그러고는 주머니에서 휴대폰을 꺼내 번호를 눌렀다. —앤서니, 어디 있니? 전철 안이야? 그레이트 포틀랜드 가? 그가 귀를 기울였다. —그래, 그래, 좋아. 무슨 일이 일어났는지 알고 싶어서 그랬어. 온통 싸이렌 소리거든. —무슨 일이야? 야콥이 놀라서 물었다. —모르겠어. 앨리스테어가 휴대폰을 다시 주머니에 집어넣고는 씩 웃었다. —너희 헬리콥터 소리 들리지? 야콥과 이자벨은 고개를 들고 올려다보았다. 아무것도 아니라고 이자벨은 생각했다. 하지만 그때 지붕들 위로 헬리콥터가 나타나 요란한 소리를 내며 위협적으로 공중을 맴돌았다. —구급차들이야. 앨리스테어가 말했다. 벤섬이 말했어. 외무부에 근무하는 친구가 영국 병사들이 이라크에서 고문을 하고 있다는 정보를 가지고 있다고 말이야. 그들이 실수로 사람들을 쏘아죽이기도 했다는군. 그들은 그것을 비합법적인 살인이라고 부른대. 여덟살짜리 소녀도 죽었다는군. ─정보를 가지고 있다는 말이 무슨 뜻이지? 야콥이 물었다. 보고서가 있는 모양이야. 앨리스테어가 말했다. 심지어 사진도 있고. 벤섬은 그 일에 노발대발했어. 저런, 그들이 고문하지 않는다는 걸 누가 믿겠어요? 미국인들도 영국인들도 마찬가지입니다. 내가 그에게 말했어. 벤섬은 놀라면서 낙담하더군. ─나한테는 아무 말도 안했는데. 야콥이 중얼거렸다. 이자벨이 그를 빤히 쳐다보았다. ─야콥? 그녀가 불렀지만 그는 그녀의 말을 듣지 않았다. 헬리콥터는 공중에서 선회하다가 고도를 높인 후 급커브를 돌며 남쪽으로 날아갔다. ─너희 무슨 이야기를 하는 거야? 그녀가 열을 내며 물었다. 무언가가 덜커덩하는 소리가 났다. 크레이폴이 창문들을 밀어올려 여는 소리였다. 이자벨은 그에게 눈짓을 보내려고 했으나, 그는 그들이 있는 아래쪽을 내려다보지 않았다. 그녀는 이제 조용해진 거리 쪽으로 고개를 돌렸다. 싸이렌 소리도 들리지 않았다. ─언젠가는 여기 있는 우리도 당할지 몰라. 앨리스테어가 말했다. 우리만 안식을 누리라는 법은 없는 거 아니겠어? 이자벨은 자기 안에 한없이 가라앉아 있는 야콥을 바라보았다. 그는 왜 아무런 시도도 하지 않는 걸까? 이자벨은 생각했다. 왜 방어도 하지 않지? 그녀는 그가 무언가와 싸우고 있다고 느꼈다. 그는 그녀가 어떻게 지내는지 묻지 않았고, 그녀를 잊어버린 것 같았다. ─이게 뭐야, 우리가 여기 너무 멍청하게 서 있잖아. 앨리스테어가 심술궂은 목소리로 말했다.

—나는 집에 가고 싶어. 야콥이 조용히 말했다. 그리고 격자 울타리에서 몸을 떼고 잠시 머뭇거리더니 뒤도 돌아보지 않고 걸어갔다. 이자벨과 앨리스테어는 움직이지 않고 그 자리에 서 있었다. —무슨 일이야? 이자벨이 힘없이 물었고, 자기가 눈물을 참고 있다는 걸 느꼈다. —무슨 일이냐니까?

　—너도 그걸 알아야 해. 앨리스테어가 대답했다.

　—벤섬이 어쩌고저쩌고 하는 이야기는 뭐야? 너희하고 무슨 상관이야? 사진들하고 그밖의 일들 말이야.

　—우리하고 무슨 상관이냐고? 영국인들이 이라크에서 사람들을 고문하고 아이들을 쏘아죽이는데도? 앨리스테어가 어깨를 으쓱했다. —아마 아무 일도 아니겠지. 우리는 잘 지내고 있으니까. 그는 이자벨을 보고 씩 웃었다. 차갑고 냉소적인 웃음이었다. —그 때문에 그런 건 아니야. 이자벨이 말했다.

　—그럴 수도 있겠지. 앨리스테어가 말했다. 자, 우리 술이나 마시러 가자. 야콥도 마음을 진정시킬 시간이 필요하니까. 그런데 너희는 싸우지도 않아?

　이자벨이 고개를 가로저었다. —우리는 싸우지 않아. 야콥은 이미 길모퉁이를 돌아서고 있었다. 그녀는 그가 집으로 가지 않을 거라고 생각했다. 아마 그는 어디로 가야 할지 모를 거야. —우리가 무슨 일로 싸워야 하는 거야? 앨리스테어가 그녀 쪽으로 다가가 그녀의 얼굴을 두 손으로 잡았다. —왜 그렇게 생각하지? 그가 물었다. 머릿속으로 도대체 무슨 생각을 하는 거니?

야콥은 두 시간 동안 캠던을 돌아다녔다. 미리엄이 사는 거리를 다시 찾아가볼 생각으로 돌아다녔지만 허탕만 치고, 결국 사무실로 돌아왔다. 크레이폴 씨는 아직도 도서실에서 서가의 책들을 다른 서가로 옮기고 있었고, 다른 사람은 아무도 없었다. 앨리스테어와 이자벨은 흔적도 없었다. 야콥은 앨리스테어의 휴대폰으로 전화를 걸어볼까 생각하다가 그러지 않기로 마음먹었다. 아무 일도 일어나지 않았다고 생각했지만 마음이 불안한 건 어쩔 수 없었다. 그의 책상 위에는 모드 부인이 남긴 메모가 있었다. 밀러 씨가 전화를 했고, 전화를 부탁한다는 내용이었다. 그 아래 있는 두번째 메모는 벤섬이 남긴 것이었다. 우리 베를린으로 갑시다. 짧은 여행이 나한테는 좋은 영향을 미칠 것 같소. 슈라이버도 대환영이고. 당신도 좋다면 내일 열한시에 히드로 공항에서 출발합시다. 아니라면 집으로 잠시 전화를 주시오. 당신의 부인이 동행을 원할 때를 대비해서 비행기표는 세 장을 예약해놓았소.

야콥은 메모지를 손에 들고 조심스럽게 접었다. 그는 벤섬이 바로 코앞에 있기라도 한 듯 그의 모습을 또렷이 보았다. 그러고는 여행에 필요한 서류들을 챙겼다.

이자벨은 자정이 되어서야 들어왔다. 그녀는 취기를 풍기며 그의 목에 매달렸고 그가 어디 있었는지는 묻지 않았다. 그가 내일 벤섬과 같이 비행기편으로 베를린에 가려고 한다고 하자 그녀는 놀라는 것 같았다. 그녀는 부엌으로 들어가 적포도주 한잔을 가지고 왔다. ─얼마나 걸리는데? 야콥이 머뭇거렸다. ─그저 이삼일 정도야. 그녀의 얼굴은 작아 보였다. ─바로 내일 아침에? 그녀가 물었다.

그녀는 침대로 가서 곧장 잠들었다. 그는 그녀의 어깨를 덮고 있는 모포를 쓰다듬었다. 그녀의 숨결은 평온했다. 그는 그녀에게 같이 가지 않겠느냐고 물어보지 않은 게 부끄러웠다. 상의 두 벌과 내의는 이미 꾸려두었다.

아침에 그가 일어났을 때도 그녀는 여전히 잠들어 있었다. 그는 그녀를 깨울까 망설이다가 나중에 전화하겠다는 간단한 메모를 남기고 그녀의 작업실에 있는 서랍장 위에 돈을 올려놓고는─접시에는 이십 파운드짜리 한장뿐이었다─집을 나섰다. 도둑 같다는 생각도 들었지만, 막상 전철을 타자 긴장되고 행복해졌다. 그는 테겔 공항에 착륙하자마자 이자벨에게 전화할 생각이었다.

35

―나도 모르겠어. 그녀가 말했다. ―어떻게 지내는지 왜 모른다는 거야? 안드라스가 초조하게 묻자 그녀는 아무 대답도 하지 않았다. 전화선에서 쏴쏴거리는 소리가 들렸다. 그것을 실제 전화선이 아니라, 그들을 어떤 식으로든 연결해주는 가늘면서도 견고한 무엇이라고 상상하기는 어려웠다. 안드라스는 고개를 돌렸고, 바깥은 이미 가을 날씨라 추웠지만 창문을 열었다. 그러고는 자신과 마그다의 간격을 더욱더 벌리려는 듯 밖으로 몸을 조금 내밀었다. 그는 전화기가 떨어지지 않도록 꼭 잡았고, 이자벨이 아무 말도 하지 않기 때문에 그녀의 침묵이 자기 손 안에 있다는 생각이 들었다. 그는 전화기를 창밖으로 가능한 한 멀리 내민 채 들고 있었다. 그녀는 아무 말도 하지 않았다. 텔레비전 송신탑과 햇볕 아래 창백하게 점멸을 반복하는 광고판들을 관찰하다가 그는 몸을 돌려 마그다가 앉아 있는 탁자 쪽으로 걸어갔다. 그러고는 연필을 들고 종이에다 썼다. 아직도 나를 원한다

면 너한테 갈게. 마그다는 미소를 지었고, 그의 손을 살짝 만지고 침실로 갔다. ―이자벨, 무슨 일이야? 그가 다시 한번 물었다. 그녀는 여전히 아무 말도 하지 않았다. 그는 그녀가 짐승처럼 얕고 긁어대듯이 호흡하는 소리를 들었다. 그는 우리 안에서 왔다갔다하는 짐승 같다는 생각이 들었고, 그 때문에 화가 났다. ―안드라스, 나 있는 데로 와줄 수 있어? 그는 자기가 들고 있는 전화기가 젖은 것을 느꼈다. 세 달만 더 일찍 말했더라면. 그는 찌르는 듯한 고통을 느꼈다. 세 달만 더 일찍 말했더라면 밤에라도 당장 사무실로 달려가 비행기를 예약할 텐데. ―안드라스, 와줄 수 있어? 이자벨이 말했다.

　　―무슨 일 있어? 그가 물었다. 안 좋은 일이 있구나? 그녀의 호흡이 멈추었고, 일순간 세상은 너무나 고요했다. 침실에서 뭔가 바스락거리는 소리가 났다. 마그다가 책을 들고 누워 그가 통화를 끝낼 때까지 기다리는 것 같았다. 다락방에서 발소리가 들려왔다. 불쌍한 슈미트 씨. 안드라스는 생각했다. 내가 이사를 나가고 소유주들이 재개발을 시작하면 그는 어떻게 될까? 그는 다시 창가로 갔다가 밖을 쳐다보지 않고 몸을 돌려 쏘피 고모와 야노스 고모부가 물려준 오래된 소파를 보았다. 붉은 소파 기억나? 그는 그렇게 물어보려다가 그만두었다. 그녀도 그가 오지 않을 것을 알고 있었다. 너무 늦었다고 그는 생각했다. 하지만 그건 올바른 표현이 아니었다. 왜냐하면 시간과 그 안에서 일어난 일은 같지 않기 때문이고, 또 시간은 불규칙하게 흘러가려고 해도 결

국 거슬러올라갈 수 있는 선(線)이 아니기 때문이다. 시간은 아무것도 묶어놓지 않는다고 그는 생각했다. 또한 시간은 아무것도 잘게 조각내지 못하는 것이다. 아무것도 묶지 못하고, 아무것도 조각내지 못한 채, 우리는 다만 참아야 하는 것이다. 이자벨과 그를 묶어놓은 것도 결국 소파와 꼭 마찬가지로 낡고 더는 쓰지 않는 물건이 되어버리는 것이다. 거기에 아무리 많은 기억이 연결되어 있더라도 소용없었다.

─그럴 수 없어. 그가 말했다. 아니, 입장을 바꾸었다. 그럴 수 없어, 이자벨. 지금은 런던으로 갈 수 없어. 그녀는 침묵했다가 웃었다. 친숙하고 사랑스러운 목소리로 다시 한번 웃었다. 가방을 멘 여학생의 목소리라고 그는 생각했다. 붉은 치마를 입고 달리는 소녀가 눈앞에 선했다. ─스케치는 많이 해? 그가 그녀의 웃음을 가로막았다. ─넌 다시 그림을 그리니? 그녀가 되물었다. 그녀의 목소리에는 불안하면서도 날카로운 뭔가가 들어 있었다. ─나는 마그다한테 갈 거야. 그가 말했다. 나는 아마도 그 여자 집에서 다시 그림을 그릴 거야.

─그래서 안 오는 거니?

안드라스는 심장에 찌릿한 통증을 느꼈다. ─쏘냐가 정말 임신했니? 이자벨이 물었다. 너희는 포츠담 가로 이사하고, 너는 마그다가 있는 곳으로, 샤를로텐부르크로 이사했다고? 이제 더는 옛날로 돌아갈 수 없게 되었구나. 그녀가 말했다. 그러고는 둘 다 전화기를 내려놓았다.

마그다는 잠들어 있었다. 그는 조심스럽게 모포를 덮어

주고, 메모를 남기고 밖으로 나갔다. 토어 가에는 거의 인적이 없었다. 그는 야콥에게 전화해야겠다고 생각했다. 그 순간 자동차 한 대가 갑자기 튀어나오면서 경적을 울리는 바람에 그는 보도로 펄쩍 뛰어오르며 비틀거렸다. 넘어지면서 두 손으로 몸을 지탱한 덕에 얼굴은 상하지 않았다. 그러나 무릎이 깨지고, 두 손바닥 볼록한 부분의 피부가 벗겨져 화끈거렸다. 놀라기보다는 당황해서 주저앉았다. 찢어진 옷 사이로 무릎이 보였다. 뾰족한 돌이나 유리조각 같은 것 위로 넘어진 것 같았고, 삼 센티미터쯤 되는 상처에서 피가 솟아나왔다. 피는 고였다 다시 천 아래서 정강이뼈를 따라 흘렀다. 그는 재킷 주머니에서 손수건을 찾았으나 없었고 그대로 앉아 피가 멎을 때까지 기다렸다. 그리 오래 걸리지 않았다. 조심스럽게 일어나는 순간 눈에 눈물이 고였다. 그는 화가 나서 고개를 좌우로 흔들었다. 하지만 그는 울었고 자신을 마음껏 비웃어야 했다. 절뚝거리고 웃고 온통 눈물범벅이 되어 거리를 가로질러 코리너 가로 올라가는 동안 그의 심장은 불안하게 두근거렸다.

마그다가 막 깨어났다. 놀란 눈을 크게 뜨고 그를 쳐다보았고, 두 손을 조심스럽게 잡고 욕실로 데려갔다. —소독제 없어? 그녀가 물었다. 그가 말을 할 수 없어 고개를 가로젓자 그녀는 미지근한 물로 조심스럽게 상처를 씻어주었다. —바지는 버려야겠어. 그녀가 그 앞에 무릎을 꿇고 앉은 채 다짐하듯 말했다. —불쌍한 사람. 그녀는 그를 침대로 데려가 모포를 덮어주었다.

초저녁 무렵 그는 마그다가 일어나 살그머니 밖으로 나가는 낌새를 알아차렸다. 그러고는 다시 잠들었다. 잠에서 깨어난 그는 부엌에 크루아쌍과 신선한 우유가 있고, 사용하지 않는 접시 위에 놓여 있는 메모지를 보았다. 메모지에는 화물차와 물음표가 그려져 있었다. 그는 페터에게 전화를 걸어 비어 있는 이삿짐 상자들이 아직 있는지 물어보았다. ─여섯 개 남았어. 어디 쓸 건데? 페터가 말했다.

─나 오늘 마그다 집으로 이사하려고 해. 가능하면 오늘이라도 말이야. 안드라스는 아무 소리도 들리지 않자 불안해졌고, 놀랍기도 했다. ─페터, 듣고 있어? 왜 아무 말도 없어?

─마그다 집으로 이사한다고? 정말이니? 안드라스, 믿어지지가 않아. 정말 굉장한 일이야. 네가 죽을 때까지 이자벨을 생각하며 징징거릴 줄 알았거든.

한 시간 후 벨소리가 났고, 페터가 문 앞에 서 있었다. 그 옆에는 빈 마분지 상자들이 있었다. ─나는 다시 내려가야 해. 쏘냐가 차에서 기다리고 있거든. 페터는 망설였고, 당황해서 씩 웃으며 안드라스를 잠시 껴안고는 사라졌다.

가장 중요한 것만 가져가야겠어. 그가 생각했다. 옷상자두 개, 책상자 두 개, 서류상자 두 개, 그리고 나머지는 치워버려야겠어. 거의 일을 끝낼 즈음 그는 간밤에 꾼 꿈이 생각났다. 몇달 전에 꾸었던 것과 비슷한 꿈이었다. 그녀가 텅 빈 방의 네온등불 아래 벌거벗고 서 있는 꿈이었다. 그녀는 자신이 기억하는 것보다 나이가 더 많고 더 작아 보였으며, 아이의 몸을 가진 노파의 모습이었다. 그녀가 두 손으로 얼굴을 가리고 있었기 때문에 그는 그녀의 얼굴을 볼 수 없었다.

안드라스는 그녀에게 메일을 보내 며칠 베를린에 오라고 제안해야겠다고 생각했다. 새 사무실에 있는 이자벨의 방은 아직 제대로 설비가 갖춰지지 않은 상태였다. 마당의 밤나무 쪽으로 창문이 열려 있는 그녀의 사무실에는 상자들과 컴퓨터가 개봉되지 않은 채 그대로 있었고, 할일도 많았다. 그녀도 일종의 새출발을 하고, 새로운 개념―새로운 삶을 받아들이는 게 당연하지 않은가. 노크 소리가 들렸다. 벨 소리가 아니라 노크 소리였다. 일순간 안드라스의 머릿속에는 이자벨이 문앞에 서 있을지도 모른다는 생각이 스쳐지나갔다. 흥분한 나머지 그의 심장이 두근거렸다. 그러나 슈미트 씨였다. 그는 판지로 된 작은 구식 트렁크를 들고 서 있었다. ―당신이 곧 이사갈 거라고 생각했어요. 그가 안드라스의 놀란 얼굴을 보고 무뚝뚝하게 말했다. ―죄송합니다. 안드라스가 어쩔 줄 모르고 손을 내밀었다. ―사실은 이렇습니다. 슈미트 씨가 말했다. 어제 트렁크를 주워서 오늘 집을 나갑니다. 사정이 달라질 수도 있었지만 말입니다. 그러지 말았어야 했지만 나는 역에서 밤을 새웠어요. 간이식당들이 아주 좋더군요. 사람들도 친절하고. 우체통 옆에서 빈 트렁크도 하나 발견했어요. 아시죠? 다리 옆 말입니다. 그분이 이사를 나가고, 나도 이사를 나가는 게 우연이 아니라고 생각했지요. 그는 트렁크를 집어들었고 고개를 끄덕인 후 계단을 내려갔다. —어딘지 몰라도 데려다드리면 안될까요?
안드라스가 소리쳤다. 코펠을 가져가지 않을래요? 하지만
슈미트 씨는 고개를 가로젓고 눈짓을 보냈다. 그리고 다시
는 뒤돌아보지 않고 조심스럽게 계단 아래로 내려갔다.

36

그가 아이에게 모포 한 장을 주면서 오빠처럼 소파에서 자도 좋다고 말했다. 밤 아홉시 반이었다. 아이가 소파에 누워 금방 잠들자 그는 기분이 좋았다. 열시 반에 그는 다시 한번 밖으로 나갔다. 문을 잠그고 나와 거리를 따라 올라갔다. 그러나 49번지 집의 어두운 창문들을 보자 그는 자신의 계획이 허사가 되기라도 한 것처럼 화가 치밀었다. 그에게는 계획이 있었다. 내일 글래스고로 갈 것이다. 물건들은 이미 다 싸놓았다. 가방은 언제든지 들고 갈 수 있게 침실에 놓아두었다. 다만 정신을 바짝 차려야 했다. 브로큰 나이트의 문지기인 페트가 그에게 경고했다. 그다지 점잖아 보이지 않는 두 남자가 그의 행방을 물어보았노라고. 짐은 우연히 아이언 브리지 위에서 부딪친 인연으로 페트를 알게 되었고, 그에게 갚아야 할 빚도 있었다. 원래는 페트에게 자기 몫을 떼어줄 생각도 없었다. 그러나 페트는 예의바르게 경고해주기도 했고, 씩 웃으며 작은 선행만 베푼다면 자신의 업보에서 벗어날 수 있을 거라고 말해주기도 했다. 그리고 짐의 업보를 고려할 때, 다시 태어난다면 지렁이나 참새로 태어날 것이기 때문에 도시에서 벗어나는 게 좋을 거라는 충고도 해주었다. 참새라고는 보이지도 않는군. 짐은 레이디 마거릿 로를 따라 다시 내려가며 생각했다. 이자벨이 그를 속였을 거라는 생각도 결코 하지 않았다. 아이는 소파에 그대로 누워 자고 있었다. 자는 척하는 것 같지도 않았다. 짐은 라이터를 켜 아이의 가느다란 머리카락 앞에 갖다댔지만 아이는 꼼짝도 않고 쌔근쌔근 숨을 쉬며 잠을 잤다. 호감이 갔다. 집으로 돌아와 잠든 아이를 보는 것도 기분이 좋았다. 다만 그의 집이 아니었고, 내일이면 잠적할 참이었다. 그는 맥주 한병을 마시고 침실로 갔다. 대개 문소리에 귀를 기울이고 상황을 한눈에 파악하기 위해 거실에서 잠을 잤지만, 오늘은 아이가 소파에서 잠들어 있었다. 그는 재킷을 벗어 바닥에 던지고는 침대에 몸을 쭉 펴고 드러누웠다. 한밤중 아이가 흐느끼는 소리에 그는 잠을 깼다. 아이는 계속 잠든 게 아니라 깨어 있었던 모양이다. 짐은 화가 나서 주먹을 쥐었다. 탁자에 뭔가 부딪치는 소리가 났다. 유리탁자 모서리에 부딪치는 듯한 소음이었다. 멍청한 것. 유리탁자도 아이도 멍청하긴 마찬가지야. 아마 아이는 목이 마른 것 같았다. 그러나 그는 너무 피곤하고 귀찮아서 일어날 수가 없었다. 어쨌든 이자벨도 없는데 아이를 이리로 데리고 온 것은 좋은 생각이 아니었다. 그는 그녀가 떠났는지 어쨌는지 전혀 알지 못했다. 낮게 흐느끼는 소리에 귀기울이다가 그는 다시 잠들고 말았다.

아침이 되어 꿈속의 무언가가 그를 소스라치게 깨어나게 했다. 그는 추악한 그 무엇 앞에서 몸을 숨겼다. 눈을 뜨니 소녀가 어제 모습 그대로 자기 앞에 서 있었다. 귀염성없는 뾰족한 얼굴이고, 냄새가 난다는 것도 알아차렸다. ―너 씻을 줄 모르니? 냄새나. 아이는 그가 자기를 훑어보자 반걸음 뒤로 물러섰다. 그는 아이의 잿빛 바지에 있는 검은 얼룩을 보았다. 위쪽을 졸라매놓은 일종의 조깅바지였다. 그는 자기가 실수를 했으며 잘못된 결단을 내렸다고 생각했다. 벤을 내보내지 않았던 일, 메이에게 너무 관대했던 일, 그리고 이제 아이를 떠맡은 일이 모두 그랬다. 아이는 아주 굳은 표정으로 서 있다가 갑자기 엉엉 울어대기 시작했다. 아침식사가 될 만한 우유와 씨리얼 혹은 잼을 바른 빵을 달라고 하는 게 틀림없다. 그는 자리에서 일어나 소녀의 행동을 흥미롭게 관찰했다. 소녀는 몸을 일으켜 거실로 갔고, 소파에 앉아 두 손을 무릎에 얹고 고개를 숙인 채 그가 다가오는 발소리를 들으며 점점 더 몸이 굳어갔다. 그가 손을 대자 아이는 도자기인형처럼 단번에 두 조각으로 깨질 것 같았다. 그러나 아이는 갑자기 고개를 들어 그를 똑바로 쳐다보았다. 집요하고 완고한 눈길이었다. 그는 눈길을 돌려야 했다. 그는 욕실로 들어가 옷을 벗고 면도를 했다. 그러고는 이따금 그러듯이 입술을 삐죽 내밀었다. 언젠가는 혼자 힘으로 휘파람을 불 수 있기 위해서였다. 하지만 나오는 건 공기와 침뿐이었다. 샤워가 끝났을 때까지도 화가 나 있었다. 그는 허리에 수건을 두르고는 거실로 갔다. 아이는 꼼짝도 않고 그대로 앉아 있었다. —일어나. 그가 호통치자 불쾌하고 성난 표정을 짓긴 했으나 아이는 순순히 말을 들었다. —우리가 먹을 아침은 네가 차리면 안되겠니? 아니면 내가 네 시중을 들까? 쎄러가 탁자 뒤에서 몸을 비집고 나왔다. 그가 아이를 가로막고 서자 냄새가 훅 풍겼다. 사태를 알아차린 그가 말했다. —이런, 바지에다 오줌 쌌구나? 바지하고 내 소파에다 오줌을 지렸니? 새를 잡듯이 아이의 어깨를 잡은 짐은 아이가 너무 말랐다고 생각했다. 그는 아이에게 고개를 들라고 했다. 아이는 울지 않았다. 아이는 초인적인 집중력으로 앞만 뚫어져라 쳐다보았고, 울지 않고 그대로 서 있었다. 그가 글래스고로 떠나기 전의 마지막 장애물은 아이와 이자벨이었다. 모든 것을 망가뜨리고 아무것도 남겨놓지 않는 이 재수없는 도시를 뒤로하고 그가 떠나기 전의 마지막 장애물이 그들이었다. 짐이 몸을 돌렸다. 뭔가 환한 것이 눈앞에 떠올라 눈이 부셨기에 눈을 감아야 했다. 번쩍이는 흰 빛이었다. —씻기라도 해. 그가 말했다. 네가 입을 옷은 아무것도 없거든. 그는 부엌으로 갔고, 아이의 발소리, 아이가 욕실 문을 닫고 들어가는 소리, 물소리를 들었다. 그는 불에 물을 얹고는 비스킷과 토스트를 찾았다. 그는 쟁반을 꺼내 잔 두 개를 놓고는 씩 웃었다. 히샴이라면 만족할 테지. 그러고는 뜯어놓은 봉지들을 뒤졌다. 아직 남아 있는 대미언의 것들이었다. 꿀은 없던가? 꿀은 없었지만 잼이 한 컵 있었다. 위쪽이 말라 있었지만 썩지는 않았다. 당연한 일이지만 메이가 달걀과 햄으로 아침식사를 차렸고, 아침마다 빵을 굽기 위해 상의도 않고 토스터도 구입했다. 그는 거실로 쟁반을 가져갔고, 커버를 집어들고 접으면서 냄새를 맡았다. 그러고는 손으로 소파를 쓰다듬었다. 잠자리의 온기는 남아 있지 않고 건조했다. 생각해보니 아이는 욕실을 찾지 못했고, 소파를 버리지 않으려고 일어서서 바지에 오줌을 지렸던 것이다. 이자벨만 있으면 되는데, 하는 생각이 들었다. 이자벨이라면 프라이팬에 달걀프라이를 하면서 햄을 먹겠느냐고 물었을 것이다. 그는 잔을 가득 채웠고, 숟가락으로 잼을 떠 비스킷에 발랐다. 그때 휴대전화가 울렸다. 액정에는 번호가 뜨지 않았다. 하지만 그가 전화를 받은 것은 빌어먹을 호기심 때문이었고, 멍청하고 잘못된 결단을 또 한번 내린 셈이었다. 사실은 히샴에게서 온 전화인지도 모른다고 생각했다. 그러나 아무 대답도 없었고, 전화기 속에서는 숨소리만 들렸다. 그는 여자의 숨소리라고 생각했다. 힘들게 숨쉬고 있었지만 대답은 없었다. 누구세요? 전화를 건 사람 누구요? 제기랄. 그가 말했지만 대답은 없었다. ─누구세요? 소리쳤지만 여자는 전화를 끊었다. 그가 소리쳤다. 메이? 너야, 메이?

소녀는 생쥐 꼴이 되어 교활한 눈빛으로 살그머니 욕실에서 나와 그의 말에 귀를 기울이고 있었다. 아이는 탁자 쪽으로 가서 비스킷을 마구 삼키기 시작했다. 그는 역겨워서 고개를 돌렸고, 자신의 찻잔을 치워버렸다. 그러고는 일어나 가방을 집어들었고, 문을 닫아걸고는 밖으로 나갔다. 아이가 반쯤 굶거나 완전히 굶주린 상태로 있는 것을 대미언이 발견하게 내버려두는 것도 괜찮겠군. 짐이 남긴, 감사의 마음이 가득 담긴 작은 인사치레로 말이야. 아이가 의자를 밟고 올라서더라도 창문을 열지 못할 건 분명했고, 두꺼비집까지 기어올라가 소리치더라도 아무도 듣지 못할 것이기 때문이었다. 소박한 이별선물로는 안성맞춤이었다. 짐은 주머니의 휴대전화를 쥐고서 벨이 다시 울리는지 귀를 기울이고 손가락으로도 만지작거렸지만 아무 반응이 없었다. 그는 켄티시 타운 로를 따라 내려갔고, 빵집에서 스콘 두 개를 사먹었다. 떠나는 거야. 그는 생각했다. 역으로 가서 떠나는 거야. 그는 손가락으로 플라스틱 제품을 쓰다듬었고, 휴대전화를 꺼내들었다. 다리가 있고 수로가 있는 곳이었다. 짐은 녹색 수신버튼을 누르고 착신음에 귀를 기울였지만 아무도 받지 않았다. 그는 휴대전화를 끄지도 않고 물속에 던져버렸다. 옆에 있던 소년이 당황하며 씩 웃었다. ─아저씨, 차라리 나한테 주지 그랬어요? 짐은 생기없는 눈을 들여다보았다. ─이봐요, 일 파운드만 줄래요? 내뻗은 두 손이 떨리고 있었다. ─아니면 담배 한 개비라도? 소년은 구걸을 멈추지 않았다. 짐은 가방을 뒤져 동전을 찾았다. 하지만 동전도 지폐도 아무것도 없었다. 어제 걸치고 다닌 재킷에 모든 것이 들어 있었다. 다시 가방을 들쑤시자 옷가지들 사이에서 셀로판 약봉지들이 바스락거렸다. ─약케 놀지 마. 앨버트가 설교했다. 수중에, 언제 날려버릴지 모르는 가방에 돈을 꼬불쳐두는 건 아무 의미도 없어. 짐도 모든 것을 잘 처

리했지만, 재킷을 침실에 두고 온 것은 실수였다. 소박한 이
별 선물로 두고 온 건데 뭘 다시 찾으려고 하겠어. 안 그래?
그는 그렇게 자신을 비웃었다. 소년은 아직도 그 자리에 서
서 고개를 숙이고 있었다. ─꺼져! 짐이 그에게 쉿소리로
고함을 질렀고, 소년은 순순히 말을 따랐다. 짐은 다시 정신
을 가다듬고 가방 손잡이를 꽉 움켜쥐었다. 관광객 몇명이
그의 옆에 서서 큰 소리로 이야기를 나누고 있었다. 그들은
그에 대해서 말하고 있었다. 그는 조금도 거리낌없고 냉랭
한 그들의 눈길에서 그것을 알아차릴 수 있었다. 남자 둘이
말하고, 여자 둘은 듣고 있었다. 좀더 귀엽게 생긴 여자는 지
겨웠는지 핸드백을 두 손으로 꼭 쥔 채 구두로 보도에다 눈
에 보이지도 않는 선을 그리고 있었다. 헤엄치는 사람이 바
위에서 떨어지듯 짐은 난간에서 껑충 뛰어내렸다. 다시 한
번. 그는 그렇게 생각하며 활기찬 걸음으로 어느새 거리를
따라 올라갔다. 버스를 탈 잔돈도 없었다. 그는 콧노래를 흥
얼거리며 팽 씨의 식당 앞을 지나갔다. 마지막으로 역까지는
택시를 잡아타야겠어. 평화 택시회사에 예약해야지. 그는 생
각했다. 그곳 남자들이 나지막하고 친절한 목소리로 공손하
게 짐을 맞아주었다. 그들은 친절하고 공손하게 그에게 고
개를 끄덕였고, 명함 한장도 건넸다. 오늘? 오늘 오후가 좋
았다. 적절한 시간이었다. 이 번호로 전화를 걸기만 하면
돼. 십분 전에. 하지만 어디서? 레이디 마거릿 로에서 출발
해 리버풀 거리 역까지? 문제없어요. 한 사내가 그에게 고개
를 끄덕이며 안심시켰다. 하지만 다른 두 사내는 딴데 정신

을 팔며 건너편 길 쪽을 보고 있었다. 한 노파가 자신의 개 뒤에서 끌려오고 있었고, 젊은 여자가 그 뒤를 따라오고 있었다. 젊은 여자는 짧은 치마를 입고, 다리가 약하기라도 한 듯 쌘들을 신은 발을 아무렇게나 질질 끌며 걷고 있었다. 부드러우면서 하얀 발이었다. 짐은 빽빽하게 밀려 경적을 울려대는 자동차들 사이로 욕설을 뱉으며 길을 건넜다. 하지만 그 여자는 뒤돌아보지 않고, 나긋나긋하고 쎅시하게 걸어갔다. 신발바닥을 보도의 돌 위로 질질 끌며 아주 천천히 걸어갔다. 그가 쉽게 접근할 수 있게 기꺼이 도와주려는 것 같았다. 이슬람 사제들이라도 금방 눈치챌 만큼 뻔뻔하게 걸어갔다. 그는 뒤로 처졌다가 다시 따라잡았다. 치마가 여자의 엉덩이와 허벅지에 찰싹 들러붙어 있어서, 유혹하는 것 같기도 하고 튕기는 것 같기도 했다. 그 여자는 그가 바싹 뒤따라와 있다는 것을 알아차리지 못했고, 그의 숨소리도 발소리도 듣지 못했다. 온통 생각에 잠긴 채 자신에게 푹 빠져 만족하고 있다고 짐은 생각했다. 그 여자는 자신과 자신의 낯에 만족하고 있었다. 그 여자의 낯은 아무 근심 없이 여자 앞에 놓여 있었다. 밤에 남편이 나타나 귀한 돈을 내놓은 대가로 최소한 저녁식사와 몇마디 친절한 말을 얻어들을 때까지 낯은 그렇게 계속되는 것 같았다. 그놈하고는 안하는 거야? 그는 그렇게 물었다. 그렇다면 그놈은 돈을 주고 뭘 받는 거지? 그 여자는 무릎이 약한 듯 흔들거리며 걸었다. 의도적인 것 같았다. 그 여자도 바로 뒤에서 한 남자가 따라오며 자신의 귀엽고 둥그렇고 쎅시한 작은 엉덩이를 탐욕스럽게 보고 있다는 것을 아주 잘 아는 것 같았다. 그들은 어느새 레이턴 로로 꺾어들었다. 그는 삼 미터 뒤에서 여자의 벌꿀색 머리카락, 엉덩이, 밝은 녹색과 청색 마름모꼴 무늬가 있는 블라우스에 눈길을 둔 채 따라갔다. 아니, 갑자기 놀래주려고 여자를 앞으로 몰고 갔다. 아까는 너무 성급하게 출발했어. 돈도 없고, 작별인사도 없이 말이야. 하지만 다시할 때 잘하면 되지. 그가 생각했다. 그는 팔을 뻗으며 그 여자의 이름을 불렀고, 그녀가 미처 뒤돌아보기도 전에 여자의 팔을 붙들었다. 여자가 뒤돌아보았다. 놀란 아이 같은 표정이었다. 여자는 그의 팔에 안기려는 듯 서슴없이 다가왔다. 그는 눈길을 외면해야 했다. 여자는 부끄러워하지 않고 눈을 뜨고 입을 조금 벌린 채 그에게 얼굴을 내밀었다. 그러고는 남편이 자기를 내버려두고 혼자 여행을 떠났고, 그래서 남자친구에게 와달라고 부탁했다며 순진무구하게 수다를 떨었다. 그 친구가 다른 여자 때문에 오려고 하지 않으므로 자기는 위로받아야 할 권리가 있다는 표정을 짓고 있었다. 여자가 그에게 더 가까이 밀착하자 그는 뒤로 물러서야했다. 그는 약간의 거리를 두고 여자의 팔을 꽉 잡았다. 그러고는 여자를 끌어당겼다. 그 순간 그는 환해진다는 생각이 들었고, 눈이 부셔서 눈을 깜박였다. 썬글라스도 재킷 안에 들어 있어서 낄 수 없었다. 그는 대미언이 사물들의 숨겨진 밝음에 대해 했던 말을 떠올렸다. 그러면서 손가락 아래로 따뜻한 팔을 느꼈다. 메이가 그리웠고, 그녀에게 신의 가호가 있기를 바랐다.

37

바깥의 불빛에도 불구하고 집 안은 어두웠다. 그녀의 눈은 가까스로 어둠에 익숙해졌다. 그녀는 후덥지근하고 시큼한 공기를 들이마셨다. 짐은 비틀거렸다. 그녀는 그를 와락 껴안고는 단단한 몸을 느꼈다. —그 사람이 다시 전화할 거예요. 그녀가 말했다. 장담하지만 그가 다시 전화를 걸어서 올 수 없다고 말할 게 분명해요. 솔직히 말하면 그가 오는 걸 내가 원하는지도 모르겠어요. 안드라스가 말했듯이 책가방을 메고 내달리는 소녀의 음성이었다. —알렉사가 찍은 내 사진들 볼래요? 내 책상에 있었어요. 거기 아니면 따로 보관해놓을 데가 어디 있었겠어요? 나체사진들인데, 정말 불행하게도 포르노 같지 않아요. 알렉사는 아마도 사진첩 한권을 만들고도 남을 정도로 사진을 많이 가지고 있을걸요. 나는 그것들을 부모님한테 선물하려고 해요. 그들이 신발상자 안에 앉아 있는 걸 상상해보세요. 그들의 집을 나는 신발상자라고 불러요. 프라다 정도는 아니라도 조금 비싸요. 비싸고 단단한 집이죠. 그들이 나의 벗은 모습을 다시 보게 이 사진들을 보낸다면 어떤 반응을 보일까요? 그녀가 입을 다물었다. 그는 몸을 돌려 문을 잠갔다. ─짐? 얼마 전에 내가 누구를 닮았다고 했죠? 그는 어스름 속에 서 있었다. 야콥이나 앨리스테어처럼 크지는 않았지만, 빈틈없고 응축되고 분노에 찬 에너지가 느껴졌다. 그녀는 몸을 숙여 그가 내려놓은 가방을 잡으려고 했다. ─그만둬. 그가 째지는 목소리로 말했다. ─당신이 걸려 넘어질 것 같아 치우려고 한 거예요. 그녀는 그의 얼굴을 유심히 들여다보았고, 자기가 본 것이 무엇인지 종잡을 수 없었다. 안드라스가 아니라 야콥이 전화할 것 같은 기분이었다. 그는 그녀에게서 벗어나고 싶었다. 짐은 그녀에게서 벗어나고 싶었다. ─짐? 그녀가 불렀다. 나한테 보여주려고 한 게 뭐예요? 그녀가 신경질적으로 블라우스의 맨 위쪽 단추를 만지작거렸다. 그가 그녀의 동작을 오해하고 큰 소리로 웃고 다리를 조금 더 벌렸다. 그녀의 오른쪽, 소파와 유리탁자가 있는 곳에서 무언가가 모포를 뒤집어쓴 채 움직였고, 머리가 밖으로 나왔다. 아이의 머리와 가느다란 두 팔이 모습을 드러냈다. 몸을 쭉 뻗는 아이는 검은 덩어리 같은 것을 들고 있었다. 그제야 그녀는 몸을 일으킨 것이 낡은 청색 니트 재킷을 입은 쎄러라는 것을 알아차렸다. 이자벨은 뭔가를 기다리며 서 있는 짐을 홀깃 쳐다보았다. 소파에서 기어나온 쎄러는 그녀에게 다가가 재킷을 내밀었다. ─아줌마 옷이에요. 쎄러가 말했다. 아줌마가 내게 폴리를 돌려줄까봐 옷을 가지고 있었어요. 이자벨이 한발 뒤로 물러서며 말했다. —말도 안돼. 내 옷이 아니야. 그녀는 혹 끼치는 시큼한 냄새를 맡았고, 아이를 옆으로 밀어버리려는 듯 손을 움직였다. 소녀는 망설이다가 기습적으로 따지듯이 물었다. —폴리는요? 아줌마가 폴리를 데려갔잖아요. 나한테는 옷을 남겨놓았죠? 아이는 도움이라도 청하듯 짐 쪽으로 고개를 돌렸다. —폴리가 어디 있는지 말해줘. 그가 씩 웃으며 이자벨을 재촉했다. 그리고 그녀에게 다가갔다. —아이한테 말해. 더러운 고양이에게 당신이 무슨 짓을 했는지. 그녀는 그의 온기를, 팽팽하게 달아오른 몸을 느꼈다. 하지만 그는 딴생각을 하고 있었다. 잊어버렸던 뭔가를 떠올린 것 같았다. 이자벨 옆을 불쑥 지나간 그는 텔레비전 위에 있는 봉투를 집어들며 말했다. —이건 당신이 말한 사진들이야. 그는 머뭇거리며 봉투를 손에 들고 있었다. 뭔가 산산조각나며 허물어지고 있다고 이자벨은 생각했다. 쎄러는 재킷을 아래로 내리며 짐에게 애원하듯 바라보았다. 그가 봉투를 천천히 내려놓았고, 쎄러가 다시 집어들어 그에게 내밀었다. 재킷이 아무 효과도 없었기 때문에 뭔가 다른 것을 제공하려고 다시 이자벨에게 봉투를 내밀었다. 그만두지 못해? 짐이 째지는 목소리로 버럭 화를 내며 봉투를 빼앗아 찢어발겼다. 이자벨은 알록달록한 종잇조각들이 바닥으로 떨어지는 것을 보았다. 천연색 사진 조각들 사이로 봉투 종이였던 흰색 종잇조각들도 눈에 띄었다. 햇빛이 조금 더 깊숙이 미끄러져 들어와 방 안은 더 환해졌다. —폴리가 어디 있는지 아줌마가 안다고 말씀하셨잖아요?

─닥치지 못해? 네 빌어먹을 고양이는 죽었어. 알겠어? 죽었어. 그는 반복해서 말했다. 그러고는 이자벨을 가리켰다.
─저 여자 때문이야. 저 여자는 네 고양이가 싫었거든. 네 고양이한테 무슨 일이 일어나도 저 여자는 아무 관심없었기 때문이야. 그는 쎄러 쪽으로 완전히 몸을 돌리고는 거만하게 고개를 뒤로 젖혔다. 연극배우라도 되는 모양이라고 이자벨은 생각했다. 하지만 그건 연극이 아니었다. 서로 마주보고 서 있는 짐과 쎄러에게는 연극이 아니었다. 그동안 실내는 다시 어두워졌다. 아마 구름이 태양을 가리며 미끄러져가는 모양이었다. 그녀의 코로 텁텁한 냄새가 올라왔다. 침대 시트와 쿠션은 먼지가 잔뜩 끼어 있고, 환기라고는 한번도 하지 않은 것 같았다. 유리탁자에는 잔 하나가 놓여 있었다. ─짐, 집에 가고 싶어요. 그녀가 말했다. 그녀는 몸을 돌려 잠겨 있는 문 쪽으로 갔다. 열쇠는 꽂혀 있지 않았다. ─짐, 가게 해줘요. 내가 고양이를 창문턱에서 밀어버렸어요. 그게 전부예요. 일층 창문턱에서 밀어버렸다고 죽는 고양이는 없어요! 그녀의 목소리는 날카로웠고 성난 듯했다. 그래야만 진짜로 화를 낼 수 있을까봐 그러는 것 같았다. ─야콥이 전화하려고 했어요. 그녀가 말했다. 그러나 그녀는 그가 아무 걱정도 하지 않을 것을 알고 있었다. 걱정한다고 하더라도 무슨 소용이냐고 생각했다. 짐은 그녀가 문에서 떨어져 반걸음 방 안으로 들어오는 모습을 흥미롭게 관찰했다. ─짐? 그녀는 이제 목소리를 조절할 수 있었다. ─당신은 거짓말을 하고 있어. 짐이 말했다. 그는 얼굴을

찡그렸고, 어떤 생각을 붙들거나 쫓아버리려는 듯 허공을 향해 몸짓을 했다. 그러다가 손으로 옆에 서 있는 쎄러를 살짝 건드렸다. 그러나 그는 마침내 저항에 부딪히고, 그들에게 허락된 무언가를 진척시킬 수 있게 되어 기뻐하는 것 같았다. 이자벨도 정신을 가다듬고 차분하게 말했다. ─쎄러, 쎄러, 네가 고양이에게 한 일을 짐한테 말했니? 막대기로 고양이를 때리지 않았어? 굵은 막대기로. 짐은 놀라서 잠자코 있었다. ─무슨 말이에요? 그러나 그녀의 밀고는 비열했다. 비열함 그 자체였다. 그래서 그로 하여금 망가진 태엽장치처럼 멈추어 있던 그 무엇을 다시 주목하고 작동시켰다. 구름이 태양을 자유롭게 해주어 실내는 더 환해졌다. 그녀는 변해버린 그의 얼굴을 볼 수 있었다. 초기 영화, 영사기를 손으로 돌리는 초기 영화를 보는 기분이었다. 괴로워하면서도 오만한 제스처로 그는 쓸데없는 것을 모조리 옆으로 제쳐버리고 하나의 실마리를 찾았다. 그녀는 그가 깊이 숨을 들이쉬는 모습을 보았다. 그는 여전히 뭔가를 쫓고 있었고, 무언가를 찾고 있었다. ─당신을 데려가야 할 것 같은데? 그가 이자벨에게 말했다. 같이 가지 않겠어? 네 귀엽고 순진한 얼굴로. 그는 그녀에게 걸어갔고, 그녀 뒤에 서서 두 손으로 그녀의 목덜미를 어루만지다가 아래로 미끄러져 내려가 청록색 블라우스 아래를 힘껏 더듬었다. 쎄러가 흐느꼈다. 욕지거리를 하면서 그는 이자벨에게서 떨어졌고, 두 걸음 앞으로 내디디며 주먹을 쳐들었다. 그러고는 다시 이자벨을 자기 쪽으로 끌어당겼다. 쎄러는 잠시 비틀거리며 서 있다가 피를 흘리며 쓰러졌다. 이자벨의 입에서 작은 비명이 새어나왔다. 하지만 그의 손이 그녀의 입을 눌렀고, 다시 느슨하게 떼어내며 입술을 쓰다듬었다. 그러고는 그녀를 부드럽게 끌어당겼다. ─아무 일도 아니야. 그가 그녀의 귀에 대고 속삭였다. 이리 와. 그가 유혹하며 그녀를 어루만졌다. 그녀의 입술이 벌어졌고, 그녀의 혀가 그의 손가락을 스쳤다. 아이는 옆으로 몸을 돌리며 일어났고, 다시 기침을 했다. 피가 턱을 지나 아래로 주르륵 흘러내리며 티셔츠를 적셨다. 이자벨의 입에서 손가락이 도로 빠져나왔고, 쎄러는 두 사람을 올려다보았다. 아이는 불안하게 턱을 쓰다듬고는 침을 뱉었으며 다시 한번 뱉었다. 이자벨은 눈을 감았고, 몸을 떨며 구역질을 했다. 누군가가 그녀를 살짝 쳤고, 그녀는 웃으면서 말하는 그의 목소리를 들었다. ─아이는 벌 받고 싶었던 거야. 그가 오른쪽으로 몸을 숙였다. ─눈 떠! 그리고는 그녀를 소녀 쪽으로 밀쳤다. 아이는 작고 더럽혀진 이하나를 손바닥에 올려놓은 채 손을 내밀고 있었다. 울지도 않았다. 나는 아무것도 할 수 없어. 이자벨은 생각에 생각을 거듭했고, 따뜻한 몸을 느끼며 그에게 밀착했다. 그러나 그는 그들을 쳐다보는 소녀 쪽으로 그녀를 매몰차게 밀어버렸다. 이 작으면서도 커다란 간격. 짐은 뭐라고 중얼거렸고, 두 손으로 이자벨을 살짝 때리고는 홀로 내버려두었다. 그녀는 그만이 자기를 위로해줄 수 있다는 듯 그에게 도로 몸을 밀착시켰다. 그녀는 눈을 감고 싶었고, 그가 안아주기를 바랐지만, 그는 그녀를 밀쳐냈다. ─당신은 가는 데마다 구결하는 거야? 짐이 말했다. 당신은 스스로가 어떤 사람인지 알고나 있는 거야? 당신은 블랙홀이야. 그 안으로 쏟아부으면 모든 게 흔적도 없이 사라져버리는 구멍이란 말이야. 그는 별안간 그녀를 다시 붙들어 돌려세웠다. ─당신 얼굴에는 아무것도 보이지 않아. 약간의 불안마저도 없어. 그는 이자벨을 유심히 살펴보다가 입을 일그러뜨렸다. ─아이한테서 냄새가 나잖아. 못 느꼈어? 그가 그녀의 목덜미를 아래쪽으로 세게 밀었다. ─아이가 오줌 범벅이야. 그러고는 그녀를 놓아주고 뒤로 물러섰다. ─아이가 바지에 오줌을 쌌어. 그는 차분하게 말하며 아이의 옷을 벗겼다. 나는 당신이 아이의 옷을 벗겨주었으면 좋겠어. 아니야. 그녀가 생각했다. 아니야. 하지만 그녀는 몸을 숙였고, 쎄러는 뒤로 물러서면서 피하려고 했다. 이가 아이의 손에서 바닥으로 떨어졌다. ─얼른. 짐이 무덤덤하게 말했고, 무슨 수가 없을까 해서 주위를 둘러보았다. 그는 부엌으로 가서 칼을 가지고 돌아왔다. 이자벨은 순종했고, 불신하면서도 자기 손의 움직임을 따랐다. 그녀의 두 손이 아이의 티셔츠를 들어올려 머리 위로 벗겼다. 거칠지도 조심스럽지도 않은, 세밀하고 능숙한 동작이었다. 이 장면을 백번이라도 음미할 작정인 것 같았다. 알렉사가 카메라를 들고 여기 있어야 하는데. 이자벨은 생각했다. 그녀는 울기 시작했고, 티셔츠를 옆에 내려놓았다. 그녀는 이제 축 늘어진 아이의 몸뚱이를 자기 쪽으로 끌어당겼고, 매듭을 매만져 아이의 바지와 팬티를 발목까지 한꺼번에 벗겨내리고는 아이를 들어올렸다. 이제 벌거벗은 채 그녀 앞에 서게 된 쎄러가 코를 마구 문지르는 바람에 피 칠갑이 되었다. 아이는 울지 않았고, 불안하면서도 위안이 서린 표정으로 이자벨을 뚫어져라 쳐다보았다. 아이는 조심스럽게 침을 뱉었고, 다시 두번째 이를 뱉어냈다. 아이는 그게 뭔지 모르는 것 같았다. 자기 앞에 창백한 얼굴로, 불안과 부끄러움으로 숨도 제대로 쉬지 못하고 꿇어앉아 있는 이자벨을 이게 뭐예요 하는 표정으로 쳐다보았다. 짐은 무슨 생각이 들었는지 신발 끝으로 쎄러를 살짝 밟았고, 다시 한번 밟았다. 정원에서 갑자기 아이들의 목소리가 들려왔다. 한 소년이 큰 소리로 명령을 내리자 다른 아이들이 새된 소리로 대답했다. ─데이브. 쎄러가 정원문 쪽으로 몸을 돌리지도 않고 말했다. 이자벨은 아이를, 뾰족한 아이의 얼굴을, 말라가는 피를 보았다. ─네 멍청한 오빠구나. 짐이 무덤덤하게 말하고 오른손으로 칼을 이리저리 놀렸다. ─우리 모두 함께 떠나는 거야. 작은 집도 사고. 안 그래? 정원도 있고, 그 가운데 버찌나무도 있는 집을 사는 거야. 그는 그렇게 말하고 아이 쪽으로 갔다. ─안돼요. 이자벨이 애걸했고, 숨죽여 울었다. ─안된다고? 짐이 씩 웃었다. 하지만 당신은 아이를 도와야 해, 안 그래? 아이를 위해서 아무것도 안하겠다고? 이자벨은 허겁지겁 블라우스 단추를 끄르고 치마와 팬티를 벗고 쌘들만 신고 벌거벗은 채 바닥에 주저앉았다. ─나도 그러고 싶지 않아. 짐이 그녀를 훑어본 후에 결정을 내렸다. 짐은 오른손으로 그녀의 머리카락을 쓰다듬다가 잡을 수 있는 만큼의 머리카락을 팽팽하게 잡아당겼고, 일어서지 못하게 그녀의 어깨에 발을 올렸다. 그러고는 정수리에 칼날을 갖다대고 신속하게 손을 놀렸고, 잘린 머리카락이 아무렇게나 떨어지도록 내버려두었다. ─좋아. 그가 마침내 원하던 것을 찾은 것처럼 말했다. ─이제야 당신 남편은 당신이 무슨 일을 겪었는지 최소한 한번은 관심을 가지고 볼 테지. 그는 피곤한 듯 서 있었다. 이윽고 그는 침실로 들어갔고, 재킷을 팔에 걸치고 다시 나와 잠시 망설이다가 손을 두 번 움직여 그녀의 옷들을 긁어모아 집어올렸다. 그러고는 문 쪽으로 가서 가방을 집어들고는 밖으로 나갔다. 그는 밖에서 문을 걸어잠갔다. 그녀는 계단을 올라가는 그를 창을 통해 보았다. 먼저 그의 다리가 보였고, 이어서 그의 발이, 그리고 바닥에 떨어진 옷이 보였다. 바깥에서는 새 한마리가 지저귀는 소리가 들릴 뿐, 아이들 소리는 더 들리지 않았다.

38

　이자벨이 몸을 일으켰을 때 소녀는 마치 한마리 짐승처
럼 소파 뒤에서 기고 있었다. 그녀는 한기를 느끼고 주위를
둘러보았다. 모포가 눈에 띄었지만, 뭔가에 손댄다는 게 역
겨워서 이리저리 방 안을 돌아다녔다. 그러다가 창가로 가
서 짐이 떨어뜨려놓은 옷들을 보았다. 세입자들 중 한 사람
으로 보이는 늙수그레한 남자가 작은 문을 열고 나왔다가
옷 무더기를 보고는 당황스러워하며 한쪽 발로 옆으로 밀어
놓았다. 그녀는 벌거벗고 있었기 때문에 창을 두드리지 않
았다. 하지만 늙수그레한 남자가 사라지고 나자 안전고리
쪽으로 몸을 뻗어 창문을 들어올릴 수 있는지 시험해보았
다. 밖으로 기어나가는 것은 쉬워 보였다. 그녀는 창문을 다
시 닫았고, 다른 사람들이 그녀를 보지 못하게 커튼을 반쯤
가렸다. 소파 쪽에서 나지막하면서도 규칙적인 소음이 들려
왔다. 이자벨은 등받이와 벽 사이 쎄러가 꿇어앉아 있는 곳
으로 몸을 숙였다. 쎄러는 얼굴이 퉁퉁 부은 채 청색 재킷의

한쪽을 입에 넣고 자근자근 씹고 빨고 있었다. 사방은 너무나 조용했다. 이자벨은 여기서 나가는 데 걸림돌이 되는 것은 오로지 쎄러뿐이라고 생각했다. 앞으로 취할 다른 조치들은 분명하고 간단했다. 그녀는 침실에서 입을 것을 찾거나 아니면 어두워질 때까지 기다렸다가 아무도 가져가지 않으면 벌거벗은 채 몇걸음 달려나가 옷을 가져오기만 하면 됐다. 그리고 아이는 병원에 데려가야 했다. 결국 그 모든 것을 다하게 될 것이고, 일을 미루는 것은 의미가 없다고 생각했다. 하지만 날은 아직 어두워지지 않았다. 그녀는 서서 떨면서 자기 몸으로부터, 알렉사의 사진들에서처럼 벌거벗고 낯선 모습으로 바로 앞에 있는 자기 몸으로부터 달아날 수만 있으면 좋겠다고 생각했다.

쎄러가 소파 뒤에서 재킷 한 자락을 단단히 붙들고 기어나왔다. ─데이브. 아이는 위로 쳐다보지도 않고서 말했다. 이자벨은 양탄자 위의 검은 띠를 발견하기 전에 오줌 냄새부터 맡았다. ─폴리. 쎄러는 그렇게 부르며 소리없이 울기 시작했다. 눈에서 눈물이 떨어지는 것도 모르는 것 같았다. 이자벨은 양탄자에 눈물이 뚝뚝 떨어지는 소리를 들었다. 봉투와 천연색 사진 조각들, 그리고 그녀의 머리카락 다발이 흩어져 있는 곳으로 눈물이 떨어졌다.

침실 침대에서 그녀는 티셔츠와 청바지를 한 벌씩 발견했다. 둘 다 더러웠고, 짐의 냄새가 너무 진해서 토할 뻔했다. 하지만 그녀는 서둘러 훌훌 입었다. 음부에 닿는 천이 너무 딱딱했다. 바지는 접어 입어야 했고, 허리띠가 없어서 허리를 손으로 붙들고 있어야 했다. 내의 한 벌은 쎄러에게 입히려고 욕실로 가져갔다. 그녀는 불을 켜지 않았고, 쎄러의 이름을 불러야 했다. 위층에 있는 집들 중 하나에서 라디오 소리가 크게 들려왔고, 아리아처럼 밝게 환호하는 목소리도 들려왔다. 그러고는 오케스트라가 시작되었고, 누군가가 고함을 지르자 라디오 소리가 작아졌다. 욕조 테두리에 수건 한장이 걸려 있었다. 그녀는 수건 한쪽 모서리를 따뜻한 물에 담그고 아이를 부르려고 했다. 그러나 불안하고 작은 숨소리만 나왔다. 그녀는 눈앞으로 손을 가져가 이마를 눌렀다. 그녀의 내부에서 뭔가가 허물어지는 듯했고, 결코 끌어모으지 못하고 붙일 수도 없는 것이 부수어지는 것 같았다. 너무 피곤하거나 어쩔 도리가 없어서 그런 것 같기도 하고, 단 한 조각이 모자라는 바람에 기대했던 대로 합칠 수 없다는 것을 알아서 그런 것 같기도 했다. 야콥이라면 자기 생각을 알아듣고 여기 있는 자신의 모습을 보고 참을 수 있을 거라는 생각도 조심스럽게 해보았다. 하지만 그에게 전화하고 싶지는 않았다. 그녀의 얼굴에서 아무것도 알아볼 수 없다고 짐이 말하지 않았던가. 그녀는 용기를 내어 어둑어둑한 곳을 걸어가 거울을 보고는 소스라치게 놀랐다. 그러나 머리를 빗어 묶으면 한 다발의 머리카락이 모자라는 것을 아무도 알아보지 못할 것 같았다. 그녀는 축축한 수건을 집어들고 거실로 갔다. 그곳에 쎄러가 재킷을 입에 물고 누워 있었다. ―쎄러. 이자벨이 속삭이면서 아이 앞에 무릎을 꿇었다. 그녀는 두 손으로 아이의 얼굴을 조심스럽게 감쌌고, 아이는 멍한 눈으로 그녀를 쳐다보았다. 그녀는 오른 손으로 수건을 들어 딱지가 앉은 핏자국을 닦아냈다. 그러고는 자리에서 일어나 욕실로 갔고, 수건을 헹궈 돌아왔다. 살짝 건드리기만 해도 작은 파괴의 현장이 드러났다. 입술은 터지고, 이 두 개가 빠진 틈새에는 피가 흥건했으며, 부러진 코는 피를 쏟으며 퉁퉁 부어 있었다. 그녀는 아이를 조심스럽게 일으켰고, 아이는 고통스럽게 두 다리를 딛고 서서 그녀를 따라 욕실로 터벅터벅 걸어갔다. 그녀는 아이의 얼굴과 두 손을 따뜻한 물로 씻어주고, 부은 곳에 차가운 수건을 갖다대놓았다. 아이는 이자벨을 따라 거실로 갔고, 창가에서 이자벨이 핸드백을 찾아들고 창밖으로 기어내려가는 것을 보았다. ─폴리. 쎄러가 말하자 이자벨은 고개를 끄덕이며 거짓말을 했다. ─그래, 고양이는 다시 집에 올 거야. 그녀는 계단 몇개를 올라갔다. 날은 이미 어둑어둑했다. 옷은 그 자리에 없었다. 청록색 천 일부가 쓰레기통 밖으로 삐져나와 있었고, 다른 부분은 터진 쓰레기봉투 아래 깔려 있었다. 쎄러는 창문턱 위로 기어오르려고 하다가 미끄러졌고, 다시 시도하다가 포기했다. 이자벨은 부어오른 얼굴을 보고는 아이를 도와주려고 손을 뻗었다. 그녀는 앞으로 잔뜩 몸을 기울여 했고, 아이는 그녀의 손을 꽉 잡고 매달렸다가 갑자기 손을 놓치고는 그녀를 의심스러운 눈으로 쳐다보았다. 내가 뭘 할 수 있겠어. 이자벨은 생각했다. 눈물이 주르륵 흘러내렸고, 그녀는 몸을 돌렸다. 그러고는 그곳을 떠났다.

데이브가 벨을 누르고, 다시 한번 눌렀다. 고개를 쭉 빼고 창문 쪽을 올려다보았고, 노크를 했다가 다시 거리로 돌아나가 발끝으로 섰다. 소파가 보이고, 호랑이도 보였다. —쎄러. 그가 불렀다. 쎄러, 거기 있니? 그는 너무 큰 바지를 한 손으로 붙들고 가는 여자를 의심스럽게 보았다. —데이브. 그녀가 반복해서 말했다. 데이브 아니니, 맞지? 그가 고개를 끄덕였고, 그녀가 자유로운 다른 손으로 거리 아래쪽을 가리키며 한 말의 일부만 알아들었다. —아이는 짐의 집에 있어. 그녀가 말했고, 다시 반복했다. 짐의 집에. 그녀는 몸을 떨었고, 데이브는 어떻게 해야 할지 몰랐다. 그러나 그녀는 몸을 돌렸고, 그는 멈칫거리다가 거리를 따라 내려가기 시작했다. 짐의 집 쪽으로. 그는 그녀의 눈길을 느끼고는 다시 한번 고개를 돌렸고 어쩔 수 없다는 눈짓을 보냈다. 그녀는 고개를 가로저었다. 울고 있는 것 같았다. 그는 뛰어내려갔다. 아무도 문을 열어주지 않았다. 하지만 그는 열린 창을 보았고, 아래쪽으로 몸을 굽혔다. —쎄러. 그가 나지막하게 불렀다. 쎄러, 여기 있니? 소파 위에서 뭔가가 움직였고, 모포 아래서 아이의 얼굴이, 환한 그 무엇이 나타났다. 그는 창문턱에 쪼그리고 앉았다가 안으로 뛰어들어갔다. —작은 고양이, 무슨 일이니? 그가 속삭였다.

이자벨은 아직도 짐의 옷을 입은 채 아래층에 앉아 있었다. 날이 어두워졌지만 불을 켜지 않았다. 이윽고 그녀는 자리에서 일어났고, 부엌에서 물 한잔을 들고 아래로 내려왔다가 나중에 둥근 작업책상에 눈길이 닿을 때까지 잊어버리고 그냥 내버려두었다. 유리잔은 가벼운 바람에 이리저리 흔들리는 거리의 플라타너스 이파리 사이를 통과해 불연속적으로 비쳐들어오는 희미한 빛을 받으며 책상 위에 놓여 있었다. 빗소리가 들리는 듯했다. 하지만 그녀는 일어나서 바깥을 내다보려고 하지 않았다. 전화벨이 울리고, 다시 울리다가 자동응답기가 돌아가기 전에 멈추었다. 깜박이는 불빛은 다섯 통의 메씨지가 있음을 알리고 있었다. 집 앞에서 자동차가 속도를 늦출 때마다, 소음이 밀려들어올 때마다 그녀는 고개를 들었다가 다시 잠든 것 같았다. 왜냐하면 옆집에서 갑자기 목소리들이 들려왔기 때문이었다. 혼란스러운 가운데 차츰차츰 소음들이 하나하나 구분되었고, 벽에 뭔가가 여러 번 부딪히는 소리도 들렸으며, 남자 목소리도 들렸다가 다시 조용해졌다. 그 남자 목소리에 이자벨은 일어났다. 그런 상태가 얼마나 지속되었는지, 누가 새롭게 정신을 차릴 힘을 주었는지 알 수 없었지만 그녀는 자리에서 일어나 잔에 든 물을 단숨에 마셨고, 옷 냄새를 맡았으며, 자동적으로 바지를 붙들었다. 다시 전화벨이 울렸고, 이번에는 자동응답기가 돌아갔다. 야콥의 목소리가 들렸다. ─하루종일 통화가 안됐어. 걱정하는 것 같았지만 그의 목소리는 맑고 행복하게 들렸다. 그녀는 전화기 쪽으로 갔다. 그가 말했다. ─벤섬과 함께 우리는 산책만 했어. 슈라이버는 내일이나 만날 거야. 그녀는 벽 쪽으로 귀를 기울였다. 야콥이 멈칫거리다가 다시 말했다. ─미안하게 됐어. 같이 갈 생각이 있느냐고 물어봤어야 하는데. 마치 노크라도 하듯 벽을 두드리는 소리가 그녀의 주의를 다른 쪽으로 돌렸다. ─나쁘게 생각하지는 마. 야콥이 말했다. 그녀는 기계적으로 고개를 끄덕였고, 벽 쪽으로 가서 귀를 갖다대고는 숨을 죽였다. ─내일 아니면 모레. 야콥의 목소리가 들리다가 연결이 끊어졌고, 다시 벽을 치는 소리가 들렸다. 주먹으로 치는 소리 같아서 이자벨은 움찔했다. 바지가 허리에서 흘러내렸다. 그녀는 흐느꼈고, 바짓가랑이 하나에 걸려 비틀거렸다. 그때 그녀는 바로 전화기 옆에 있었기 때문에 전화기의 검은색 비닐케이스에 용의주도하게 붙여놓은 번호 세 개를 돌리고는 수화기를 꼭 움켜쥐었다. 그녀는 주소를 두 차례 반복해서 말했고, 이어서 그녀의 이름을 묻는 질문에 수화기를 내려놓고 말았다. 그러고는 땀에 전 티셔츠 냄새를 다시 맡았다.

경찰차가 위쪽에서 천천해 내려오며 집 앞을 지나가다가 교회가 있는 곳에서 방향을 돌린 것이 분명했다. 푸른 불빛이 여러 차례 방 안을 빙글빙글 비추다가 꺼지더니 문이 쾅 닫히는 소리가 났다. 그리고 문소리를 거의 눌러버릴 정도로 분노한 고함소리가 나는가 싶더니 갑작스럽게 잦아들었다. 그녀는 차가운 라디에이터에 몸을 바짝 붙인 채 창문 아래 쪼그리고 앉았고, 두번째로 푸른 불빛이 다가와 탐조등처럼 방 안을 빙글빙글 비추자 비로소 몸을 일으켜 구급요원 하나가 쎄러를 조심스럽게 구급차로 옮기는 것을 보았다. 그 뒤를 따르는 두번째 구급요원이 고개를 설레설레 흔들며 뭐라고 말했고, 쎄러를 팔에 안고 있는 첫번째 요원은 조수석으로 가서 모포를 꺼내 아이를 조심스럽게 감싼 다음 차에 들여놓았다. 자동차가 시동을 걸었고, 시동 소리가 사라지자 이자벨은 질식할 듯 흐느끼는 여자의 목소리를 들었다. 여자는 문간에 서 있는 것 같았고, 남자 목소리가 차에 타라고 성급하게 그녀를 몰아세웠다. 이자벨은 다시 쪼그리고 앉았고, 잠시 후 네 개의 자동차문이 닫히는 소리를 들었다. 그녀가 다시 일어나 밖을 보았을 때 거리는 텅 비어 있었다.

39

야콥은 모드 부인과 앨리스테어의 인사를 받고는 출입문 쪽으로 걸어가는 벤섬을 지켜보았다. 앨리스테어가 잠시 그를 올려다보며 눈짓을 보냈다. 그러자 택시는 움직이기 시작했고, 왼편으로 꺾어 그레이트 포틀랜드 로를 지나는 차들 사이로 끼어들었으며, 곧 리젠트 공원을 옆으로 두고 북쪽을 향해 달렸다. 아무 일도 일어나지 않은 거야. 야콥은 생각했다. 앨리스테어도 그녀가 충격을 받았을 뿐이라고 말했잖아. ―당신 부인하고 연락이 닿지 않으면, 앨리스테어를 보내요! 무슨 일이 일어났는지 알아야 해요. 벤섬이 참다못해 요구했다. 그래서 앨리스테어가 집으로 가서 그녀를 만난 것이다. ―그녀가 나를 집 안에 들이려고 하지 않아. 네가 당장 와야겠어. 이웃사람들이 치고받고 싸우는 바람에 그녀가 경찰을 불러야 했던 모양이야. 야콥은 무슨 일인지 이해할 수 없었고, 그 소녀한테, 그애한테 무슨 일이 있는 게 분명하다고 생각했다. 그리고 벤섬은 오후에라도 비행기를 타고 돌아가야 한다는 주장을 굽히지 않았던 것이다.

켄티시 타운 로에 도착한 택시는 레이디 마거릿 로로 천천히 꺾어들었다. 아침 햇살을 받은 빅토리아풍 건물 정면들이 아주 입체적으로 보여서, 마치 처음 보는 듯한 느낌이었다. 거리는 평화로웠고, 창문들은 햇빛 아래 반짝였으며, 플라타너스 잎은 가을의 첫번째 징조를 보여주고 있었다. 때는 9월이었다. 손수레를 미는 남자가 길을 가로막고 있어서 택시가 멈추어서야 했다. 그는 찌릉찌릉 종을 울리며 교회 앞쪽 도로 한가운데 서서 목사를 보고 뭐라고 소리쳤다. 그러면서도 그는 끊임없이 종을 흔들었고, 목사는 요란하게 몸짓을 했다. 야콥은 이자벨에게 주려고 공항에서 산 꽃을 조심스럽게 옆으로 치웠다. 바지에 물방울이 떨어지지 않게 하기 위해서였다. 그가 차에서 내려 택시비를 치를 때 이자벨은 문간에 서 있었다. 그는 이웃집과 그 창문을 흘깃 보았다. 창문 너머 보이는 소파 등받이에는 호랑이 그림이 그려진 커버가 덮여 있었다. 하지만 이전에 늘 거기에 있던 고양이는 보이지 않았다. 고양이가 어디 갔을까 하고 야콥은 의아해했다. 그때 이자벨이 수줍은 눈짓을 보내고는 문을 뒤로하고 그에게 달려왔다. 무슨 일이 있었던 거야? 야콥은 의아해했다. 이 사람이 왜 이런 옷을 걸치고 있는 거야? 땀냄새가 심해 그녀를 안고 있는 동안 억지로 참아야 했다. 그녀는 그에게 밀착하지 않았고, 눈을 감고 있었다. 잠시 그녀의 얼굴을 살피는 동안 그의 심장이 오그라들었다. ─ 이제 안심해도 돼. 그가 나직하게 말했다. 그녀의 얼굴은 낯설고 슬퍼 보였다. 그러나 그녀를 기다렸던 세월, 그녀의 얼굴을 다시 보기 위해 기다렸던 오랜 세월은 변함없었다. 매끈한 이마와 왼쪽 뺨 위의 주근깨, 또렷한 계란형 얼굴이 불안해하고 당혹스러워하며 자기 앞에 있었다. ―다시 좋아질 거야. 그는 그렇게 말하고서 트렁크에 꽃을 내려놓고 그녀를 껴안았다. 사람이란 연민의 정이 있어야 한다고 했던 벤섬의 말을 그는 생각했다. 하지만 그게 무슨 말이고, 또 무엇에 대한 말이던가? 그는 다시 좋아질 거라고 중얼거렸고, 벤섬의 말을 기억하려고 애썼지만 허사였다. 그는 그녀의 어깨 너머로 펼쳐진 거리를 보았다. 건물들은 여전히 거기에, 견고하고 입체적으로 서 있었다. 아무런 기능도 없는 둥근 기둥과 돌림띠로 장식된 건물 정면들은 화려했다. 손수레를 끌고 가던 남자와 흥분한 몸짓을 보이던 목사가 있던 곳에서 걸어오는 사람은 아무도 없었고, 주민들도 보이지 않았다. 유리창 뒤에도 아무도 없었다. 거리를 비우라는 경고라도 받은 듯 모든 게 텅 비어 있다고 야콥은 생각했다. 다만 이자벨과 자신만이 아무것도 모르는 것 같았다. 그는 고개를 돌려 텅 빈 창문을, 보잘것없는 커버를 씌운 소파를 보았다. 하지만 냄새는 여기서 났다. 냄새는 이 옷에서, 이자벨이 걸치고 있는 남자 옷에서 났다. ―들어가지. 야콥이 말했다. 그는 몸을 숙여 트렁크에서 막 떨어지려는 꽃을 꼭 붙들었다. ―이자벨? 그가 말했다. 여기 서 있으면 안돼. 그녀는 눈을 뜨고 그를 보았다. ―그래. 그녀는 그렇게 대답하고서 천천히 문 쪽으로 걸어갔다. 찰카닥 소리를 내며 문이 닫혔다.

모든 것을 다 소유했지만,
아무것도 없는 빈털터리들

삼십대 중반의 부부인 야콥과 이자벨. 남편은 변호사, 아내는 그래픽 디자이너이고, 번듯한 직장 반듯한 외모로 외형적으로는 모든 것을 다 갖추고 있다. 그러나 그들의 내면에는 중심이 없다. 사랑의 열정도 연민의 정도 없다. 당연히 있어야 할 게 없는 그들의 정체는 무엇인가? 그런 존재를 길러내는 사회는 어떤 사회인가? 작가의 시선은 이런 문제를 중심으로 선회하고 있다. 일말의 감정개입도 없이 '빈털터리들'의 초상을 그려내는 작가의 시선은 서늘하다.

야콥과 이자벨은 1990년대초 대학시절 프라이부르크에서 처음 만나 숲속으로 산책을 갔다가 그날 하룻밤 인연으로 맺어진 사이이다. 다음날 헤어진 그들은 2001년 9월 11일 뉴욕의 세계무역쎈터가 테러로 붕괴되던 날, 베를린의 한 파티장에서 재회한다. 술집에서 우연히 이자벨의 이름을 듣게 된 야콥은 이자벨도 오기로 되어 있는 베를린의 파티에 참석하기 위해 9월 11일로 예정되었던 세계무역쎈터에서의 약속을 9월 9일로 앞당긴 것이다. 십년 전 남자를 다시 만나러 가는 이자벨의 심경을 작가는 이렇게 들여다본다. "하늘에는 구름이 끼어 있었고 거리와 쇼윈도는 우윳빛이었다. 통행자들은 엷은 천 뒤로 몸을 숨긴 듯했다. 자신을 숨기는 것 말고 무엇을 기대할 수 있으며, 어떤 얼굴을 하고 돌아다녀야 할지 누가 알겠는가?"

2003년 1월 야콥은 죽은 동료인 로베르트를 대신하여 런던의 법률사무소로 파견을 나가고, 런던 북부의 레이디 마거릿 가에 널찍한 셋집을 얻는다. 야콥과 이자벨이 사는 집 바로 이웃에, 벽 하나를 사이에 두고 한 불행한 영국인 가정이 있다. 몇집 건너에는 마약밀매와 빈집털이가 직업인 스물여섯살짜리 짐이 산다. 생의 밑바닥에서 좌충우돌하는 짐은 적어도 불감증 환자는 아니다.

런던에서도 야콥과 이자벨의 관계는 여전히 냉랭하다. 야콥은 밤마다 침대에 누워 자기가 잠든 뒤에 이자벨이 왔으면, 하고 바란다. 동성애적 기질이 다분한 그는 런던의 동료인 앨리스테어와 사귀고, 또 법률사무소의 대표인 늙은 벤섬에게 마음을 준다. 유대계 이민자로서 런던의 주류사회에 편입한 벤섬은 여러 면에서 역사의 산증인이다. 야콥은 이런 벤섬에게 반하지만 그의 애정은 한계가 명백하다. 작가는 야콥의 한계를 이렇게 꿰뚫어본다. "그는 받지도 주지도 않는 어떤 존재였고, 그의 관심 자체는 순수했지만 그의 직접적인 참여는 착각일 뿐이었다. 그는 검버섯이 난 피부를 만지기 위해 손을 뻗고 싶지는 않았다." 참여 없는 관심.

관심에 머물고 마는 희미한 시선. 작가가 작품 전체를 통해 끈질기게 물고 늘어지는 것이 바로 이 문제이다. 『타게스차이퉁』(Tageszeitung)의 평가를 빌리면 "그녀의 작품은 유복해 보이는 표면 뒤에 숨겨진 죄와 책임의 문제를 제기한다."

이자벨도 정처없이 런던 거리를 배회하다가 길에서 여러 번 만난, 폭력적인 아우라가 넘치는 짐에게 반해 그에게 접근한다. 삶의 밑바닥에서 뒹구는 짐이 보기에 야콥과 이자벨 같은 유형은 살이 터지고 피가 솟구치는 구체적인 현장에서도 관념의 굴레를 벗어날 줄 모른다. 그는 이자벨을 보고 이렇게 소리친다. "당신은 아무것도 이해 못해. 당신은 세상일이 실제로 벌어지고 만다는 걸 몰라. 그건 흉터처럼 화끈거리는 거야." 이자벨을 진심으로 좋아했던 안드라스의 이자벨에 대한 진단도 같은 맥락이다. "그녀는 결국 손해를 입지 않고 사는 유형이라고 그는 생각했다. 그녀는 뭔가 실제로 들이닥쳐도 손해를 입지 않을 수 있는 탁월한 재능을 가지고 있었다." 손해를 입지 않을 수 있는 재능, 벽 너머에서 벌어지는 아수라장에 대해서도 눈감을 수 있는 능력. 바로 그 능력이 미국의 이라크 침공을 가능하게 했던 것이 아닌가? 아버지에게 구타당하는 쎄러가 직접적인 폭력의 희생자이자 무관심한 이웃의 희생물인 것처럼 결국 이 무관심은 끔찍한 결과를 낳고 만다.

내면의 공허함을 메워줄 자극적인 대체물로서 쎅스를 구걸하는 이자벨에게 짐은 선언한다. "당신은 가는 데마다 구걸하는 거야? (…) 당신은 스스로가 어떤 사람인지 알고나 있는 거야? 당신은 블랙홀이야. 그 안으로 쏟아부으면 모든 게 흔적도 없이 사라져버리는 구멍이란 말이야."

이 작품을 2006년 독일도서상(Der Deutsche Buchpreis) 수상작으로 선정한 심사단의 평가도 같은 맥락이다. "빈털터리들은 소유와 존재의 문제를 새롭게 이야기한다. 그 주인공들은 삼십대이고 모든 것을 알지만, 단 하나 자신만은 모른다." 그 '무지'와 '블랙홀'과 '망각'은 이웃의 고통을 삼킨다. 9·11 테러와 이라크 전쟁에도 불구하고, 공허함을 채워줄 첨단의 라이프스타일을 구매하기에 바쁜 군상들. 전쟁 발발소식에 생필품을 비축하고, 그것을 떠벌리며, 전쟁터도 아닌 런던에 있는 친지에게 전화를 걸어 조심하라고 호들갑 떠는 사람들. 작가는 담담한 어조로 그들을 묘사하고 있다.

작가의 시선을 따라 펼쳐지는 현대 유럽 지식인의 내면 풍경은 역자에게도 그다지 낯설지 않았다. 우리도 상황은 별다르지 않기 때문이다. 쓸쓸함. 냉철함. 붙들기 어려운 거대한 대상을 이 각도 저 각도에서 들쑤시고 파헤치는 끈질긴 실험정신. 그래도 놓치지 않는 희망의 끈. 예컨대 베를린의 프로덕션에서 일하는 이자벨의 진솔한 동료들은 사랑의 상처를 안은 채 다시 출발하고 임신 소식도 들린다. 우연의 일치지만, 2006년 독일도서상 수상식장에서 저자인 카타리나 하커는 한달 남짓 된 갓난아이를 품에 안은 채 환한 표정이었다.

독일서적상협회가 영국의 부커상과 프랑스의 공쿠르상에 비견할 만한 독일의 문학상을 만들겠다는 의도로 제정한 독일도서상을 받은 작가는 수상소감에서 "글쓰기로 먹고사는 데 도움이 됐다. 그렇다고 내 생애에 별다른 변화가 있을 것 같지는 않다"라고 했다. 소설의 문체처럼 수상소감도 무척이나 담담하다. 그러나 그 담담함은 팽팽한 작가정신을 살짝 가리고 있는 베일에 불과하며, 그 긴장의 중심은 역사와 참여의 문제에 있는 것으로 보인다. 『프랑크푸르터 알게마이네 차이퉁』(Frankfurter Allgemeine Zeitung)은 그 점을 이렇게 표현했다. "카타리나 하커는 이번 소설로 같은 세대의 가장 재능있는 작가임을 다시 확인시켰다. 뿐만 아니라 사회참여와 역사의식을 형상화하는 소설문학이라는 가장 뛰어난 유럽적 전통의 정점을 보여준다."

늘 느끼는 일이지만 번역 작업은 고통스럽다. 좋으나 싫으나 작가의 시선, 작가의 문체에 고독하게 밀착해 있어야 한다. 그러나 그렇게 고군분투하다 보면 어느새 작가의 숨결을 느끼게 된다. 그 점은 일종의 보상이라고 하겠다. 마지막으로 창비 편집부에 감사의 말씀을 전한다. 작품의 성격을 둘러싸고 주고받은 격의없는 논의, 어색한 한글 표현을 산뜻하게 변모시키는 날렵한 솜씨, 곳곳의 오역까지 잡아내어 역자를 무안하게 만들어준 순간들이 고마울 따름이다.

2008년 여름
장희창

빈털터리들

초판 1쇄 발행/2008년 8월 1일

지은이/카타리나 하커
옮긴이/장희창
펴낸이/고세현
책임편집/황혜숙
펴낸곳/(주)창비
등록/1986년 8월 5일 제85호
주소/413-756 경기도 파주시 교하읍 문발리 513-11
전화/031-955-3333
팩시밀리/영업 031-955-3399 · 편집 031-955-3400
홈페이지/www.changbi.com
전자우편/literat@changbi.com
인쇄/한교원색

한국어판 ⓒ (주)창비 2008
ISBN 978-89-364-7148-4   03850